DAS ERBE DES SCHWARZEN ABTS

W0362022

Dieses Buch ist ein Roman. Die Handlung ist frei erfunden, wenngleich im historischen Umfeld eingebettet. Einige Personen, Ereignisse und Orte sind historisch, andere nicht. Darüber hinaus sind Ähnlichkeiten mit lebenden oder toten Personen rein zufällig. Im Anhang befindet sich ein Glossar.

MARCELLO SIMONI

DAS ERBE DES SCHWARZEN ABTS

Aus dem Italienischen
von Barbara Neeb und Katharina Schmidt

HISTORISCHER KRIMINALROMAN

emons

Lust auf mehr? Laden Sie sich die »LChoice«-App runter, scannen Sie den QR-Code und bestellen Sie weitere Bücher direkt in Ihrer Buchhandlung.

Bibliografische Information der Deutschen Nationalbibliothek
Die Deutsche Nationalbibliothek verzeichnet diese Publikation in der Deutschen Nationalbibliografie; detaillierte bibliografische Daten sind im Internet über http://dnb.d-nb.de abrufbar.

Die Originalausgabe erschien 2017 unter dem Titel »L'eredità dell'àbate nero« bei Newton Compton editori, Rom.

FSC www.fsc.org
MIX
Papier aus verantwortungsvollen Quellen
FSC® C083411

© Marcello Simoni
© der deutschsprachigen Ausgabe: Emons Verlag GmbH
Alle Rechte vorbehalten
Umschlagmotiv: Trevor Payne/Arcangel Images
Umschlaggestaltung: Nina Schäfer
Gestaltung Innenteil: César Satz & Grafik GmbH, Köln
Druck und Bindung: CPI – Clausen & Bosse, Leck
Printed in Germany 2019
ISBN 978-3-7408-0683-5
Historischer Kriminalroman

Unser Newsletter informiert Sie
regelmäßig über Neues von emons:
Kostenlos bestellen unter
www.emons-verlag.de

Ein Mann, den seine Grausamkeit und Rachsucht berüchtigt genug gemacht haben, [...] ließ von seinem Raubgesindel jeden auffangen und berauben, der durch die umliegende Gegend reiste.

Giovanni Boccaccio, »Zehnter Tag. Zweite Geschichte« in »Das Dekameron«

Das Schiff sollte gut abgedichtet sein und gut ausgestattet, mit guten Masten versehen und guten Rahen und guten Wanten und guten Tauen und guten Segeln und guten Ankern. Und es soll mit Rüstzeug versehen sein, also mit Panzerungen und mit Armbrüsten und mit Beschlägen, und mit Lanzen, mit Pfeilen und mit Beilen und mit Steinen [...], um damit im Kriegsfall das Schiff und die Ware zu verteidigen.

Francesco Balducci Pegoletti, »Handelspraktik«, auch bekannt als »Händlerhandbuch«

Vorbemerkung

Dies ist ein Abenteuerroman, dessen Handlung auf rein fiktiven Charakteren basiert. Es entspricht allerdings der historischen Wahrheit, dass der Mönch Lionardo da Pistoia 1459 auf einer Reise nach Mazedonien einige heilige Schriften in seinen Besitz brachte, die er nach Italien überführte.

Noch heute gilt dieser Band von Traktaten als Meilenstein der Alchimie und der Esoterik. Sein Titel »*Corpus hermeticum*« geht auf eine lange Tradition zurück, der zufolge diese Traktate Hermes Trismegistos zuzuschreiben sind, also niemand Geringerem als dem Gott Merkur, der bei den Priestern des alten Ägyptens als Thot und bei den Gnostikern als Erzengel Michael bekannt war.

Zwar ist das Buch bekannt, aber man weiß eigentlich nichts darüber – wer versucht hat, es in seine Hände zu bekommen, oder wer auch nur danach gesucht hat.

Prolog

Ligurisches Meer
15. April 1439

Es gibt Schutzgeister des Meeres und Schutzgeister des Festlandes, rief Cosimo de' Medici sich immer wieder ins Gedächtnis, während er sich fest an die Bugreling des *Kaiks* klammerte und beobachtete, wie der Hafen von Livorno sich mehr und mehr in der Dunkelheit der Nacht verlor und einzig noch der Schein des Leuchtturms zu sehen war. Obwohl er vor einigen Jahren für den Seehandel der Stadt Florenz verantwortlich gewesen war, hielt er sich nicht für besonders befähigt, Gewässer zu durchqueren, in denen eine kleine Laune der Natur genügte, um jederzeit ein Unwetter losbrechen zu lassen. Sein großes Talent war das Geld, seine Leidenschaft galt den Bibliotheken. Dort kannte er sich aus, dort wusste er sich zu bewegen, ohne befürchten zu müssen, sich zu verirren oder verführerischen Sirenengesängen zu erliegen.

Und doch fuhr er nun hier übers Meer und ließ zu, dass der kalte Wind unter seinen Umhang drang, während er bereits den Moment herbeisehnte, in dem er wieder den Rasen seines Gartens in Careggi unter den Füßen haben würde. Von der Galeere aus Byzanz war noch nichts zu sehen, Cosimo wusste jedoch, dass sie irgendwo dort draußen auf dem Wasser sein musste, daher blickte er angestrengt nach vorn, um zumindest einen kleinen Lichtschein zu erhaschen. Kein Christenmensch ertrug auf Dauer die Dunkelheit. Da war ihm jedes Licht willkommen, selbst wenn es die Schismatiker aus dem Osten brachten.

Bevor er das andere Schiff sah, nahm er das Ächzen des hölzernen Rumpfes wahr, erst danach konnte er die flackernden Feuer von einigen Laternen ausmachen. Die Galeere war riesig, spindelförmig mit wohl fünfzig Rudern. Mehr konnte er auf die Schnelle nicht erkennen. Der Mond war verdeckt, und außerdem war Cosimos Kopf ganz in Beschlag genommen von Sorgen über die Begegnung mit einem Mann, dessen Verhalten mindestens so unvorhersehbar war wie das des Meeres. Der Mann war vom Goldenen Horn am Bosporus in Begleitung von griechischen Theologen aufgebrochen, die zum Konzil von Ferrara wollten, das nach monatelangen Verwicklungen nun in Florenz stattfand.

Anders als der Patriarch und der *Basileus*, die bereits vor Tagen an Land gegangen waren, hatte dieser Wahnsinnige es vorgezogen, auf hoher See zu bleiben. Und abzuwarten.

Der Kaik glitt an der Ankertrosse der Galeere vorbei und legte dann am hinteren Ende des Schiffes an. Als Cosimo sich gefahrlos vorbeugen konnte, packte er eine Strickleiter und kletterte über nasses Tauwerk und schwankendes Holz nach oben. Eine Hand streckte sich ihm entgegen, die er gern ergriff, um das letzte Stück zu bewältigen, bis er schließlich sicher auf dem Deck stand und einen Diener in einem Kaftan vor sich sah.

»Mein Herr erwartet Euch.«

Cosimo nickte und wollte instinktiv auf den Bug zulaufen, wo für gewöhnlich das Zelt des Kapitäns aufgeschlagen war. »Nein, dort drüben«, erklärte der Diener und zeigte auf den Aufbau auf dem Heck. Ohne ein weiteres Wort geleitete er Cosimo zu der Kabine, die dem Kapitän und wenigen Besatzungsmitgliedern vorbehalten war.

In einer dunklen Ecke des Raumes erblickte Cosimo eine in einen weiten Reiseumhang gehüllte Gestalt. Nein, korrigierte er sich sogleich. Zwei. Einen Mann und einen kleinen Jungen, auf dessen Kopf der Erwachsene seine Hände gelegt hatte. Nachdem der Diener das Zelt verlassen hatte, näherte Cosimo sich den beiden.

»Ich hatte schon Zweifel, ob du dich von meiner Botschaft überzeugen ließest«, begann der Mann und schlug die Kapuze zurück.

Cosimo überlief ein Schauer. Die Augen, die Nase und sogar das Lächeln, alles, was er sah, war identisch mit seinen eigenen Zügen. Die beiden Männer glichen sich wie ein Ei dem anderen – wären da nicht die silbernen Strähnen im rabenschwarzen Haar des Mannes gewesen, die nicht etwa dem Alter oder durchlittenem Kummer geschuldet waren, wie Cosimo nur zu gut wusste. Cosimo ermannte sich, nahm eine Kerze und zündete damit eine von der Decke hängende Öllampe an. »Unsere letzte Begegnung ist sechzehn Jahre her.«

»Siebzehn«, korrigierte ihn der Mann. »Wenn ich mich recht erinnere, hattest du damals das Amt des Meereskonsuls inne. Heute bist du *Gonfaloniere*.«

»Ich pflege mich dessen nicht zu brüsten«, wiegelte Cosimo ab, dessen Selbstsicherheit langsam zurückkehrte. »Meine Loyalität gilt den Interessen der Familie.«

»Die inzwischen vollkommen mit denen von Florenz übereinstimmen.«

»Und wenn?« Cosimo versteifte sich. »Halte mich nicht länger hin und sag mir lieber gleich, welche Torheiten dich umtreiben, dass du mich unbedingt sprechen willst.«

Als Antwort erhielt er ein verbittertes Lachen. »Dachtest du etwa, ich hätte meine Herkunft vergessen? Dass der Orient mich mit seinem Zauber eingelullt hätte?«

»Damiano, bitte, ich wollte nicht …«

»Lass mich ausreden«, fiel Damiano ihm ins Wort, sichtlich verärgert darüber, seinen Namen zu hören. »Ich bin weder hier, um irgendetwas einzufordern, noch, um dir Steine in den Weg zu legen. Der Familiensitz, die Bank, die Stadt … Du kannst alles behalten, Bruder. Mein Leben findet inzwischen nicht mehr in Florenz statt, sondern in Ländern, in denen das Florentinische einen fremden, treulosen Klang hat.« Er strich dem Jungen sanft über den Kopf und ermutigte ihn, einen Schritt vorzutreten. »Wenn ich dich heute Nacht treffen wollte, dann nur seinetwegen.«

Cosimo sah sich das Kind zum ersten Mal genauer an. Es

konnte nicht älter als drei Jahre sein, aber in seinen Augen blitzte eine ungewöhnliche Intelligenz auf. Doch es waren die Haare, die seine Aufmerksamkeit fesselten. Schwarz, kurz geschnitten und mit silbernen Strähnen durchzogen wie das Fell eines wilden Tieres. Genau wie bei Damiano.

»Seine Mutter, mein einziges Kind«, erklärte dieser sichtlich bewegt, »ist im letzten Jahr gestorben.«

»Das tut mir leid«, sagte Cosimo, dem plötzlich bewusst wurde, dass er nichts über den eigenen Zwillingsbruder wusste. Nichts außer ein paar Geschichten, die ihm die Eltern in seiner Kindheit hinter vorgehaltener Hand zugeflüstert hatten oder die ein Bote aus dem Orient mitgebracht hatte. Doch da stand nun dieser enterbte Esau vor ihm und erzählte etwas von einer Tochter, die nicht mehr lebte, und von einem Enkel, der noch ein Kleinkind war. »Es tut mir wirklich leid«, wiederholte Cosimo. »Doch erlaube mir wenigstens, dass ich begreife, worum es hier geht. Aus welchem Grund wendest du dich nach so langer Abwesenheit ausgerechnet jetzt an mich?«

Als wollte er seine Gedanken verbergen, wandte Damiano sich nun den Schiffskarten zu, mit denen die Wände behangen waren. »Weil Byzanz kein sicherer Ort mehr ist«, seufzte er. »Die Türken stehen vor den Toren, und bald wird in dieser Welt nichts mehr so sein, wie es war. Und damit meine ich sowohl meine als auch deine.«

Cosimo hörte aus seinen Worten so etwas wie Angst heraus – ein Gefühl, das er nach den langen Jahren eines wechselvollen Lebens überall und sofort witterte. Er fragte sich, ob Damiano dies gesagt hatte, weil er noch größere Intrigen zu verbergen hatte. Dann wandte Cosimo sich wieder dem Jungen zu. Er ging in die Knie und sah in dessen mandelförmige Augen, die ihn aufmerksam anblickten. »Weiß er von seiner Herkunft?«

»Nein. Und ich bitte dich, dass er nie davon erfahren wird. Mach aus ihm einen Künstler, einen Gelehrten oder von mir aus auch einen Geistlichen, aber halte ihn von den Medici fern.«

»Du bist zu misstrauisch«, sagte Cosimo, während er sich wieder aufrichtete. »Nenne mir wenigstens den Namen des Vaters.«

Damiano kehrte ihm weiter den Rücken zu. »Meine Tochter hat ihn nie erwähnt.«

»Mach dich nicht lächerlich! Als ob du all diese Mühe nur wegen eines Bastards auf dich nehmen würdest!«

Schlagartig fuhr Damiano herum. Sein Gesicht war vor Wut verzerrt. »Und selbst wenn, würdest du etwa dein Fleisch und Blut im Stich lassen? So wie es unsere Eltern mit mir getan haben?«

Cosimo blieb ruhig. »Das wird nicht geschehen.«

»Wie willst du das wissen, du hast doch keine Ahnung. Du musstest nicht fern von der Familie überleben und den Gefahren von Meeren und Wüsten trotzen.«

»Ein Unrecht, an dem ich keine Schuld trage.«

Damiano schien nicht gewillt, das Thema fallen zu lassen. Plötzlich bemerkte er, dass er das Kind erschreckt hatte, und zwang sich zu einem gemäßigteren Tonfall. »Du hast recht«, gab er zu. »Doch wenn du mir nun deine Hilfe verweigerst, würdest auch du Schuld auf dich laden.«

»Du verlangst nicht gerade viel von mir«, sagte Cosimo. »Aber du kennst die Regeln der Medici. Jeder Gefallen hat seinen Preis.«

Damiano starrte ihn an, während der Zorn in seinem Innern sich legte. Er lächelte. »Ich weiß, worauf du anspielst, Bruder. Wir haben bei unserer letzten Begegnung darüber gesprochen, und damals hast du dein Interesse nicht verborgen. Nun gut, erfülle meine Bitte, und ich schwöre, du wirst erhalten, was du dir wünschst.«

»Wenn du mich wirklich verstanden hast, warum gibst du es mir nicht sofort?«, erwiderte Cosimo.

»Nicht hier und jetzt«, erklärte Damiano. »Erst wenn mein Enkel volljährig ist. Dann kannst du die *Smaragdtafel* erhalten. Aber er selbst muss sie von mir einfordern.« Nachdem er nun seinen Gleichmut wiedergefunden hatte, schob er den Jungen zu Cosimo hinüber. »Daher sorge gut für ihn«, ermahnte Damiano ihn. »Ganz so, als wäre dieses Kind dein wertvollstes Geheimnis.«

TEIL 1

Ein Verbrechen in der Krypta

1

Florenz, Abtei Santa Trìnita
21. Februar 1459

Der wachhabende Mönch hob die Laterne und bewunderte den wollenen Wandteppich, eine Arbeit aus Flandern, auf dem eine Meeresszenerie dargestellt war. Er verharrte vor dem Bild und suchte zwischen den Wogen nach verborgenen Seeungeheuern oder Galeeren, die zu sinken drohten, während er sich über den Bart strich und darüber nachzugrübeln schien, was ein derartiges Kunstwerk in der Krypta einer Abtei zu suchen hatte. Er betrachtete es mit fast kindlichem Staunen, bis die Stimme eines Mitbruders ihn zur Ordnung rief. Nach einem letzten Blick auf das prächtige Gewebe verschwand er in der Dunkelheit.

Sobald wieder Stille eingekehrt war, kam Leben in den Teppich. Zwei Finger tauchten hinter seinem Saum auf und schoben ihn vorsichtig zur Seite, sodass der Dieb aus seinem Versteck schlüpfen konnte.

In die inneren Gewölbe von Santa Trìnita zu gelangen, war für ihn ein Kinderspiel gewesen. Schließlich war in diesem Kloster nicht mit den üblichen Gefahren zu rechnen, denen er bei der Ausübung seines Gewerbes sonst ausgesetzt war. Allerdings durfte man sich nicht vor der ewigen Verdammnis fürchten, die einem jeden angedroht wurde, der sich an Gütern der heiligen römischen Kirche vergriff. Andererseits – war nicht jedem ein Platz in der Hölle gewiss, selbst den verwöhnten Mönchen?, fragte sich der Eindringling. Letzten Endes wurden auf Erden weitaus schlimmere Verbrechen verübt, als edle Herrschaften um ihre prallen Börsen zu erleichtern. Im Grunde genommen war es doch eine gute Tat, *Stercus diaboli* aus geheiligten Gemäuern zu entfernen. Willkommen und sozusagen von der Vorhersehung bestimmt.

Während der junge Mann noch über seine eigenwillige Ansicht von Religion nachdachte, nahm er eine Fackel aus einem Metallring an der Wand und suchte seine Umgebung weiter ab, beginnend bei der Stelle, an der man ihn unterbrochen hatte. Er war vollständig in Schwarz gekleidet, hatte sich das Gesicht mit Ruß geschwärzt und die Füße mit Spartgras umwickelt, um beim Laufen keine Geräusche zu machen. Es wäre doch eine Sünde, überlegte er, einen Ort, der nicht von Soldaten, sondern nur von Mönchen bewacht wurde, nicht auszurauben. Sogar eine Todsünde, wenn man bedachte, dass besagter Ort eine Kammer barg, in der die Gemeinschaft der *Vallombrosaner* ihre Schätze aufbewahrte.

Sobald er diese Kammer gefunden hatte, musste er es nur noch irgendwie bewerkstelligen, deren Inhalt nach draußen zu schaffen. Zu diesem Zweck hatte er sich einen Komplizen gesucht, einen Strauchdieb von zwergenhaftem Wuchs namens Caco, der sich inzwischen vor einem Fenster der Krypta auf der Straße postiert hatte. Die Gitterstäbe standen dort weit genug auseinander, um Florin, Edelsteine und vielleicht auch den einen oder anderen silbernen Kerzenhalter durchzureichen.

Doch jetzt sollte er sich besser beeilen, schließlich würde die Vesperandacht nicht ewig dauern, außerdem waren die unterirdischen Gewölbe des Klosters um einiges weitläufiger, als er angenommen hatte. Lautlos bewegte er sich zwischen den Marmorsäulen weiter, bis er die Umrisse einer mit Nieten beschlagenen Tür erkannte. Er holte ein Stilett und ein schmales Schreibrohr hervor, die er zum Aufbrechen von Schlössern verwendete, dann machte er sich ans Werk, voller Vorfreude auf das, was ihn dahinter erwartete.

Doch näher kommende Stimmen schreckten ihn auf.

Schnell steckte er die Fackel zurück in ihren Ring und kauerte sich hinter eine Madonnenstatue, gerade noch rechtzeitig, ehe zwei Personen um die Ecke bogen. Diesmal handelte es sich jedoch nicht um Mönche.

»Ihr wusstet es, Ihr wusstet es ganz genau!«, schimpfte der

Kleinere von beiden. »Es gibt Schiffe, die das Unglück anziehen und zum Untergang verdammt sind.«

»So wie es unerfreuliche Menschen gibt, die geboren wurden, um die Geduld ihrer Nächsten zu strapazieren«, gab der andere zurück. Er lief mit hocherhobenem Kopf voran, sein *Chaperon* betonte sein scharf geschnittenes Profil. Er war groß und hager und war in einen bis zum Hals zugeknöpften *Lucco* aus schlichtem Wollstoff gehüllt.

Der Dieb erkannte Giannotto Bruni, einen Florentiner Bankier und Kaufmann. Wer der andere war, wusste er nicht. Seinem Akzent und dem Turban nach zu urteilen, war er ein Fremder.

»Begreift Ihr denn nicht?«, fuhr Letzterer in seiner Verzweiflung fort. »Ich bin ruiniert!«

»Das ist Euer Problem.«

»Wohl eher das Problem Eures Unternehmens, da dieses mir eine Entschädigung garantiert hat, sollte ein Unglück geschehen.«

Giannotto Bruni lachte, dass es laut durch die Gewölbe der Krypta hallte. »Ihr redet nicht von einem meiner Unternehmen, sondern nur von einer assoziierten Filiale. Wendet Euch doch an diese und lasst mich in Frieden.«

Der Mann mit dem Turban packte ihn am Arm. »Seid Ihr vollends von Sinnen? Meint Ihr etwa, ich sollte nach Famagusta reisen? Zu dieser Jahreszeit?«

»Ich habe es bereits gesagt, das ist Euer Problem«, erklärte Bruni und riss sich mit einem Ruck los. »Wenn ich gewusst hätte, dass Ihr mich mit solch einem Unsinn belästigen wollt, hätte ich niemals zugestimmt, Euch an diesem abgeschiedenen Ort zu treffen.«

»Zweitausend Goldflorin!«, schrie ihn der Fremde an. »Erstattet mir wenigstens diese Summe, das ist nicht einmal ein Drittel dessen, was ich verloren habe.«

Giannotto Bruni schwieg, während er den Blick durch die Dunkelheit schweifen ließ, der so durchdringend war, dass der Dieb hinter der Madonnenstatue einen Moment glaubte, er habe ihn entdeckt. Doch dann sah er, wie der Bankier an ihm vorüberlief, und seine Gedanken fingen an, sich mit den zweitausend Goldflorin zu beschäftigen, von denen er eben gehört hatte. Eigentlich ja sogar sechstausend, wie der Mann mit dem Turban behauptet hatte. Es gab Woll- oder auch Gewürzhändler, die schon nach dem Verlust von weitaus geringeren Summen den Bankrott erklären mussten.

»Selbst wenn ich willens wäre, jemandem eine derart hohe Summe zu bezahlen, und das bin ich keineswegs«, erklärte Bruni und wandte sich dem Ausgang zu, »würde ich mich ganz sicher nicht mit einer solchen Geschichte zufriedengeben. Jeden Tag erhalte ich die Berichte von den Häfen und den Zollämtern, und ehrlich gesagt habe ich darin rein gar nichts von einem Schiffsuntergang gelesen.«

»Die ›Saturnia‹ ist gesunken!«, brauste der Fremde auf und stellte sich Bruni in den Weg. »Untergegangen wie ein Stein, wenn ich es Euch doch sage.«

Bruni stieß ihn zurück, doch der andere wich nicht zur Seite. »Schert Euch zum Teufel, *Messere*. Lasst mich vorbei!«, rief er.

Der Fremde, untersetzter und stämmiger als Bruni, bewegte sich nicht vom Fleck. »Zum Teufel werdet allein Ihr gehen, verfluchter alter Wucherer.«

»Wie könnt Ihr es wagen?«, empörte sich Bruni. Er versuchte zum zweiten Mal, vorbeizukommen, doch als es ihm wieder nicht gelang, zückte er einen Dolch und richtete ihn drohend gegen den Fremden. »Ich befehle Euch, von hier zu verschwinden, oder, bei Gott …«

Doch anstatt sich davon einschüchtern zu lassen, packte der Fremde ihn am Handgelenk. Außer sich vor Wut stürzte sich Bruni auf ihn, sodass der andere Mann unter seinem Gewicht zu Boden taumelte.

Der Dieb in seinem Versteck überlegte, ob er hinter der Madonna bleiben oder lieber eingreifen und die beiden verrückten Streithähne trennen sollte. Wenn das so weiterging, würden noch die wachhabenden Mönche aufmerksam werden. Er sollte besser aus der Krypta verschwinden, solange ihm noch die Zeit dazu blieb, und hoffen, dass man ihn nicht …

Ein entsetzlicher Schrei ließ ihm das Blut in den Adern gefrieren.

Er sah, wie der Mann mit dem Turban sich hastig erhob, sich die Hände abwischte und davonrannte. Giannotto Bruni dagegen blieb am Boden liegen und wand sich, als wäre ihm der Teufel in den Leib gefahren.

Der Dieb konnte nun nicht anders, er verließ seinen Beobachtungsposten und eilte zu Bruni, doch er musste feststellen, dass dieser bereits mit dem Tod kämpfte. Bruni stöhnte auf und umklammerte den Griff des Dolches, den der Fremde in seinen Bauch gerammt hatte. »Herr im Himmel, rette mich …«, betete er. »Heilige Jungfrau Maria, rette mich …«

Aber die Klinge steckte über eine Handbreit tief in seinem Leib, es sah aus, als würde nicht einmal der beste Chirurg von Florenz ihn retten können. Und Bruni schien das zu wissen. In einer Mischung aus Wut und Todesangst presste er die Zähne zusammen. Es wirkte, als würde er Scham empfinden, Scham darüber, in einem Handgemenge abgestochen zu werden wie irgendein Lump aus dem Volk.

Doch da lag noch etwas anderes in seinem Blick, das den Dieb einen Moment zu lange verweilen ließ.

Lange genug, dass die Wachen des Klosters sich auf ihn stürzen und ihn ergreifen konnten.

2

Florenz, Viertel Oltrarno, Palazzo Bruni
Nacht vom 21. auf den 22. Februar

Angelo Bruni stand vor der Bahre und betrachtete die Leiche seines Vaters. Noch im Tod bewahrte Giannotto Bruni den grimmigen Gesichtsausdruck, mit dem er zu Lebzeiten selbst seinen erbittertsten Gegnern Respekt eingeflößt hatte. Die Hakennase und die geschwungenen Brauen erinnerten an einen Adler, während die Blässe des Todes den schmallippigen Mund noch mehr hervorhob. Angelo hatte sich stets vor seinem Vater gefürchtet, und selbst jetzt, im Angesicht dessen leblosen Körpers, konnte er keine Betroffenheit empfinden. Auf der anderen Seite der Bahre stand seine Cousine Bianca de' Brancacci, und trotz des düsteren Halbdunkels, das in der Privatkapelle des Palazzos herrschte, sah man sie bitterlich weinen, von tiefem Schmerz erfüllt.

Eigentlich sollte ich derjenige sein, der sich vor Gram verzehrt und bittere Tränen vergießt, dachte Angelo. Doch ihn quälten ganz andere Sorgen. Nun, da er zum Oberhaupt der Familie geworden war und die Geschäfte der Bruni leiten sollte, trug er schwer an dieser Last, deren Ausmaß er bis vor einem Tag nicht im Entferntesten erahnt hatte. Vielleicht lag dies auch daran, dass er im Gegensatz zu Giannotto überhaupt keine Begabung für das Handelsgewerbe hatte. Er hatte sich nie für eine Tätigkeit interessiert, bei der es um Wechselbriefe und Handelswährungen ging, deshalb wusste er schon von Kindesbeinen an, dass er seinem Vater kein würdiger Nachfolger sein würde.

Sein Onkel Teodoro wäre wesentlich geeigneter für diese Aufgabe gewesen, doch dieser war kürzlich während einer Reise nach Frankreich ums Leben gekommen. Angelo war auf sich gestellt, hatte niemanden, bei dem er Rat suchen konnte. Was sollte er nun tun, um ein Unternehmen zu führen, das in den vergangenen Jahren schon mehrfach vom Bankrott bedroht gewesen war?

Angelo küsste die kalte Stirn seines Vaters und wandte sich dem Vallombrosanermönch zu, der neben ihnen in der Krypta stand, dem ehrwürdigen Montano da Bagnone. Dieser hatte mitten in der Nacht an die Tür zum Palazzo geklopft, gefolgt von einer Schar Mönche, die die in ein Tuch gewickelte Leiche seines Vaters trugen, und ihm die traurige Nachricht überbracht.

»Ich habe Euch noch nicht gedankt, dass Ihr die Angelegenheit so diskret behandelt habt.«

»Ich habe so schnell wie möglich gehandelt, ehe sich Gerüchte verbreiten«, sagte Pater Montano seufzend.

Angelo nickte. Er hatte erfahren, dass trotz der nächtlichen Stunde die Abtei Santa Trìnita inzwischen von einer Meute von Gaffern belagert wurde, die gehört hatten, dass es dort ein Verbrechen gegeben hatte. Welche Schande für die Familie Bruni, wäre die noch blutüberströmte Leiche des angesehenen Giannotto den Blicken des Pöbels ausgesetzt gewesen.

»Seine Seele lag mir immer sehr am Herzen«, fuhr Pater Montano fort und legte die Stirn seines sonst so statuenhaft reglosen Gesichts in Falten. »Ich habe mich verpflichtet gefühlt, ihn sofort hierherzubringen, auf dass er seinen Frieden finde.«

»Glaubt Ihr das wirklich, Vater?«, meldete sich nun Bianca mit brüchiger Stimme zu Wort und trat aus dem Schatten hervor. Ihr hübsches, tränenüberströmtes Antlitz färbte sich rot vor Empörung. »Glaubt Ihr wirklich, dass mein Onkel Frieden gefunden hat?«

Pater Montano bekreuzigte sich. »Er befindet sich nun im Schoße des Herrn.«

»Sein Mörder jedoch lebt noch.«

»Beherrscht Euren Groll, *Madonna* Bianca«, ermahnte Pater Montano sie sanft. »Nehmt Euch ein Beispiel an Messer Angelo, der so diskret ist in seinem Schmerz.«

Bianca schüttelte den Kopf so heftig, dass eine kastanienbraune Locke unter ihrem Schleier hervorkam. »Auch mein Cousin verlangt nach Rache«, sagte sie kämpferisch. »So ist es doch?«

Angelo zuckte zusammen. Am liebsten hätte er sich jetzt in die Bibliothek verkrochen und sich der Lektüre gewidmet. Er las leidenschaftlich gern Heldenlieder über Ritter ebenso wie Berichte von Reisenden aus der weiten Welt, in die er sich oft hineinträumte, um das eigene Unvermögen zu vergessen. Ganz anders als Bianca, die, obschon nur eine Frau, Giannotto Brunis Geschäftssinn geerbt hatte. Er verschränkte die Hände vor dem Bauch. »Ich …«, hob er an, doch dann wusste er nicht mehr weiter.

»Schäm dich!«, rief Bianca. »Dein Vater ist tot, und du bleibst stumm wie ein Fisch.«

»Der Schuldige ist bereits gefasst«, sagte Pater Montano, um die Gemüter zu beruhigen. »In diesem Moment ist er im städtischen Gefängnis *Le Stinche*.«

»Der Schuldige?«, wiederholte Bianca hasserfüllt. »Und wer soll das sein?«

»Ein Dieb, so hat man mir berichtet.«

Angelo riss ungläubig die Augen auf. »Ein Dieb?«

Der Mönch nickte. »Sein Name ist *Tigrinus*. Anscheinend ist er in die Krypta von Santa Trìnita eingedrungen, um die Schätze des Klosters zu stehlen.«

»Und was hat mein Vater mit diesem Kerl zu schaffen?«

»Auch er befand sich in der Krypta, Messere. Wahrscheinlich sind die beiden zufällig aufeinandergetroffen … Nun, den Rest könnt Ihr Euch vorstellen.«

»Ich stelle mir rein gar nichts vor«, fauchte Bianca. »Ich will diesem verdammten Tigrinus ins Gesicht sehen! Ich will in seine Augen schauen und ihm den grausamsten Tod wünschen.«

»Beruhige dich, meine Tochter«, versuchte Pater Montano sie zur Vernunft zu bringen. »Le Stinche ist kein angemessener Ort für eine ehrbare Frau.«

Doch Bianca war wilder als ein verwundetes Raubtier. »Dann werde ich eben nicht allein gehen«, zischte sie. »Angelo wird mich begleiten.«

3

Städtisches Gefängnis Le Stinche

Tigrinus stützte die Ellenbogen auf dem Holztisch ab und rieb sich die gefesselten Hände. Wegen der Schläge, die er erst von den Wachen des Klosters und danach von den Soldaten des Viertels erhalten hatte, konnte er nicht mehr aufrecht auf dem Hocker sitzen. Die Strecke von der Piazza della Signoria bis zum Gefängnis war die reinste Hölle gewesen. Doch mehr als alles andere machten ihm die geschlossenen Räume und der Mangel an frischer Luft zu schaffen. Sein letzter Aufenthalt im Gefängnis lag nun schon einige Jahre zurück, doch er erinnerte sich nur zu gut an den modrigen Geruch von feuchten Steinen, der ihm auch jetzt wieder in die Nase stieg. In der Hoffnung auf eine nächtliche Brise wandte er sich dem winzigen Fenster zu, doch da war nichts als die Dunkelheit, die den Innenhof von Le Stinche ausfüllte.

»Du würdest am liebsten fortfliegen wie ein Vöglein, nicht wahr?«, verhöhnte ihn der Mann auf der anderen Seite des Tisches.

Der kräftig gebaute Kerl war Niccolò Vitelli, der Hauptmann der Stadtknechte. Er hatte seine Lederstiefel auf den Tisch gelegt und eine Weinkaraffe auf dem Bauch aufgestützt. Jeder in Florenz kannte ihn, und das ganz sicher nicht wegen seiner Barmherzigkeit. Für gewöhnlich war er irgendwo in einer der Tavernen entlang des Arnos oder auf dem Mercato Vecchio zu finden, stets in Begleitung eines Molossers mit grauem Fell. Auch jetzt war der kräftige Hund an seiner Seite und döste, den riesigen Kopf hatte er auf die Pfoten gelegt. Nicht wenige Unglückliche hatten mit anhören müssen, wie ihre Knochen zwischen den Zähnen dieses Ungeheuers zerknackten, aber bis jetzt konnte Tigrinus sich glücklich schätzen, dass er verhältnismäßig gut davongekommen war, trotz der Anwesenheit dieses dümmlich dreinschauenden Hundes und vor allem trotz Vitelli, der auch nicht gerade mit Weisheit gesegnet zu sein schien.

Doch etwas ganz anderes brachte Tigrinus ins Grübeln. Nachdem er sich einige Zeit für seine Dummheit verflucht hatte, war ihm aufgefallen, dass man ihn ziemlich ungewöhnlich behandelte. Statt in einer normalen Zelle befand er sich in einem Raum, der an den Innenhof angrenzte. Zudem war er noch keiner höherrangigen Persönlichkeit vorgeführt worden, die für die Wahrung der Ordnung zuständig gewesen wäre. Nur Vitelli, der ihn starr anglotzte wie ein Ochse.

»Auf wen warten wir?«, fragte Tigrinus.

Vitelli nahm schwungvoll einen großen Schluck aus der Karaffe und kümmerte sich nicht um die roten Rinnsale, die ihm dabei übers Kinn liefen. »Warum fragst du das?«, knurrte er.

»Falls Euer Gnaden mich nicht zur persönlichen Belustigung geholt haben, muss es einen guten Grund geben, warum Ihr mir unbedingt zu so vorgerückter Stunde Gesellschaft leisten wollt.«

Vitelli beugte sich vor, setzte die Karaffe geräuschvoll auf dem Tisch ab und musterte ihn finster. »Du hältst dich wohl für ein ganz schlaues Kerlchen, was?«

Tigrinus zuckte mit den Schultern. »Wäre ich das wirklich, dann säße ich jetzt nicht hier.«

»Keine Sorge, du bleibst nicht lange. Auf Mörder wartet der Galgen.«

»Ich habe niemanden umgebracht.«

»Messer Bruni wäre da wohl nicht deiner Meinung.«

»Es war jemand anderes. Ich habe ihn gesehen.«

»Du erbärmlicher Lügner!« Vitelli sprang auf, rot vor Zorn packte er Tigrinus bei den Haaren und knallte ihn mit der Nase auf die Tischplatte. »Jetzt wirst du alles gestehen, und zwar bei mir! Bevor er kommt!«

Tigrinus verdrehte schmerzerfüllt die Augen, um zu ihm aufzusehen. »Wer denn?«

»Hast du mich nicht gehört?«, polterte Vitelli weiter und ballte die Fäuste. »Gestehe, dass du ihn ermordet hast.«

»Ich kannte ihn ja nicht einmal, diesen …« Ein kräftiger Schlag gegen das Jochbein holte Tigrinus vom Schemel und schickte ihn zu Boden. Er kauerte sich zusammen und versuchte, die Muskeln zu entspannen, um den Schmerz aufzufangen. Nur wenige Fingerbreit von seinem Gesicht entfernt starrte ihn der Molosser an.

»Komm schon, du Hurensohn!«, fuhr Vitelli ihn an, während er um den Tisch herumging und drohend auf ihn zukam.

»Ihr … Ihr habt doch meine Mutter gar nicht gekannt.«

»Ebenso wenig wie du, soweit man hört.«

Diese Worte trafen Tigrinus schmerzhafter als die groben Hände, die ihn am Kragen packten und gegen eine Wand schleuderten. Der Hund knurrte.

»Willst du ihn, Malacoda?«, höhnte Vitelli mit sadistischem Grinsen. »Willst du ein bisschen an ihm knabbern?«

Tigrinus sah schon das schäumende Maul des Hundes vor sich, da tat sich auf einmal die Tür auf, und zwei Soldaten kamen herein.

Vitelli unterdrückte einen Fluch und ließ vom Gefangenen ab, den Hund beruhigte er mit einem knappen Befehl.

Gerade noch rechtzeitig, denn schon betrat Cosimo de' Medici den Raum.

Caco hatte sich einen Platz an der Ecke zwischen der Via Ghibellina und dem Graben gesucht, der um das viereckige Gebäude von Le Stinche führte. Nachdem er gesehen hatte, wie Tigrinus verhaftet worden war, hatte er sich in den Zug von Soldaten und Bürgern eingereiht, die den Dieb zum Gefängnis begleiteten. Doch schnell war ihm bewusst geworden, dass er seinem Freund nicht zur Flucht verhelfen konnte. Allein der Anblick dieses mächtigen Gefängnisbaus mit seinen fensterlosen dicken Steinmauern, die von den Fackeln der Menschenschar in ein rötliches Licht getaucht waren, jagte ihm eine Heidenangst ein. An einem Ort wie diesem konnte keiner lange überleben.

Doch Caco mochte Tigrinus wirklich. Er war der Einzige, der ihn noch nie wegen seiner Kleinwüchsigkeit ausgelacht hatte, und hatte ihm schon einige Male das Leben gerettet. Caco würde versuchen, ihm wenigstens Brot und etwas Geld zukommen zu lassen, damit Tigrinus sich die Wachen gewogen machen konnte. Er würde die Übergabe natürlich nicht selbst erledigen, er kannte Menschen, die dafür besser geeignet waren. So manche fromme Frau würde gern solche Dienste der Nächstenliebe leisten.

Nachdem er sich alles im Kopf zurechtgelegt hatte, wollte Caco sich gerade auf den Weg machen. Da entdeckte er zwei Gestalten, die sich mit Laternen in der Hand dem Eingang zu den Kerkern näherten. Ein Mann und eine Frau.

Eine recht ungewöhnliche Stunde für einen Besuch, dachte Caco. Am meisten überraschte ihn jedoch die Entschlossenheit, mit der die Frau ihrem Begleiter voranschritt. Dieser etwas plumpe, dickliche Mann konnte kaum mit ihr Schritt halten und versuchte immer wieder, sie zur Umkehr zu bewegen, doch sie stieß ihn wütend zurück und lief mit hocherhobenem Haupt zu den bewaffneten Männern, die am Portal Wache hielten.

»Ich will ihn aber jetzt sehen!«, widersprach Bianca und schwenkte die Laterne so energisch, als wollte sie diese jeden Moment einer der beiden Wachen überziehen.

»Madonna, das ist nicht möglich«, sagte der Soldat, der näher bei ihr stand. Demonstrativ rammte er seine Lanze vor ihr in den Boden. »Ihr müsst Euch bis morgen früh gedulden.«

»Und wenn ich Euch dafür bezahlte?«

Der andere Soldat schnaufte verächtlich. »Haltet Ihr uns etwa für käuflich wie Söldner?«

Bianca starrte die beiden vernichtend an, dann drehte sie sich zu ihrem Cousin um. »Angelo, so sag doch auch etwas!«

»Bianca, hab doch Geduld …«, brachte dieser gepresst heraus und lächelte verlegen. »Wir werden morgen wiederkehren, ich verspreche es dir.«

»Aber es geht um deinen Vater!«

»Mein Vater war ein bedachtsamer Mann, er hätte gewartet.«

»Wie wenig du ihn doch kanntest! Er war furchtlos und hätte vor zwei aufgeblasenen Kerlen wie denen niemals den Rückzug angetreten.«

»Madonna, also wirklich!«, fuhr einer der Soldaten wütend auf. »So beleidigt Ihr uns!«

Angelo Bruni besänftigte ihn mit einer entschuldigenden Geste. »Meine Cousine weiß nicht, was sie sagt«, erklärte er. »Wenn Ihr ihr doch diesen Gefallen tun könntet …«

»Es tut mir leid«, erwiderte der Soldat. »Der Gefangene, nach dem Ihr gefragt habt, steht unter strengster Bewachung. Der Befehl lautet, dass er bis morgen früh mit niemandem sprechen darf.«

»Und von wem stammt dieser Befehl?«, brauste Bianca auf, die sich nicht geschlagen geben wollte.

Da bemerkte Angelo, wie ein dritter bewaffneter Mann bedrohlich näher kam. Da er das Schlimmste befürchtete, gelang es ihm endlich, Bianca an einem Arm zu packen und mit sich fortzuziehen. »Morgen«, flüsterte er ihr zu in dem Versuch, sie zu beruhigen. »Morgen!«

4

Cosimo de' Medici befahl Niccolò Vitelli, zusammen mit den Wachen und seinem Hund den Raum zu verlassen, dann löste er seinen Umhang, legte ihn über einen Stuhl und setzte sich Tigrinus gegenüber, der sich unter Mühen aufrichtete. Er hätte es wissen müssen. Die ungewöhnliche Behandlung im Gefängnis, das Verhör durch den Hauptmann der Stadtknechte, noch dazu mitten in der Nacht … Unter den hochrangigen Persönlichkeiten von Florenz waren nur wenige so mächtig, dass sie die Gesetze der Republik beugen konnten. Und kaum jemand von ihnen hätte einem mutmaßlichen Mörder Aug in Aug gegenübersitzen wollen. Man konnte allerdings darüber streiten, wer von ihnen beiden nun der Gefährlichere war. Nur selten hatte es jemand gewagt, die Geduld von Cosimo de' Medici zu strapazieren, und außer Tigrinus hatte fast jeder dafür büßen müssen.

»Meine Verehrung, Euer Gnaden«, sagte Tigrinus, während er seine blutverkrustete Lippe rieb. »Was verschafft mir die Ehre Eures Besuchs?«

»Hör auf, mich zu verspotten, du Lump, und sag mir, was du in dieser Krypta zu schaffen hattest«, entgegnete Cosimo.

»Das ist meine Sache.«

»Bald wird es die Sache des Henkers sein.«

»Glaubt Ihr allen Ernstes, dass ich es gewesen bin?«

»Was denn?«

»Der Mörder von Messer Bruni.«

»Wenn du es nicht gewesen bist, wer dann?«

»Also wirklich!«, rief Tigrinus mit theatralisch gespielter Empörung. »Haltet Ihr mich wirklich für so dumm, dass ich einen Mann absteche und mich dann erwischen lasse?«

»Na ja, immerhin warst du dumm genug, dass du im Gefängnis gelandet bist.«

»Ich konnte einfach nicht gehen«, rechtfertigte sich Tigrinus und verschwieg dabei die Sache mit den zweitausend Goldflorin ebenso wie das gesunkene Schiff. Es war schwer zu erklären. Kurz sah er wieder das im Todeskampf verzerrte Gesicht des Opfers vor sich. »Es war, als ob dieser Mann, ehe er das Zeitliche segnete, noch etwas wollte …«

Cosimo verengte die Augen zu Schlitzen. »Was soll er denn gewollt haben?«

»Ach, nichts.« Tigrinus schüttelte den Kopf. »Vergesst es einfach.«

»Das werde ich bestimmt nicht vergessen«, knurrte Cosimo. »Du kannst es dir nicht leisten, hier etwas zu verschweigen, verstehst du?«

Tigrinus war dies nur zu bewusst, aber er würde Giannotto Brunis letzte Worte nur im Austausch für einen sicheren Vorteil preisgeben. Wie dieser aussehen sollte, wusste er noch nicht, da er Cosimo de' Medici, dem mächtigsten Mann von Florenz, nicht über den Weg traute. Warum hatte dieser ihn wohl seit seiner Kindheit beschützt und in die Obhut verschiedener Vormünder gegeben, ohne ihm je etwas über seine Herkunft zu enthüllen? Und was hatte ihn bewogen, in all den Jahren seine fortwährende Auflehnung gegen jede Form von Gesetz und Moral zu dulden? Sosehr er sich bemühte, sich zu erinnern, vor Florenz und dem Medici war da nur das Rauschen des Meeres und der Klang fremder Sprachen, neben dem unbestimmten Gefühl, aus einer fernen Welt zu stammen. Vielleicht war er deshalb so rastlos und unfähig, sich in ein gewöhnliches Leben zu fügen. »Wenn Ihr nicht an meine Unschuld glaubt, weshalb seid Ihr dann hier?«, fragte Tigrinus schließlich.

Cosimo starrte auf die Weinkaraffe, die Vitelli auf dem Tisch hatte stehen lassen, dann schob er sie unwirsch beiseite. »Für jemanden, dem der Galgen droht, zeigst du dich reichlich überheblich«, sagte er verärgert. »Glaubst du etwa, ich habe mich heute gern mitten in der Nacht aufgemacht, um zu Le Stinche zu eilen? Und doch bin ich hier und sitze meinem größten

Misserfolg gegenüber.« Er klopfte energisch mit den Knöcheln auf die Tischplatte. »Seit du ein kleiner Junge warst, habe ich mich in jeder Weise für dich eingesetzt, und du ... Nicht einmal Giovanni da Fiesole ist es gelungen, dich auf den rechten Weg zu führen.«

»Lasst Bruder Giovanni aus dem Spiel«, entgegnete Tigrinus. »Er hatte mich gern.«

»Ich dagegen bin dein Feind?«

»Was Ihr seid, weiß ich nicht. Ich habe nie etwas von Euch verlangt.«

»Erspar mir um Himmels willen deine Vorwürfe.« Cosimo lehnte sich in seinem Stuhl zurück. »Erzähl mir lieber, was in Santa Trìnita vorgefallen ist, und sieh zu, dass du eine glaubwürdige Erklärung gibst.«

»Es war ein Fremder, ein Mann mit einem Turban.«

»Dann wart ihr also zu dritt in der Krypta?«

»Ja. Ich belauschte die beiden Männer aus einem Versteck, während sie sich unterhielten. Dann wurden sie handgreiflich, und einer von ihnen kam zu Tode.«

Cosimo runzelte nachdenklich die Stirn. »Seltsam«, sagte er. »Die wachhabenden Mönche des Klosters haben keine dritte Person erwähnt.«

Tigrinus zuckte mit den Schultern. »Vielleicht, weil er ihnen entkommen ist und sie dies nicht zugeben wollen.«

»Hier steht also dein Wort gegen ihres.«

»Und wenn es stimmt, weshalb sollte ausgerechnet ich dann dafür büßen?«

»Nun stilisiere dich nicht zum Märtyrer«, mahnte Cosimo. »Allein die Tatsache, dass du in die Krypta eingedrungen bist, ist ja fast wie ein Eingeständnis deiner Schuld.«

»Das allein reicht allerdings nicht aus, um mich an den Galgen zu bringen.«

»Messer Vitelli ist da anderer Ansicht. Ich werde wohl tief in meine Börse greifen müssen, um ihn davon zu überzeugen, dich gehen zu lassen.«

Da haben wir es wieder, dachte Tigrinus. Nun bekam er wieder die Fesseln der Dankbarkeit angelegt. Diese Falle der Großmut, durch die der Medici jedermann in Florenz zu seinem Sklaven gemacht hatte. »Und wenn ich den Hauptmann der Stadtknechte überreden könnte, nach dem wahren Schuldigen zu suchen?«

»Du machst es dir einfach«, knurrte Cosimo. »Du kennst doch Vitelli. Wo sollte er den wahren Schuldigen denn suchen?«

»Ich könnte ihm helfen«, beharrte Tigrinus. »Das Gesicht des Fremden konnte ich zwar nicht erkennen, aber an seine Stimme erinnere ich mich.«

»Jemanden aufgrund des Klangs seiner Stimme beschuldigen?«, spottete Cosimo und schüttelte den Kopf. Er erhob sich und nahm seinen Umhang. »Misch dich nicht ein, lass mich einfach machen. Aber dieses Mal wirst du mir den Gefallen erwidern.«

»Und welchen Gefallen soll ich Euch tun?«, fragte Tigrinus misstrauisch.

»Das wirst du morgen Nacht erfahren, wir treffen uns vor der Taverne ›Al Passero‹, dem Wirtshaus zum Spatzen.« Cosimo war schon auf dem Weg zur Tür. »Bis dahin werden die Wachen dich hierbehalten, damit du ein wenig über dein ruchloses Leben nachdenken kannst.«

5

Florenz, außerhalb der Stadtmauern
22. Februar

Der Mönch verließ die Stadt durch die Porta alla Croce und lief weiter hügelan durch die Felder. Bis zum Kloster San Salvi lag ein Fußmarsch von einer Stunde vor ihm, aber er nahm den Weg zu der kleinen Kirche, die dem Orden der Vallombrosaner unterstand, gern auf sich, um die Kollekte der Bauern und der umherziehenden Händler aus der ersten Fastenwoche einzusammeln. Die Morgensonne schien angenehm warm, fast frühlingshaft, und die Luft war so klar, dass sie ihn die düsteren Gewölbe von Santa Trìnita langsam vergessen ließ. Es gab ja auch so vieles, worüber er nachdenken musste, und wenn das Sprichwort »*Solvitur ambulando*« sich auch nur zur Hälfte als richtig erwies, würde ihm das gemächliche Spazieren durch die Natur bestimmt sehr guttun.

Er lief mit großen Schritten, den Kopf gesenkt, den Beutel für die Kollekte unter der Kukulle verborgen, und ließ den Blick über die Reihen von Weinstöcken und die Bauernhäuser schweifen, um sich von seiner inneren Seelenpein abzulenken. Es fiel ihm nicht leicht, gute Miene zum bösen Spiel zu machen. Die Gewissensbisse, die ihn seit letzter Nacht plagten, hatten sich tief in seinem Inneren eingenistet, und weder Gebet noch logische Überlegung konnten sie lindern. Was hast du bloß getan?, fragte er sich immer wieder. Welche Schuld hast du auf dich geladen?

Doch plötzlich sah er sich einem ganz anderen Problem gegenüber. Er war gerade in eine schmale Straße nach Osten eingebogen, als er eine grau gekleidete Gestalt ausmachte, die sich aus dem Schatten einer Steinmauer löste und auf ihn zukam.

»Wer seid Ihr?«, fragte der Mönch abwehrend, weil er fürchtete, einen Räuber vor sich zu haben. Dann erkannte er den grauen Turban des Fremden und beruhigte sich. »Ach, Ihr seid es«, sagte er erleichtert.

»Habt Ihr etwa jemand anders erwartet?«, fragte der stämmige Mann misstrauisch.

Der Mönch seufzte. »Nach dem, was passiert ist, bin ich auf alles gefasst.«

»Da will ich Euch nicht widersprechen, Vater. Und genau dieser Grund führt mich zu Euch.«

Der Mönch schüttelte den Kopf. »Ich glaube, ich habe genügend für Euch getan.«

»Bis gestern wart Ihr nicht so empfindlich.«

»Gestern war ich Euer Komplize, das ist wahr. Aber wenn ich gewusst hätte, wie es enden würde ...«

»Nun seid Ihr in die Angelegenheit verwickelt«, schnitt der Mann ihm das Wort ab. Er setzte ihm den Zeigefinger auf die Brust. »Ihr könnt Euch jetzt nicht zurückziehen, als ob nichts geschehen wäre.«

Der Mönch starrte ihn voller Zorn an. Ein ohnmächtiger Zorn jedoch, der sich mehr gegen sich selbst und das unselige Schicksal richtete. »Nun gut«, knurrte er. »Was wollt Ihr diesmal?«

Der Mann hob die Hände. »Ihr müsst mich verstecken, bis sich die Lage beruhigt hat.«

»Warum das denn? Soweit ich weiß, hat Euch niemand bemerkt.«

»Der Dieb schon. Er hat mich gesehen.«

»Meint Ihr den Kerl, den man eingesperrt hat? Ach der, der ist bereits so gut wie tot.«

»Und wenn er sich jemandem anvertraut, ehe er zum Teufel fährt?«

»Selbst wenn.« Der Mönch lachte nervös auf. »Wer sollte dem Geschwätz eines Verurteilten Glauben schenken? Vertraut mir, Messere. Macht Euch deswegen keine Sorgen. Niemand hat Euch beim Verlassen der Krypta gesehen.«

»Nun ja, einen Zeugen gibt es schon.« Die Züge des Mannes verfinsterten sich.

»Ihr fürchtet doch nicht etwa, dass ich Euch verraten könnte!«, rief der Mönch empört.

»Wirklich nicht, mein guter Vater«, sagte der Mann höhnisch und fing an, den Mönch zu umkreisen. »Denn falls Ihr wirklich so dumm sein solltet, kämt Ihr ebenso in Schwierigkeiten wie ich. Sogar in noch größere. Doch man kann nie wissen, und solange wir das Problem des Schiffes noch nicht geklärt haben, wäre es besser ... wie soll ich sagen ... wenn wir uns gegenseitig Deckung geben würden. Habt Ihr mich verstanden?«

Ich verstehe rein gar nichts, hätte der Mönch dem Fremden am liebsten ins Gesicht gerufen. Doch er war wie gelähmt, unfähig, auch nur einen Schritt zu tun, obwohl er innerlich darauf brannte, sich auf ihn zu stürzen und ihm mit einem Stein den Schädel zu spalten. Welche Erleichterung wäre das gewesen! Damit hätte er zwar die eigene Seele der ewigen Verdammnis anheimgegeben, doch wenigstens für einen Moment hätte er sich frei gefühlt.

Der Mönch schluckte leer, um den bitteren Geschmack in seinem Mund loszuwerden, während er fieberhaft überlegte, wie er sich aus dieser unangenehmen Situation befreien könnte. Doch hier draußen kam er zu keiner Lösung.

Denn auch er hatte Schuld auf sich geladen. Genau wie der Mann, dem er gegenüberstand.

6

Städtisches Gefängnis Le Stinche

Bianca hatte Angst, aber um nichts auf der Welt hätte sie das zugegeben. Die ganze Nacht hatte sie sich schlaflos hin und her gewälzt, vor lauter Ungeduld, endlich das Gefängnis aufzusuchen und dem Mörder ihres geliebten Onkels Aug in Aug gegenüberzustehen. Doch als sie nun schnellen Schrittes durch einen Gewölbegang lief, in dem es so finster wie in einer Höhle war, wünschte sie sich nichts sehnlicher, als so schnell wie möglich wieder an die frische Luft zu kommen.

Hör auf zu zittern, ermahnte sie sich still. Giannotto Bruni hatte ihr beigebracht, keine Gefühle zu zeigen – ganz gleich wie widrig die Umstände gerade sein mochten –, um den Gegnern keinen Vorteil zu bieten. Denn Gegner gibt es immer, pflegte er ihr zu sagen. Immer, selbst wenn man sich in sicheren Gewässern glaubt. Bianca erinnerte sich wehmütig an jedes seiner Worte. Schon als kleines Mädchen hatte er sie auf seine Geschäftsreisen nach Pisa und Livorno mitgenommen. Er hatte ihr alles erklärt, war mit ihr an den Hafenkais entlangspaziert, wo er die Frachtlisten und die vor Anker liegenden Schiffe studierte und beobachtete, welche Waren aus aller Herren Länder die Seeleute zum Verkauf boten. Bei einer dieser Gelegenheiten hatte Bianca sich in ein seltsames Andenken verliebt – eine Maske für eine Frau, die aus einem Straußenei gefertigt worden war. Der Verkäufer, ein Berber, der als Ruderer angeheuert hatte und unter einem Zeltdach Schutz vor der Sonne suchte, hatte geschworen, dass sie von einem Magier in Algerien stammte. Giannotto hatte zunächst nur skeptisch gelacht, aber dann doch eine unglaubliche Summe dafür hingelegt, um seiner Nichte den Gefallen zu tun.

Bianca hatte diese Maske immer noch. Sie bewahrte sie

in ihrem Privatgemach auf, in einer Schublade neben ihrem Schmuck. Jetzt hätte sie diese liebend gern aufgesetzt, um dahinter Schutz zu finden.

Aus dem Augenwinkel schaute sie zu ihrem Cousin, der neben ihr herlief, aber Angelos pausbäckiges Profil tröstete sie wenig. Von ihnen beiden war sie immer die Mutigere gewesen. Seit ihr Vater Teodoro sie in die Obhut seines Schwagers gegeben hatte, um sich auf seine Handelsreisen zu konzentrieren und sich so über den Verlust seiner geliebten Gattin hinwegzutrösten, hatte Bianca es sich angewöhnt, sich jedem Problem allein zu stellen und ihren Willen durchzusetzen.

»Wie lange dauert es noch?«, fragte sie die Wache, die vor ihnen lief.

Der Soldat fuhr herum, musterte sie beinahe obszön von oben bis unten, nur um sich danach wortlos wieder nach vorn zu wenden und weiter den Gang entlangzulaufen. Die Fackel in seiner Hand, die einzige Lichtquelle, beleuchtete eine Reihe von verriegelten Türen, hinter denen Seufzer und Klagen zu hören waren. Doch mehr als alles andere beunruhigte Bianca die Verzweiflung, die sie an diesem Ort spürte. Das Gebäude war von ihr durchdrungen, und sie legte sich lähmend wie ein tödlicher Hauch auf alle, die diese Stätte aufsuchten.

Als sie erkannte, dass sie ihr Ziel erreicht hatten, war sie beinahe erleichtert. Sie sah, wie der Soldat die Fackel neben einer Tür befestigte, die er mit einem Schlüssel aufsperrte, und sie mit einer unbeholfenen Verbeugung bat, einzutreten.

Dort in der Zelle wartete der Mörder ihres Onkels.

Als Bianca bemerkte, dass Angelo zögerte, atmete sie einmal tief durch und betrat entschlossen den Raum.

7

Ein ganz in Schwarz gekleideter Mann hockte in einer Ecke, sein Gesicht war mit dunkler Farbe verschmiert, als wäre er geradewegs aus einem Kamin gestiegen. Er hatte den Kopf gegen die Wand gelehnt, sodass sein Gesicht im Profil zu sehen war, und grinste sardonisch. Im flackernden Schein der Fackel fielen Bianca sofort die ungewöhnlichen silberfarbenen Strähnen auf, die sein Haar durchzogen.

»Was?«, rief Tigrinus und musterte sie misstrauisch. »Lässt man jetzt auch schon Nonnen hier herein?«

»Ich bin keine Nonne«, fuhr Bianca zornig auf. Für den Gefängnisbesuch hatte sie ein hochgeschlossenes Kleid und eine lange Haube gewählt, die ihr Haar komplett verbarg.

»Ich bitte um Verzeihung, Madonna«, sagte Tigrinus spöttisch und musterte sie nun ein wenig genauer, fast wohlwollend. »Nun, da Ihr mich darauf hinweist …«

»Schweigt!«, unterbrach Bianca ihn empört. »Ich bin nicht hier zu Eurem Vergnügen, sondern um Euch ins Angesicht zu blicken und Euch den grausamsten Tod auf Erden zu wünschen! Ihr …« Sie legte sich eine Hand an die Brust, um ihre aufwogende Erregung im Zaum zu halten. »Ihr habt meinen Onkel umgebracht, einen grundgütigen und hochverehrten Menschen, der es nicht verdiente, in einer finsteren Krypta zu sterben, ganz allein und ohne den Beistand seiner Familie! Welchen teuflischen Ränken ist es zu verdanken, dass Ihr noch nicht in der Hölle schmort?«

»Wache, bitte!« Tigrinus hob den Blick zum Himmel. »Wer ist dieses besessene Weib?«

»Bianca de' Brancacci, Nichte des Messer Giannotto Bruni.« Plötzlich schienen Bianca die Kräfte zu verlassen, als hätte der Gefühlsausbruch sie geschwächt. Auf der Suche nach einem Halt packte sie Angelo am Arm und zog ihn in die Zelle. »Der

Mann, der mich begleitet, ist Angelo Bruni, Sohn dessen, den Ihr so feige ermordet habt. Wie ich ist er gekommen, um Gerechtigkeit und Erklärungen zu fordern.«

Tigrinus rührte sich nicht vom Fleck und betrachtete die beiden gleichmütig. »Ich respektiere Euren Schmerz und Euren Zorn«, sagte er leise. »Lasst mich jedoch sagen, dass ich nicht Messer Brunis Mörder bin.«

»Macht Ihr Euch über uns lustig?«, fragte Bianca zornig.

»Keineswegs. Mein einziger Fehler war es, dass ich die Krypta aufgesucht habe, und das kurz bevor das Verbrechen geschah …«

»Dann hat sich mein Onkel also selbst den Dolch in den Leib gerammt?«

»Der Täter ist geflohen, sodass man nun mich für den Schuldigen hält.«

Bianca schüttelte den Kopf und wollte schon zu weiteren Beschimpfungen ansetzen, als Angelo sich vor sie stellte.

»Ihr müsst wirklich sehr dumm sein, wenn Ihr glaubt, dass Ihr mit solchen Lügen davonkommt«, sagte Angelo nachdrücklich, in dem vergeblichen Versuch, Autorität auszustrahlen.

Tigrinus zuckte nur mit den Schultern. »Wie Ihr meint, Messere.«

»Wie … könnt Ihr es wagen?«

»Gott ist mein Zeuge, ich sage die Wahrheit«, verteidigte sich Tigrinus und sah Bianca so durchdringend an, dass diese zurückwich. »Ihr dagegen, meine Herrin? Wollt Ihr nur Euren Zorn befriedigen oder lieber den wahren Schuldigen finden?«

Mit einer brüsken Handbewegung schob Bianca Angelo beiseite und trat einen Schritt vor. Zum ersten Mal bemerkte sie, dass das Gesicht des Gefangenen Spuren von Misshandlung aufwies. Ein Schauer der Genugtuung lief ihr über den Rücken. »Der Schuldige steht hier vor mir«, stellte sie befriedigt fest.

Tigrinus wandte den Blick nicht von ihr, als wollte er noch etwas sagen. Dann seufzte er enttäuscht auf. »Wache, was ist?

Schläfst du?«, rief er. »Willst du nicht endlich diese beiden Menschen hier entfernen?«

»Wir werden nirgendwo hingehen, bis wir nicht von Euch selbst gehört haben, dass Ihr ein Mörder seid«, sagte Bianca.

»Dann bittet Ihr mich also zu lügen«, gab Tigrinus zurück. »Anstatt Euch zu fragen, wie und aus welchem Grund Messer Bruni in den unterirdischen Gewölben von Santa Trìnita zu Tode gekommen ist.«

Angelo setzte schon zu einer empörten Antwort an, aber Bianca hielt ihn zurück. Obwohl sie vor Zorn kochte, begriff sie nicht, warum der Gefangene so sehr darauf bestand, unschuldig zu sein. War er denn nicht bereits zum Tode verurteilt? Misstrauisch verschränkte sie die Arme vor der Brust. »Nun denn?«

»Nun denn«, fuhr Tigrinus fort und klang sehr geheimnisvoll. »Er wurde wegen zweitausend Goldflorin umgebracht. Oder vielmehr sechstausend.«

Angelo verzog ungläubig das Gesicht. »Mein Vater hätte niemals gewagt, mit einer solchen Summe durch Florenz zu laufen. Zumindest nicht ohne Eskorte.«

»Es geht ja auch nicht um das Geld Eures Vaters«, stellte Tigrinus klar. »Sondern um das eines anderen. Des Mannes, der ihn abgestochen hat. Um es kurz zu machen, dieser Unbekannte beschuldigte Euren Vater, ihn betrogen zu haben.«

Bianca lachte nervös auf. »Jetzt beschmutzt Ihr also auch noch das Andenken meines Onkels und heißt ihn einen Betrüger?«

Tigrinus wehrte verächtlich ab. »Und doch ist es die Wahrheit.«

»Leeres Geschwätz«, sagte Angelo. »Eine dreckige Lüge.«

»Dann überprüft es doch selbst«, forderte Tigrinus ihn auf. »Soweit ich gehört habe, stammt die Schuld, um die es hier geht, aus einem Geschäft, das in Famagusta ausgehandelt wurde.«

»Famagusta?«, wiederholte Angelo erschrocken.

»Ach. Das sagt Euch also etwas ...«

»Seid still!«, brauste Bianca auf. »Wenn Ihr so auftrumpft, wirkt Ihr nur umso hassenswerter.«

»Vielleicht bin ich das« gab Tigrinus zurück. »Doch ein Mörder bin ich ganz bestimmt nicht.«

»Dann heraus mit der Sprache!«, rief Angelo verzweifelt. »Was sonst meint Ihr zu wissen?«

»Cousin! Wollt Ihr diesem Verbrecher etwa Gehör schenken?«

Angelo winkte ungehalten ab. »Nun ja, er hat von einer unserer Filialen gesprochen. Die von …«

»Schweig!«, befahl Bianca ihm. »Merkst du denn nicht, dass der Kerl hier uns nur etwas vorspielt? Wie viele Hinweise willst du ihm noch geben, dass er uns mit seiner gespaltenen Zunge anlügt?«

Tigrinus lachte höhnisch auf. »Messer Angelo, lasst Ihr Euch so von einer Frau abkanzeln?«

Vollkommen außer sich stürzte Bianca vor und ohrfeigte Tigrinus so heftig, wie sie konnte. »Bald werdet Ihr nicht mehr lachen, Verbrecher!«, schrie sie wütend. »Euch werden die Scherze vergehen, wenn man Euch zum Galgen zerrt!«

Tigrinus lachte nur weiter und sah sie mit seinen Katzenaugen an. Sie wollte erneut zuschlagen, aber dann spürte sie, wie jemand sie an den Hüften packte und aus dem Raum zerrte. Wild wie eine Furie wehrte sie sich gegen Angelos Umarmung, bis sie sich befreit hatte.

»Wann wird er hingerichtet?«, fragte sie die Wache hasserfüllt. »Sagt mir, wann, zum Teufel!«

Doch der Soldat antwortete nicht und schloss stumm hinter ihr die Zellentür.

8

Viertel Oltrarno, Palazzo Bruni

Zwei Stunden später saß Angelo in dem Arbeitszimmer, das bis zum Vortag noch das seines Vaters gewesen war. Er war müde und wütend aus Le Stinche zurückgekehrt und zwang sich nun, seine schlechte Laune zu bezähmen, die er allerdings weniger der Begegnung mit Tigrinus verdankte, sondern Bianca, die immer noch auf sehr unangenehme Weise durch das Haus tobte.

Da saß er nun, der Erbe Giannotto Brunis, hinter einem Schreibtisch mit abgestoßenen Kanten, zwischen Regalen und Dingen, die das Gespenst jenes mürrischen Mannes heraufbeschworen, der nie auch nur ein Lächeln für jemanden übrig hatte. Angelo verband nur wenige Erinnerungen mit diesem Zimmer, aber sie waren alle unangenehm und demütigend.

Selbst die Trauer um den Tod des Vaters hatte diese Verbitterung nicht vertreiben können. Nun, da von ihm erwartet wurde, sich um die Interessen der Familie zu kümmern, machte ihm der Gedanke Angst, Banken, Unternehmen und Filialen von Mallorca bis nach Byzanz mit Hilfe eines Netzwerks von Handelsagenten zu führen, über die er wenig bis gar nichts wusste. Allein beim Anblick all der Blätter mit Berechnungen, Berichten und Inventarlisten, die am Rand des Schreibtischs aufgehäuft waren, zog sich ihm der Magen zusammen.

Allerdings würde er die finanzielle Lage kaum verschlimmern können. Dafür hatte Giannotto schon selbst gesorgt, der *Pater familias*, der ihm zwar bei jeder Gelegenheit sein mangelndes Talent vorgeworfen hatte, aber selbst so blind gewesen war, in den Schiffshandel mehr zu investieren, als die eigenen Mittel im Grunde erlaubten. Angelo war es jedoch nur ein schwacher Trost, dem verstorbenen Vater die Schuld an der jetzigen Lage zuzuweisen.

In einer plötzlichen Aufwallung von Stolz trat er an die Regale voller dicker Bände, die an den Wänden aufgereiht standen. Wenn er seinen Vater wegen der schlechten Meinung über ihn Lügen strafen und den verlorenen Glanz des Hauses Bruni wieder aufleben lassen wollte, musste er sich neu erfinden. Musste wagemutiger, schlauer und vor allem bereit sein, das zu lernen, was bis zu diesem Moment für ihn bloß eine trockene Materie gewesen war.

Angelo zog einige in bräunliches Leder gebundene Hauptbücher heraus, schlug das oberste auf und war gleich mit einer unübersichtlichen Menge an Notizen über Warenbewegungen und Geldtransaktionen zwischen Florenz und den Handelsplätzen des Mittelmeers konfrontiert. Giannotto Bruni hatte mit winziger, eckiger Schrift bei Kerzenschein jede Einzelheit der Aktivitäten des Familienunternehmens festgehalten. Bis zum Tag vor seinem Ableben.

Angelo legte die Bücher auf dem Schreibtisch ab und las weiter darin, die Stirn nachdenklich in Falten gelegt. Anfangs fühlte er sich zwischen all den Zahlen und Abkürzungen verloren. Doch nachdem er seine instinktive Abneigung überwunden hatte, konnte er die Routen der Schiffe nachvollziehen, die mit Bündeln an Wechselbriefen aus Pisa abfuhren und Monate später wieder zurückkehrten, die Laderäume angefüllt mit Zucker, Baumwolle und Alaun. Auf anderen Buchseiten war dagegen die Verschickung von Wollstoffen und Handwerksartikeln aus Florentiner Herstellung dokumentiert, die über Berge, Meer und Wüsten bis in die Städte jenseits der Alpen oder in den Orient gelangten.

Als Angelo sich weiter in die Geschäfte des Unternehmens vertiefte, die in diesen Listen mit nichts als Zahlen und Gewichtseinheiten beschrieben wurden, sah er unwillkürlich Galeeren vor sich, die im Verband die Segel setzten, oder Karawanen, die sich durch Sandstürme kämpften. Bis er sich irgendwann aus seinen Träumereien riss und sich wieder auf die Hauptbücher konzentrierte, um endlich zu finden, wonach er suchte.

Die Einnahmen der Familie wurden nicht nur mit Handel erzielt. Die vom Vater so penibel geführten Bücher nannten auch mehr oder weniger wertvolle Waren, die dem Unternehmen selbst gar nicht gehörten, sondern die von diesem oder einer seiner Filialen nur versichert wurden, um die Eigentümer gegen eventuelle Vorfälle während des Transports zu schützen. Dafür hatte Giannotto eine Bank in einer der belebtesten Straßen des Viertels San Lorenzo unterhalten, während zahllose Männer seines Vertrauens in allen Winkeln der Welt seine Geschäfte führten. Venedig, Mallorca und Marseille waren die wichtigsten Orte eines weitgefächerten Netzwerks, zu dem auch Famagusta gehörte.

Seit Tigrinus diese Stadt erwähnt hatte, konnte Angelo nicht aufhören, darüber nachzudenken, was eine der größten Hafenstädte Zyperns mit dem Tod seines Vaters zu tun haben mochte. Famagusta war seit mehr als hundert Jahren der Stützpunkt Genueser Seeleute und bot auch Florentiner Handelsgesellschaften reichlich Verdienstmöglichkeiten. Darunter auch das Unternehmen der Bruni, das dort seit mehr als zwanzig Jahren eine Filiale in der Nähe der am Meer gelegenen Festung unterhielt.

Angelo blätterte weiter in den Hauptbüchern in der Hoffnung, eine Spur von den geheimnisvollen zweitausend Goldflorin – oder waren es gar sechstausend? – zu finden, die der Dieb erwähnt hatte. Eine Schuld, wenn man diesem arroganten Kerl trauen wollte. Angelo dagegen glaubte, dass die Zahl sich auf etwas anderes bezog. Er war zwar mit Handelsgeschäften nicht vertraut, doch er ahnte, dass es um eine Forderung auf Entschädigung für eine versicherte Ware ging, die niemals am Zielort angekommen war. Und angesichts der genannten Summe musste sie sehr wertvoll sein.

Die Suche nach Hinweisen erwies sich als überaus schwierig. Giannottos Notizen über Geldeinnahmen im Ausland waren ziemlich vage, fast schon verschlüsselt, sodass Angelo schon bald der Verdacht kam, ein Großteil der Einnahmen wäre ganz bewusst durch eine ausgeklügelte doppelte Buchhaltung verschleiert worden.

Als sich das Licht der aufgehenden Sonne langsam über den Dächern von Florenz ergoss, beendete Angelo die Lektüre der Hauptbücher und durchsuchte die Regale, bis er, völlig übermüdet, ein *Kopialbuch* entdeckte, in dem der Briefwechsel mit dem Handelsvertreter der Bruni in Famagusta, einem gewissen Balduccio Landini, gesammelt war.

Angelo kannte den Namen. Es musste ein Freund seines Vaters sein oder eher ein Geschäftspartner. Voller Ungeduld überprüfte er die Briefe, die dieser Mann in den letzten Monaten geschickt hatte, bis er auf einen stieß, der seine Aufmerksamkeit fesselte.

Ein Hauch von salziger Meeresluft schien von dem Schriftstück auszugehen.

Unter dem Handelssiegel der Bruni waren in schöner Ockertinte einige Anmerkungen zu einem nicht näher bezeichneten Gut notiert, das für Florenz bestimmt und gegen Ende des Vorjahres in Famagusta verladen worden war. Balduccio hatte es auf Wunsch eines Kunden, der in dem Brief nicht genannt wurde, höchstpersönlich und ohne die Vermittlung eines Notars versichert.

Angelo kam es verdächtig vor, dass die Art des Handelsgutes nicht im Geringsten beschrieben wurde. Die einzigen diesbezüglichen Informationen lauteten »7 Dutzend *Drachmen*, 45.000 weiße *Bezanten*, versichert für 2000 Goldflorin«.

Angelo grübelte lange über diese Angabe und verfluchte seine Unwissenheit in Bezug auf Maßeinheiten und Wechselkurse. Sein Vater hatte recht gehabt mit seiner Behauptung, dass er mit Zahlen nichts anfangen konnte, dachte er, wütend auf sich selbst. Er ahnte, dass der Schlüssel zu dem Rätsel genau dort lag, vor seinen Augen. Er musste nur noch einen Weg finden, es zu lösen, und dann hätte er das Motiv für den Mord gefunden.

Doch dies war nicht der Grund für seine Neugierde.

Es war vielmehr eine Ahnung.

Das Gefühl, dass er auf eine Geschichte gestoßen war, die noch weitaus fesselnder war als alles, was er sich sonst in seinen Tagträumen ausmalte.

Die Geschichte eines Schiffes, das in Famagusta abgelegt hatte und dann im Nichts verschwunden war. Und zwar mit einem Laderaum voller Reichtümer.

Angelo überflog noch einmal den Brief von Balduccio Landini, dann trat er hinaus auf den Gang, der das Arbeitszimmer mit den Wohnräumen des Palazzos verband.

»Bianca!«, rief er. »Komm doch bitte her. Ich brauche deinen Rat.«

9

Als Tigrinus das Gefängnis verlassen hatte, verharrte er kurz in dem Schatten, der sich über die Fassade von Le Stinche gelegt hatte, und sah sich um. Jenseits des Grabens, in dem Labyrinth aus engen Gassen, erwartete ihn Cosimo de' Medici. Doch der konnte warten. Der Gedanke an das Wirtshaus »Al Passero« und die Aussicht, dass er dort die Befehle seines Wohltäters entgegennehmen sollte, bereiteten ihm schon jetzt Unbehagen. Bestimmt würde bei dem Gespräch auch ein bewaffneter Soldat zugegen sein, vielleicht sogar ein Stadtknecht von Vitelli, doch Tigrinus fürchtete sich mehr vor dem Gefallen, von dem er noch nicht wusste, was er sein würde. Er rückte seinen Gürtel zurecht und tat einen Schritt nach vorn, immer noch unentschlossen, welche Richtung er einschlagen sollte. Dann entdeckte er bei der Kirche Santi Simone e Giuda ein vertrautes Gesicht. Er winkte und lief hinüber.

Caco saß in einer Mauernische, ließ die Beine baumeln und musterte zwei einfach gekleidete Frauen mit einem anzüglichen Lächeln. Als er seinen Gefährten erblickte, wurde er sogleich ernst und sprang mit einem Satz auf die Straße.

»Wie hast du es bloß wieder geschafft, da rauszukommen?«, fragte er verblüfft.

Tigrinus zuckte mit den Schultern. »Ich hatte Glück.«

»Ach wirklich? Ehrlich gesagt habe ich eigentlich erwartet, dass man dich in Ketten durch die *Via dei Malcontenti* führen würde.«

»Es tut mir leid, dass ich dich enttäuscht habe.«

»Jetzt sei kein Esel. Ich habe mir Sorgen gemacht.«

Tigrinus hörte ihn schon nicht mehr. Auf der gegenüberliegenden Straßenseite war ihm ein Mann in einem grünen Umhang aufgefallen, der zu ihm herübergeblickt hatte, jedoch gleich hinter einer Ecke verschwunden war. »Komm, weg hier«, murmelte er und ging auf einen Torbogen zu, der in die Via dei Lavatoi führte.

»Wovor hast du denn jetzt Angst?«, fragte Caco, der sich bemühte, mit ihm Schritt zu halten.

»Halt dich lieber da raus.«

»Traust du mir nicht mehr?«

»Wenn ich mal wieder jemanden als Handlanger brauche, erfährst du als Erster davon.«

»Oh, so einen brauchst du jetzt schon!«, gackerte Caco. »Oder hast du etwa den Spion mit dem grünen Umhang nicht bemerkt?«

Tigrinus blieb schlagartig stehen. »Dann ist er dir also auch aufgefallen.«

»Der lauert bereits seit heute Morgen vor dem Gefängnis herum«, erklärte Caco leise. »Und was für ein Zufall – er ist genau dann gegangen, als du aufgetaucht bist.«

»War er allein?«

»So einsam wie der Tod.«

Tigrinus widerstand dem Drang, sich sofort umzusehen, und folgte der Straße, in der einige Handwerker der Wollzunft, darunter auch Färber und Kaufleute, ihrer Tätigkeit nachgingen. In einer so belebten Gegend würde er kaum in einen Hinterhalt geraten. Und doch fühlte Tigrinus sich im fahlen Licht der Vesperstunde nicht so recht sicher. Er trat an eines der vielen Brunnenbecken heran, in denen Frauen wie Handwerker Wäsche wuschen, und rieb sich den letzten Ruß und die Spuren seines Gefängnisaufenthalts aus dem Gesicht. »Hör mal, mein Freund«, fuhr er entschlossen fort. »Du hast bei der Sache in Santa Trìnita schon genug riskiert. Das hier ist eine ganz andere Geschichte, verstehst du?«

»Sag, was du willst. Aber ich werde keinen Gefährten im Stich lassen, der mir mehr als einmal das Leben gerettet hat.«

»Wie war das noch beim letzten Mal?«, fragte Tigrinus und musste unwillkürlich lächeln. »Wärst du da nicht beinahe in einem Weinfass ertrunken?«

Caco grummelte etwas, aber Tigrinus achtete nicht darauf. Er schlug seinem Gefährten kräftig auf die Schulter, und beide drangen immer weiter in die dunklen Gassen von Florenz vor. Tigrinus musste wieder an Cosimo de' Medici denken, an den Tod von Giannotto Bruni und die seltsame Frau, die so wütend auf ihn losgegangen war. Vor allem sie ging ihm nicht aus dem Kopf. Denn nun, da er nicht mehr im Gefängnis saß, wurde ihm ein Detail bewusst, über das nachzudenken er bis dahin keine Zeit gefunden hatte.

Diese Bianca war die schönste Frau, die er jemals gesehen hatte.

10

Bianca sah auf den Brief, dann zu Angelo, dann wieder auf den Brief. »Bist du sicher, dass in den Hauptbüchern von Onkel Giannotto nichts von dem verzeichnet ist, was Messer Balduccio hier aufgeschrieben hat?«, fragte sie.

»Ganz sicher«, bestätigte dieser.

Die beiden befanden sich im Arbeitszimmer des Palazzos. Als die Schatten immer länger wurden, entzündete Bianca eine große Öllaterne, die Giannotto Bruni auf dem Schiff eines türkischen Piraten gefunden und hier an der Zimmerdecke aufgehängt hatte, woraufhin der Raum in rötlichem Schein erstrahlte.

»So sicher wie damit, dass dieses Schreiben mit dem Tod deines Vaters zu tun hat?«, zog Bianca ihn auf.

»Nun ja, der Dieb hat erwähnt, dass …«

»Ja, dass Famagusta eine Rolle spielt.« Seufzend ließ Bianca sich in einen Armsessel sinken. Obwohl ihr Gesicht von Sorgen gezeichnet war, verliehen ihr die offenen Haare und der Ausschnitt des Kleides etwas sehr Sinnliches. »Und ich nehme an, dass Tigrinus ebenso wie halb Florenz weiß, dass unser Handelsnetz sich nicht nur bis nach Zypern, sondern auch nach Mallorca und nach Tunesien erstreckt. Meinst du nicht, dass er einfach nur daraufhin etwas erfunden hat?«

»Und der Brief von Messer Balducci?«, fragte Angelo aufgebracht. »Der Brief, den ich dir gerade gezeigt habe?«

»Solche Briefe gibt es unzählige im Archiv deines Vaters.«

»Der hier ist aber kurz vor seiner Ermordung eingetroffen.«

Bianca überlegte kurz, dann schüttelte sie den Kopf. »Gib dir keine Mühe, ich traue diesem Dieb nicht.«

»Ich bitte dich ja auch nicht, ihm zu trauen. Du sollst mir dabei helfen herauszufinden, ob wir hier auf mehr gestoßen sind als einen bloßen Zufall. Kommt es dir wirklich so unvorstellbar vor?«

»Du solltest dich auf andere Dinge konzentrieren. Deine Anwesenheit im Viertel Santa Croce ist dringend erforderlich. Die Bank, die Geschäfte, die Geschäftspartner der Familie … Du hast Pflichten zu erfüllen, verstehst du?«

»Ich gehe bald dorthin, das verspreche ich dir. Aber zuerst …«

»Das Versprechen eines Kindes.«

Angelo tat so, als habe er die letzte Bemerkung nicht gehört, und drückte ihre Hand. »Hilf mir, bitte.«

Bianca wollte schon etwas entgegnen, doch dann sah sie in dieses pausbackige Gesicht, das an ein Engelchen erinnerte, und seufzte. Etwas widerwillig las sie den Brief von Balduccio laut vor. »Sieben Dutzend Drachmen, fünfundvierzigtausend weiße Bezanten, versichert für zweitausend Goldflorin.« Sie las den Brief noch einmal still, aber dafür aufmerksamer, dann kniff sie die Augen zusammen. »Beachtlich.«

»Dann hatte ich also recht?«, fragte Angelo.

»Warte noch, ehe du das behauptest«, wies sie ihn zurecht und bereute bereits, dass ihr dieser Kommentar zu dem Brief entschlüpft war. »Ich weiß nicht, von welcher Art Handelsgut die Rede ist. ›Drachmen‹ sind eine Gewichtseinheit, die man im Orient zum Handel mit Edelsteinen und Gewürzen verwendet, und die hier angegebene Menge entspricht nach der auf Zypern gültigen Umrechnung …«, sie legte sich eine Hand an die Stirn und überschlug es schnell, »etwas weniger als elf Unzen. Ungefähr das Gewicht eines Korbes mit Nüssen.« Sie wartete Angelos Zustimmung ab, dann fuhr sie fort: »Das Interessante hieran ist die Summe, die an unsere Filiale gezahlt wurde, um die Ware zu versichern, nämlich zweitausend Goldflorin. Im Grunde ein kleines Vermögen. Aber angemessen für die sieben Dutzend Drachmen der geheimnisvollen Fracht, wenn das, was Messer Balduccio schreibt, der Wahrheit entspricht und ihr Wert bei den Banken von Famagusta bei fünfundvierzigtausend weißen Bezanten lag.«

»Weiße Bezanten?«, fragte Angelo und errötete. »Bislang habe ich nur etwas von sarazenischen Bezanten gehört.«

Bianca verdrehte ungeduldig die Augen. »In Famagusta gibt es zwei Arten von ›großem‹ Geld, die weißen Bezanten und die sarazenischen Bezanten«, erklärte sie. »Die weißen Bezanten werden für den Handel mit Metall und Edelsteinen benutzt. Sie sind so viel wert wie das Sechstel eines Florin, daher entspricht der Betrag, von dem in unserem Brief die Rede ist, siebentausendfünfhundert Florin. Unglaublich! Das ist eine ungeheure Summe.«

Auch wenn Angelo kein Meister am *Abakus* war, so hatte er das bereits vermutet. Ein wahrer Schatz. Doch dann ging ihm plötzlich etwas anderes durch den Kopf. Nicht zum ersten Mal erlebte er seine Cousine bei solchen Überlegungen, und auf einmal wurde ihm siedend heiß bewusst, dass eigentlich sie diejenige sein sollte, die fortan die Geschäfte der Familie Bruni leitete.

Angelo war schlichtweg fasziniert. Obwohl man Bianca immer als anmutig bezeichnet hatte, waren sie zusammen aufgewachsen, ohne dass er je mehr als geschwisterliche Gefühle für sie empfunden hatte. Doch jetzt, wo er plötzlich auf ihren Verstand angewiesen war, nahm er an ihr eine souveräne, fast schon verführerische Schönheit wahr.

Er ließ den Blick über ihren Hals bis zum Busen gleiten, dann hob er mit plötzlicher Entschlossenheit den Kopf. »Siebentausend Florin. Besser gesagt, siebentausendfünfhundert. Wenn wir nur herausfinden könnten, wo diese Ladung verblieben ist …«

Bianca starrte ihn verwirrt an. »Was faselst du da vor dich hin?«

»Erkennst du es denn immer noch nicht? Diese Ladung befindet sich im Laderaum eines verschwundenen Schiffes, das niemals seine Bestimmung erreicht hat! Aus welchem Grund sonst hätte der Mörder meines Vaters die Erstattung der Summe einfordern können, von der Tigrinus spricht?«

»Schon wieder dieser Dieb? Hast du jetzt völlig den Verstand verloren?«

»Ich bin vollkommen bei Verstand, das schwöre ich. Und ich weiß genau, was ich sage. In dem Brief von Messer Balduccio geht es um den Schatz eines verlorenen Schiffes.«

»Vorausgesetzt, du hättest recht«, stimmte Bianca ihm äußerst vorsichtig zu. »Was hast du vor?«

Angelo setzte sich auf den Platz seines Vaters und sah in den Schein der türkischen Laterne, während sein Gesicht einen verträumten Ausdruck annahm. »Vielleicht ist dir noch nicht bewusst, dass wir die Einzigen sind, die vom Verschwinden dieses Schiffes wissen. Wenn wir es finden, könnten wir seine Reichtümer an uns bringen.«

Bianca war fassungslos. Kurz sah es so aus, als wollte sie aufspringen und den Raum verlassen, doch dann beherrschte sie ihre Empörung und atmete einmal tief durch. »Geschätzter Cousin«, begann sie bemüht freundlich, »du hast recht, dass eine solche Summe dem Familienunternehmen der Bruni zupasskäme. Ich ermahne dich jedoch, vernünftig zu handeln. Du bist nicht der Sohn eines Abenteurers, sondern eines Bankiers, daher hör auf, von Schiffen, Schätzen und solchen Dingen zu träumen. Hör bitte damit auf, ehe die Wirklichkeit dich langweilt und die Welt dir wie ein Labyrinth vorkommt, aus dem es kein Entkommen gibt. Jetzt bist du das Familienoberhaupt, begreifst du das? Du bist derjenige, der nun die Geschicke unseres Hauses lenken muss.«

»Es liegt mir fern, naiv zu sein«, gab Angelo brummig zurück. »Ich werde mich meinen Verpflichtungen stellen, nur keine Sorge. Ich werde sie ausnahmslos erfüllen, ganz so, wie es sein soll. Aber nun sieh mich bitte an und bestreite, wenn du das kannst, dass eine solche Gelegenheit kein Geschenk des Himmels ist.«

»Schluss jetzt!«, rief Bianca empört. »Mit solchen Worten beschämst du deinen Vater! Wie kannst du glauben, dass sich alle Probleme in einer Schatzsuche lösen lassen? Welche Anhaltspunkte hast du denn schon? Sieben Dutzend Drachmen! Du musstest bloß diese Worte lesen, und schon warst du verzaubert. Denk doch, um Gottes willen, nach. Ist dir eigentlich klar, dass wir nicht einmal wissen, worum es sich bei der ganzen Sache handelt?«

»Doch, das ist mir bewusst«, entgegnete Angelo, und seine wachsende Entschlossenheit verlieh ihm etwas von einem Besessenen. »Genau aus diesem Grund werde ich noch heute an Messer Balduccio Landini schreiben, der sich immer noch in Famagusta befindet, und ihn um weitere Informationen in dieser Angelegenheit bitten.«

11

Als sie in die Nähe des Canto degli Aranci kamen, gingen Tigrinus und Caco getrennte Wege. Tigrinus wandte sich nach Norden, zunächst die Via dei Fossi entlang, um dann in das Gewirr der Hauseingänge nahe des Weidelands Cafaggio einzutauchen. Die Nacht hatte schon ihren düsteren Mantel über die Stadt geworfen, doch er, der Dieb, der in der Dunkelheit seinen Verbündeten sah, hatte keine Mühe, die Via dei Pinti zu erreichen, wo er zwischen den verschiedenen Klöstern und Konventen entlanglief.

Nur in diesem Teil von Florenz fühlte Tigrinus sich zu Hause. Nur dort besänftigte sich sein rebellischer Geist und ließ den Erinnerungen an seine Kindheit Raum, die er mit Bruder Giovanni da Fiesole verbracht hatte, dem malenden Mönch, der schon wenige Jahre nach seinem Tod wegen seiner sakralen Bilder »der Selige« genannt wurde.

Tigrinus durchschritt einen Ziegelbogen und blieb vor einer verfallen wirkenden Kirche stehen. Dort klopfte er an ein Tor, das mit einer Drehlade versehen war, in der Mütter ihre ungewünschten Säuglinge abgeben konnten. Eine zierliche Frau in Nonnentracht öffnete ihm.

»Schwester Assunta«, begrüßte Tigrinus sie respektvoll. »Ich sehe, dass Ihr Euch erholt habt.«

Die Nonne unterdrückte einen Hustenanfall und winkte ihn herein.

»Komm schon, bevor ich meine Meinung ändere und dich irgendwo draußen schlafen lasse.«

Assunta ging mit einer Kerze voran, mit der sie sich den Weg durch das von der Finsternis in Besitz genommene Kirchenschiff leuchtete, bis sie durch die Tür einer Seitenkapelle verschwand. Bevor er ihr folgte, blieb Tigrinus einen Moment stehen und betrachtete mit einem Gefühl von Verbitterung das Dach mit seinen gealterten Balken und die vom Gebrauch verschlissenen Bänke. Dann schlüpfte auch er nach draußen, wo die Nonne in einem Bogengang wartete, der an einem im Mondlicht liegenden Garten vorbeiführte.

»Ich suche keine Unterkunft für die Nacht«, begann Tigrinus und bemerkte aus dem Augenwinkel, wie sich das Gesicht von Assunta verfinsterte.

»Ja, bestimmt, du wirst noch woanders beschäftigt sein«, brummte sie, doch ihre Augen waren feucht, und man sah ihr bei aller Missbilligung, die sie ausstrahlte, den Kummer an. Sie schwieg einen Moment. »Ich habe von Santa Trìnita gehört.«

»Damit habe ich nichts zu tun.«

»Dann bist du also nicht in die Krypta eingedrungen?«

»Es ist nicht so, wie Ihr denkt«, verteidigte sich Tigrinus, der sein schlechtes Gewissen kaum verbergen konnte. »Und wenn, warum sollte ich Euch anlügen? Ihr wisst selbst genau, dass ich es für Euch tue … Für Euch und die Findelkinder, denen Ihr Schutz bietet.«

Assunta schnaubte empört auf und lehnte sich dann gegen eine Säule. »Das Hospital Santa Faustina braucht deine Diebeszüge nicht.«

»Und wie ist es mit Eurer Gesundheit?«, fragte Tigrinus und strich ihr sanft über die Schulter. »Hätte ich vergangene Woche nicht einen Medicus bezahlt …«

Sie rückte schnell von ihm ab. »Der Glaube an den Herrn ist es, der mich bewahrt.«

»Wenn es allein damit getan wäre, wärt Ihr der gesündeste Mensch auf der Welt.«

»Rechtfertige dich ruhig weiter.« Ihre Stimme wurde heiser. Ihre Krankheit, die ihr den Atem nahm, machte sich wieder stärker bemerkbar. »Das Handwerk des Diebes hat dich verführt, und selbst wenn du dir einredest, du würdest es für eine gute Sache tun …«

»Das ist nicht wahr, ich …«

»Schweig!«, zischte sie ihn zornig an. »Ich kenne dich, seit du ein kleiner Junge warst. Schon damals hat es dir Spaß gemacht, den Miniaturisten ihre Lapislazulis zu stehlen. Und was ist mit den Lederbeuteln voller Geld, die du hier im Garten vergraben hast?«

In diesem Moment sah Tigrinus den Morgen vor sich, an dem ihn Bruder Giovanni zum Hospital Santa Faustina gebracht hatte, um ihn dieser Nonne anzuvertrauen. Es kam ihm vor, als sei es gestern gewesen. Als er vor ihr stand, hatte sie ihm sogleich den mit weißen Strähnen durchzogenen Haarschopf gestreichelt und ihn mit einer Mischung aus Belustigung und Neugier angesehen. Und Tigrinus, der bisher vor allem Mitleid und Mitgefühl kennengelernt hatte, war sofort von ihr eingenommen gewesen. Vorher hatte er unter den Fittichen des Malermönches im Dominikanerkloster San Marco gelebt. Doch dann war Bruder Giovanni ganz plötzlich nach Rom berufen worden, und während Cosimo de' Medici einen neuen *Präzeptor* für ihn suchte, hatte er beschlossen, ihn der ehrwürdigen Schwester Assunta zu übergeben, die Waisenkinder betreute.

Tigrinus war nur wenige Wochen in Santa Faustina geblieben. Doch später flüchtete sich der Junge immer dorthin, wenn er etwas angestellt hatte oder vor dem jeweiligen Lehrer weggelaufen war, um dort Bestätigung oder Schutz zu suchen. Und das, obwohl er wusste, dass Schwester Assunta ihm nur beistand, weil sie ihn auf den rechten Weg bringen wollte.

»Ihr haltet mich also für einen schlechten Menschen?«, fragte er spöttisch in dem Versuch, ihren Streit zu beenden.

Doch Assunta war viel zu enttäuscht, um darauf einzugehen.

»Nach all den Jahren, in denen ich versucht habe, die Schlechtigkeit anderer Menschen auszugleichen, bin ich nicht so naiv zu glauben, dass ein Mensch nur gut oder nur schlecht sein kann. In jedem von uns wohnen ein Engel und ein Teufel, die in einem ständigen Wechselspiel um unsere Seele kämpfen. Aber du, mein Lieber ... Du brichst die weltlichen Gesetze nicht aus Habgier oder Schwäche heraus. Sondern aus Wut! Eine Wut, von der du meinst, du könntest sie vor allen verbergen, aber ich habe sie schon bei unserer ersten Begegnung in dir erkannt.«

Tigrinus' Miene verfinsterte sich. »Ihr könnt das nicht verstehen«, sagte er, drehte sich um und begann, im Bogengang Runden zu drehen.

»Nein, ich verstehe das sogar sehr gut«, erwiderte Assunta, die ihm mit der Kerze folgte. »Glaubst du etwa, ich kümmere mich einzig zum Lobpreis des Herrn um Findelkinder? Ich war selbst eine Waise. Ich weiß, was es heißt, niemandes Kind zu sein!«

»Und deswegen sollte ich mich zähmen lassen wie ein Pferd?«, wehrte Tigrinus sich. »Jedem gehorchen, der Macht und Reichtum zur Schau stellt?«

»Du bist doch viel mehr«, brachte Assunta mühsam hervor. »Der Herr hat dir so viele Begabungen geschenkt, wenn du nur wolltest ...« Von einem plötzlichen Hustenanfall geschüttelt, krümmte sie sich zusammen.

Sofort fuhr Tigrinus herum und stützte sie, in Erwartung, dass der Anfall vorüberginge, doch der Husten wurde immer heftiger, sodass die Nonne in seinen Armen zusammensank. »Schwester Assunta, Schwester Assunta ...«, murmelte er schuldbewusst, weil sie sich seinetwegen so erregt hatte. Der schmächtige Körper der Nonne schien sich unter ihrer Tracht zu verkrampfen und immer leichter zu werden, als würde sie ihre Krankheit von innen aushöhlen.

Schließlich ebbte der Anfall ab und ließ ein keuchendes, vor Schmerz zitterndes Bündel in Tigrinus' Armen zurück.

Mühelos hob er die Nonne hoch und brachte sie in das Innere des Gebäudes, wo er durch die Räume des Findelhauses mit den schweigenden Kindern und tief schlafenden Nonnen lief. Er hätte seinen Weg in diesem kleinen Labyrinth mit geschlossenen Augen gefunden, und so konnte er bald Assunta auf ihrem Bett ablegen, ohne dass ihn jemand bemerkte.

In diesem Moment kam sie zu sich und hob trotz ihrer Erschöpfung einen Finger, als wollte sie noch etwas sagen.

Tigrinus schüttelt jedoch den Kopf und strich ihr sanft über das Gesicht. »Ruht Euch jetzt aus«, flüsterte er. »Ihr könnt morgen früh weiter mit mir schimpfen.«

Er wandte sich hastig ab, damit sie seine Tränen nicht sah.

Dann ging er zu einer Geheimtür, die sich in den unterirdischen Gewölben von Santa Faustina befand, und öffnete sie mit einem Schlüssel, den er um den Hals trug.

Er betrat einen Raum, gerade groß genug, dass ein Strohlager und eine metallbeschlagene Truhe hineinpassten. Tigrinus öffnete diese, nahm ein Bündel Kleidung und einige Pergamentrollen heraus, bevor er das fand, was er suchte, und es auf den Boden legte.

Eine *Cinquedea* mit einem Messinggriff.

Tigrinus holte den Dolch aus der Scheide, um zu prüfen, ob die breite Klinge auch scharf genug war, und machte sie an seinem Gürtel fest.

Dann hüllte er sich in einen Umhang und ging hinaus in die Dunkelheit, aus der er gekommen war.

Jetzt war er bereit für ein Treffen mit Cosimo de' Medici.

12

Das Schild der Taverne »Al Passero« schwang träge hin und her. Das Wirtshaus lag unweit des Hospitals am Ende einer engen Gasse – fast nur ein langer Schlauch, der von der Via di San Gallo abging, um sich dann in einem Wirrwarr von armseligen Hütten zu verlieren, die sich erst dann belebten, sobald der Tag zu Ende ging. Wenn man sich dorthin begab, musste man sich, bevor man sich von den beleuchteten Läden und Häusern verabschiedete, genau überlegen, ob man nicht mit einem der üblen Gesellen, die in der Dunkelheit durch Florenz streiften, noch eine Rechnung offen hatte.

Tigrinus hatte diese in sich verschlossene Welt, die mehr von den Regeln der Wildnis als den Gesetzen der Menschen beherrscht wurde, schon immer magisch angezogen. Die Nacht, in der hinter jeder Ecke Gefahr drohen konnte, erweckte in ihm den Instinkt eines Streuners und gleichzeitig ein Gefühl von Zugehörigkeit. So wie der Wolf sich im Wald heimisch fühlt. Aus diesem Grund war er Messer Cosimo geradezu dankbar, dass er ihn an einem verrufenen Ort treffen wollte und nicht im Palazzo in der Via Larga oder im Kloster San Marco.

In der Taverne musterte Tigrinus mit scheinbarer Gleichgültigkeit jeden, der dort über einen Tisch gebeugt saß. Ein Dutzend Stammgäste hatten hierher gefunden, die meisten saßen in der Nähe des Kamins, tranken oder vergnügten sich mit den Frauen dort. Zuerst musste er sich versichern, dass hier niemand war, der dem Kerl mit dem grünen Umhang glich, den er vor Le Stinche gesehen hatte. Dann machte er sich auf die Suche nach Cosimo de' Medici.

Es war nicht ungewöhnlich, dass ein mächtiger Mann wie er einen so anrüchigen Ort als Treffpunkt erwählte. Viele Männer schätzten den Hauch des Verbotenen, der dem Wein und den

Frauen der Armenviertel anhaftete, ganz zu schweigen von jenen, die hierherkamen, um ihren unerhörten, besser geheim gehaltenen Perversionen zu frönen.

Cosimo de' Medici gehörte jedoch zu keiner der beiden Kategorien. Wenn er hin und wieder als Mönch oder Vagabund verkleidet durch die Gassen von Florenz schweifte, dann um Volkes Stimme zu belauschen und dessen Unzufriedenheit oder Freude aufzunehmen. Wollte man Leuten Glauben schenken, die genauer hinsahen oder vielleicht auch nur reichlich Phantasie hatten, dann war sich der Herrscher von Florenz nicht zu schade, sich mit *Chiromanten*, Alchimisten und Kartenlegern zu treffen, an die er sich aus unbekannten Gründen wandte.

Tigrinus zog sich ins Halbdunkel des Raumes zurück und setzte sich. Anscheinend war Cosimo noch nicht eingetroffen, doch dass in der Taverne auch keine Männer saßen, die dessen Wachen hätten sein können, erweckte sein Misstrauen. Niemand, der so viel Macht hatte, war so leichtsinnig, einen solchen Ort aufzusuchen, ohne seine gut verkleidete Leibwache vorauszuschicken, und Tigrinus war erfahren genug, um diese auf den ersten Blick zu erkennen.

Er hüllte sich in Schweigen und dachte nach. Immer noch beschäftigte ihn sein Streit mit Schwester Assunta, doch dies war nichts verglichen mit der schmerzhaften Gewissheit, dass die Krankheit, an der sie litt, mit jedem Tag schlimmer wurde. Tigrinus hätte alles getan, um sie zu retten. Vier Jahre zuvor hatte er schon Bruder Giovanni da Fiesole verloren, den einzigen Lehrer, für den er fast wie ein Sohn empfunden hatte, und er wollte keinesfalls auch noch den letzten liebenden Menschen, der ihm blieb, sterben sehen.

Er ließ sich vom Wirt eine *Foglietta* Wein bringen, und während er immer noch aufmerksam alles verfolgte, was in dem Raum vor sich ging, ging ihm plötzlich etwas anderes durch den Kopf. Der Mord an Giannotto Bruni und die Angelegenheit mit dem verschwundenen Schiff ließen ihn nicht los. Eine

Fracht von unschätzbarem Wert war verschwunden, niemand wusste, wohin, und kein Mensch außer diesem Mann mit dem Turban hatte die Absicht, sie einzufordern.

In Tigrinus keimte der Verdacht, dass der Mörder einen Komplizen gehabt hatte oder zumindest jemanden, der ihm geholfen hatte, ungesehen aus Santa Trìnita zu verschwinden. Und wenn dem so war, mussten beide auch ein gemeinsames Interesse haben. Entweder ging es um Betrug oder um Erpressung zulasten des ermordeten Bankiers.

Beim Gedanken an Bruni hatte er sogleich wieder das Gesicht von dessen schöner Nichte vor Augen. Selten hatte er eine Frau von solchem Wagemut kennengelernt, und während ihm ein Schluck Wein die Kehle hinunterrann, fragte er sich, ob dies schon genügt hatte, um sich in sie zu verlieben.

Doch bevor er eine Antwort darauf finden konnte, schob sich ein anderes Frauenantlitz vor seine Augen und in seine Gedanken.

Oval, noch jung, umrahmt von langen blonden Haaren, die von einem bunten Kopfputz zusammengehalten wurden. Es hätte als anmutig gelten können, wäre da nicht die schwarze Lederbinde über dem linken Auge gewesen. Tigrinus kannte den Namen der Frau und auch die vielen Geschichten, die über diese Binde im Umlauf waren. Den glaubhaftesten Gerüchten zufolge hatte man ihr das Auge entfernt, als sie noch ein junges Mädchen war, zur Strafe, weil sie sich an einen Verbrecher verkauft hatte, der gerade in einem kleinen Hafen in der Nähe von Livorno angelandet war.

Tigrinus begrüßte die Frau freundlich: »Madonna! Ich suche nicht nach Gesellschaft.«

Bilia, die Hure, lächelte nur. »Wenn ich mir Euer verkrampftes Gesicht ansehe, würde ich eher das Gegenteil glauben.«

»Ihr irrt Euch. Geht also, denn ich erwarte jemand Bestimmtes.«

»Ja, und zwar mich«, erwiderte sie und setzte sich ihm gegenüber.

Ärgerlich schlug Tigrinus mit der Faust auf den Tisch. »Ich sage Euch noch einmal …«

»Messer Cosimo schickt mich.«

»Was wisst Ihr denn über Messer Cosimo?«

»Genug, um Euch zu bitten, etwas leiser zu sprechen.«

Tigrinus war sprachlos. Er starrte auf ihr eines Auge, ein Schlitz im Halbdunkel. Man wusste nicht genau, was Bilia in ihrer Unvollkommenheit so attraktiv machte. Doch die Verführungskünste waren nicht die gefährlichsten Waffen dieser Frau, denn man erzählte sich auch, sie sei eine Spionin und, wenn nötig, sogar eine Mörderin.

Es war sicher kein Zufall, dass Tigrinus' Hand unter seinen Umhang geglitten war und dort den beruhigenden Kontakt mit seiner Waffe gesucht hatte, als sie vor ihm stand. »Ihr meint also, dass Seine Gnaden heute nicht kommt?«

»Er lässt Euch ausrichten, dass er genug hat von Euren Frechheiten. Und deshalb hat er mich damit beauftragt, die Euch betreffende Angelegenheit zu verhandeln.«

»Ich wusste gar nicht, dass Ihr im Dienst des Medici steht«, sagte Tigrinus misstrauisch.

»Gibt es jemanden in Florenz, der das nicht tut?«

»Das mag schon sein, aber wenn Ihr nicht zumindest einen Brief bei Euch habt, in dem Cosimo Euch ermächtigt, an seiner Stelle zu handeln, lasst mich in Ruhe.«

»Ein Brief, der dieses Treffen bezeugt?« Bilia lachte spöttisch und schob sich eine blonde Locke aus der Stirn. »Ihr müsst eigentlich nur eins wissen, und das sollte Euch Garantie genug sein. Ihr werdet wieder ins Gefängnis gehen, wenn Ihr weiter so hochmütig bleibt. Messer Vitelli kann es kaum erwarten, Euch wieder zu verhaften, und wartet nur auf die Zustimmung Seiner Gnaden.«

»Das kann ich mir bei dem Dummkopf gut vorstellen«, knurrte Tigrinus. Eigentlich hätte er gern noch einen Schluck Wein getrunken, doch bei der Vorstellung, dann keinen klaren Kopf mehr zu haben, schob er die Karaffe angeekelt beiseite.

Bilia hatte den Hauptmann der Stadtknechte und die Verhaftung erwähnt, also musste sie über die Angelegenheit Bescheid wissen. Doch jetzt stellte sich ihm die Frage, warum Cosimo sie als Vermittlerin ausgewählt hatte.

»Gut, kann ich fortfahren?«, drängte Bilia.

Tigrinus zögerte noch kurz, weil es ihn wurmte, ihr so leicht nachzugeben. »Ich werde Euch anhören, wenn es das ist, was Ihr möchtet«, sagte er schließlich. »Ob ich zustimme oder nicht, werdet Ihr jedoch erst am Ende erfahren.«

»Wie Ihr wollt«, erwiderte sie achselzuckend und stützte sich mit den Ellenbogen auf den Tisch, um sich zu ihm vorzubeugen. »In etwa einem Monat wird ein Mönch auf dem Rückweg aus Mazedonien durch toskanisches Gebiet kommen. Der Mann heißt Lionardo da Pistoia und ist auf dem Weg zur Festung Frascati, eine Eskorte des Kardinals Bessarion begleitet ihn. Ich werde Euch in Kenntnis setzen, welche Route er einschlägt, sobald er die Apenninen hinter sich gelassen hat. Ihr sollt ihn entführen und Messer Cosimo übergeben.«

»Warum ich?«, fragte Tigrinus erstaunt, der noch nie in seinem Leben einen Menschen entführt hatte. »Hat Seine Gnaden etwa keine Häscher mehr?«

»Offensichtlich will er nicht Gefahr laufen, dass Bessarions Leibwache seine Männer erkennt.«

»Das wird nicht ohne Kampf abgehen.« Tigrinus war anzumerken, wie sehr ihm dieser Auftrag missfiel. »Und ich bin kein Bandit.«

Bilia schenkte ihm ein schmeichlerisches Lächeln. »Aber es ist doch allgemein bekannt, wie schlau Ihr seid.«

»Man müsste einen Hinterhalt legen, entsprechende Leute anheuern …«, fuhr Tigrinus nicht gerade überzeugt fort.

Bilia antwortete nicht, sondern ließ nur ein Ledersäckchen auf den Tisch fallen. »Geld soll kein Problem sein.«

Tigrinus öffnete den Beutel, und als er die Goldmünzen darin funkeln sah, hatte er seinen Beweis, dass Cosimo dahintersteckte. »Ein Mönch?«, fragte er verblüfft nach.

Bilia nickte stumm.

»Und wenn ich es mir im letzten Moment anders überlegte?«, fragte Tigrinus, während er das Ledersäckchen in den Falten seines Umhangs verschwinden ließ. »Wenn ich mich entschließen sollte zu fliehen?«

»Fliehen? Wohin denn?« Bilia erhob sich geschmeidig wie eine Katze. »So groß ist die Welt auch wieder nicht, Messere.«

13

Abtei Santa Trìnita
29. Februar

Bianca kniete betend vor dem Hauptaltar, die Hände um einen Rosenkranz gelegt. Hin und wieder blickten ihre eisblauen Augen hinauf zu Cimabues *Maestà*, um denen der dort thronenden Madonna zu begegnen und sich danach wieder zu senken. Gott war ihr Zeuge, wie sehr sie es versucht hatte, aber ihr gingen die Worte dieses Tigrinus' nicht aus dem Kopf. Nun, Angelo trug eine Mitschuld daran mit seinen Phantastereien über einen Schatz, der von Zypern hierher verschifft worden war, doch sie weigerte sich anzunehmen, dass die Ursache für Giannottos Tod ein simpler Hinterhalt gewesen sein sollte. Jeden Tag wurde jemand mit einem Dolch niedergestreckt, doch so einflussreiche Männer wie ihr Onkel fielen dem nicht so schnell zum Opfer wie arme Teufel. Es musste einen Grund, ein Motiv geben, das dieses Verbrechen rechtfertigte.

Nicht nur die Geschichte, die Tigrinus erzählt hatte, erregte ihre Zweifel. Da sie schon lange die Kirche von Santa Trìnita besuchte, wusste sie, dass Besucher in der Krypta nicht zugelassen waren, deshalb musste ihr Onkel jemanden um Erlaubnis gefragt haben. Und dieser Jemand, vermutlich ein Mönch, hätte ihr vielleicht erklären können, was Giannotto dazu bewogen hatte, dort hinunterzugehen.

Sicher wäre es das Beste gewesen, sich an den Abt zu wenden, doch Bianca kannte ihn kaum, und da ihre These lediglich auf Vermutungen basierte, suchte sie lieber ein Mitglied des Klosters auf, das ihr vertraut war. Und dem bewusst war, dass er kein dummes Frauenzimmer vor sich hatte.

Aus diesem Grund kniete sie weiter auf dem Boden und

betete eine Reihe Ave-Marias, bis sie endlich einen Mönch aus der Sakristei kommen sah.

»Pater«, rief sie ihn leise an. »Könnte ich bitte mit dem ehrwürdigen Montano sprechen?«

Der Geistliche, der gerade die gewichtige Aufgabe erfüllte, den Hostienkelch ins Tabernakel zu stellen, wandte sich um und sah sie vorwurfsvoll an. Doch dann erkannte er Bianca, und sein Gesicht entspannte sich. »Wenn Ihr Euch geduldet, werde ich ihn holen«, antwortete er mit einem Lächeln.

Bianca dankte ihm, doch sobald sie wieder allein war, befiel sie eine seltsame Unruhe. Als überschritte sie mit ihrer Entscheidung, einem Dritten ihre Vermutungen zu enthüllen, eine Grenze, von der aus es kein Zurück gab. Doch jetzt konnte sie nicht umkehren. Sie würde gleich zugeben müssen, dass Giannotto Brunis Tod in Verbindung mit recht zweifelhaften Umständen stand, die vor allem noch geklärt werden mussten. Bianca zwang sich zu etwas Gelassenheit, damit sie das Ganze später vernünftig darstellen konnte und vor ihrem Beichtvater nicht als törichte Frau dastand.

Doch als der Mönch zurückkehrte, erklärte er ihr, Pater Montano sei im Moment indisponiert und könne sie nicht treffen.

Für Bianca wirkte diese Nachricht, als würde sich ein Traum in Luft auflösen. Sie verstaute den Rosenkranz in einer Tasche ihres Gewandes, verabschiedete sich höflich von dem Mönch und überlegte schon, was als Nächstes zu tun war.

Bianca würde an diesem Tag nicht eher nach Hause zurückkehren, bis sie zumindest eine Antwort auf ihre Fragen erhalten hatte.

14

Le Stinche ragte massiv und wuchtig hinter einer Reihe niedrigerer Gebäude in der Mitte des viereckigen Platzes auf. Bianca überquerte den Wehrgraben und blieb vor dem Eingang des Gefängnisses stehen, um die Warnung über dem Türsturz zu lesen – OPORTET MISERERI, »man muss barmherzig sein« –, während sie darauf wartete, dass die Wachen mit ihr reden würden. Was jedoch nicht allzu lange dauerte, weil Bianca es nicht ertrug, wenn man sie nicht zur Kenntnis nahm, und daher kühn vortrat und verkündete, dass sie mit einem Gefangenen sprechen wollte.

Wenig später lief sie in Begleitung eines Soldaten durch die Gänge im Innern des Gebäudes. In ihrer Ungeduld, endlich die Wahrheit zu erfahren, fühlte sie sich dort nicht mehr so beklommen wie beim ersten Mal. Vielmehr konnte sie es kaum erwarten, Tigrinus wieder zu begegnen. Die Erinnerung daran, wie unverschämt er sie angegrinst hatte, nagte immer noch heftig an ihr. Am besten begegnete sie ihm kühl und machte ihm gleich deutlich, wer hier das Sagen hatte.

Plötzlich bemerkte sie jedoch, dass die Wache sie in einen Gebäudetrakt führte, den sie nicht kannte. Doch noch ehe sie ihrer Entrüstung darüber Ausdruck verleihen konnte, stand sie schon auf der Schwelle zu einem von Kerzen erhellten Raum, der zur Hälfte wie ein Arbeitszimmer und zur anderen wie eine Taverne wirkte. Die gesamte Wand rechts von ihr war von Regalen voller Archivdokumente verdeckt, zu ihrer Linken sah man eine ganze Reihe Weinfässer. In der Mitte des Raumes stand ein Tisch, hinter dem ein kräftig gebauter und martialisch gekleideter Mann mit braunem Bart saß.

Bianca wollte schon zu ihm gehen, als sie den riesigen Hund bemerkte, einen Molosser, der lauernd unter dem Tisch saß, und so blieb sie stehen.

»Ruhig, Malacoda«, beruhigte Niccolò Vitelli das Tier, das daraufhin erst recht knurrte. Dann sah er hoch zu ihr und bot ihr stumm einen Platz an.

Bianca zögerte, den Blick ängstlich auf den Molosser gerichtet. Aber als sie hörte, wie die Wache hinter ihr lachte, nahm sie lieber in Kauf, von dem Hund zerfleischt zu werden, anstatt den Spott zu ertragen.

»Ich bin hier, um mit einem Gefangenen zu sprechen«, begann sie, während sie sich setzte. »Ein gewisser Tigrinus, der wegen des Mordes an Messer Giannotto Bruni verhaftet wurde.«

Vitelli musterte sie mit schief gelegtem Kopf. »Und weshalb wollt Ihr mit ihm sprechen?«

»Ich bin die Nichte des Opfers.«

»Das beantwortet meine Frage nicht.«

Bianca machte eine vage Handbewegung. »Ich habe Grund zu der Annahme, dass dieser Mann einige Einzelheiten über das Verbrechen verschwiegen hat.«

»Welche Einzelheiten?« Vitelli horchte auf.

Bianca betrachtete kurz seine brutalen Züge, dann gab sie trocken zurück: »Wenn ich das wüsste, wäre ich nicht hier, um weitere Erklärungen von ihm zu erlangen.«

Vitelli wirkte keineswegs gekränkt. Doch er ließ sich Zeit mit einer Antwort, streckte den Rücken durch, fuhr sich mit der Hand übers Gesicht, bis er Bianca schließlich wieder aus seinen Triefaugen ansah. »Madonna, Ihr drückt Euch sehr ungenau aus«, sagte er. »Und Ungenauigkeit stört mich sehr.«

»Das tut mir leid. Aber wenn Ihr so freundlich wärt, mir diesen Gefallen zu tun …«

»Die Nichte des Bankiers Bruni«, fuhr er fort, ohne auf sie einzugehen, während er ein Register aufschlug, das vor ihm auf dem Tisch lag. Er fuhr mit dem Zeigefinger über die Pergamentseiten, bis er an einer bestimmten Stelle zum Halten kam. »Hier lese ich, dass Ihr bereits letzte Woche hier wart, und zwar in Begleitung des Sohns des Verstorbenen. Aus demselben Grund.«

»Das ist richtig«, gab Bianca zu, die sein misstrauisches Verhalten allmählich erboste. »Ja und?«

»Dann muss die Angelegenheit wirklich wichtig sein, wenn Ihr Euch deswegen noch ein zweites Mal hierherbemüht.«

»Gut, dass Ihr das verstanden habt.« Sie schnaubte empört. »Aber da nicht ich das Verbrechen begangen habe und keineswegs etwas Unmögliches verlange, wäre ich Euch sehr dankbar, wenn Ihr nun meinem Wunsch nachkämt.«

Vitelli klappte das Register mit einem dumpfen Laut zu. »Nein«, beschied er. »Ihr könnt Tigrinus nicht sehen.«

Fassungslos starrte Bianca ihn an und überlegte, was der Grund für seine Weigerung sein könnte. »Wollt Ihr damit etwa andeuten, dass er bereits ... gerichtet wurde?«

»Im Gegenteil, man hat ihn entlassen.«

Bianca war weiterhin wie gelähmt und nicht in der Lage, den Sinn seiner Worte zu begreifen. Nachdem sie diese noch einmal still für sich wiederholt hatte, übermannte sie eine Wut, und sie schlug mit den Fäusten auf den Tisch. »Das ist ein Skandal!«, fauchte sie. »Wer sollte eine derart absurde Entscheidung getroffen haben?«

Überrascht von ihrer Reaktion wich Vitelli zurück. »Ich schulde Euch keine Rechenschaft.«

»O doch, das tut Ihr!«, zischte sie ihn an und wurde noch wütender. »Ich gebe mich nicht eher zufrieden, bevor Ihr mir erklärt habt, weshalb der Mörder meines Onkels aus dem Gefängnis freikam.«

»Nun beruhigt Euch doch, verflucht!«, rief Vitelli und beugte sich drohend vor.

Bianca sprang auf, damit er sie nicht packen konnte. »Vorsicht!«, schrie sie. »Haltet Eure Hände und Euren sabbernden Hund zurück!«

Einen Moment sah es so aus, als wollte der Hauptmann sich auf sie stürzen, dann beherrschte er seinen ersten Impuls, lehnte sich stattdessen zurück und lachte dröhnend. »Tobt Euch nur aus, solang Ihr wollt! Nur zu, schreit ruhig, Madonna, aber damit bewirkt Ihr bloß, dass ich die Geduld mit Euch verliere. Und wenn das passiert, glaubt mir, dann werdet Ihr es bereuen.«

»Spart Euch die Drohungen für Eure elenden Gefangenen«, rief Bianca herausfordernd. »Mich werdet Ihr nicht so leicht los.«

»Nun gut, wenn Ihr unbedingt bleiben wollt ...« Er ließ seine Augen anzüglich über ihren Körper wandern, »Ihr könntet versuchen, mich mit etwas ... verlockenderen Argumenten zu überzeugen.«

Bianca erstarrte. Niemals hätte sie gedacht, dass ein Mann des Gesetzes so weit gehen könnte, anstößig zu werden. Plötzlich kam sie sich wie eine Gefangene vor, eingeschlossen in einem dunklen Riesenwürfel aus Stein mit Männern, an deren Sinn für Ehre sie allmählich zweifelte.

Bebend vor Wut und Scham wandte sie sich der Tür zu. Der Molosser knurrte wieder, doch das kümmerte sie nun nicht, sie ängstigte nur Vitellis Ansinnen. Allein der Gedanke von seinen Händen auf ihrem Körper drehte ihr den Magen um. »Wir sind noch nicht am Ende«, schwor sie, während sie weiterlief. »Ich wende mich an den *Podestà*, an den Gonfaloniere. An Cosimo de' Medici persönlich, wenn es nötig ist!«

Vitelli wartete, bis Bianca den Raum verlassen hatte, dann wandte er sich an den Soldaten, der neben der Tür stehen geblieben war. »Begleite sie nach draußen«, befahl er und fügte flüsternd hinzu: »Und jemand soll ihr folgen!«

15

Viertel Oltrarno, Palazzo Bruni

Angelo lief in der Loggia des Palazzos, die an den Garten angrenzte, auf und ab und versuchte, sich auf diese Weise etwas zu beruhigen. Seine *Garnache* aus schwarzem Samt trug nur wenig dazu bei, weil sie am Bauch und hinten an den Schultern spannte, sodass er sich darin wie eine Presswurst vorkam. Im Gegensatz zu ihm schien sich sein Gast in seinem roten Lucco, der elegant bis zu den Knöcheln fiel, äußerst wohlzufühlen. Es war Teofilo Capponi, ein angesehenes Mitglied der Zunft der Geldwechsler. Obwohl er nicht mehr der Jüngste war, wirkte er noch stattlich, was durch seine gesunde olivbraune Gesichtsfarbe und die eisgrauen Haare betont wurde. Allein sein Anblick erweckte in Angelo glühenden Neid. Er hatte gut aussehende Männer, die in fast jeder Lage selbstsicher wirkten, schon immer verachtet. Und gleichzeitig sich selbst, weil sie ihn im selben Moment auch faszinierten.

»Euer Vater handelte nicht mit Heringen, das ist wahr«, sagte Teofilo Capponi und unterstrich seine Worte mit den schlanken Händen. »Er zog Alaun, Indigo und Rotholz vor, wie auch viele andere färbende Substanzen aus dem Orient. Aber seien wir doch ehrlich, die Zeiten haben sich geändert! Wer Gewinn machen will, begnügt sich nicht damit, die Läden der Tuchhändler zu beliefern.«

»Ihr mögt recht haben, Messere«, stimmte Angelo ihm zu, der in der letzten Woche tagelang über den Geschäftsbüchern seines Vaters gesessen hatte. »Aber Handel ist nicht das einzige Geschäftsfeld der Familie Bruni. Unsere Einkünfte kommen auch nicht nur von der Bank in Santa Croce, einen Großteil bringen die Versicherungsunternehmen ein, die in fernen Ländern ihren Sitz haben.«

»Ja, sicher.« Capponi klang nicht gerade überzeugt. »Zypern, das Schwarze Meer und so weiter. Ich habe von Euren Unternehmen und Filialen gehört. Sogar in Marseille gibt es eine, wenn ich mich nicht irre.«

Angelo nickte. »Bis vor Kurzem wurde sie von meinem Onkel Teodoro geführt.«

»Teodoro de' Brancacci, gewiss. Der Mann hatte Talent. Wie schade, dass er so früh von uns gegangen ist.«

Capponi sagte das mit einem so boshaften Unterton, dass Angelo sich noch unsicherer fühlte. Jetzt hätte er einen Rat seines verstorbenen Onkels gut gebrauchen können. »Andererseits ...«, versuchte er dem etwas entgegenzusetzen.

»Andererseits habt Ihr auch einen Sitz auf Mallorca«, unterbrach ihn Capponi, der endlich zur Sache kommen wollte.

»Ich sehe, Ihr seid gut informiert. Es handelt sich um eine Gesellschaft, die sich auf die Versicherung von Schiffstransporten spezialisiert hat. Genauer gesagt um eine Filiale, deren Verantwortung Ladungen nach Nordafrika und nach Katalonien sind.«

Capponi verzog verächtlich den Mund. »Zeitverschwendung. Die reinste Verschwendung, mein Herr.«

»Wenn Ihr mir nun wieder mit Heringen kommen wollt ...«

»Lasst doch die Heringe Heringe sein und denkt in größeren Dimensionen!« Capponi lief ein Stück die Loggia entlang und bewunderte die schönen Keramiklampen, die dort unter den Bögen hingen, bis er zu einem Tisch kam, auf dem eine Schale mit Walnüssen stand. Plötzlich nahm seine Stimme unvermittelt einen vertraulichen, beinahe väterlichen Klang an. »Die Insel Mallorca ist der Hauptumschlagplatz für Waren aus den nördlichen Meeren. Und hier sprechen wir nicht nur von Heringen, mein lieber Herr, sondern von Holz, Pech, Pelzen, von Sklaven, Ambra und dem Elfenbein vom Einhorn des Meeres. Ich spreche von Galeeren mit fast dreihundertfünfzig *Lasten* pro Schiff, versteht Ihr? Wenn Ihr damit Eure Geschäfte macht, könntet Ihr weit reicher werden, als Euer Vater je zu träumen wagte.«

Angelo konnte sein Staunen nicht verhehlen. Ihn faszinierte vor allem die Vorstellung von Schiffen, die von fernen und geheimnisvollen Orten kamen, wo es ewiges Eis und Wilde geben sollte. »Mein Vater hat mir keine Handelsschiffe hinterlassen, nur Filialen einer Bank«, seufzte er.

»Guter Gott«, spöttelte Capponi, während er zwei Walnüsse mit einer Hand knackte. »Euer Vater wird euch doch zumindest beigebracht haben, was Kommissionshandel ist. Er selbst hat Galeeren aus Venedig, Genua und von der Biskaya eingesetzt, um seine Waren zu befördern.«

Das wusste Angelo. Erst am Vortag hatte er von sechshundert *Samitstoffen* erfahren, die Mittelsmänner seines Vaters auf Zypern erworben hatten. Diese waren in Venedig auf Flussschiffe umgeladen worden, mit denen sie nach Bologna befördert werden sollten. Von dort aus ging es dann auf dem Rücken von Maultieren nach Talamone, um sie dann im Laufe des Sommers auf den Märkten von Barcelona zu verkaufen. Genau wie er wusste, dass Giannotto nur mit Leuten Geschäfte gemacht hatte, die er seit Jahren kannte und denen er vertraute. »Ich weiß, wovon Ihr sprecht«, erwiderte er stolz. »Ich bin kein Dummkopf.«

»Das seid Ihr sicher nicht«, pflichtete Capponi ihm bei. »Aber wenn Ihr mir ein offenes Wort erlaubt, dann mangelt es Euch meiner Meinung nach an Wagemut. Oder besser gesagt, an Sinn fürs Abenteuer.«

»Ganz im Gegenteil, das versichere ich Euch! Ihr wisst nicht, wie sehr ich mir wünsche, früher oder später an Bord eines dieser Schiffe zu gehen, um die Welt zu erkunden. Meine derzeitige Lage zwingt mich jedoch, mich keinerlei Risiken auszusetzen.«

»Ein Risiko wäre es bloß, wenn man nicht sichere Gewinne erwarten könnte. Und falls Ihr mir aufmerksam zugehört habt …«

»Vielleicht in einem Jahr oder in zweien, wenn ich über mehr Mittel verfügen kann«, wich Angelo aus und zwang sich, seine Begeisterung zu unterdrücken.

Capponi wirkte, als würde er schon eine Katastrophe vorhersehen, und schüttelte energisch den Kopf. »In einem Jahr oder zweien wird Eure Bank von der der Medici ausgehungert worden sein, wie es schon so vielen passiert ist.« Er legte ihm mit Nachdruck eine Hand auf die Schulter. »Seht Ihr denn nicht, was Euch droht? Ihr müsst die Gelegenheit nutzen, und zwar jetzt, wo sie sich Euch bietet.«

Angelo lief es kalt den Rücken hinunter. Als ob ihn der Alptraum eines Bankrotts nicht schon seit Tagen quälte! Nun nährte dieser angesehene und so selbstsicher wirkende Mann auch noch seine schlimmsten Befürchtungen! »Ich verfüge nicht über die nötigen Geldmittel«, murmelte er verbittert. »Das habe ich Euch doch bereits gesagt.«

»Aber Ihr besitzt Ländereien«, sagte Capponi. »Soweit ich weiß, hat Euer Vater Euch ein großes Anwesen im Umland von Pisa hinterlassen und sogar ein Weingut im Val d'Elsa.«

Angelo nickte. Es handelte sich um Ländereien, die sich schon seit drei Generationen im Familienbesitz befanden und die bereits für seinen Vater mehr einen sentimentalen als einen ökonomischen Wert gehabt hatten. In den letzten Jahren hatten der Wein und das Olivenöl, die dort gewonnen wurden, kaum ausgereicht, um den Bedarf der Bauern zu decken, die die Felder bewirtschafteten. Dass er diese Ländereien nun als Pfand in einem Vertrag einsetzen sollte, erschien ihm beinahe wie ein Sakrileg. »Ihr meint, Ihr würdet sie als Sicherheit nehmen?« Seine Stimme überschlug sich bei diesen Worten.

»Natürlich nicht ich persönlich«, erklärte Capponi hastig. »Ich kenne allerdings wohlhabende Leute, höchst vertrauenswürdige Freunde, die sie gern als Pfand annehmen würden.«

»Gegen Geld?«

»Ja, Messere. Unter der Bedingung, dass Ihr dieses dann nach deren Vorgaben verwendet.«

Angelo schaute ihn empört an. »Ich wäre also nicht frei, das Geld nach meinem besten Ermessen einzusetzen?«

Capponi schenkte ihm ein honigsüßes Lächeln. »Mein Herr,

die Leute, in deren Namen ich spreche, sind sehr vorsichtig in ihren Geschäften. Wenn sie hohe Summen verleihen, dann erwarten sie auch, dass diese Gewinn einbringen. Ich sage das auch in Eurem Interesse. Überlegt noch einmal genau. Was würde passieren, wenn Ihr Euer Geld falsch investieren und verlieren würdet und nicht mehr in der Lage wärt, es zurückzuzahlen? Zum größten Bedauern Eurer Kreditgeber würde das Land, das Ihr als Sicherheit gegeben habt, in ihren Besitz übergehen. Aber wenn Ihr als der verständige junge Mann, der Ihr seid, ihren Ratschlägen folgtet …«

Capponi verstummte, weil er plötzlich bemerkt hatte, dass Angelo ihm nicht mehr zuhörte. Seine Aufmerksamkeit war von einer jungen Frau gefesselt worden, die soeben die Loggia betreten hatte. Sie schien außer Atem, und Wut blitzte in ihren Augen.

»Bianca!«, rief Angelo überrascht. »Was tust du denn hier?«

»Das werde ich dir gleich sagen, nur keine Sorge«, erwiderte diese, während sie Teofilo Capponi misstrauisch musterte. »Gleich, sobald du diesen Herrn verabschiedet hast.«

16

Bianca löste ihren Umhang, warf ihn über einen Korbsessel und wandte sich dann mit einer heftigen Bewegung um, um das Tor abzuschließen, durch das Teofilo Capponi soeben verschwunden war.

»Wer war dieser Mann?«, fauchte sie fuchsteufelswild.

»Ein Vertreter der Geldwechslerzunft.«

Ehe Angelo noch etwas anderes sagen konnte, baute Bianca sich vor ihm auf. »Ich glaube gehört zu haben, wie er etwas von Sicherheiten als Pfand gefaselt hat! Verheimlichst du mir etwas?«

»Wo denkst du hin?«, verteidigte sich Angelo. »Er hatte mich um ein Treffen ersucht.«

»Bei dir zu Hause und ohne Zeugen. Dein Vater hätte ihm das niemals gestattet!«

»Ich bin nicht mein Vater.«

»Ich an deiner Stelle wäre nicht so stolz darauf.«

Als Angelo das hörte, hob er impulsiv die Hand, als wollte er zuschlagen. »Du verteidigst ihn auch noch!«, brachte er schließlich heraus, während er sich bereits seiner Reaktion schämte. »Du verteidigst ihn immer noch, obwohl er das gesamte Vermögen der Bruni verschleudert hat! Mit seiner wahnwitzigen Idee, mehr Geld einzusetzen, als er besaß.«

»Du bist ein Dummkopf!« Bianca schien beinahe enttäuscht darüber, dass er seine Hand zurückgezogen hatte. Sie ließ sich in den Sessel fallen und betrachtete Angelo mit einer Mischung aus Wut und Mitleid. »Giannotto hat das Familienvermögen nicht schlecht verwaltet, ihn hat vielmehr die Einführung des Katasters ruiniert, die Cosimo de' Medici veranlasst hat«, erklärte sie. »Wenn du nur einen Funken Interesse an den Geschäften des Familienunternehmens gezeigt hättest, wüsstest du, dass die Steuerbelastung in den letzten Jahren in unermessliche Höhen gestiegen ist. Und dann wäre dir auch klar, dass dahinter ein politisches Kalkül steckt, um die mächtigsten Häuser von Florenz in die Knie zu zwingen, denn keiner soll den Medici an Reichtum gleichkommen.«

Bestürzt und trotzig wie ein Kind starrte er sie an. Seine Wut war indessen noch nicht verraucht, und daher dauerte es eine Weile, ehe seine Neugier die Oberhand gewann. »Deswegen bist du aber nicht hier.«

»Nein, in der Tat nicht«, erwiderte sie. »Ich komme gerade aus dem Gefängnis und …«

Angelo riss die Augen auf. »Du warst allein an diesem Ort?«

»Warum fragst du?«, gab sie schnippisch zurück. »Wärst du etwa in der Lage gewesen, mich zu beschützen?«

Angelo verschlug es wieder die Sprache.

Bianca hatte ihn absichtlich verletzt, da sie sich an einem Mann abreagieren wollte, nachdem sie selbst von Vitelli so gedemütigt worden war. Einer Demütigung, der sie nichts entgegenzusetzen hatte und die immer noch in ihr brannte. Bianca wartete, bis sie auf dem Gesicht ihres Cousins Anzeichen von Scham entdeckte, dann fuhr sie fort: »Der Mörder deines Vaters wurde entlassen.«

»Bist du sicher?«

»Ich habe mit dem Hauptmann der Stadtknechte gesprochen. Eine unerquickliche Begegnung, bei der ich keine Erklärungen erhalten habe. Ich wollte mich deswegen schon an eine höhere Stelle wenden, doch dann habe ich es mir anders überlegt und bin nach Hause zurückgekehrt.«

»Weshalb?«, fragte Angelo, der immer weniger begriff.

Bianca schwieg einen Moment, um sich zu sammeln. »*Mastro* Vitelli kann nicht von sich aus beschlossen haben, dass er diesen Schurken einfach davonkommen lässt«, sagte sie schließlich. »Er muss von jemandem den Befehl dazu erhalten haben.«

»Ich … begreife nicht, worauf du hinauswillst. Meinst du etwa, es handelt sich um ein Komplott?«

»Es gibt dafür natürlich keine Beweise, aber nimm einmal an, ich hätte recht. Wäre ich daraufhin zum Palazzo delle Signoria oder zum Podestà gelaufen, hätte ich eventuell gefährliche Aufmerksamkeit auf uns gezogen.«

Angelo kicherte nervös. »Und du sagst, ich hätte eine blühende Phantasie? Du übertreibst, liebe Cousine. Es gibt zweifelsohne eine logische Erklärung, einen triftigen Grund, und wenn du mir nur einen Moment zum Nachdenken lässt ...«

»Es geht um deinen Vater, verdammt!«, fauchte Bianca. Sie sprang auf und stemmte die Hände in die Hüften. »Findest du die Vorstellung nicht schrecklich, dass sein Mörder unbehelligt in Florenz herumlaufen kann?«

Angelo trat auf sie zu, um sie zu beruhigen, doch der Blick, den sie ihm zuwarf, ließ ihn zurückzucken, als hätte er sich verbrannt. »Also«, seufzte er, »was willst du von mir?«

»Vielleicht sollten wir nach außen hin die Sache besser auf sich beruhen lassen und jemanden dingen.«

»Wovon redest du?«, fragte Angelo erschreckt.

»Davon, jemanden zu bezahlen!« Plötzlich lächelte Bianca, als ob ihr eine Last vom Herzen gefallen wäre. Sie ließ ihren Blick durch die Säulenbögen der Loggia bis dorthin schweifen, wo der Garten im Dunkeln lag, und fuhr dann mit wachsender Begeisterung fort: »Jemanden, der diesen verfluchten Tigrinus aufspürt und die Wahrheit aus ihm herausprügelt oder auch zu mehr bereit ist. Damit uns endlich Gerechtigkeit widerfährt.«

17

Viertel Santa Croce
3. März

Tigrinus betrat den Laden des Apothekers, schüttelte seinen vom Regen durchweichten Umhang etwas aus und warf schließlich ein Säckchen auf die Theke. »Ihr hattet mir das als Mittel gegen Husten empfohlen, aber es hat nichts geholfen«, sagte er grimmig.

»Und doch, Messere, wenn ich so Eure Stimme höre …«, entgegnete der Ladeninhaber.

»Es geht nicht um mich, sondern um eine ältere Frau. Sie leidet seit Monaten ohne eine Besserung, ist aber so starrsinnig, dass ich ihr die Medikamente heimlich verabreichen muss.«

Der Apotheker untersuchte den Inhalt des Säckchens und verzog verunsichert das Gesicht. »Vielleicht würde ein Absud von Myrte helfen oder vielleicht vom Johanniskraut …«

Tigrinus schnaubte auf, dann stützte er die feuchten Hände auf die Theke. »Hättet Ihr denn nichts anderes? Ich meine etwas Wirksameres …«

»Wenn Ihr damit Lavendelwein meint …«

»Bleibt mir mit Lavendel weg, mit Schwarzkümmel und auch mit Weidenrinde. Wenn ich mich an Euch gewandt habe, dann nur, weil Ihr als der beste *Herborist* von Florenz geltet.«

»Ich fühle mich geschmeichelt, Messere, wüsste jetzt aber nicht …«

»Ach, wenn ich doch nur auf den Namen käme!«, sagte Tigrinus. »Es handelt sich um eine Art gelblicher Pille, so groß wie ein winziges Ei. Ich habe gehört, dass es bei jeder Art von Krankheit Wunder wirken soll.«

»Das genügt, ich habe verstanden«, erwiderte der Händler nun beruhigt. »Ihr sprecht von der *Panazee*.«

»Ja, die meine ich! Könntet Ihr mir so etwas beschaffen?«

»Aber, Messere … Wisst Ihr, wovon Ihr da redet? Das ist nicht so einfach! Es fängt damit an, dass die Panazee sehr teuer ist, und außerdem ist die Rezeptur nur wenigen Auserwählten bekannt.«

»Ihr kennt sie?«

Der Händler zögerte einen Moment, um begreiflich zu machen, worum es sich handelte. Er rechnete leise murmelnd vor sich hin, wobei er die sorgfältig gepflegten Finger dramatisch durch die Luft gleiten ließ. »Nur wenn Ihr den Preis dafür bezahlen könnt«, sagte er schließlich.

Als einzige Antwort schlug Tigrinus seinen Umhang zurück und ließ eine pralle Börse sehen, ebenso den Griff seiner Cinquedea, die im Gürtel steckte. »Dann müsst Ihr mir nur noch sagen, wie lange ich auf diese wundersame Panazee warten muss.«

Nachdem Tigrinus den Laden des Apothekers verlassen hatte, lief er mit gesenktem Kopf durch den Regen und mischte sich unter das Volk, das zwischen den Marktständen umherschlenderte. Auf der anderen Straßenseite bot die prächtige Loggia del Grano etlichen Passanten Schutz vor dem Regen, die in Umhänge, Chaperons und fließende Damastgewänder gekleidet waren. Tigrinus sprach ein leises Gebet vor der Madonna delle Grazie, deren frommes Antlitz zwischen den Tabernakeln des Gebäudes hervorstach. Er achtete nicht weiter auf einen armen Teufel, der am Eingang der Via dei Neri am Pranger stand, und lief an einer alten hohen Mauer entlang, die den Wildbach Scheraggio von der Straße abgrenzte.

Obwohl es ihn zum Hospital Santa Faustina zog, um nach Schwester Assunta zu sehen, wandte sich Tigrinus zum Lungarno. Die blauen Risse, die sich langsam in der Wolkendecke auftaten, zeigte ihm an, dass er bald gezwungen sein würde, sich im Licht des hellen Tages zu bewegen, und dann war es gut, wenn er eines seiner Verstecke in der Nähe hatte. Tigrinus, der es vorzog, die reich ausgestatteten Landsitze in der Umgebung von Florenz auszurauben, und in der Stadt keinen Ärger wollte, hatte in dieser Gegend mehrere Schlupfwinkel. Er musste nur zwischen einer Herberge auf dem Ponte di Rubaconte wählen, die einem befreundeten Wirt gehörte, oder einem kleinen, nicht manövrierfähigen Boot, das schon ewig am Flussufer verankert lag. Tigrinus hatte es schon immer geliebt, es sich dort unter Deck bequem zu machen und sich von den Wellen wiegen zu lassen, während er sich der Erinnerung an exotische Traumbilder seiner Kindheit hingab.

Er war nur noch wenige Schritte vom Ankerplatz entfernt, als eine kleine Gestalt, nicht größer als ein Kind, aus einem Hauseingang geschossen kam und ihm entgegeneilte.

»Caco!«, rief er, als er den Gefährten erkannte.

Außer Atem stützte sich Caco an eines seiner Beine. »Ich suche seit Stunden nach dir«, keuchte er. »Wo zum Henker hast du gesteckt?«

»Verfolgt dich jemand?«, fragte Tigrinus und sah sich misstrauisch um.

»Von mir hast du nichts zu befürchten«, antwortete Caco, als er wieder frei atmen konnte. »Aber wenn du dich nicht beeilst, wird bald jeder Häscher von Florenz hinter dir her sein.«

»Und warum das?«

»Oh, ich habe keine Ahnung, mein Freund. Aber eine Hure mit nur einem Auge hat mir das erzählt. Sie hat mich angesprochen und behauptet, dass sie dich sucht, und gesagt, dass du verhaftet wirst – wenn du dich nicht bis Sonnenuntergang in der Taverna ›Al Passero‹ einfindest.«

18

Bilia lag auf einem Bärenfell vor dem Kamin und befragte die Tarotkarten. Die Lederbinde über dem Auge hatte sie durch ein rotes Band ersetzt und den Kopfputz durch ein goldenes Haarnetz. Sie trug eine *Gamurra* aus dunklem Samt, die am Miederteil mit einer raffinierten Schnürung versehen war, um den Busen zu betonen. Ihre Füße waren nackt wie bei einer orientalischen Sklavin.

Tigrinus blieb auf der Schwelle zum Schlafgemach stehen, das ganz in Purpur gehalten war. »Musstet Ihr mir wirklich drohen?«

»Drohungen benutze ich nur als Ansporn«, erwiderte sie, ohne den Blick von den Karten abzuwenden. »Falls sich andere Listen als unbrauchbar erweisen.«

»Welche anderen Listen?«

Bilia wirkte enttäuscht. »Sonst habe ich es nicht nötig, einen Mann in Angst und Schrecken zu versetzen, damit er zu mir kommt.«

Tigrinus lehnte sich an den Türrahmen, ohne auf ihre Einladung einzugehen. Er sah Cacos Gesicht mit den ängstlich aufgerissenen Augen noch genau vor sich. »Und Cosimo de' Medici, mit welchem Sporn pflegt er Euch in Aufruhr zu versetzen?«

Bilia sah ihn hasserfüllt an. »Reden wir lieber über Euren Auftrag.«

»Lionardo da Pistoia, der Mönch, der gerade unterwegs ist«, sagte Tigrinus und ging auf das Himmelbett auf der anderen Seite des Raumes zu. Er hob einen der Vorhänge an und setzte sich.

Bilia sammelte die Karten ein und schob geschickt den Oberkörper so vor, dass ihre Haltung wie die einer Meerjungfrau auf einem Felsen wirkte. Hinter ihr glomm die rote Glut des lodernden Feuers. »Laut vertrauenswürdigen Informationen ist Pater Lionardo bereits von Venedig nach Fano gereist und will demnächst die Apenninen überqueren. Dafür wird er in Urbino die Saumpfade über den Pass Bocca Tribaria nehmen, um dann hinunter nach Perugia zu gelangen.«

»Wie könnt Ihr Euch da so sicher sein?«

»Messer Cosimo lässt den Mönch seit Monaten beobachten, er kennt seine Pläne bis ins Kleinste. Wenn er noch abgewartet hat, Euch davon in Kenntnis zu setzen, dann nur, um ganz sicherzugehen, dass sich die Route nicht noch im letzten Moment ändern würde.«

Tigrinus wusste sehr gut, wie präzise Cosimo de' Medici war, und fragte sich unwillkürlich, wie lange sein zweifelhafter Beschützer dieses Vorhaben schon plante. »Das Ziel ist Frascati, wenn ich mich nicht irre.«

Bilia nickte. »Die Festung von Kardinal Bessarion.«

»Dann muss unser Reisender, nachdem er Perugia erreicht hat, also Richtung Rom weiter.«

»Ja.«

»Noch weiter von Florenz entfernt«, murmelte Tigrinus verärgert. Obwohl das Leben in einer Stadt für einen Dieb wie ihn mitunter sehr gefährlich sein konnte, wollte er nie in den Wäldern leben wie ein Strauchdieb. Schon als kleiner Junge hatte er sich hier in diesem Labyrinth von Vierteln mit all jenen menschlichen Schicksalen heimisch gefühlt, mit all den Geheimnissen, ja selbst der Gewalt, und nun wollte es ihm gar nicht behagen, dass er sich auf Befehl eines anderen von dieser Stadt trennen musste, und sei es auch nur für kurze Zeit. Ganz zu schweigen davon, dass er dann nicht mehr über das Findelhaus und Schwester Assunta wachen konnte. Er dachte nach. »Mit wie vielen Mann Begleitung reist unser Freund?«

»Mit fünf Soldaten und einer Handvoll Mönche.«

»Dann kommen sie nur langsam vorwärts, wahrscheinlich benutzen sie einen geschlossenen Wagen.«

Bilia sah ihn zustimmend an. »Anscheinend überlegt Ihr schon Euer Vorgehen.«

»Schmiert mir keinen Honig ums Maul«, sagte Tigrinus barsch, und sein Gesicht verfinsterte sich. »So wie ich den Medici kennen, hat er schon einen fertigen Plan für mich.«

»Ja, so ist es wirklich«, bestätigte Bilia. »Seine Gnaden glaubt, Ihr solltet am besten zwischen Perugia und Orvieto zuschlagen. Die Straßen dort sind von Wäldern und Bächen umgeben, ganz zu schweigen von den Anhöhen und Höhlen, die sich als Versteck eignen. Hat die Reisegesellschaft von Pater Lionardo einmal die Gegend erreicht, wird sie zweifellos in Marsciano eine Rast einlegen müssen, das ist eine kleine befestigte Ansiedlung, und dort werdet Ihr Gelegenheit haben, Euer Opfer auszuspähen. Danach müsst Ihr nur noch warten, dass der Mönch sich auf den Weg durch die Wälder macht, und dann lasst Ihr die Falle zuschnappen.«

Tigrinus nickte zum Zeichen, dass er verstanden hatte. Die Gegend war ihm fremd, deshalb würde er sie erkunden und sich mit ihr vertraut machen müssen, am besten mit einem Führer, der sich dort auskannte. Also musste er mit einem großen zeitlichen Vorsprung vor dem Mönch handeln.

»Nun müssen wir nur noch den Zeitpunkt festlegen«, fügte er hinzu.

»Pater Lionardo wird die Schneeschmelze abwarten, bevor er den Pass überquert.«

»Also in einem Monat, vielleicht auch zwei«, schätzte Tigrinus.

Bilia sah ihn mit gerunzelter Stirn an. »Stört Euch etwas?«

Tigrinus zuckte mit den Schultern. Ja, ihn störte etwas an der Angelegenheit, und diesen Zweifel hatte er bis jetzt von sich weggeschoben, um sein Gewissen an einen äußerst widerwärtigen Gedanken zu gewöhnen. »Es wird Tote geben.«

»Das bleibt Euch überlassen«, sagte Bilia gleichgültig. »Messer Cosimo gibt nur vor, dass Lionardo da Pistoia unverletzt bleibt. Ihm darf kein Haar gekrümmt werden. Und vor allem müsst Ihr sicherstellen, dass nichts von seiner persönlichen Habe verloren geht.«

»Erklärt Euch näher.« Tigrinus merkte auf. »Bei einem solchen Kampfgerangel ist alles möglich. Was sollte dieser Mönch schon so Kostbares bei sich haben?«

Bilia fächerte die Tarotkarten auf dem Bärenfell auf, zog eine heraus und bedeckte sie mit der Hand. »Nichts, was einen Räuber interessieren könnte«, antwortete sie ihm. »Es geht um ein Buch. Ein Buch, das für einen hohen Preis aus dem Orient beschafft wurde. Das und seinen Besitzer sollt Ihr Cosimo de' Medici persönlich übergeben. Und zwar außerhalb von Florenz, in seiner Villa in Careggi.«

Tigrinus stand auf und nickte. »Ich werde Euch benachrichtigen«, sagte er knapp.

Bilia hielt ihn zurück, und anstelle eines Abschiedsgrußes zeigte sie ihm die Karte, die sie gezogen hatte.

Es war der Teufel.

19

Angelo hatte abgewartet, bis es dunkel wurde. Nicht weil er das so wollte, sondern weil der Mann, über den er sich erkundigt hatte, sich erst nach Sonnenuntergang zeigte. Um ihn zu treffen, hatte Angelo zu einer armseligen Herberge vor den Stadtmauern reiten müssen, die als Wirtshaus und Unterkunft für Pilger bekannt war. Kaum hatte er sie jedoch betreten, bemerkte er, dass das Gebäude hauptsächlich einem anderen Zweck diente, nämlich als Treffpunkt für den gesamten Abschaum des Umlands.

Ihm bot sich ein so übles Bild von Säufern, brutalen Kerlen und Huren mit gierigem Grinsen, dass er für die spärliche Beleuchtung des Raumes beinahe dankbar war. Doch in ihm überwog einzig das Gefühl der Angst. In den dreißig Jahren seines Lebens als respektabler Bürger hatte er noch nie einen Fuß in ein derartiges Lokal gesetzt, und obwohl er sich bemühte, selbstsicher zu wirken, fiel es ihm nicht leicht, über die Schwelle zu treten.

Wenn er aufrecht voranschritt, würde er ein leichtes Ziel bieten, aber wahrscheinlich war es schlimmer, unterwürfig den Kopf zu senken. Wieder fühlte er sich einer Aufgabe nicht gewachsen, genau wie es ihm in dem Gespräch mit Teofilo Capponi ergangen war. Im Moment war es nicht der Scharfsinn, an dem es ihm mangelte, hier war sein Problem, dass er zu unbeholfen war, um unbemerkt durch den Raum gehen zu können. Natürlich hätte er es auch leichter gehabt, wenn er nicht so kostbare Gewänder tragen würde.

Angelo versuchte, den strengen Blick seines Vaters nachzuahmen, wickelte sich fest in seinen Umhang und schritt vorwärts, ohne sich um das unterdrückte Gelächter zu kümmern, das ihn begleitete. Stumm verfluchte er Bianca und die Kühnheit, mit der sie ihn überzeugt hatte, sich in diese Lage zu bringen. Sie war so begierig, den Tod ihres Onkels zu rächen, dass sie keine Bedenken hatte, ihren Cousin tödlichen Gefahren auszusetzen.

Nach einigen Remplern und lästigen Blicken hatte er endlich den Wirt erreicht, den er sogleich nach Messer Faleno fragte.

Der Mann warf ihm einen schiefen Blick zu, um dann wortlos auf die Treppe ins obere Stockwerk zu deuten. Während er auf diese zuging, bemerkte Angelo aus dem Augenwinkel, wie der Wirt sich bekreuzigte.

Als er die knarzenden Stufen nach oben stieg, hatte Angelo das Gefühl, dass sie jeden Moment unter seinen Füßen nachgeben könnten.

Oben angelangt fand er sich auf einer Art Empore wieder, die mit morschen Balken abgedeckt war. Von diesen hingen Vorhänge herab, die dem Ganzen den Anschein eines abgeschiedenen Alkovens geben sollten. Angelo folgte dem Stöhnen und Wasserplätschern, die dahinter hervordrangen, bis er auf einmal vor einem Mann und einer Frau in einem Badezuber stand. Sie saß rittlings auf ihm, und ihre langen schwarzen Haare schwangen hin und her. Doch Angelos Blick ging sofort zu dem Mann. Denn der war ein Riese. Sein Kopf war fast so groß wie der eines Ochsen und seine Arme so dick wie Baumstämme.

Als der Mann den Besucher bemerkte, packte er die Frau bei den Schultern, hob sie an, als wäre sie so leicht wie ein Grashalm, und setzte sie neben dem Zuber ab.

»Messer Faleno?«, fragte Angelo verschüchtert.

Der riesige Mann wartete ab, bis die Frau sich mit einem Tuch ihre Blöße bedeckt hatte, bedeutete ihr jedoch, sie solle in der Nähe bleiben, dann nickte er Angelo zu.

»Seid Ihr der, der mit mir sprechen wollte?«

»Ja, das bin ich«, antwortete Angelo.

»Und was wollt Ihr?«

»Ich suche jemanden und …«

»Um ihn zu töten oder nur, um ihn zu finden?«

»Nun ja, das weiß ich noch nicht.«

»Auf jeden Fall muss er erst gefunden werden«, sagte Faleno, und es klang fast, als redete er mit sich selbst. Er fuhr sich mit der nassen Hand über das Gesicht und stieß ein saugendes Geräusch aus.

»Er heißt Tigrinus«, sagte Angelo, dem der Riese immer mehr Angst einjagte. »Und ist ein Dieb.«

»Ich kenne ihn nicht.«

»Meines Wissens lebt er in der Umgebung von Florenz. Vor zwei Wochen wurde er verhaftet, weil er einen Bankier erstochen hat.«

Faleno warf ihm einen schiefen Blick zu. »Nun, wenn die Schergen ihn schon geschnappt haben ...« Er klang ein wenig verärgert.

»Er wurde freigelassen.«

Als er dies hörte, schien Faleno aufmerksam zu werden. Er zog die Augenbrauen hoch, was seine Züge noch bizarrer erscheinen ließ. Alles an ihm war übermäßig groß: die Lippen so dick wie Würste und die Augen so riesig wie zwei reife Äpfel. »Erzählt mir die Geschichte von Anfang an«, sagte er und erhob sich.

Da erkannte Angelo, dass er den bemerkenswertesten Körperteil erst noch zu sehen bekam. Es war der Bauch des Mannes. Er wölbte sich mehr als mächtig hervor, war dabei aber straff wie das Fell einer Trommel und über und über mit blauen Tätowierungen, größtenteils Heiligenbildern, bedeckt.

»Ich werde Euch alles haarklein erzählen«, brachte Angelo gerade noch heraus.

20

Gut gelaunt verließ Angelo eine Stunde später das Wirtshaus. Weil er es geschafft hatte, mit einem Halsabschneider wie Faleno zu einer Einigung zu kommen, kam er sich so verwegen vor, dass er, anstatt sich eilig aus der Gegend zu entfernen, an der Tür stehen blieb und den Blick einer jungen Dirne erwiderte. Kurz war er versucht, ihrer Aufforderung zu folgen, doch dann erinnerte er sich, wie wenig Erfahrung er mit Frauen hatte, und beschloss, das Schicksal nicht zu sehr herauszufordern. Diese Nacht sollte als Moment des Mutes in seine Erinnerungen eingehen, ein großer Schritt auf dem Weg hin zu einem neuen Menschen.

Angelo unterdrückte das sehnsüchtige Ziehen im Unterleib und wollte zu seinem Reittier gehen, das er am Zaun des Wirtshauses angebunden hatte.

Doch es war nicht mehr da.

Er sah sich wütend um, doch sein Zorn galt nicht so sehr der Tatsache, dass man ihn bestohlen hatte, sondern dass er jetzt die ganze Strecke nach Hause laufen musste. Es stand außer Frage, dass er noch einmal in das Wirtshaus gehen musste, um dort Erklärungen zu verlangen. Die Halunken, die sein Pferd gestohlen hatten, hatten gewiss Helfer unter den Gästen, und vielleicht lachten diese Galgengesichter dort schon über ihn. Also sollte er lieber gute Miene zum bösen Spiel machen und diesen Ort schnell verlassen.

Kaum hatte er sich ein paar Schritte entfernt, bemerkte Angelo jedoch, dass das Licht aus dem Wirtshaus schwächer wurde und einer immer tiefer werdenden Dunkelheit wich. Er kniff die Augen zusammen, um besser sehen zu können, versuchte, weit nach vorn zu blicken und die Fackeln auf den Stadtmauern auszumachen. Sie wirkten wie winzige Pünktchen in einem Meer der Dunkelheit, aber allein ihr Anblick tröstete ihn ein wenig.

Angelo überlegte, welche Ausrede er Bianca gegenüber wählen sollte, weshalb er sein bestes Pferd verloren hatte. Die Wahrheit würde er ihr niemals erzählen, sonst würde sie sich wieder einmal über ihn lustig machen. Er war es so leid, sich ständig mit Vorwürfen überhäufen zu lassen und für einen naiven Dummkopf gehalten zu werden. Außerdem konnte so etwas jedem passieren, wenn er sich in eine solche Räuberhöhle wagte.

In Gedanken versunken, bemerkte Angelo die immer lauter werdenden Geräusche hinter sich nicht. Hufgetrappel und das Klirren von Zaum- und Sattelzeug. Als er begriff, dass er nicht mehr allein war, fuhr Angelo herum, und was er erblickte, war wirklich so grotesk, dass er lachen musste.

Ein Zwerg auf einem Pferd, besser gesagt auf *seinem* Pferd. Der Kleine klammerte sich am Sattel fest. Seine Beine baumelten in der Luft, da sie zu kurz waren, um die Steigbügel zu erreichen. Er wäre sicher heruntergefallen, wäre nicht ein Zweiter vorangegangen und hätte das Tier an der Trense geführt – ein Kerl so groß und hager wie der Tod.

»Einen schönen Umhang habt Ihr, Messere«, sagte der Kleine frech.

»Das ist mein Pferd!«, protestierte Angelo, der allmählich wütend wurde.

»Es gehört Euch, sagt Ihr?« Dieser kleine Teufel sah zu seinem Spießgesellen hinüber. »Und warum sitze ich dann darauf?«

»Der ist fett, an dem ist was dran!«, sagte der Hagere schmatzend, als würde er von Hungerkrämpfen geschüttelt.

»Gebt mir das Pferd zurück, dann werde ich die Soldaten des Viertels nicht informieren.« Angelo wurde jetzt lauter.

Der Kleine lachte nur. »Hier sind wir aber in keinem Viertel, Messere. Sondern draußen auf dem Land, und Ihr habt einen schönen Umhang.«

»Und eine noch schönere Börse, möchte ich wetten«, sagte sein Kumpan.

Angelo wich zurück, hin- und hergerissen zwischen heißem Zorn und einem verzweifelten Drang, in Tränen auszubrechen. Warum musste das immer ihm passieren? Doch plötzlich bemerkte er, dass sein Fuß über etwas Festes gestolpert war, und in einem Anfall von Wagemut beugte er sich schnell hinunter und hob es auf. Es war ein abgefallener Ast.

»Caco, was hat der vor?«, fragte der Hagere beunruhigt.

»Warte mal«, hielt dieser ihn zurück. »Den habe ich schon mal gesehen.« Er presste dem Pferd die Fersen in die Seite und näherte sich Angelo, um ihn aus der Nähe zu betrachten.

Dieser nutzte die Gelegenheit, hob den Ast mit beiden Händen in die Höhe und wollte Caco damit treffen. Doch er war viel zu langsam, und noch bevor er den Schlag ausführen konnte, war der andere Verbrecher schon über ihm. Angelo fühlte einen brennenden Schmerz unterhalb der Rippen, dann fiel er unter einem Hagel von Schlägen zu Boden.

Bis zu diesem Augenblick hatte er Schmerz und Demütigung erlebt. Doch was ihm den Rest gab, war das dünne, boshafte Stimmchen des Kleinen, der oben im Sattel balancierte wie eine obszöne Marionette.

»Nimm ihn aus, nimm ihn aus!«, stachelte Caco seinen Kumpan an, während alles um Angelo in Dunkelheit versank.

TEIL 2

Der Mönch auf der Flucht

21

Wälder südlich von Marsciano
21. April

Tigrinus saß in einer Höhle neben einem Feuer, das in der Dunkelheit leuchtete. Nachdem er sich mit dem Gelände vertraut gemacht und jede Einzelheit für die Entführung des Mönchs geplant hatte, hatte er beschlossen, seinen Schlupfwinkel nicht mehr zu verlassen. Um nicht auf patrouillierende Soldaten zu stoßen, ging er seit zwei Wochen nur nach draußen, um sich mit Wasser und Nahrung zu versorgen, und verließ die dichten Wälder dabei so gut wie nie. Als er in Florenz aufgebrochen war, hatten weder Bilia noch Cosimo es für nötig befunden, ihn darüber zu informieren, dass Marsciano nicht nur ein Zentrum für Händler und Reisende war, sondern auch der Grenzposten für die Ländereien von Perugia.

Glücklicherweise gab es im Umland genügend Klöster, Kornspeicher und vor allem Wild, um die Truppe zu ernähren, die Tigrinus um sich geschart hatte. Sie bestand aus sechs Straßenräubern und Gaunern – nicht unbedingt die gefährlichsten Gesellen, aber geschickt genug, um nicht aufzufallen. Ihre Aufgabe war es, Informationen über Reisende einzuholen, die von den Apenninen her eintrafen.

Tigrinus blieb nichts anderes übrig, als abzuwarten, bis er seinen Auftrag erfüllen konnte, in der Hoffnung, demnächst nach Florenz zurückkehren zu können und Schwester Assunta dann bei Kräften vorzufinden. Kurz vor seiner Flucht hatte er ihr noch heimlich, in einem Schluck Wein und begleitet von einem Gebet, die Panazee verabreichen können.

Außerdem trieb ihn die Frage um, weshalb Cosimo ausgerechnet seine Hilfe benötigte, um Lionardo da Pistoia zu entführen. Die Ausrede, dass seine Soldaten, wenn sie sich an einem Hinterhalt beteiligten, von den Leuten des Kardinals Bessarion erkannt werden könnten, war zu dürftig. Leute, die auch sonst kein Problem damit hatten, Blut zu vergießen, hätten einfach die ganze Eskorte des Mönchs ermorden können, um jeden Hinweis auf den Auftraggeber zu tilgen.

Immer wieder kam Tigrinus zu dem gleichen Schluss, dass da etwas nicht stimmte. Cosimo hatte ihm mit Sicherheit ein wichtiges Detail verschwiegen.

Er war völlig in seine Überlegungen versunken, während er damit fortfuhr, Schwefel, Kohle und Salpeter in einem Mörser zu vermahlen. Schon seit mehreren Stunden maß er immer die gleichen Mengen ab und füllte das gewonnene Pulver in Leinensäckchen, die er dann fest verschnürte und in sicherem Abstand zum Feuer lagerte. Das Rezept für die Mischung stammte aus einem Kodex, der an der Wand der Höhle lehnte, dem *»Liber ignium«* von Marco Graeco. Tigrinus hatte ihn vor einigen Jahren aus dem Kloster San Marco entwendet, damals, als Giovanni da Fiesole ihm den Zutritt zur Bibliothek der Dominikaner gestattet hatte. Und obwohl es sich um ein Buch von großem Wert handelte, hatte er nie daran gedacht, es zu verkaufen.

Trotz seines rebellischen Wesens war Tigrinus mit der Liebe zur Wissenschaft aufgewachsen, die er auch jetzt, als erwachsener Mann, nicht aufgeben wollte. Seit jeher hatte ihn alles fasziniert, bei dem es um Umwandlung von Grundstoffen ging, ganz gleich, ob es sich dabei um Temperafarben oder um wesentlich kompliziertere und geheimnisvollere Substanzen handelte. Die Lehrzeit in der Werkstatt des malenden Mönchs war besonders prägend für ihn gewesen. Hier hatte er seinen mit der Zeit immer erfindungsreicher werdenden Geist geschult, der ihm half, selbst die aussichtslosesten Situationen noch mit einem phantasievollen Kniff zu lösen.

Doch diese Lehrzeit hatte ihn nicht auf alles vorbereitet. Das Leben eines Gesetzlosen bestand aus Unwägbarkeiten, und oft war der Instinkt weit wichtiger als der Verstand. Tigrinus hatte durchaus bedacht, dass er trotz aller Tricks wahrscheinlich Gewalt anwenden musste, wenn er Lionardo entführen wollte, ja vielleicht sogar jemanden töten musste.

Er überprüfte, ob das Pulver im Mörser fein genug war, und wollte es schon in das nächste Leinensäckchen abfüllen, als sich auf der Felswand vor ihm ein langer Schatten abzeichnete.

Tigrinus sah hoch. Am Feuer stand ein magerer Junge mit einer sehr langen Kapuze auf dem Kopf, die ihm bis zur Mitte des Rückens hinabreichte. Tigrinus forderte ihn auf, näher zu kommen.

»Sie sind eingetroffen«, flüsterte der Junge.

»Bist du sicher?«, fragte Tigrinus.

»Ich irre mich nicht, Messere, sie sind es. Ein geschlossener Wagen und drei bewaffnete Reiter, genau so, wie Ihr gesagt hattet.«

»Sind sie schon in Marsciano?«

»Sie wollten lieber vor den Stadttoren bleiben. Nun übernachten sie in einem Gasthaus am Stadtrand.«

»Ab mit dir! Sag den anderen Bescheid und komm danach gleich wieder her«, befahl Tigrinus aufgeregt. Doch dann bedeutete er dem Jungen, kurz zu warten, und befüllte den letzten Beutel mit dem schwarzen Pulver, den er ihm dann zusammen mit den anderen Säckchen reichte. »Du weißt, was du zu tun hast.«

Der Junge verstaute die Pulversäckchen in einem verschlissenen Reisesack. »Wo soll ich die hier verstecken?«

»Befestige sie unter dem Wagen, neben den Rädern.« Tigrinus lächelte verschlagen. »Und pass auf, dass niemand dich bemerkt.«

22

Florenz, Basilika von Santa Croce

Die Loggia verlief entlang der Basilika, einer im Dunkel liegenden Grotte gleich. Angelo durchquerte sie langsam und zuckte bei dem geringsten Geräusch zusammen, das von der Straße zu ihm drang. Er hatte sich immer noch nicht von dem Überfall im vergangenen Monat erholt, und obwohl er dem Himmel dankte, dass er den Angriff mit nur ein paar blauen Flecken und einem abgebrochenen Zahn überlebt hatte, lief er seitdem nur noch stark gebeugt, als ob eine schreckliche Last ihn niederdrücken würde. Jede Nacht hatte er Alpträume, in denen der Zwerg auftauchte. Meist ritt dieser dann auf dem rotbraunen Pferd und verhöhnte oder beleidigte ihn, oder er hockte wie ein kleiner Teufel auf dem Rücken der widerlichsten Ungeheuer. Angelo hatte zwar versucht, die Ängste wegzuschieben, dennoch gelang es ihm nicht, dieses Panikgefühl zu überwinden, das ihn stets fest im Griff hatte. Er verließ das Haus nur zu den belebtesten Tageszeiten, niemals allein, und er wagte sich auch nicht mehr in die Gebiete außerhalb der Stadtmauern. Plätze mit vielen Menschen machten ihm Angst, vor allem, wenn sie aus dem niederen Volk stammten oder so aussahen, als wären sie auf Streit aus. Gasthäuser mied er wie die Pest.

Teofilo Capponi, der ihn begleitete, schien Angelos Nervosität zu spüren, denn er legte ihm beruhigend die Hand auf den Arm. Sie folgten zwei Männern, die der Zunft der Geldwechsler angehörten. Ihre prächtigen Gewänder, zu denen sie elegante Hauben nach der neuesten Mode trugen, hoben sich deutlich von den schlichten Kutten der zahlreichen Franziskanermönche ab, die geschäftig hin und her liefen.

»Ihr solltet berücksichtigen, dass wir nicht jedem Beliebigen einen derartigen Gefallen tun«, wandte sich einer von den beiden zu ihnen um. »Daher dankt dem Freund an Eurer Seite.«

»Ich bin mir dessen bewusst«, entgegnete Angelo, »und doch …«

»Die Vereinbarungen des Vertrags sind einfach«, fuhr der Mann fort, ohne auf ihn einzugehen. »Ihr überschreibt uns Eigentum und Einkünfte der Ländereien in Eurem Besitz bis zur Rückzahlung des Darlehens, das wir Euch gewähren. Viertausend Goldflorin, um genau zu sein, die im Seehandel wie vereinbart einzusetzen sind.«

Angelo schüttelte Capponis Hand ab und schloss zu den beiden Geschäftsleuten auf. »Und falls ich das Geld anderweitig verwenden möchte?«

Ehe die beiden ihm antworteten, wechselten sie einen spöttischen Blick. »Wärt Ihr ein erfahrener Kaufmann, könnte man darüber reden«, sagte schließlich einer von ihnen. »Aber zu Eurem Besten und in Anbetracht der schwierigen Lage Eurer Bank solltet Ihr besser unsere Anweisungen befolgen.«

»Wovor habt Ihr Angst?«, fragte Capponi. »Diese beiden Herren bieten Euch an, ihr Geschäftspartner zu werden. Was könnte es für eine bessere Sicherheit geben?«

Angelo war alles in allem sehr angetan von dem Handel. Er sah darin die einzige Alternative zum Bankrott, auch wenn er sich schwer damit tat, dass er von Menschen Anweisungen entgegennehmen sollte, die nicht zur eigenen Familie gehörten. Er konnte sich gut vorstellen, wie Bianca auf solche Vereinbarungen reagieren würde, daher wollte er sie so lange wie möglich im Unklaren halten. »Mein Vater war nie dafür, den eigenen Gewinn zu teilen.«

»Euer Vater war ein Starrkopf«, sagte einer der Männer. »Wir sind mehr als einmal bei ihm vorstellig geworden, und er hat uns immer die Tür vor der Nase zugeschlagen. Rechnet diese Demütigung noch zu unserem großzügigen Angebot hinzu.«

Unterdessen waren sie aus dem Schatten der Loggia herausgetreten und liefen nun im gleißenden Sonnenlicht. Nach wenigen Schritten standen sie vor der aus *Pietraforte* gefertigten steinernen Fassade von Santa Croce, deren majestätische Fensterrose über Florenz wachte wie ein Augenjuwel.

Die Glocken riefen die Gläubigen zur Sonntagsmesse, und plötzlich sah sich Angelo von Menschen umringt, während das Stimmengewirr um ihn herum immer lauter wurde. Sein erster Impuls war, sich an Capponi festzuklammern, doch dann hielt er sich zurück und fand die Kraft, sich allein einen Weg durch die Menge zu bahnen. Sollten sie doch alle zur Hölle fahren. Er wollte nur so schnell wie möglich nach Hause und sich in seinem Arbeitszimmer einschließen, einzig umgeben von den Büchern, die von Schlachten und fahrenden Rittern erzählten. Warum also noch warten? Sobald er dieses Geschäft abschließen würde, wäre er frei. »Also gut«, stieß er so heftig hervor, dass sich die Geschäftsleute zu ihm umdrehten. »Ich nehme an!«

23

Als Angelo heimkehrte, stand die Sonne noch hoch am Himmel. Unter dem Vorwand, er müsse mit ihm noch einige Punkte des Vertrages besprechen, hatte er sich von Teofilo Capponi bis hinter die Läden auf dem Ponte Vecchio begleiten lassen. Er fühlte sich erst sicher, als er vor der Tür seines Palazzos stand, und sehnte sich nur noch nach absoluter Ruhe. Doch im Vorhof blieb er stehen – zu überraschend wie auch unerfreulich war der Anblick, der sich ihm bot.

Bianca unterhielt sich mit einem beeindruckend großen und kräftigen Mann in einem zerrissenen Umhang, unter dem der Griff eines Dolchs und schlammverkrustete Stiefel hervorschauten. Sie redete entschlossen auf ihn ein, ohne Zeichen von Angst oder Zögern zu zeigen. Faleno, denn niemand anderer war dieser Mann, verhielt sich ihr gegenüber höchst ehrerbietig und ließ nichts von der Grobheit spüren, die er in dem Gasthaus an den Tag gelegt hatte, als Angelo ihm begegnet war. Als ob er in Bianca eine Art höhere Macht erkennen würde, der er sich instinktiv beugte.

Angelo beobachtete die beiden, bis Bianca ihn bemerkte. Daraufhin bedeutete er ihr stumm, sie möge den Mann so schnell wie möglich fortschicken.

Er sah, wie Faleno sich respektvoll verneigte, dann trat er rasch beiseite, um ihm den Weg freizugeben.

»Bist du völlig von Sinnen?«, fuhr Angelo auf, als sie allein waren. »Du empfängst diesen Kerl in unserem Heim?«

»Mäßige deinen Zorn, er war doch nur kurz da«, erwiderte Bianca, während sie auf ihn zukam. »Nur um sich für den Misserfolg zu entschuldigen.«

Angelo schnaubte empört auf. »Dann hat er ihn also noch nicht gefunden?«

»Er sagt, er habe überall gesucht, aber Tigrinus scheint wie vom Erdboden verschluckt zu sein. Vielleicht hat er von der Bedrohung erfahren und Florenz verlassen.«

»Oder vielleicht habe ich mich nur an einen Nichtsnutz gewandt, an einen Taugenichts, der nichts anderes kann, als in einer schmuddeligen Absteige Unzucht zu treiben!«

Bianca starrte ihn bestürzt an. Erst da wurde Angelo bewusst, dass er zu weit gegangen war. Er wollte sich schon bei ihr entschuldigen, doch dann zog er sich ohne jedes Wort der Rechtfertigung zurück, weil sie sonst gemerkt hätte, dass er sich schämte. Eigentlich waren es weder Biancas unverfrorenes Benehmen noch Falenos Versagen, die ihn so in Wut gebracht hatten, sondern der ohnmächtige Zorn, den er verspürte, weil er in einem Zustand ständiger Angst und Unsicherheit leben musste.

Er riss sich den Umhang herunter und warf ihn auf den Fußboden, dann lief er mit ausholenden Schritten zum Arbeitszimmer. Ins Reich seiner Einsamkeit.

Faleno hatte den Palazzo der Bruni noch nicht lange hinter sich gelassen, da bemerkte er, dass ihm jemand folgte. Als ob nichts wäre, lief er die Gebäude der Via Romana entlang, doch bei der nächsten Ecke bog er in eine Gasse ab, die auf die andere Seite des Arno führte. Er nutzte die Gelegenheit, um einen schnellen Blick auf den kräftig gebauten Mann zu erhaschen, der zehn Schritte hinter ihm ging. Er sah aus wie ein Soldat.

Faleno ließ sich nichts anmerken. Er lief weiter Richtung Südwesten zwischen immer heruntergekommener wirkenden Häusern, durch schlammige Gassen, bis er einen kleinen Betteljungen entdeckte. Als hätte ihn Mitleid mit diesem überkommen, beugte er sich zu ihm herab.

»Siehst du den Mann hinter mir?«, flüsterte er dem Jungen zu, während er ihm eine Silbermünze in die Hand drückte. »Warte, bis er an dir vorbei ist, dann folge ihm wie ein Schatten. Morgen bringe ich dir mehr Münzen. Und ich möchte alles über ihn erfahren.«

Als Angelo endlich in seinem Arbeitszimmer saß, wollte er sich schon den Büchern zuwenden, als er die Botschaft auf dem dafür vorgesehenen Zinnteller bemerkte. Er brach das Handelssiegel der Bruni und entrollte eine Nachricht in einer recht verschnörkelten Schrift, die zwar die lateinische Sprache nutzte, aber mit der exotischen, fast trägen Eleganz der orientalischen Buchstaben geschrieben war. Die Nachricht kam aus Famagusta.

Ein Blick genügte ihm, um zu erkennen, dass es sich um eine Antwort auf die Frage nach der Fracht des verschwundenen Schiffes handelte. Sie kam allerdings nicht von Balduccio Landini selbst, sondern von einem seiner Geschäftspartner namens Nikolaos.

Zunächst entschuldigte sich der Absender der Briefes, dass er sich in eine Angelegenheit einmische, die ihn eigentlich nichts anginge, aber er fühle sich dazu verpflichtet, da Messer Balduccio seit vielen Wochen nicht zu erreichen sei. Es folgte eine Beschreibung der Situation der Filiale, in der er sich über den Geiz der zyprischen Kaufleute und den Niedergang der Geschäfte wegen der Konkurrenz aus Genua beklagte. Zwischen den Zeilen ließ er durchblicken, dass Balduccio verschwunden sein könnte, ehe das Unternehmen bankrottging.

Nach dieser entmutigenden Einleitung befriedigte Nikolaos endlich Angelos Neugier, wobei er betonte, dass die Informationen, über die er verfügte, allein aus den von Balduccio hinterlassenen Aufzeichnungen stammten. Darin hatte er gelesen, worum es sich bei den geheimnisvollen sieben Dutzend Drachmen handelte, die gegen Ende des letzten Jahres für die Summe von zweitausend Goldflorin versichert worden waren.

Eine Schatulle Perlen.

Perlen aus Malabar.

Vergessen war Biancas barsche Reaktion, wieder und wieder las Angelo mit wachsendem Staunen die Auflistung in dem Brief:

Saumperlen, zu einer Menge von 100 Karat
Perlen von 38 bis 14 Karat, zu einer Menge von 500 Karat
Perlen von 8 Karat, zu einer Menge von 700 Karat
Perlen von 4 Karat, zu einer Menge von 380 Karat

Das Gesamtgewicht lag damit laut Nikolaos bei tausendsechshundertachtzig zyprischen Karat oder elfeinhalb Unzen. In etwa das gleiche Gewicht, auf das Bianca bei ihrer Schätzung gekommen war.

Doch Angelo achtete schon nicht mehr auf die Zahlen. Ihn hatte das Fernweh gepackt, und so eilte er zu den Regalen und zog eine Kopie der »Geographike hyphegesis« von Ptolemäus heraus, seiner Meinung nach ein wesentlich wertvolleres Werk als die *Portolane*, die derzeit im Umlauf waren. Es war eine Luxusausgabe des Atlas, aus dem Lateinischen übersetzt von Emanuele Crisolora und mit siebenundzwanzig illustrierten Landkarten ausgestattet.

Angelo reiste im Geiste über das Rote Meer und dann über das Arabische, bis er die Küsten Indiens erreichte, südlich des *Sinus gangeticus.* Sie waren als purpurrote Striche eingezeichnet, mit fächerförmigen blauen Mündungen und lauter unaussprechlichen Namen. Um an diesen Teil der Welt zu gelangen, musste man das Ende des Winters abwarten, sich dann nahe der alten Stadt Muscat zur Insel Socotra einschiffen und die Gewässer überqueren, die Marco Polo in seinem Reiseband »Milione« als Reich blutrünstiger Piraten beschrieb. In den Legenden von Sindbad wurden sie ebenfalls erwähnt und in den Geschichten der Händler, die nach Indien gereist waren, um Kupfer, Elfenbein, Seidentücher, Sandelholz und Gewürze zu erwerben.

Was man sich allerdings über die Perlen von Malabar erzählte, lag jenseits jeder Vorstellungskraft. Sie galten als die kostbarsten und gesuchtesten der Welt und stammten aus einem Golf, in dem es von riesigen Fischen wimmelte, die das Leben eines jeden bedrohten, der es wagte, dort nach den Perlen zu tauchen. Wenn es jemandem gelang, sie an die Oberfläche zu bringen, dann nur dank der Hilfe einiger *Nekromanten*, die mit ihren schwarzen Künsten die Meeresungeheuer besänftigen konnten.

Der Gedanke an die Perlen und ihren Wert holte Angelo wieder in die Wirklichkeit zurück. Nun wollte er alles daransetzen herauszufinden, was dieser Brief aus Famagusta bedeutete. Und was er mit dem Tod seines Vaters zu tun hatte oder mit dem, was Tigrinus darüber berichtet hatte.

Doch Angelo war bewusst, dass dieses Spiel zu kompliziert war für einen so leicht beeinflussbaren Geist wie den seinen.

Nun brauchte er die Hilfe eines klareren und sachlicheren Verstandes.

Und eines mutigeren.

24

Bianca betrat vorsichtig das Arbeitszimmer. Seit der Nacht des Überfalls war Angelo kaum wiederzuerkennen, und sie rechnete ständig mit unbedachten Reaktionen von ihm. Außerdem hatte sie keine Vorstellung davon, was er durchgemacht hatte.

Ihr selbst schauderte noch bei der Erinnerung an diese eine Nacht, das Haustor, das mit einem lauten Knall aufschlug, und die Schreie der Dienstboten, die sie aus dem Schlaf gerissen und ins Erdgeschoss gerufen hatten. Wie sie atemlos im Dunkeln die Treppe hinuntergerannt war, zum Eingangsportal, wo zwei Männer ein zitterndes Bündel abgelegt hatten. Die beiden hatten Angelo vor der Stadtmauer gefunden, splitterfasernackt, wo er sich einem Sterbenden gleich hingeschleppt hatte. Entsetzt war ihr bewusst geworden, dass sie ihren Cousin wie ein Lamm zur Schlachtbank geschickt hatte.

Erst Tage danach hatte Angelo die Sprache wiedergefunden und sich zu einigen, wenn auch recht wirren Erklärungen durchgerungen. Er sei von Wegelagerern ausgeraubt worden. Seitdem hatte er jedoch nicht mehr über den Vorfall gesprochen, sondern sich in Schweigen gehüllt. Während Bianca ihrerseits zunehmend von Gewissensbissen geplagt wurde, die sie sich nur schwer einzugestehen vermochte.

Da er nun in einer ruhigen Verfassung zu sein schien, wandte sie sich ihm mit fürsorglicher Geste zu, als sei ihre Auseinandersetzung von vorhin vergessen. Neuerdings regte er sich wegen jeder Nichtigkeit auf, weshalb sie sich angewöhnt hatte, sich stets freundlich zu geben.

»Du hast mich rufen lassen?« Ihre Stimme war sanft, als spräche sie mit einem Kind.

Angelo saß am Schreibtisch, vertieft in ein mit großen Landkarten bebildertes Buch. »Ich brauche dich«, antwortete er knapp und reichte ihr ein Blatt aus Hadernpapier.

»Was ist das?«, fragte sie und sah es sich an. »Noch ein Brief?«

Angelo nickte. »Er ist gerade aus Famagusta eingetroffen.« In seiner Stimme lag eine Spur von Trotz. »Du erinnerst dich, dass ich vorhatte, der Sache nachzugehen?«

»Du meinst die Angelegenheit mit den sieben Dutzend Drachmen. Obwohl ich davon ausging, dass dies mittlerweile ...«

»Lies, ich bitte dich.«

Sie kam seiner Aufforderung nach und überflog das Schreiben mit wachsender Verblüffung. »Es handelt sich also um Perlen«, sagte sie schließlich.

»Perlen aus Malabar, verstehst du?«, rief er aufgeregt. »Elfeinhalb Unzen!«

Sie schüttelte den Kopf. »Tausendsechshundertachtzig zyprische Karat ergäben in Florenz gewogen eine Unze weniger.«

Angelo winkte ab. »Sie wären trotzdem von enormem Wert.«

»In der Tat«, räumte Bianca ein, die ihr neu erwachtes Interesse unverhohlen zeigte. Sie hatte Perlen und Edelsteine schon immer geliebt, und zwar so sehr, dass Kenntnisse des Handels mit Türkisen, Saphiren und *Margaritae* – wie die Perlen ganz früher hießen – das Erste waren, was ihr Onkel ihr vermittelt hatte. Sie ahnte genau, worauf ihr Cousin hinauswollte, und fuhr deshalb fort: »In dem Schreiben, das du mir im vergangenen Monat zu lesen gegeben hast, spricht Messer Balduccio, wenn ich mich recht erinnere, von fünfundvierzigtausend weißen Bezanten, also siebentausendfünfhundert Florin. Das gilt aber nur, wenn man den Kurs dafür in Famagusta als Grundlage nimmt. Hier in Florenz dagegen würden diese Perlen beinahe bis zu einem Dreifachen dieses Werts bringen, also einer Summe zwischen siebzehntausend und zweiundzwanzigtausend Florin.«

Angelo sah sie beeindruckt an. »Selbst wenn man von dem geringeren Gewicht ausgeht, das du genannt hast?«

»Ja, wenn man bedenkt, dass Saumperlen und solche von über dreißig Karat Höchstpreise erzielen. Und der in dem Brief aufgeführten Liste zufolge müsste sich in dieser Schatulle eine ansehnliche Menge davon befinden.«

Anstelle einer Antwort erhob Angelo sich und schlug mit der flachen Hand auf das Buch, das vor ihm lag. »Denk nur, wenn unsere Familie über ein solches Vermögen verfügen würde!«

»Dann könntest du die Bank ohne Weiteres vor dem Ruin retten«, sagte Bianca und klang wieder etwas ernüchtert. »Aber soweit ich weiß, sprechen wir von der Ladung eines verschwundenen Schiffs.«

»Und von dem Grund, aus dem mein Vater getötet wurde«, fügte Angelo düster hinzu.

Bianca versuchte, seine Miene zu lesen. Seine Stirn hatte sich plötzlich in Falten gezogen, was die Schatten unter seinen Augen noch betonte. »Demnach glaubst du weiter an das, was dieser Tigrinus erzählt hat?«, fragte sie behutsam nach.

»Warum auch nicht? Wie du selbst zugegeben hast, geht es um eine bedeutende Summe. Jeder, der nicht auf den Kopf gefallen ist, würde doch versuchen, sich den Schaden von der Gesellschaft, bei der er sie versichert hat, ersetzen zu lassen.«

Sosehr es Bianca auch widerstrebte, ging ihr Verdacht tatsächlich in die gleiche Richtung. Es gab zu viele Unstimmigkeiten bei dem Verbrechen in Santa Trìnita, angefangen von dem Umstand, dass ihr Onkel allein in die Krypta hinuntergegangen sein sollte, in der man ihn dann ermordet hatte. Das widersprach jeder Vernunft. Nichtsdestoweniger verabscheute sie diesen dreisten Tigrinus nach wie vor von ganzem Herzen und sehnte sich förmlich danach, dass er unter Falenos Schlägen die Wahrheit gestand. »In jedem Fall wärst du gezwungen, bloßen Vermutungen nachzujagen«, warnte sie ihn und gab ihm Nikolaos' Brief zurück. »Hier steht, dass die Galeere mit der Perlenschatulle an Bord nach Venedig unterwegs war, wo die Ladung gelöscht und auf dem Landweg nach Florenz befördert werden sollte. Schade nur, dass dieses Schiff sein Ziel nie erreicht hat.«

»Das ist bloß eine Annahme.« Angelo klang beinahe wütend.

»Was meinst du?«

»Wir haben keinen Beweis dafür, dass die Galeere tatsächlich untergegangen ist. Was wäre, wenn der Inhalt ihres Laderaums wie vorgesehen in Venedig gelöscht worden, dann aber auf dem Transport über Land abhandengekommen wäre?«

»Und wie sollte das geschehen sein?«

»Vielleicht durch Räuber«, sagte Angelo.

»Und wenn es doch Piraten waren?«, wandte Bianca ein. »Du weißt genau, dass die osmanischen *Fustas* vom Bosporus bis fast nach Aquileia vordringen. Diese Annahme scheint mir viel glaubhafter.«

Angelo hörte ihr schon nicht mehr zu. Er lief im Arbeitszimmer auf und ab und fuhr sich dabei mit seinen dicken Fingern durch die engelsgleichen Locken. »Ach!«, rief er. »Hätte ich doch nur einen kleinen Hinweis, dem ich nachgehen könnte!«

Da platzte Bianca der Kragen. »Und was dann? Würdest du dich auf den Weg machen, um diese Perlen in die Hände zu bekommen?«

»Ich würde jemanden damit beauftragen. Einen erfahrenen Reisenden, so einen wie Marco Polo.«

»Wenn ein Venezianer einen solchen Schatz finden würde, käme er gewiss nicht zurück, um ihn dir zu übergeben«, sagte sie lachend.

»Willst du dich etwa über mich lustig machen?«, rief Angelo mit hochrotem Kopf.

»Nein, keineswegs«, beschwichtigte Bianca ihn, als sie sah, dass er die Hände zu Fäusten ballte, und ging um den Schreibtisch herum, um etwas Abstand zwischen sich und ihn zu bringen. Vor ihr lag ein scharfes Papiermesser, das könnte sie notfalls gegen ihn einsetzen, sollte ihr Cousin plötzlich die Beherrschung verlieren. »Im Gegenteil«, sagte Bianca und nahm den Brief aus Famagusta erneut zur Hand. »Deine Argumente haben mich so überzeugt, dass ich eventuell schon eine Spur gefunden habe, die zu verfolgen sich lohnen könnte.«

»Nämlich?«, rief er.

Biancas Lippen kräuselten sich zu einem rätselhaften Lächeln. »Der Brief dieses Nikolaos. Begreifst du nicht? Er allein ist schon ein wichtiger Hinweis.«

25

Wald von Marsciano

Im Schutz eines Baumes beobachtete Tigrinus den Weg, der sich unter dem Laubdach des Waldes dahinschlängelte, und ließ seinen Blick zwischen Hügeln und Büschen umherschweifen, die in unzähligen Grüntönen leuchteten. Er trug einen ledernen Harnisch und eine weinrote, an den Seiten offene *Capa*, sodass der Griff seines Schwerts und der Köcher am Gürtel frei blieben. Ganz in der Nähe lauerten die Räuber, die er angeworben hatte – einige im Gebüsch und andere, die gute Bogenschützen waren, oben auf den Bäumen.

Tigrinus harrte nun schon seit Tagesanbruch aus und fragte sich langsam, ob der Wagen mit Lionardo da Pistoia erst nach Einbruch der Dunkelheit an dieser Stelle vorbeikommen würde. Was ein Problem wäre, da das Gelingen seines Plans vor allem von den Bogenschützen abhing. Doch Tigrinus war zuversichtlich. Er hielt den Mönch nicht für so unvorsichtig, sich bei Nacht in den dichten Wald zu wagen, selbst wenn er von mit Schwertern bewaffneten Wachen eskortiert wurde. Und da die nächste Herberge auf dem Weg nach Orvieto noch etwa eine halbe Tagesreise entfernt lag, konnte er nicht mehr lange auf sich warten lassen.

Sein Blick ging suchend zu dem Jungen, der oben auf einer hohen Eiche Ausschau hielt. Der jedoch schüttelte nur den Kopf, um sogleich wieder forschend nach Norden zu blicken.

Tigrinus seufzte. Nach zwei Wochen in Wäldern und Höhlen konnte er es kaum erwarten, zu seinen schattigen Gassen in Florenz zurückzukehren, in der Hoffnung, dass Cosimo de' Medici nicht noch mehr von ihm verlangen würde.

Plötzlich ertönte ein Pfiff, dann noch zwei weitere von anderen Bäumen. Es war so weit. Tigrinus griff nach seinem Bogen, den er an einen Baum gelehnt hatte, und spitzte die Ohren, bis er ein entferntes Rumpeln wahrnahm.

Die Kutsche tauchte oben auf der Kuppe eines Hangs auf, zu beiden Seiten eingerahmt von den sonnenvergoldeten Bäumen. Der geschlossene hölzerne Wagen wurde von zwei Pferden gezogen. Drei Reitersoldaten, mit Schild und Umhang ausgestattet, trabten vor ihm her. Falls Bilias Angaben der Wahrheit entsprachen, mussten bald zwei weitere Männer auftauchen, die die Nachhut bildeten. Ein Schauder der Erregung lief Tigrinus über den Rücken. Noch nie hatte er es mit bewaffneten Soldaten aufgenommen, und nun zog er zum ersten Mal, seit er eingewilligt hatte, den Pater zu entführen, die Möglichkeit in Betracht, dass er nicht lebend aus der Angelegenheit herauskommen könnte.

Tigrinus vergewisserte sich, dass die Räuber sich für den Angriff in Stellung brachten, zog dann einen Pfeil aus dem Köcher, tauchte die Spitze in ein Gefäß mit Pech und hielt sie neben einer Blendlaterne bereit. Seine Männer taten es ihm nach, und alle warteten bis zum letzten Moment, um die Pfeile zu entzünden, damit der Feuerschein den Reisenden ihre Anwesenheit nicht vorzeitig verriet.

Der Wagen näherte sich träge schaukelnd. Tigrinus beugte sich ein wenig vor, um nachzusehen, ob der junge Räuber, der ihn über das Eintreffen des Trosses unterrichtet hatte, die Pulversäckchen wie befohlen am Fahrzeug auf Höhe der Räder angebracht hatte. Nach kurzem Suchen meinte er sie zu erkennen. Sie waren an den äußeren Ecken des Fahrgestells neben den Radachsen festgeklemmt, unsichtbar zwischen Schlammbrocken und anderem Schmutz. Nur wer von ihnen wusste, hätte sie bemerken können.

Jetzt blieb nur noch zu hoffen, dass das Schwarzpulver auch seine Wirkung tat.

Tigrinus verjagte alle Bedenken und gab das verabredete Signal, indem er die Spitze seines Pfeils entzündete. Er brauchte gar nicht nachzusehen, ob die anderen ihm folgten, denn im

Nu regnete es flammende Brandpfeile aus den Bäumen, die alle auf die Unterseite des Wagens gerichtet waren.

Man hörte ein ängstliches Wiehern, dann den Warnschrei eines Reiters.

Die Flammen züngelten an den Pulversäckchen hoch, es zischte und prasselte, und dann zuckte eine gewaltige scharlachrote Flamme auf. Die Räder verwandelten sich in Feuerreifen, die von einer plötzlichen Explosion auf einer Seite aus den Achsen gerissen wurden, sodass das Gefährt krachend in Schräglage geriet.

Die Reiter versuchten zunächst instinktiv, die Zugpferde zu bändigen, was Tigrinus' Truppe Zeit ließ, aus der Deckung zu kommen und sie zu umzingeln.

Doch nicht alle ließen sich so überrumpeln. Der Soldat an der Spitze des Zugs, ein hochgewachsener Kerl in einem Plattenharnisch, setzte eine Armbrust an und schoss einen Pfeil auf einen der Angreifer ab.

Tigrinus stieß einen Schrei aus. Nach seinem Plan hätte es keine Opfer geben sollen, doch jetzt war ein offener Kampf nicht zu vermeiden. Noch ehe er entscheiden konnte, was jetzt zu tun war, zielten zwei seiner Leute, die sich im Gebüsch versteckten, auf Bessarions Männer, die sich gerade auf ihre Feinde stürzen wollten.

Nun griff auch Tigrinus in den Kampf ein, erreichte den von einem Rauchschleier umgebenen Wagen und schob sein Schwert in den Kutschenschlag, um ihn aufzubrechen. Doch noch ehe er das Holz unter dem Druck bersten hörte, öffnete sich die Tür, und ein mit einem Schwert bewaffneter Mönch sprang heraus. Tigrinus wich seinem Hieb aus, machte einen Ausfallschritt und stach zu. Doch seine Klinge hatte kein Fleisch durchbohrt: An der Stelle, wo er die Kutte aufgeschlitzt hatte, lugte ein Kettenhemd hervor.

»Das sind keine Mönche!«, rief er seinen Kumpanen zu, während er sich gegen einen neuerlichen Angriff zur Wehr setzte. Er rollte sich zur Seite, um einen Nahkampf zu vermeiden, kam dann flink wieder auf die Beine und schlug seinem Gegner den Schwertknauf ins Genick.

Unterdessen waren zwei weitere Männer im Mönchsgewand aus dem Wagen gestiegen, bewaffnet mit Schwertern und kleinen runden Schilden. Tigrinus lockte sie zu den Bäumen, direkt ins Schussfeld seiner Bogenschützen, und entzog sich gerade noch einem Angriff des Reiters mit der Armbrust, indem er hinter dem dichten Rauchvorhang verschwand.

Das Kampfgetümmel verlagerte sich ins Unterholz. Die Reitersoldaten waren von ihren Pferden gestiegen und hatten sich zu einer Gruppe formiert, vor der die Räuber schleunigst ins Gebüsch zurückwichen.

Tigrinus nutzte die Gelegenheit, um zur Kutsche zurückzulaufen. Er spähte hinein und machte dort einen alten Mann aus, der wie Espenlaub zitterte und sich in einer Ecke zusammengekauert hatte. Er trug die schwarze Kutte der Benediktiner und drückte ein in Leder gebundenes dickes Buch an seine Brust.

Hab ich dich, dachte Tigrinus, während er ihn am Arm packte.

»Lasst mich, bitte, lasst mich gehen!«, flehte Lionardo da Pistoia.

Doch Tigrinus hatte ihn schon aus dem Wagen gezerrt. Er schob ihm die Cinquedea unters Kinn, um ihn zum Schweigen zu bringen, und zwang ihn anschließend, auf den Rücken des erstbesten Pferdes zu klettern, dessen er habhaft werden konnte. Dann schwang er sich selbst hinter ihm in den Sattel.

Ohne sich weiter um das Kampfgeschehen zu kümmern, trieb Tigrinus das Pferd an und ritt im Jagdgalopp davon.

26

Bianca bildete sich keineswegs ein, sie würden das verlorene Schiff oder die Perlen aus Malabar wiederfinden. Allerdings hoffte sie, Angelo zu helfen, sich von seiner Angst und von der fixen Idee mit dem Schatz zu befreien, wenn sie zunächst auf ihn einging. Außerdem baute sie darauf, bei der Gelegenheit die Wahrheit über Tigrinus und den Tod ihres Onkels Giannotto herauszufinden. Sie würde nicht abwarten, dass Faleno den Dieb aufspürte, zumal sie jetzt endlich über einen ausgezeichneten Vorwand verfügte, um selbst Licht in die Angelegenheit zu bringen.

Den Brief von Nikolaos.

Er hatte einen Verdacht in ihr geweckt.

Doch um mehr zu erfahren, würde sie Pater Montano da Bagnone konsultieren müssen.

Nach dem Überfall auf ihren Cousin hatte sie ihren Beichtvater nicht mehr aufgesucht, denn allein der Gedanke daran, sich eingestehen zu müssen, dass im Grunde sie schuld an Angelos Unglück war, erfüllte sie mit Scham. Unvorstellbar, dies gegenüber einem Mann Gottes zu bekennen.

Nun aber sah sie keine andere Möglichkeit. Nach dem Mittagsmahl hatte Bianca sich deshalb in Begleitung einer Dienerin zum Kloster Santa Trìnita begeben.

Die hohe Decke des Hauptschiffs empfing sie mit ihren grazilen Formen. Die harmonische Einheit aus Wölbungen und Spitzbögen führte ihr das Durcheinander ihrer eigenen Gedanken vor Augen und ließ sie sich noch beklommener fühlen. Nachdem sie sich gesammelt hatte, befahl sie ihrer Dienerin, am Eingang auf sie zu warten, und ging zur Kanzel hinüber, um nach Pater Montano zu fragen.

Der Pater kam kurz darauf zu ihr. Er wirkte noch magerer, als sie ihn in Erinnerung hatte – eine Gestalt mit knochigen

Schultern und dem Gesicht eines Asketen, unempfindlich gegen irdisches Leid. In seinen Augen glühte ein geheimes Feuer, das Bianca schon früher so fasziniert hatte, dass sie den Mönch bereits als Mädchen als ihren Beichtvater ausgewählt hatte.

Zudem war Pater Montano aber auch ein guter Freund von Giannotto Bruni gewesen, und genau darum ging es ihr jetzt.

Montano begrüßte sie mit einem Vorwurf: »Ihr habt mich schon lange nicht mehr besucht.«

»Es ist etwa zwei Monate her«, gestand Bianca ein. »Aber nach dem, was Angelo zugestoßen ist …«

»Ich habe davon gehört. Was für ein schreckliches Unglück.«

Bianca vermied es, auf Einzelheiten einzugehen. »Unser letztes Gespräch hat …«

»… rund um den Zeitpunkt von Messer Giannottos Tod stattgefunden«, ergänzte Montano lapidar.

»Ich wollte Euch in der Woche danach aufsuchen, aber es wurde mir nicht gestattet, Euch zu sehen.«

Montano seufzte. »Ein lästiges Gebrechen hatte mich ans Bett gefesselt«, antwortete er und ging zu einer Reihe von Kniebänken. »Aber sagt, Madonna, seid Ihr nun gekommen, um das Sakrament der Beichte zu empfangen?«

Sie zögerte, ihm zu folgen. »Ehrlich gesagt, hätte ich einige Fragen an Euch.«

Montano sah sie erstaunt an. »Ich höre.«

Bianca verharrte einen Moment reglos und betrachtete nachdenklich die holzschnittartigen Züge seines Gesichts. Man hätte es beinahe als gut aussehend bezeichnen können, hätten Jahrzehnte der Selbstkasteiung nicht an ihm gezehrt. Früher einmal hatte sie sogar geglaubt, in ihn verliebt zu sein, bis sie erkannt hatte, dass sie nicht den Mann begehrte, sondern dessen unnachgiebigen Charakter bewunderte.

Da bemerkte Bianca, dass der Pater einladend auf eine der Bänke deutete, und setzte sich. »Viele Jahre lang seid Ihr der Vertraute meines lieben Onkels gewesen und habt ihn bei mehr als einer Gelegenheit mit Personen bekannt gemacht, die ihn bei seinen geschäftlichen Unternehmungen zu unterstützen vermochten. Er hat mir oft davon erzählt, wisst Ihr? Und er hat jedes Mal der Vorsehung dafür gedankt, dass sie ihm einen so weisen und zugleich verschwiegenen Ratgeber geschickt hat.«

Montano wehrte Biancas Lob bescheiden ab. »Euer Onkel brauchte Leute, die mit der Welt des Handels vertraut waren, fähige Reisende und Kaufleute. Es war mir eine Freude, meine Erfahrungen in seinen Dienst zu stellen.«

»Einmal hat er mir gegenüber erwähnt, dass Ihr Euer Noviziat in der Stadt Livorno absolviert habt.«

Montano nickte. »Ich wollte mein Leben Gott weihen und trat bei der Wallfahrtskirche von Montenero in den Jesuitenorden ein. Dort hatte ich Gelegenheit, zahlreiche Wandermönche, Seefahrer und Kaufleute aller Art kennenzulernen. Das Ordensleben brachte mich zwangsläufig mit dem Volk in Berührung, mit dem bunten, geschäftigen Leben in den Häfen und Straßen der Stadt. Mit der Zeit erkannte ich jedoch, dass dieses faszinierende Babel meinen kontemplativen Geist auf eine zu harte Probe stellte, und so beschloss ich, mich in die Stille der Klausur zurückzuziehen und den Regeln der Brüder von Vallombrosa zu folgen. Doch nun sagt mir … Was hat Euer Interesse daran geweckt?«

Bianca ordnete ihre Gedanken, bevor sie ihm antwortete. Bei Pater Montano konnte sie nicht so im Ungefähren bleiben wie Angelo gegenüber oder ihre Vermutungen ohne einen logischen Zusammenhang äußern. »Es ist zwar nur noch eine vage Erinnerung, aber ich bin überzeugt, dass ich damit recht habe. Gehörte zu den Personen, die Ihr meinem Onkel empfohlen habt, nicht auch ein gewisser Balduccio Landini?«

Die plötzlich erwachte Neugier Montanos war geradezu körperlich spürbar. »Ihr erinnert Euch richtig, meine Tochter. Und ich bin erfreut. Ich wusste nicht, dass Messer Giannotto sich Euch in diesem Maße anvertraut hat.«

»Er hätte dies auch bei Angelo getan, wenn der ihm nur einmal zugehört hätte.«

»Offen gesagt, ich glaube, es geschah aus einem anderen Grund: Eure Sanftmut, Madonna. Sie war Balsam für das aufbrausende Wesen Eures Onkels.«

»Sanftmut, verzeiht, besitze ich nicht gerade viel«, widersprach Bianca.

»Und doch spüre ich sie in Euch.«

»Wir sprachen gerade von Messer Balduccio.«

Montano bedachte sie mit einem durchdringenden Blick. »Darf man erfahren, weshalb dieser Mann Euch so beschäftigt?«

»Er leitet eine Filiale der Bruni in Famagusta. Zumindest tat er das noch bis vor ein paar Monaten. Angelo hat sich vor Kurzem an ihn gewandt, um eine Erklärung in einer bestimmten Angelegenheit zu erhalten, doch an seiner Stelle hat ihm ein Geschäftspartner namens Nikolaos geantwortet.«

»Mit anderen Worten: Ihr zweifelt, ob man Messer Balduccio vertrauen kann.«

Bianca nickte. »Dass er Angelo nicht selbst geantwortet hat, hat meinen Argwohn geweckt, das stimmt. So kam ich darauf, den einzigen Menschen nach ihm zu fragen, der ihn kennt – Euch.«

Montano breitete die Arme aus, wie um zu sagen, dass es da nicht viel zu erzählen gebe. Seine Miene war schwer zu deuten. »Bevor er für Euren Onkel zu arbeiten begann, war Balduccio Mönch im Orden der Trinitarier und somit eine dieser frommen Seelen, die sich voller Inbrunst der Aufgabe widmen, von den Türken gefangene Christen freizukaufen. Von türkischen Piraten gefangene, um genau zu sein. Gemeinsam mit einer Handvoll Mitbrüder war er von Livorno aus tätig und bat die Jesuiten des Öfteren um Unterstützung in Form von Essen und Unterkunft. Wie Ihr Euch schon gedacht haben werdet, war ich noch in Montenero, als ich ihn kennenlernte. Er wirkte auf mich gleich wie ein fähiger Mann, voller Mut und voller

Liebe zum Meer. Und so empfahl ich ihn viele Jahre später Giannotto Bruni, als ich erfuhr, dass Balduccio die Trinitarier verlassen hatte. Die Begegnung der beiden kam durch meine Vermittlung zustande.«

Bianca war noch nicht zufrieden. »Wieso hattet Ihr nach so langer Zeit noch Kontakt zu ihm? Ihr wart ja inzwischen kein Jesuit mehr und habt nicht mehr in Livorno gelebt.«

»Noch bevor er die Trinitarier verlassen hatte, war Messer Balduccio nach Florenz übergesiedelt. Er hatte Unterschlupf bei den Augustinern von Santo Spirito gefunden.«

»So ist das also«, murmelte sie.

Montano musterte sie prüfend. »Ihr wirkt enttäuscht.«

Bianca erhob sich. »Ich hatte gehofft, mehr zu erfahren.«

»In Bezug auf was?«

Bianca war versucht zu gehen. Der Gedanke, gründlich danebengelegen zu haben, grämte sie weniger als die Vorstellung, wie eine Närrin dazustehen. Konnte sie sich wirklich so getäuscht haben? Doch dann dachte sie an den Grund ihres Kommens, diese Verkettung von Ereignissen, die zu widersinnig waren, als dass es sich um Zufälle handeln konnte. Selbst auf die Gefahr hin, den Pater gegen sich aufzubringen, antwortete sie: »Ich habe den Verdacht, dass dieser Mann meinen Onkel hintergangen hat.«

»Habt Ihr Beweise dafür?«, fragte Montano, ohne zu zeigen, ob diese Nachricht ihn berührte.

Bianca baute sich mit verschränkten Armen vor ihm auf. »Gegen Ende des vergangenen Jahres hat Balduccio Landini eine für Florenz bestimmte Schiffsladung versichert, ohne meinen Onkel über deren Inhalt zu informieren. Wie ich Euch schon sagte, musste Angelo erst von sich aus an ihn schreiben und um eine Erklärung bitten, wobei herauskam, dass es sich bei der Fracht um Perlen handelte. Bis heute ist uns der Name des Eigentümers jedoch unbekannt, der sie versichern ließ.«

Montano wirkte erstaunt. »Aber wozu in der Vergangenheit graben? Der arme Giannotto ist tot.«

»Gerade deshalb«, erwiderte Bianca.

»Ihr wollt doch nicht etwa andeuten …?«

»Die Umstände seines Todes waren recht seltsam, das müsst Ihr zugeben.«

»Ein furchtbares Unglück, Madonna.«

»Mag sein.« Bianca wirkte nun wieder selbstbewusster. »Aber ich frage mich immer noch, warum mein Onkel allein in die Krypta von Santa Trìnita hinuntergegangen sein soll. Wäre es nicht naheliegender gewesen, dass ihn jemand begleitet hätte?«

»Nun ja, sein Mörder.«

»Ein schwarz gekleideter Mann, das Gesicht mit Ruß beschmiert … also wirklich! Er ist ein Dieb, und er muss sich schon eine Weile vor meinem Onkel dort unten aufgehalten haben. Vermutlich mit dem Plan, die Schätze des Klosters zu stehlen.«

»Und was hat das alles mit Messer Balduccio zu tun?«

Bianca beschloss, nichts von den Beobachtungen dieses Tigrinus zu erzählen. »Und wenn mein Onkel sich in die Krypta begeben hat, um dort mit demjenigen zu sprechen, der die kostbare Fracht Perlen über Balduccio versichern ließ? Ich habe nämlich Grund zu der Annahme, dass diese nie an ihrem Bestimmungsort eingetroffen sind.«

»Eine ziemlich gewagte Rekonstruktion der Ereignisse.«

»Angelo ist da anderer Meinung.«

Montano gestattete sich ein kleines Schmunzeln. »Wir kennen beide die überbordende Phantasie Eures Cousins.«

Bianca unterdrückte eine Anwandlung von Zorn. Wie sie befürchtet hatte, brauchte sie ihre Vermutungen nur laut zu äußern, um sie wie Schnee in der Sonne dahinschmelzen zu sehen. Und doch bildete sie sich das alles nicht ein. Sie wusste einfach, dass sie recht hatte. »Ich hätte noch eine letzte Frage«, fügte sie hinzu.

»Nämlich?«

»Um Zugang zur Krypta von Santa Trìnita zu erhalten, bedarf es der Erlaubnis der Mönche, nicht wahr?«

»Das ist richtig. Die Krypten enthalten wertvolle Dinge, darunter heilige Reliquien, die sorgsam gehütet werden.«

»Demnach muss mein Onkel einen Eurer Mitbrüder um die Genehmigung gebeten haben, dort hinunterzugehen.«

»Er wird sich an den wachhabenden Mönch gewandt haben, nehme ich an.«

Bianca lächelte siegesgewiss. »Folglich kann uns dieser Mönch sagen, ob Giannotto allein war oder nicht, meint Ihr nicht auch?«

»Zuerst müsste ich herausfinden, wer der Betreffende ist«, entgegnete Montano. »Die Aufgabe, die Krypta zu bewachen, wird nicht immer demselben Bruder anvertraut.«

»Heißt das, ich kann auf Eure Hilfe zählen?«, vergewisserte sich Bianca.

Montano sah sich um, beinahe als fürchtete er, belauscht zu werden, und nickte. »Kommt in ein paar Tagen wieder, dann habe ich eine Antwort für Euch«, versprach er. »Aber macht Euch keine falschen Hoffnungen.«

»Das liegt nicht in meiner Natur«, erwiderte Bianca dankbar. Sie verabschiedete sich von Montano und wandte sich zum Gehen.

»Wartet«, hielt Montano sie zurück. »Wünscht Ihr nicht zu beichten?«

Bianca schüttelte den Kopf. »Ich bedauere, aber das verschiebe ich auf ein anderes Mal.«

»Warum?«, fragte Montano verärgert. »Hindert Euch etwas daran?«

Bianca wandte sich ab, um ihr Erröten zu verbergen. »Das erzähle ich Euch bei unserer nächsten Begegnung«, sagte sie leise. »Ihr habt mein Wort.«

27

Lionardo da Pistoia kauerte neben dem Feuer und hielt das Buch im Schoß. Um sie herum war nichts als dunkler Wald. Tigrinus saß ihm gegenüber, hatte die Kapuze tief ins Gesicht gezogen und lauschte misstrauisch jedem Geräusch. Er hatte keine Ahnung, wo sie sich befanden. Während sie durch die Nacht galoppiert waren, war sein einziges Ziel gewesen, so schnell wie möglich von dem Ort des Überfalls fortzukommen, in der Hoffnung, dass sich seine Spur verlieren würde. Und nun fürchtete er, dass Bessarions Männer sie aufspüren könnten. Viel Phantasie war nicht nötig, um sich vorzustellen, wie die Soldaten mit gezückten Schwertern aus dem Unterholz hervorbrechen würden. Wenn es an ihrer Stelle die von ihm angeworbenen Räuber gewesen wären, wäre es allerdings auch nicht besser gewesen. Tigrinus hatte sie verraten und als Ablenkung für die Soldaten benutzt, um selbst zu verschwinden. Sollte er ihnen je wieder begegnen, würde er ihre Rache zu spüren bekommen.

Während er beim Überfall vor Angst geschlottert hatte, zeigte sich Lionardo nun relativ unbeeindruckt von ihrer Lage. Gleichmütig und ohne erkennbare Feindseligkeit hockte er an der Feuerstelle. Ein grauer Bart bedeckte seine Wangen und betonte die Form seiner Augen, in denen Tigrinus eher Schlauheit als Weisheit erkannte. Er sah so lange hinein, bis er nervös wurde. Daraufhin hob er einen Stock vom Boden auf und zeigte damit auf das Buch. »Was steht dadrin?«

»Nichts«, antwortete Lionardo abweisend.

»Dann behaltet Eure Geheimnisse eben für Euch«, schnaubte Tigrinus. »Schließlich bin ich nicht derjenige, der sich dafür interessiert.«

»Sondern Cosimo de' Medici. Das ist ja wohl der Herr, zu dem Ihr mich bringen sollt, oder?«, gab Lionardo beißend zurück.

Tigrinus versuchte, seine Überraschung zu verbergen, dass der Mönch Cosimos Plan offenbar kannte. In diesem Spiel schienen alle mehr zu wissen als er. Er zog mit dem Stock auf dem erdigen Boden ein paar Linien. »Wenn wir lebend aus den Wäldern herauskommen«, antwortete er lakonisch.

Lionardo lachte verächtlich auf. »Seit ich mit Wölfen und Luchsen auf dem Balkan gekämpft habe, fürchte ich nichts mehr.«

»Ich meinte ja auch nicht, dass uns Gefahr durch wilde Tiere droht …«

Tigrinus sah den alten Mönch an. Dieser Mann musste sehr stolz sein, nicht nur schlau. Wäre da nicht die Kutte gewesen, hätte man ihn auch für einen erfahrenen Seemann oder einen Reisenden aus fernen Ländern halten können. Eine dieser unsteten Seelen wie aus den Sagen der Argonauten.

Lionardo lachte erneut auf, inzwischen klang er beinahe amüsiert. »Ihr seid anders, als ich erwartet habe«, sagte er plötzlich.

»Was wollt Ihr damit sagen?«

»Dass Söldner im Allgemeinen nicht neugierig sind.«

»Und ich dagegen bin es?«

Lionardo hob das Buch hoch. »Ihr versucht die ganze Zeit, es nicht anzusehen, und das verrät Euch.«

Tigrinus schaute wieder auf die in die Erde gezogenen Linien. »Ich bin kein Söldner.«

»Und was seid Ihr dann? Ihr haltet diesen Stock wie eine Schreibfeder. Ich wette, dass Ihr lesen und schreiben könnt.«

»Wer ich bin, braucht Euch nicht zu kümmern.«

»Einverstanden, Messere. Aber Ihr scheint klug genug, um ein Gespräch zu führen. Daher lasst Euch eins gesagt sein: Ihr begeht einen Fehler.«

»Mein einziger Fehler war anzunehmen, Ihr würdet schweigen.« Tigrinus warf den Stock ins Feuer und strich über den Griff seiner Cinquedea. »Aber dem könnte ich abhelfen und Euch mit einem Knebel im Mund an einen Baumstamm fesseln.«

»Übergebt mich nicht dem Medici«, stieß Lionardo hervor. »Die Smaragdtafel ist zu wertvoll, um in seinen Händen zu enden.« Jetzt hörte man seiner Stimme eine gewisse Verzweiflung und unterdrückten Zorn an.

»Welcher Smaragd? Ich sehe nur ein Buch mit einem Einband aus Leder.«

Lionardo hob stolz den Kopf. »Hinter dem Namen des Edelsteins verbirgt sich ein unaussprechliches Geheimnis.«

»Dann ist es also ein Symbol?«

»Symbol. Wieder so ein Wort, das einem Söldner niemals in den Sinn kommen würde.«

Tigrinus hatte genug davon, so beobachtet zu werden, der Mönch sollte endlich schweigen. Er erhob sich ruckartig und schlug die Kapuze nach hinten, damit er sich nach einer Schnur, die sich als Fessel eignen würde, und nach einem Stück Stoff für einen Knebel umsehen konnte.

»Guter Gott, das ist doch nicht möglich!«, schrie Lionardo plötzlich auf.

»Was ist denn in Euch gefahren?«, fragte Tigrinus erschrocken.

Mit bestürztem Gesichtsausdruck, als hätte er soeben ein Wunder miterlebt, kam Lionardo auf ihn zu. »Nein, das ist nicht möglich. Völlig unmöglich«, keuchte er.

»Was faselt Ihr da?«

»Das gibt es doch nicht …«

Tigrinus' Geduld war am Ende. Er packte Lionardo an den Schultern und schüttelte ihn so heftig, dass diesem das Buch aus den Händen glitt. »Jetzt sagt mir schon, was zum Henker Ihr habt!«

»Die Strähnen in Euren Haaren …«, erwiderte Lionardo da. »Sie sind … o mein Gott, sie sind die gleichen! Die gleichen wie bei ihm.«

Tigrinus traute seinen Ohren nicht. Bis dahin hatte er noch nie jemanden getroffen, der auch nur entfernte Ähnlichkeiten mit ihm aufgewiesen hätte, sodass er inzwischen zu dem Schluss gelangt war, dass die weißen Strähnen in seinen rabenschwarzen Haaren nicht nur einzigartig, sondern ein Fluch seien, der mit seiner Vergangenheit zusammenhing. Verblüfft wich er zurück. »Von wem redet Ihr?«

»Von ihm … von ihm …«, stammelte Lionardo, plötzlich voller Ehrfurcht. »Dem schwarzen Abt!«

Tigrinus wiederholte stumm diesen rätselhaften Namen und fragte sich, ob er ihm irgendwie bekannt vorkam. Doch aus den Schatten seiner Erinnerung tauchte nichts auf, was ihm auf die Sprünge helfen konnte. Er wollte Lionardo da Pistoia gerade weiter befragen, doch dann fiel sein Blick auf das Buch, das sich im Fall geöffnet hatte und nun im Schein des Feuers seine Geheimnisse offenbarte.

Tigrinus schaute nur kurz hinein.

Doch das genügte, um ihm einen Schauer über den Rücken zu jagen.

28

Florenz, Piazza Santo Spirito

»Wartet! So wartet doch!«, rief die Dienerin und rannte ihrer Herrin mit gerafften Röcken hinterher.

Zehn Schritte vor ihr eilte Bianca über den Platz, wo Menschen in Grüppchen zusammenstanden, und kümmerte sich nicht darum, ob sie deren Aufmerksamkeit erregte. Das riesige rechteckige Areal war umgeben von Marktständen, Geschäften und etlichen anderen Gebäuden, zum Arno hin erhob sich das alte Kloster Santo Spirito. Erst an dessen Tor machte Bianca halt und sah sich noch einmal nach der Baustelle um, auf der, direkt neben der alten Kirche, ein neues Gotteshaus entstand. Seit ihrem zwölften Lebensjahr war ihr dieser Anblick vertraut – damals war die erste Säule errichtet worden. Obwohl Brunelleschis Nachfolger als Baumeister versicherten, dass man sich bei der Gestaltung der neuen Kirche von Santi Apostoli inspirieren lassen wolle, konnte man die Umrisse der Mauern immer noch nicht erkennen.

Biancas Dienerin rang nach Atem und rief ihr zu, dass sie schnellstmöglich nach Hause zurückkehren sollten, weil Messer Angelo sich noch Sorgen machen würde.

Bianca befahl ihr jedoch nur, dort zu warten, wo sie war, und betrat das Kloster.

Das Innere von Santo Spirito war ganz anders gestaltet als die Abtei der Vallombrosanermönche. Das Kloster wirkte düster, und seine strengen Formen, die von Kerzenflammen erhellt wurden, schienen einen Hauch uralter Ehrfurcht zu verströmen. Unwillkürlich fühlte Bianca sich in die Zeiten zurückversetzt, als die Kirche noch allen Heiligen gewidmet war und Florenz sich gerade zaghaft über seine Stadtmauern ausbreitete.

»Verzeiht mir«, sagte sie zum ersten Augustinermönch, auf den sie stieß. »Ich suche nach Auskunft über einen Mann, der in dieser Kirche vor vielen Jahren Unterschlupf gefunden hatte.«

»Das wird schwierig«, entgegnete der Mönch und runzelte die Stirn. »Es kommen viele Pilger auf der Durchreise zu uns.«

»Es handelt sich jedoch nicht um einen gewöhnlichen Pilger, sondern um einen Trinitarier aus Livorno.«

»Gut, das ist etwas anderes«, sagte der Augustiner schon etwas entgegenkommender. »Falls Ihr seinen Namen wisst, natürlich.«

»Selbstverständlich kenne ich den Namen«, gab Bianca zuversichtlich zurück. »Messer Balduccio Landini.«

29

Tigrinus hob das Buch vom Boden auf und blätterte mit zittrigen Fingern darin. Er trat näher ans Feuer heran, weil er seinen Augen nicht trauen wollte. Die Seiten waren vollends weiß. Hastig überprüfte er eine nach der anderen, suchte nach Worten oder Bildern, doch schnell musste er das Offensichtliche einsehen: Dieses Buch bestand aus jungfräulichem Pergament, das nie ein Federkiel berührt hatte.

Enttäuscht warf er es Lionardo da Pistoia vor die Füße. »Was bedeutet das?«

»Dachtet Ihr wirklich, der schwarze Abt würde mich mit der echten Abschrift des ›Corpus hermeticum‹ in dieses Land schicken?« Lionardo hatte zu seiner gelassenen Gemütsverfassung zurückgefunden und klang jetzt beinahe sarkastisch.

»Schon wieder dieser Abt! Wer soll das sein?«

»Der Hüter der Smaragdtafel«, antwortete Lionardo knapp. »Wenn Ihr mehr erfahren wollt, dann müsst Ihr Euch schon zu ihm begeben und ihn persönlich befragen.«

»Dieser Mann interessiert mich kein bisschen!«

»Das sollte er aber, da Eure Haare …«

»Jaja, schon gut, meine Haare«, murmelte Tigrinus und sah hinauf zum sternenglänzenden Himmel. Ausgerechnet er, der jeden stets zum Narren gehalten hatte, fühlte sich jetzt selbst wie der letzte Trottel. Am meisten schmerzte ihn, wie schnell er dem Glauben verfallen war, dass es jemanden gab, der über seine Herkunft Bescheid wüsste.

Als hätte er seine Gedanken erraten, schüttelte Lionardo den Kopf. »Ich schwöre aufs Kreuz!« Er griff nach dem Rosenkranz, der um seinen Hals hing. »Ich schwöre, dass jedes Wort aus meinem Mund der Wahrheit entspricht.«

Doch Tigrinus blieb skeptisch und zeigte auf das Buch. »Warum dann diese List?«

»Weil der schwarze Abt wusste, dass Cosimo versuchen würde, das Buch in seinen Besitz zu bringen. Er kennt dessen Gier und benutzte Kardinal Bessarions Hilfe, um diese noch weiter anzustacheln. Sollte er sich jemals entschließen, ihm die Smaragdtafel zu überlassen, dann nur unter bestimmten Bedingungen.«

»Oh, so einfach ist das also Eurer Meinung nach«, höhnte Tigrinus. »Habt Ihr auch nur einen Moment darüber nachgedacht, was aus uns wird, wenn wir dem Herrn über Florenz ein Buch mit leeren Seiten überreichen?«

Lionardo setzte sich wieder ans Feuer. »Wir sind geschützt.«

»Offensichtlich kennt Ihr den Medici nicht sehr gut.«

»Ganz im Gegenteil. Ich kenne ihn besser, als Ihr Euch selbst kennt. Habt Ihr Euch noch nicht gefragt, warum Cosimo ausgerechnet Euch ausgewählt hat, um mich zu entführen?« Im roten Schein der Feuersglut sah man, wie sich seine Augen zu schmalen Schlitzen verengten. »Kommt, nennt mir Euren Namen.«

»Ich kenne ihn nicht«, erwiderte Tigrinus grimmig.

»Wie kann das sein?«

Tigrinus ballte die Fäuste. Über seine Herkunft zu reden, schmerzte ihn so sehr, dass er nicht einmal seiner geliebten Schwester Assunta erlaubte, ihn danach zu fragen. Sich einzugestehen, dass er aus dem Nichts stammte, dass ihn die eigenen Eltern verlassen hatten, beschwor sofort die Erinnerung an die unglücklichen Nächte seiner Kindheit herauf. Lionardos geheimnisvoller Tonfall hatte jedoch auf mehr als reine Neugier schließen lassen. »Ich habe keinerlei Erinnerung an meine frühe Kindheit oder an meine Herkunft«, gestand Tigrinus widerwillig ein. »Als ich noch klein war, gab man mir natürlich einen Namen, aber ich empfand ihn nie als Teil von mir und lehnte ihn ab. Daher nenne ich mich für jeden, der mich ansprechen will, Tigrinus.«

»Wegen Eurer schwarz-weiß gesträhnten Haare.« Lionardo deutete mit einem verstehenden Nicken auf Tigrinus' Kopf.

Plötzlich wirkte er wieder heiter. »Alles passt zusammen«, sagte er staunend. »Ihr seid derjenige, von dem mir der schwarze Abt erzählt hat.«

Tigrinus lachte ungläubig. »Ah, eine Prophezeiung hatte gerade noch gefehlt.«

»Hört mir zu!«, beharrte Lionardo. »Ein Mann um die dreiundzwanzig, mit weißen Strähnen im rabenschwarzen Haar und einer unbekannten Vergangenheit. Ein Mann, der als Waise in einem fremden Land aufgewachsen ist. Der Abt hat mir versichert, dass Cosimo de' Medici genau diesen Mann zu mir schicken werde, falls er noch am Leben sei.«

»Und dieser Mann … Das soll ich sein?«, fragte Tigrinus und bemühte sich, nicht zu aufgeregt zu klingen.

»Ja, genau Ihr!«, bestätigte Lionardo ernst. »Der Einzige, der die Smaragdtafel zu Recht beanspruchen dürfte.«

30

Als Bianca heimkehrte, saß Angelo im großen Saal des Palazzos an einem Tisch neben dem Kamin. Mit dem grimmigen Ausdruck eines Menschen, der zu lange finsteren Gedanken nachgehangen hatte, verzehrte er die Reste eines gebratenen Rebhuhns.

»Hast du das Vesperläuten etwa nicht gehört?«, knurrte er vorwurfsvoll, ohne sie anzusehen.

»Doch, das habe ich, Cousin.«

»Dann sollte ich wohl deine Dienerin ausprügeln lassen.«

»Es ist nicht ihre Schuld, dass ich zu spät komme.«

Angelo starrte noch immer mit regloser Miene auf seinen Teller, nur seine Pausbacken bewegten sich ununterbrochen. Wütend kaute er auf dem Fleisch herum, als wollte er seine schlechte Laune zwischen den Zähnen zermalmen. »Ich habe mir Sorgen gemacht«, stieß er schließlich hervor.

»Das musst du nicht mehr.« Mit stolzem Gang kam sie auf ihn zu. »Hör auf damit und konzentrier dich auf Wichtigeres.«

Nach diesen Worten schaute Angelo auf. »Hast du etwas entdeckt?«

Bianca zeigte ihm ein Blatt. »Lies!«

»Was ist das?«

»Ein Brief. Ich habe ihn vor Kurzem vom Prior der Augustiner von Santo Spirito erhalten, nachdem ich ihm berichtet hatte, was ich von Pater Montano da Bagnone über Messer Balduccio erfahren habe.«

Angelo war verblüfft. »Was hat dein Beichtvater damit zu tun?«

»Pater Montano kannte Balduccio schon länger als dein Vater«, erklärte sie. »Das wusste ich bereits, denn Onkel Giannotto hatte es mir selbst erzählt. Bis heute wusste ich allerdings nicht, dass unser Agent in Famagusta ein Trinitariermönch war, ehe er anfing, für unsere Familie zu arbeiten. Und dass er nach dem Verlassen dieses Ordens einige Zeit in Florenz im Augustinerkloster verbracht hatte. Nachdem ich das herausgefunden hatte, habe ich mich gleich zu diesem Kloster begeben, um Näheres zu erfahren … Ich hätte allerdings nie gedacht, dass ich mit der Erwähnung von Balduccios Namen in ein Wespennest stechen würde.«

Angelo nahm das *Aquamanile* von der Tischmitte und goss sich Wasser über die soßentriefenden Finger, dann trocknete er sie an seinem Gewand ab und nahm den Brief. »Von wem stammt er?«, erkundigte er sich, um Zeit zu gewinnen.

»Wie du sehen kannst, wurde er vor sieben Jahren von dem *Generalminister* der Trinitarier geschrieben und nach Florenz an den Prior von Santo Spirito gesandt«, antwortete Bianca mit einem vielsagenden Lächeln.

»Vom Generalminister der Trinitarier?«, wiederholte Angelo verblüfft.

Bianca nickte. »Nun lies ihn schon. Oder willst du nicht wissen, was darin steht?«

Angelo blieb nichts anderes übrig, als zu gehorchen.

Ehrwürdiger Pater,
mir ist zu Ohren gekommen, dass Euer Kloster einem Bruder Unterschlupf gewährt, der dem Ordo Sanctae Trinitatis angehörte, und nachdem ich mich der Identität dieses Mönchs versichert habe, sehe ich es als meine Pflicht an, Euch vor ihm zu warnen. Der Mann, der auf den Namen Balduccio Landini da Volterra hört, hat den Trinitarierorden nicht auf eigenen Wunsch verlassen, sondern wurde ausgeschlossen, weil er schlimmste Verbrechen begangen hatte, von denen ich erst zu spät und zu meiner tiefen Bestürzung erfahren habe.
Wie Euch wahrscheinlich bekannt ist, bemüht sich der Orden, dem ich angehöre und den ich mit Gottes Hilfe leite, rund um das Mittelmeer christliche Captivi aus-

zulösen, die unglücklicherweise unter das Joch der Ungläubigen geraten sind. Die Brüder der Heiligen Dreifaltigkeit verwenden zu diesem Zwecke den dritten Teil ihrer Mittel, die sie durch Spenden großzügiger Seelen und in bestimmten Fällen sogar durch die Vermittlung des Heiligen Vaters erhalten. Nicht ungewöhnlich ist auch die Praxis – sollte es an Geld fehlen –, die Freilassung der christlichen Gefangenen im Austausch gegen heidnische Sklaven zu erwirken, womit vor allem der ruchlose Balduccio befasst war. Er bereiste die Küsten zwischen Livorno und Mallorca und handelte mit Menschenleben, die für die Berberei bestimmt waren, aber nicht, um dadurch seine Brüder in Christo zu befreien, sondern um persönlichen Gewinn zu erzielen.

Kraft dieser Worte und in der Überzeugung, dass Ihr nur Barmherzigkeit im Sinn hattet, als Ihr Balduccio Landini in Eurem Kloster aufnahmt, fordere ich Euch auf, diesen Betrüger unverzüglich der kirchlichen Gerichtsbarkeit zu übergeben, denn er ist flüchtig und versteckt sich seit Monaten, um sich der gerechten Strafe zu entziehen, die ihn erwartet.

In nomine Patris et Filii et Spiritus sancti
Pater Iohannes Tibaudus, Ordo Sanctae Trinitatis †

Angelo schaute auf, Besorgnis lag in seinen Augen. »Und mein Vater soll mit so einem Mann Geschäfte gemacht haben?«

»Offensichtlich kannte er dessen Vergangenheit nicht«, sagte Bianca. »Wie übrigens auch Pater Montano.«

»Weißt du das ganz sicher?«

Bianca wandte sich ab und starrte ins Feuer. Bei dem Gedanken, dass ihr Beichtvater, dieser heilige, standhafte Mann, einen solch verachtenswerten Menschen beschützt haben könnte, empfand sie Schuldgefühle. Doch was hätte sie von Ereignissen wissen können, die zu einer Zeit stattgefunden hatten, als sie noch ein Kind war? Oft begehen die Menschen die absurdesten Taten aus rätselhaften, aber durchaus ehrenwerten Motiven. Das galt umso mehr für Mönche, die im Namen Gottes handelten und sich nicht darum kümmerten, dass etwas ihren Ruf beschmutzen könnte, wenn es für eine gute Sache war. Andererseits hatte Bianca im Augustinerkloster Beweise erhalten. »Der Prior von Santo Spirito hat mir erzählt, dass Messer Balduccio an dem Tag geflohen ist, an dem der Brief des Generalministers eintraf. Seiner Meinung nach hatte ihm dabei ein Komplize geholfen, wahrscheinlich ein Mönch, dessen Namen man nie herausgefunden hat.«

»Pater Montano?«

»Es gibt keine Beweise dafür«, sagte Bianca. Angestrengt starrte sie auf die glühenden Holzscheite, als ob sie dort eine Antwort auf ihre Fragen finden könnte. »Vielleicht dachte Pater Montano ja, etwas Gutes zu tun. Vielleicht sah er in Balduccio einen Verfolgten, das Opfer eines Unrechts, und empfahl ihn Onkel Giannotto, damit er in Zypern fern von allen Gefahren ein neues Leben beginnen konnte.«

»Es interessiert mich herzlich wenig, wie sehr Montano da Bagnone in die Angelegenheit verwickelt ist. Balduccio Landini ist ein verkommener Mensch, der zu Verbrechen neigt, und daher sollte man seinem Handeln misstrauen.«

»Meinst du das Geschäft mit den Perlen?«

»Nach allem, was du gerade berichtet hast, hege ich den Verdacht, dass dieser Schatz nicht bei einem Schiffbruch oder einem Piratenüberfall verloren ging, sondern durch einen Betrug vom Erdboden verschwunden ist, den dieser Verbrecher begangen hat.«

Bianca nickte ernst. »Doch ist dies nicht das Wichtigste und auch nicht der Grund, weshalb ich der Sache nachgegangen bin.«

»Was ist mir noch entgangen?«, fragte Angelo und stand auf.

Bianca wartete, bis er neben ihr stand, dann drehte sie

sich zu ihm um. »Es liegt auf der Hand«, flüsterte sie traurig. »Hast du jemals die Möglichkeit in Betracht gezogen, dass Messer Balducchio am Tod deines Vaters beteiligt gewesen sein könnte?«

31

Viertel Santa Croce
26. April

Das Bordell lag eingezwängt in einem Gewirr aus Bogengängen, Werkstätten und Heiligenschreinen. Es befand sich mitten in der Malacucina, dem Viertel der Prostituierten, das sich zwischen dem Baptisterium San Giovanni und dem Mercato Vecchio, dem alten Markt, erstreckte. Tigrinus kam von der Via dei Rigattieri her, nachdem er den Torre dei Caponsacchi hinter sich gelassen hatte. Durch diese Gassen zu streifen, hatte ihm genauso gefehlt wie die Gerüche von Mehl, Fäulnis und orientalischen Gewürzen, die auch nach Sonnenuntergang noch in der Luft hingen. Ihr Duft weckte den alten Instinkt in ihm, der in den Wäldern von Marsciano zeitweise verloren gegangen war.

Lionardo da Pistoia hatte ihn, gelinde gesagt, heftig durcheinandergebracht mit seinem Geschwätz von der Smaragdtafel und dem schwarzen Abt, und Tigrinus war beinahe erstaunt, dass er sich genug klaren Verstand bewahrt hatte, um es nach Florenz zu schaffen, ohne gefasst zu werden. Nachdem er seinen Gefangenen in einer Höhle im Umland von Florenz zurückgelassen hatte, war er durch die Stadtmauer geschlüpft, auf der Suche nach dem einzigen Menschen, der ihm helfen konnte.

Gewiss hätte er einen etwas abgelegeneren Ort als Treffpunkt vorgezogen, doch kaum erblickte er die Laterne über dem Eingang des Bordells, überkam ihn einen Schauder der Erregung. Caco hatte eines der einladensten Freudenhäuser der Stadt ausgewählt.

Tigrinus musste nur noch an dem Türwächter vorbeikommen, einem schief grinsenden *Ruffian*, dann hörte er schon schallendes weibliches Gelächter, dem er bis in einen parfümgeschwängerten Vorraum folgte. Unter anderen Umständen hätte ihn nun die Lust gepackt, aber in diesem Moment hatte er Dringenderes im Kopf, und der Anblick der halb nackten Dirnen rief nichts als ein schwaches Ziehen im Unterleib bei ihm hervor, begleitet von ungewohnten Schuldgefühlen.

Dabei war er sicher kein Mann, der an einem schlechten Gewissen litt. Ungeachtet der Erziehung, die ihm als Junge zuteilgeworden war, hatte er stets seinen Begierden nachgegeben, in der Überzeugung, dass es reizvoller war, auf Erden unter Sündern zu leben, als sich später im Himmel eine Ewigkeit mit Märtyrern, Eunuchen und Engelschören zu umgeben.

Und doch ließ ihm dieses Schuldgefühl keine Ruhe, und es meldete sich mit jedem Mal noch stärker, wenn er auf ein Zwinkern oder einen koketten Gruß antwortete. Es lag an Madonna Bianca, gestand er sich verärgert ein. Leugnen wäre zwecklos gewesen. Seit er ihr begegnet war, sehnte er sich nach keiner anderen Frau mehr, wobei, was eine Ironie des Schicksals war, der Gedanke an ihren eigensinnigen Charakter sie in seinen Augen nur noch begehrenswerter machte.

Um diese quälenden Gedanken zu verjagen, strich er einer Blonden mit karmesinrot bemalten Brustwarzen über die Wange und versprach, bald zu ihr zurückzukehren. Dann machte er sich auf die Suche nach Caco.

Das Bordell verfügte über mehrere auf zwei Stockwerke verteilte Zimmer in einem recht vornehmen Haus, das der Familie Brunelleschi gehörte. Barbiere und Schneider waren nämlich keineswegs die Einzigen in Florenz, die sich dank der Huren die Taschen füllten. Jeder, der es verstand, hinter die äußere Fassade zu blicken, wusste genau, dass die führenden Köpfe der Kupplerzunft und die größten Betreiber von Freudenhäusern die reichen Herren waren, die bei der Sonntagsmesse in der ersten Reihe saßen. Cosimo de' Medici mit eingeschlossen.

Ein kurzes Gespräch mit der Kuppelmutter genügte, und Tigrinus fand den Weg zu einem mit roten Draperien dekorierten Zimmer, das von einem eindrucksvollen Bett mit hohem

Kopfteil dominiert wurde. Inmitten eines Bergs aus Kissen und zerwühlten Decken lag Caco, das Gesicht zwischen den Brüsten einer Frau mit junonischen Formen vergraben, die ihm seufzend die Haare streichelte, vielleicht in dem Versuch, ihn zum Einschlafen zu bringen.

Tigrinus lehnte sich mit verschränkten Armen an den Türrahmen und wartete darauf, dass sein Kumpan ihn bemerkte.

»Da bist du ja!«, rief Caco, als er den Kopf hob, um Luft zu holen. »Ich fürchtete langsam, du kommst nicht mehr.«

»Während du es dir inzwischen gut gehen lässt«, spöttelte Tigrinus.

Caco sprang vom Bett und hüllte sich in eine Decke, was ihn wie einen zwergenhaften römischen Senator in seiner Toga aussehen ließ.

»Sitzt dir immer noch die einäugige Nutte im Nacken?«, erkundigte er sich und sah Tigrinus forschend ins Gesicht. »Deine Nachricht besagte nicht gerade viel.«

Tigrinus beschränkte sich darauf, die Augenbrauen hochzuziehen. »Ich brauche ein Versteck«, erklärte er, wobei er zugleich den hoffnungsvollen Blick dieser Juno von Florenz enttäuschte. Er wartete, bis die Frau das Zimmer verlassen hatte, ehe er fortfuhr: »Ein Versteck für eine Person.«

»Solche hast du doch in Hülle und Fülle«, erwiderte Caco. »Wozu brauchst du da mich?«

»Ah, du zierst dich. Bist du immer noch beleidigt, weil ich dich von meiner letzten Unternehmung ausgeschlossen habe?«

»Von wegen!« Caco grinste stolz. »Während du fort warst, bin ich zu Geld gekommen, wie du siehst. Ich habe ein Pferd verkauft!«

»Sehr schön, das kannst du mir später erzählen. Nachdem du mir in dieser Angelegenheit geholfen hast.«

»Eine Angelegenheit, über die ich nichts weiß.« Immer noch argwöhnisch kehrte Caco ihm den Rücken zu und urinierte in einen Nachttopf. »Warum sollte ich dir helfen, jemanden zu verstecken?«

Tigrinus überhörte die Provokation. Caco war nachtragend, und der einzige Weg, ihn wieder für sich zu gewinnen, war Schmeichelei. »Die Person, die hinter diesem Mann her ist, kennt mich zu gut«, erklärte er deshalb. »Sie würde als Erstes all die Orte durchkämmen, an denen ich gewöhnlich Unterschlupf finde. Dich aber kennt sie nicht, also auch nicht deine Schlauheit und deine Beziehungen. Deshalb wäre mir deine Hilfe äußerst wertvoll.«

»Mal angenommen, ich bin gnädig gestimmt …«, sagte Caco und zupfte seinen grotesk wirkenden Umhang zurecht. »Was springt dabei für mich heraus?«

»Fragt man so etwas einen Freund?« Tigrinus wurde langsam gereizt. »In Luxusbordellen zu verkehren, hat dich anscheinend geldgierig gemacht.«

»Ich bin nicht geldgierig«, sagte Caco vorwurfsvoll. »Ich habe es nur satt, arm zu sein.«

»Nun, das wirst du auch nicht mehr lange sein.« Tigrinus gab ihm einen Klaps auf die Schulter. »Ich habe ein vielversprechendes Geschäft in Aussicht.«

Caco war begeistert. »Für wann?«

Tigrinus antwortete mit einer vagen Geste, nicht stolz darauf, den Freund angelogen zu haben. Er lief im Raum auf und ab, und sein Gesicht verfinsterte sich. »Zuvor jedoch muss ich ein Versteck für die Person finden, von der ich gesprochen habe«, murmelte er.

»Warum hast du nicht gleich gesagt, dass das ein Problem für dich darstellt!« Caco lächelte verständig. »Kopf hoch, kein Grund zur Sorge! Ich habe genau den richtigen Platz für deinen Freund.«

»Oh, es handelt sich nicht um einen Freund«, sagte Tigrinus. »Er ist ein Gefangener. Ein alter Mönch, der aus dem Orient gekommen ist.«

Der Morgen dämmerte bereits, als Tigrinus das Bordell in der Malacucina verließ. Die vergangene Nacht hatte ihn körperlich und geistig so geschwächt, dass weder das Problem mit Lionardo noch das Verlangen nach Bianca seine schon dem Halbschlaf gleichkommende Mattigkeit vertreiben konnte.

Weshalb er auch dem Mann, der vor dem Eingang stand und gerade in ein Gespräch mit dem Ruffian verwickelt war, keinerlei Beachtung schenkte. Ein wahrer Hüne, der sich aufrecht an die Hauswand drücken musste, damit er mit seinem kräftigen Körper in der engen Gasse nicht den Durchgang versperrte. Abgesehen von seiner Erscheinung war es vor allem sein Blick, der ihn gefährlich wirken ließ.

Ein Blick, der sich raubgierig auf Tigrinus richtete, als der Mann die weißen Strähnen in dessen Haar bemerkte.

32

Abtei Santa Trìnita

Bianca wartete darauf, dass die Mönche die *Laudes* beendeten, auf die die Messe folgte. Ihr Drang, mit Pater Montano zu sprechen, war so groß, dass sie sich nicht bis zum späteren Morgen gedulden konnte, weshalb es sie schon im Morgengrauen aus dem Haus getrieben hatte. Davon abgesehen war an Schlaf ohnehin nicht zu denken gewesen.

Die letzten Tage waren in quälender Langsamkeit verstrichen, von ständigen Zweifeln und Nachdenklichkeit geprägt. Zu den Anschuldigungen gegen Balduccio Landini kam nun noch der Verdacht gegen Montano hinzu, den ehrwürdigen Freund ihres Onkels. Obschon sie ihn gegenüber Angelo in Schutz genommen hatte, konnte sie es nicht fassen, dass dieser ihr einen Teil der Wahrheit verheimlicht hatte.

Sie musste nur noch das Ende des Gottesdienstes abwarten, dann würde sie mehr erfahren.

Bianca blieb in einer der vorderen Bänke knien und betrachtete mal die Maestà, mal die Silhouetten der hinter dem Altar sitzenden Mönche, bis sie merkte, dass wieder Stille eingekehrt war. Dann stand sie auf und ging nach vorn, damit ihr Beichtvater sie bemerkte.

»Madonna!«, rief einer der Mönche.

Von einem warmen Gefühl der Vertrautheit erfüllt, beobachtete sie, wie sich eine der dunklen Kapuzengestalten aus der Gruppe löste und mit aufrechter Haltung auf sie zukam. Dieser Anblick genügte, dass sie sogleich bereute, an einem solchen Mann gezweifelt zu haben. Pater Montano, die Verkörperung eines treuen Gottesdieners. Ein so reiner Geist, dass er die ihm angetragene Abtswürde abgelehnt hatte, um der Versuchung des Hochmuts zu entgehen.

Bianca verneigte sich vor ihm und wartete, bis er den Chorraum, der den Mönchen vorbehalten war, verlassen hatte und den für die Gläubigen bestimmten Teil des Kirchenschiffs betrat.

»Ihr seht müde aus«, sagte er, kaum dass er ihr gegenüberstand.

»Die Sorge treibt mich um, Pater.«

»Wegen der Frage, die Ihr neulich gestellt habt?«

»Ja«, antwortete Bianca. »Habt Ihr etwas herausgefunden?«

Montano schüttelte den Kopf. »Ich habe meine Mitbrüder zum Tag des Verbrechens befragt, aber keiner von ihnen erinnert sich, Eurem Onkel die Erlaubnis erteilt zu haben, die Krypta zu betreten.«

»Wie ist das möglich?«, rief Bianca.

»Ich glaube, die Sache hat sich ein wenig anders zugetragen«, sagte Montano seufzend. »Es scheint, als habe Messer Giannotto eine momentane Abgelenktheit des wachhabenden Mönchs ausgenutzt, um an den Ort zu gelangen, an dem er später ermordet wurde. Und als wolle der betreffende Mönch, wer es auch ist, seine Nachlässigkeit aus Feigheit oder Selbstvorwurf nicht eingestehen.«

Biancas Gesicht wurde purpurrot. »Wollt Ihr mir etwa erzählen, dass es nicht möglich ist, den Mitbruder zu ermitteln, der an diesem Tag im Februar in der Krypta Wachdienst hatte? Dass es keine Aufstellung, kein Verzeichnis über die täglichen Aufgaben gibt, die den Klosterbrüdern anvertraut werden?«

»Zweifelt Ihr etwa an meiner Aufrichtigkeit?«, fragte Montano empört zurück.

»Ich stelle Euch doch nur Fragen!« Biancas Reue darüber, dass sie ihn verdächtigt hatte, war verflogen. »Gibt es solche Aufstellungen oder nicht?«

Montano sah sie mitleidig an. »Die wöchentlichen Aufgaben werden mit Kreide auf eine Tafel im Refektorium geschrieben und dann wieder abgewischt, um Platz für neue Einträge zu schaffen.«

»Wie auch immer.« Jetzt wollte Bianca der Sache auf den Grund gehen. »Es erscheint mir unglaubwürdig, dass niemand in der ganzen Abtei sich daran erinnern soll, wer an einem solch unheilvollen Tag den Zugang zur Krypta bewacht hat.«

»Ich bitte Euch, seid etwas leiser.« Mahnend deutete Montano auf einige Gläubige, die im hinteren Teil des Kirchenschiffs im Gebet versammelt waren.

»Warum sollte ich?«, schnaubte Bianca. »Ist es Euch so unangenehm, was ich sage?«

Montano packte sie am Arm und zog sie in eine Seitenkapelle. »Madonna de' Brancacci, ich erkenne Euch nicht wieder!«

»Ich Euch ebenfalls nicht, ehrwürdiger Pater.« Bianca bebte vor Entrüstung. »Ich hielt Euch immer für einen aufrechten Menschen, ohne Fehl und Tadel ... Doch nun scheint mir, dass Ihr alles tut, um mich über gewisse Vorfälle im Unklaren zu lassen.«

»Bei Gott, ich verstehe nicht, worauf ihr anspielt!«

»Auf Balduccio Landini zum Beispiel. Warum habt Ihr mir nichts über seine Vergangenheit erzählt?«

»Er war ein Mönch des Ordo Sanctae Trinitatis«, sagte Montano mit verwirrter Miene. »Habt Ihr schon vergessen, was ich Euch anvertraute?«

Bianca musterte ihn misstrauisch. »Weder habe ich vergessen, was Ihr mir anvertraut, noch, was Ihr ausgelassen habt. Messer Balduccio war ein Trinitariermönch, das ist wahr, aber er wurde aus dem Orden ausgestoßen, weil er, statt Sklaven freizukaufen, Geld mit ihrem Leben verdiente.«

»Wisst Ihr mit Bestimmtheit, was Ihr da behauptet?«

»Fragt den Abt von Santo Spirito.«

»Soll das etwa heißen ... Ihr habt Nachforschungen angestellt?«

»Ihr meint, weil ich eine Frau bin, sollte ich einfach schweigen und die Hände in den Schoß legen?«

»Aber ich weiß nichts darüber!« Allmählich klang Montano verzweifelt. »Ich habe Balduccio geholfen, weil ich ihn für eine ehrliche Christenseele hielt. Außerdem ... Wollt Ihr mir jetzt endlich erklären, was das alles mit dem Tod Eures Onkels zu tun hat?«

»Die Fracht Perlen, die nie ihr Ziel erreicht hat, Balduccios Rolle bei dem Geschäft, sein anschließendes Verschwinden ...«, zählte Bianca auf, ohne sich die Mühe zu machen, auf Einzelheiten einzugehen. »Ich weiß noch nicht, wie es dazu kam, aber die Angelegenheit muss Folgen nach sich gezogen haben, die letztendlich zu Giannottos Tod geführt haben.«

»Madonna, Ihr phantasiert«, sagte Montano und rückte von ihr ab, als wäre sie eine Aussätzige. »Ihr habt nicht nur ein krankhaftes Misstrauen gegenüber Eurem Beichtvater entwickelt, sondern flüchtet Euch obendrein in Hirngespinste, die nichts mit dem wirklichen Hergang der Ereignisse gemein haben. Der Tod Eures Onkels war ein Unglück, wollt Ihr dies endlich einsehen? Ihr müsst es akzeptieren, Euch den Tatsachen beugen.«

Bianca reckte kämpferisch das Kinn. »Das werde ich, wenn ich herausgefunden habe, warum Giannotto seiner Familie entrissen wurde.«

»Zu welchem Zweck?«

»Ihr erstaunt mich, Pater. Erachtet Ihr das nicht als eine Pflicht gegenüber einem Mann, der Euer Freund war?«

»Ich erachte es als meine Pflicht, für ihn zu beten«, entgegnete Montano. »Auf dass er Frieden finde in der Umarmung Gottes.«

»Und die irdische Gerechtigkeit? Ist sie nicht genauso wichtig?«

»Ach kommt, seid ehrlich. Was Ihr sucht, ist doch keine Gerechtigkeit!«

Über alle Maßen enttäuscht deutete Bianca einen Abschiedsgruß an. »Was ich auch suche«, flüsterte sie, »seid versichert, dass Ihr es erfahren werdet, wenn ich es gefunden habe!«

Kochend vor Wut eilte Bianca auf den Ausgang zu. Sie hatte all ihre Hoffnungen auf Pater Montano gesetzt, und jetzt ging sie mit leeren Händen und derart niedergeschlagen, dass sie keine Kraft hatte, sich zu überlegen, was sie als Nächstes tun sollte. Aus unerfindlichen Gründen weigerte sich der Pater, ihr zu helfen, und sie war inzwischen überzeugt, dass er etwas vor ihr verbarg. Deutlich hatte sie gemerkt, wie nervös und auch ein wenig verlegen er während ihrer Unterhaltung geworden war.

Mit gesenktem Kopf ging sie auf den *Narthex* zu, so aufgewühlt, dass sie sogar vergaß, sich zu bekreuzigen. Doch ehe sie durch das Portal schritt, hörte sie jemanden zischend ihren Namen rufen.

Bianca fuhr herum und bemerkte im Halbdunkel des Vorraums eine imposante, in einen Umhang gehüllte Gestalt.

Im ersten Moment fühlte sie sich bedroht, doch dann erkannte sie Falenos Züge.

»Madonna, auf ein Wort«, murmelte Faleno.

»Was tut Ihr hier?« Bianca ging misstrauisch auf ihn zu.

»Ich hätte Euch in Eurer Wohnung aufgesucht, aber dann habe ich bemerkt, dass Ihr beschattet werdet.«

»Von wem?«

»Einem Schergen Niccolò Vitellis«, antwortete Faleno. »Neulich, als ich aus Eurem Palazzo kam, ist er mir eine kleine Weile gefolgt.«

Bianca konnte ihre Bestürzung nicht verhehlen. »Seid Ihr sicher?«

Faleno nickte. »Doch ich komme aus einem anderen Grund zu Euch.«

Sie dachte flüchtig an die unangenehme Begegnung mit Vitelli in Le Stinche zurück, ehe sie Faleno bedeutete fortzufahren.

»Nun, Tigrinus ist zurück in Florenz.«

Weder Bianca noch Faleno bemerkten den Mann mit dem grauen Turban, der sich hinter einer Säule des Seitenschiffs versteckt hielt und ihre Unterhaltung belauschte.

33

Der Mann mit dem Turban wartete, bis Bianca und Faleno die Klosterkirche verlassen hatten. Dann ging er durch das dunkle Seitenschiff auf den Altarraum zu, wo Montano da Bagnone zurückgeblieben war, um kniend zu beten.

Als er Schritte hörte, fuhr Montano zusammen und drehte sich um. »Was wollt Ihr hier?«, fragte er mit gerunzelter Stirn.

»Ist das eine Frage, die man einem Gläubigen stellt?«, fragte der Mann höhnisch.

Montano sprang auf und blickte sich um, als wollte er sich vergewissern, dass es keine Zeugen gab. Nur die Madonna della Maestà über ihm war zugegen. »Das Kloster, in dem ich Unterschlupf für Euch gefunden hatte …« Montano rang um Fassung.

»Ich konnte es dort nicht mehr aushalten«, unterbrach ihn der Mann. »Außerdem war es ein Wink des Schicksals, dass ich aus der Deckung gekommen bin.«

»Was soll das heißen?«

Der Mann zeigte auf den Bereich des Narthex. »Wer ist die Frau, die Euch so viele Fragen gestellt hat?«

Montano erstarrte. »Das geht Euch nichts an, Messere.«

»Das denke ich aber doch. Handelt es sich zufällig um eine Verwandte von Messer Bruni?«

»Es soll Euch genügen zu wissen, dass sie unter meinem Schutz steht.«

Der Mann lachte. »Macht Euch nichts vor, Ihr könnt niemanden beschützen.«

»Da mögt Ihr recht haben, aber dafür kann ich Euch immer noch zugrunde richten.«

Das Lachen des Mannes verwandelte sich in ein groteskes Geheul. »Solltet Ihr wirklich den Schneid haben, selbst dafür zu bezahlen?«

Montano hob ergeben den Blick zur Decke, als wollte er Gott ein Opfer bringen. »In meinem Fall ginge es darum, eine Schuld abzubüßen«, sagte er.

»Dieses Opfer wird Eure Seele nicht reinwaschen.«

»Aber wenigstens mein Gewissen beruhigen.«

Ehe Montano noch etwas hinzufügen konnte, bemerkte er eine Gruppe von Mitbrüdern, die sich hinten in der Apsis eingefunden hatten, und senkte den Kopf, als hätte er nichts mit demjenigen zu tun, der ihm gerade drohte.

Der Mann mit dem Turban tat es ihm nach, wobei er jedoch die aggressive Miene eines kampfbereiten Tieres beibehielt. »Wenn Ihr dieser Auffassung seid, macht Euch auf das Schlimmste gefasst«, murmelte er, während er sich zurückzog.

Damit bekreuzigte er sich und ging davon.

34

Careggi, Villa Medici

Cosimo de' Medici saß in der fürstlichen Loggia des Obergeschosses. Sein Blick verlor sich zwischen den Säulen hindurch im Grün des florentinischen Tals, das sich jenseits des Lustgartens, der Weinstöcke und der Nutzgärten des Palazzos erstreckte. Vor ihm an einem Eichentisch saßen zwei junge Männer und unterhielten sich miteinander. Der eine, im Gewand eines Schreibers, war der Humanist Marsilio Ficino, der sich um die Verbreitung der platonischen Philosophie in Florenz bemühte. Bei dem anderen, ein eleganter Jüngling mit Hakennase, handelte es sich um Galeazzo Maria Sforza, der Botschafter und Stammhalter des Herzogs von Mailand war.

Cosimo hatte die beiden zu sich gebeten, um sich nicht den Pflichten der Gastfreundschaft zu entziehen, es aber gleich darauf bereut. Ficinos Redegewandtheit konnte geradezu unerträglich werden, wenn man nicht in der rechten Verfassung war, ihm zuzuhören. Sforza hingegen hatte eine melancholische Miene aufgelegt, da er wegen gewisser Pflichten gezwungen war, Florenz bald zu verlassen, um dem Papst zum Konzil von Mantua zu folgen.

Cosimo hätte weiß Gott etwas anderes gebraucht, um seine schlechte Laune zu besänftigen. Einige Stunden zuvor hatte einer seiner Spione ihn über Tigrinus' Rückkehr in die Stadt unterrichtet, ihm aber nichts Neues über Lionardo da Pistoia oder die Smaragdtafel sagen können. Im Grunde musste Cosimo sich auf Gerüchte verlassen, die aus der Ferne zu ihm gedrungen waren. Die Nachricht von dem Wagen, der bei Marsciano in Flammen aufgegangenen war, und den niedergemetzelten Straßenräubern bestätigte ihm zumindest, dass der Hinterhalt stattgefunden hatte.

Jedoch wusste niemand etwas über den Mönch Lionardo zu berichten, der von Osten angereist war.

In der Hoffnung, dass Lionardo den Angriff unversehrt überstanden hatte, gab Cosimo sich weiterhin gelassen, während er auf Neuigkeiten wartete. Er zollte Ficino zerstreut seinen Beifall, der gerade die Philosophie als unverzichtbare Grundlage der Religion anpries, und schweifte unwillkürlich in Erinnerungen ab.

Die Farben der Landschaft veränderten sich allmählich und zerflossen im silbrigen Glanz des Meeres. Dann trug der Wind das Knarren von Holz und den Geruch des vom Salz angegriffenen Tauwerks herbei.

Schließlich hatte er Damianos Gesicht vor Augen.

Cosimo versuchte, die Vision zu vertreiben, doch es war zu spät. Die Stimme seines Bruders, die Intensität seines Blicks verliehen ihm eine beinahe körperliche Präsenz. Eine graue Gestalt, aufrecht auf dem Deck einer Galeere.

Mit seinem gesenkten Blick unter der Kapuze des Reisemantels sah er aus wie ein Nekromant. Doch Cosimo erschreckte etwas ganz anderes. Ein Gefühl von Unabwendbarkeit, das von Damianos Erscheinung selbst ausging – die Drohung, alles gemäß einem unaussprechlichen Fluch ins Chaos zu stürzen.

Cosimos einzige Hoffnung blieb der Junge. Oder vielmehr das, was er durch ihn erhalten konnte.

Dieser Junge, der sich schon seit vielen Jahren seiner Kontrolle entzog.

Einer seiner Männer, der in die Loggia stürmte, riss Cosimo aus seinen Gedanken.

»Nun, was gibt's?«, rief Cosimo und vergaß alle Zurückhaltung gegenüber seinen Gästen.

»Eine Botschaft«, antwortete der Soldat. »Eine mündliche Botschaft des Diebs Tigrinus.«

35

Unterirdische Gewölbe von Florenz

Lionardo da Pistoia lief gebückt in dem düsteren Gewölbe hin und her. Die Kette, mit der einer seiner Knöchel an die Wand gefesselt war, schleifte dabei geräuschvoll über den Boden. Doch das Klirren verhallte ungehört in diesen endlosen, verwinkelten Gängen, dunkler als die Hölle.

Mit einer Fackel in der einen Hand und einem Dolch in der anderen tauchte Tigrinus aus einem dieser Tunnel auf und wäre um ein Haar über Caco gestolpert, der sich in eine Ecke gekauert hatte und von dort aus den Mönch bewachte. »Beinahe hätte ich mich verlaufen«, sagte er vorwurfsvoll statt eines Grußes.

»Dann gibst du es also zu!«, freute sich Caco. »Ich bin einfach gut.«

»Sogar zu gut«, erwiderte Tigrinus und steckte die Waffe weg. Sie befanden sich in den *Burella*, den alten Verliesen von Florenz, bei denen es sich um Überreste eines römischen Amphitheaters handelte, das, mitten in der Stadt gelegen, nun von dieser verschluckt worden war. Da die Kerker selbst für die Unterbringung von Gefangenen als zu unwirtlich und gesundheitsschädlich galten, waren sie vor über hundert Jahren aufgegeben worden und boten nun Flüchtigen, Mördern und heimatlosen Seelen Unterschlupf.

Tigrinus wies mit der Fackel auf Lionardo, der unwillkürlich die Hände schützend vors Gesicht hob. »Hat er Schwierigkeiten gemacht?«

»Nicht einen Mucks.«

»Mut hat er ja, das gebe ich zu«, sagte Tigrinus und musterte den Mönch. »Schade, dass er verrückt ist.«

»Davon habe ich nichts bemerkt.«

Statt einer Antwort setzte Tigrinus ein höhnisches Grinsen auf. »Jetzt verschwinde, ich muss mit ihm reden«, sagte er und zeigte auf den Gang, aus dem er gekommen war, um Caco zu verstehen zu geben, dass er es eilig hatte. »Aber geh nicht zu weit fort.«

Caco war davon ausgegangen, dass er sich im Gegenzug für seine Hilfe das Recht erworben hätte, weiter in all die aufregenden Geheimnisse eingeweiht zu werden, und verzog schmollend das Gesicht. Als Tigrinus ihn jedoch ein zweites Mal aufforderte, diesmal deutlich strenger, gab er klein bei und zog sich zurück.

Tigrinus überprüfte, ob Lionardos Fesseln fest genug saßen und der Krug, der auf dem Boden stand, noch Wasser enthielt. »Hat er Euch zu essen gegeben?«, fragte er freundlich.

»Zu viel der Umstände«, sagte Lionardo spöttisch.

Tigrinus seufzte tief, und man merkte ihm an, dass ihm im Grunde alles sehr leidtat. »Ich konnte nicht anders«, rechtfertigte er sich. »Sollte Messer Cosimo Euch finden, hätte ich keine Möglichkeit mehr, etwas mit ihm auszuhandeln.«

»Also habt Ihr Interesse an der Angelegenheit.«

Tigrinus steckte die Fackel in ein Loch in der Wand und setzte sich auf einen Haufen loser Steine. »Wenn ich Euch richtig verstanden habe, dann besteht ein Zusammenhang zwischen dem schwarzen Abt, dem Medici und meiner Wenigkeit. Und dieser Zusammenhang basiert auf einem Buch, das Smaragdtafel genannt wird. Nun, mein guter Vater, ich weiß ja nicht, ob das, was Ihr behauptet, der Wahrheit entspricht, Ausgeburt Eurer Phantasie oder eines Fieberwahns ist, und ehrlich gesagt interessiert es mich auch gar nicht. Mich treibt allein der Wunsch an, nicht zum zweiten Mal in Le Stinche zu landen.«

»Indem Ihr mich als Geisel einsetzt?«

»Ihr allein genügt da nicht. Cosimo will auch das Buch.«

»Ein Versprechen, das schwer zu halten ist.«

»Hattet Ihr mir nicht erzählt, es sei ein Leichtes für mich, es zu bekommen?«

»O doch, das entspricht auch der Wahrheit«, bestätigte Lionardo. »Vorausgesetzt, Ihr seid bereit, eine lange Reise auf Euch zu nehmen.«

»Eine Reise …« Tigrinus war sich nicht ganz sicher, aber er meinte, in Lionardos Gesicht ein spöttisches Lächeln zu erkennen. Er verschränkte die Arme vor der Brust. Dieses Geheimnis zog ihn immer mehr in seinen Bann. »Wie lange?«

»Ihr müsstet Euch bis ans äußerste Ende der *Morea* begeben, zur Halbinsel des Berges Athos«, erklärte Lionardo nachdrücklich. »Dort ist das Versteck des schwarzen Abts.«

Tigrinus hatte immer davon geträumt, übers Meer zu fahren, aber er verstand nichts von Schiffen oder Seefahrern. Und er hatte auch keine Vorstellung, welche Entfernung zwischen der Toskana und dem Ort lag, von dem Lionardo sprach. Die Morea. Er versuchte, sich alles in Erinnerung zu rufen, was er darüber gehört hatte. Eigentlich wusste er nur, dass sich deren Küste ostwärts vor dem Goldenen Horn am Bosporus erstreckte, entlang der Gewässer, die bereits Odysseus und dann die Kreuzfahrer auf ihrem Weg nach Jerusalem durchquert hatten. Der schwarze Abt war Tigrinus allerdings ein weit größeres Rätsel. »Erzählt mir von ihm«, forderte er Lionardo schließlich auf.

»Ich kann Euch nicht viel sagen«, antwortete dieser.

»Ihr habt gesagt, dass er mir ähnelt«, erinnerte Tigrinus ihn, um weitere Einzelheiten aus ihm herauszubekommen.

»Die Haare, ja. Und auch etwas in Eurem Blick.«

»Hat er Euch von mir erzählt?«

»Er hat mir nur etwas zu Eurem Aussehen erzählt und über Euer Alter.«

»Sonst nichts?«

Der Mönch schüttelte den Kopf. »Ich glaube, Ihr habt genug, über das Ihr nachdenken könnt.«

»Ich pfeif darauf, was Ihr meint! Ich kann mich doch nicht allein auf Euer Geschwätz verlassen und deshalb übers Meer fahren.«

»Weil Euch der Glauben fehlt.«

»So ist es – in Gott und in die Menschen.«

»Der schwarze Abt hätte genau dasselbe geantwortet«, bemerkte Lionardo.

»Aber ist er nicht selbst ein Mann der Kirche?«, fragte Tigrinus überrascht.

»Das weiß niemand so genau«, erklärte der Mönch. »Er lebt zurückgezogen in dem abgelegensten Kloster des Berges Athos, umgeben von einer Schar Getreuer. Es gibt Gerüchte, er sei einst Berater des Basileus gewesen und aus Konstantinopel verbannt worden, weil man ihn beim Ausüben von schwarzer Magie entdeckt hatte. Anderen zufolge ist er aus freiem Willen geflohen, ehe die Türken die Hauptstadt des Orients besetzten.«

Je mehr Tigrinus zu verstehen suchte, desto weniger begriff er, mit wem er es zu tun hatte. »Ihr behauptet, Ihr seid ihm begegnet«, sagte er nach einer kurzen Pause. »Was für einen Eindruck habt Ihr von ihm?«

Lionardo kauerte sich auf den Boden und rieb sich den Knöchel, an dem die Kette scheuerte. »Ein Mann wie dieser lässt wenig Raum für Spekulationen, da er unergründlich ist wie die Sphinx. Und sehr, sehr schlau.«

»Wird er mir die Smaragdtafel überlassen?«, fragte Tigrinus wieder.

»Er wird sehr viel mehr tun. Er wird Euch enthüllen, wer Ihr seid.«

Tigrinus stand auf. Vergebens kämpfte er gegen ein plötzliches Gefühl von Unzulänglichkeit. Ach, was hätte er jetzt für einen Ratschlag von Giovanni da Fiesole gegeben! Stattdessen musste er einem alten Mönch vertrauen, den er nicht kannte. Immer noch zögernd ging er zur Fackel an der Wand, doch ehe er sie herausnahm, blieb er stehen. »Ich verstehe rein gar nichts von Seereisen, ebenso wenig wie von Halbinseln«, gestand er.

»Dann erkläre ich Euch eben, was Ihr tun müsst.«

»Und später, wenn ich den Berg Athos erreicht habe?«

»Ich werde Euch führen, nur keine Angst.«

»Nein«, widersprach Tigrinus energisch. »Ihr bleibt hier und wartet.«

»Habt Ihr eine Vorstellung, wie lange so eine Reise dauert?«, protestierte Lionardo und sprang empört auf. »Soll ich etwa die ganze Zeit hier in dieser Kloake verrotten?«

»Ich werde Caco bitten, ein etwas bequemeres Quartier zu finden.«

»Nehmt mich mit!«

»Um Euch die Gelegenheit zu geben, mir irgendeine Falle zu stellen?«

Lionardo starrte ihn ungläubig an. »Ihr vertraut mir immer noch nicht.«

»Vielleicht werde ich das nach meiner Rückkehr vom Berg Athos.« Tigrinus packte die Fackel und verabschiedete sich mit einer Verbeugung. »Fürs Erste werde ich meinen Freund bitten, Euch etwas zu schreiben zu besorgen, damit Ihr mir eine Karte der Halbinsel zeichnen könnt.«

Immer noch zitternd vor Empörung sah Lionardo ihm hinterher. »Dann geht Ihr jetzt wohl zu Cosimo de' Medici, um mit ihm einen Handel zu schließen, nehme ich an?«

»Das werde ich bald tun«, gab Tigrinus zurück und machte sich auf den Rückweg.

»Dann seht Euch vor und bedenkt ein Letztes«, sagte Lionardo.

Als wäre das eine Drohung gewesen, fuhr Tigrinus herum, und eine Hand ging zum Griff seiner Waffe. »Und das wäre?«

Lionardos Lippen umspielten ein sibyllinisches Lächeln. »Dass der schwarze Abt ursprünglich aus Florenz stammt.«

36

Careggi

Bilia harrte auf ihrem Pferd in der prallen Mittagssonne vor der Villa Medici aus. Sie betrachtete die Zinnen und die steinernen Vorsprünge, die ein malerisches Spiel von Licht und Schatten auf die Fassade zauberten. Dass sie von zwei bewaffneten Soldaten, die sie von der Via Larga bis hierher eskortiert hatten, bewacht wurde, beeindruckte sie keineswegs. Sie schien richtiggehend versunken in den Anblick des Gebäudes, als ob sie davon träumte, eines Tages eine ähnliche Pracht ihr Eigen nennen zu können. Unvermittelt drehte sie sich um, um die Gartenanlage zu bewundern, wo Hecken und Obstbäume wuchsen und ab und zu die Ranke eines Rebstocks hervorstach. Ihr einziges Auge funkelte wie kostbare Jade, gleichermaßen entrückt wie begehrlich, doch als sie Cosimo de' Medicis Stimme vernahm, verfinsterte sich ihr Gesicht.

Bevor sie sich zu ihm umwandte, setzte sie jedoch ein Lächeln auf.

Cosimo stand unter einem Torbogen und konnte seine Empörung nicht verhehlen. »Was erlaubt Ihr Euch?«, tadelte er die Soldaten. »Wie könnt Ihr es wagen, so eine bis vor mein Heim zu bringen?«

Bilia schnalzte mit den Zügeln und lenkte das Pferd in seine Richtung. »Sorgt Euch nicht, Messere«, sagte sie in ihrem liebenswürdigsten Ton. »In dieser Gegend kennt mich niemand.«

»Es gibt also Bordelle, in denen Ihr noch nicht gearbeitet habt?« Cosimo packte energisch die Kandare ihres Pferdes.

»Ach, das wusstet Ihr nicht?«, gab Bilia spöttisch zurück. »Ich verkehre nur in denen, die auch Euer Gnaden zusagen.«

Daraufhin lockerte Cosimo den Griff und bedeutete den Soldaten, dass sie sich entfernen sollten. »Du bist schon immer unverschämt gewesen«, sagte er, sobald sie allein waren. »Hast du denn nichts dazugelernt?« Er deutete auf die Binde, die ihr leeres Auge verbarg.

Bilias Blick ließ erkennen, dass die alte Wunde noch tief saß. »Ich habe gelernt, Euch mit dem einen Augapfel zu dienen, den Ihr so freundlich wart mir zu belassen. Aber wie Euch nur allzu gut bekannt ist, mag es auch die niederste Dirne nicht, ganz offen als eine solche bezeichnet zu werden.«

»Schweig, verfluchtes Weib!«, befahl Cosimo.

»Dann möchtet Ihr also nicht hören, was Tigrinus Euch ausrichten lässt?«

»So war das nicht ausgemacht!« Cosimo schlug mit der flachen Hand gegen einen Olivenbaum. »Er hätte selbst zu mir kommen und keine weiteren Umschweife machen sollen.«

»Dieser Mann ist vorsichtig, Messere. Anstatt hier zu erscheinen und seine Bedingungen persönlich vorzutragen, hat er einen jungen Burschen als Boten zu mir geschickt. Der nicht die geringste Ahnung hat, wo Tigrinus sich aufhalten könnte.«

Cosimo starrte sie ungläubig an. »Bedingungen? Welche Bedingungen?«

»Das ist schnell erklärt«, sagte Bilia fast amüsiert. »Tigrinus wird Euch die Smaragdtafel überlassen, wenn Ihr ihn morgen Nacht allein im Kloster San Marco trefft.«

37

Tigrinus ließ sich von Caco zu einem Ausgang aus den Burella führen, den er bis dahin nicht gekannt hatte, und fand sich plötzlich in einem Labyrinth heruntergekommener Gassen wieder, in denen es erbärmlich nach den Abwässern der Färber stank. Über ihm versperrten halb verfallene Dächer und Kletterpflanzen die Sicht auf den Himmel.

»Jetzt geh wieder zu ihm und bewache ihn.« Tigrinus wollte seinen Begleiter schnell loswerden.

»Und was wird aus dem Diebstahl, von dem du gesprochen hast?«, fragte Caco.

»Da wirst du dich gedulden müssen.«

»Du behältst zu viel für dich, mein Freund.«

»Das ist nur zu deiner Sicherheit.«

Tigrinus ließ Caco stehen und lief in westlicher Richtung durch eine recht belebte Straße des Viertels Santa Croce. Schilder von Pergamentmachern, Gerbern und Armbrustern glitten an ihm vorbei, bis sich vor ihm ein Platz auftat, dessen Erscheinung von der Fassade von Sant'Apollinare und der Rückseite des Palazzo der Medici dominiert wurde.

Tigrinus blieb stehen und fragte sich, weshalb er sich so beeilt hatte. Denn im Grunde konnte er erst in der kommenden Nacht wieder etwas unternehmen. Er hatte seinen Zug gemacht, Cosimo wusste Bescheid. Nun musste er nur noch abwarten.

Und doch fand Tigrinus keine Ruhe. Der Berg Athos und der schwarze Abt spukten ihm ohne Unterlass durch den Kopf. Sie hatten ihn gepackt wie ein Fieber. Obwohl er immer behauptet hatte, dass es ihn nicht kümmerte, wo er herkam, bis er es fast selbst geglaubt hatte, fühlte er nun die Erschöpfung eines Menschen, der zu lange mit einer Lüge gelebt hatte.

Denn in Wahrheit interessierte er sich brennend dafür, woher er stammte. Und die Vorstellung, dass jemand, der sich auf einer Halbinsel der Morea versteckte, ihn kennen könnte, weckte seine Neugier. Die Aufregung über die bevorstehende Seereise trug noch das Ihre dazu bei.

Doch er konnte sich den Luxus nicht leisten, sich in Träumereien zu verlieren. Falls es ihm nicht gelänge, Cosimo de' Medici gegenüber entsprechend kaltblütig aufzutreten, würde er vielleicht gar nicht mehr dazu kommen, das Meer zu durchqueren.

Er hatte außerdem noch einen ganz anderen Grund zur Sorge: Schwester Assunta. Tigrinus hatte sie nun schon seit Monaten nicht mehr gesehen und wollte nur zu gern wissen, ob das Wundermittel sie geheilt hatte. Er wollte gerade nach Norden zum Hospital Santa Faustina abbiegen, als er Niccolò Vitelli mit seinem großen Hund bemerkte.

Was bist du doch für ein Dummkopf!, schimpfte Tigrinus sich stumm und wich zurück. Le Stinche lag ganz in der Nähe, und sicher hatte Cosimo jeden Häscher von Florenz auf ihn angesetzt. Tigrinus musste schweren Herzens in die entgegengesetzte Richtung verschwinden.

Er beschloss, in einem seiner Verstecke am Arnoufer abzuwarten, bis er sich nach Einbruch der Nacht freier bewegen konnte.

Die Kapuze tief ins Gesicht gezogen lief Tigrinus wachsam um sich blickend zwischen den Menschen hindurch, die ebenfalls auf dem Weg zum Arno waren, als er in der Nähe des Ponte Vecchio plötzlich stehen blieb. Wenige Schritte vor ihm lief eine junge Frau in einer *Giornea* aus Samt, aus der elegante weiße Puffärmel hervorragten. Tigrinus reihte sich in eine Gruppe von Handwerksgesellen ein, um nicht aufzufallen, und beobachtete sie weiter, da sie ihm nur zu bekannt vorkam. Die große Frau, die die Haare mit schlichten Seidenbändern zusammengehalten hatte, war die Nichte des ermordeten Giannotto Bruni. Sie wurde von einem finster aussehenden Gesellen begleitet.

Bianca war noch schöner, als er in Erinnerung hatte, aber

vor allem bewunderte er ihre stolze Haltung. Sie wirkte ganz anders als viele andere Frauen, die nur darauf aus waren, sich zur Schau zu stellen, und bei der geringsten Anstrengung aufseufzten. Sie dagegen wirkte kämpferisch, als ob sie es mit der ganzen Menschenmenge aufnehmen wollte, die ihr entgegenkam.

Auch der Mann, der neben ihr lief, erregte Tigrinus' Interesse. Er war sehr groß und kräftig und wirkte wie ein Söldner, der gern gegen Geld anderen den Schädel einschlug.

Tigrinus beobachtete, wie die beiden die Brücke über den Arno betraten, und folgte ihnen. Sie schienen sich über ebenso wichtige wie geheime Angelegenheiten zu unterhalten, denn Bianca verbarg beim Reden ihren Mund mit der Hand, damit man nichts von ihren Lippen ablesen konnte. Der Mann hingegen drehte sich beständig um und beäugte misstrauisch die Menge, die zu beiden Seiten der Brücke zwischen den Läden der Händler flanierte.

Nachdem sie das andere Ufer erreicht hatten, verabschiedeten sich die beiden hastig voneinander und liefen in entgegengesetzte Richtungen.

Bianca wählte den Weg über den Ponte di Rubaconte, und Tigrinus folgte ihr.

Tigrinus bemerkte dabei nicht, dass der Mann sich noch einmal umgedreht hatte und ihnen beiden hinterherstarrte.

38

Bianca wählte für ihren Heimweg die kürzeste Strecke, die sie durch einige Gassen führte, in denen sich Straßenkinder und streunende Hunde herumtrieben.

Sie mochte diese kleinen Nervenkitzel, wenn sie allein das Haus verließ oder sich mit Leuten traf, von denen sie wusste, dass sie gefährlich waren. Als sie mit Faleno durch die Straßen gelaufen war, war es ihr vorgekommen, als führe sie eine wilde Bestie mit sich, die jederzeit auf ihren Befehl hin angreifen würde. Das brutale Aussehen und selbst der wilde Geruch dieses Söldners hatten diese Aufregung nur verstärkt und sie in gewisser Weise sogar erregt.

Doch jetzt war sie froh, ohne Begleitung unterwegs zu sein. Allmählich übernahm ihr kühler Verstand wieder die Kontrolle, und sie grübelte über das nach, was sie herausgefunden hatte. Sie musste ihre große Enttäuschung über Pater Montano erst einmal verarbeiten. Deutlicher noch als seine Lügen hatte sie seinen Widerwillen gespürt, über Balduccio Landini zu sprechen. Er war über das Thema sofort hinweggegangen, möglicherweise um nicht über seine eigene Verwicklung in den Mord an Giannotto sprechen zu müssen.

Hätte Bianca jemand Unbeteiligtem ihren Verdacht mitgeteilt, wäre sie bestimmt für verrückt erklärt worden. Sie war überzeugt, dass Pater Montano, indem er ihr nicht verriet, wer am Tag des Mordes als Wache der Krypta eingeteilt war, versuchte, einen Mitbruder zu schützen. Und dieses Verhalten verletzte sie nicht nur, sie war dadurch mit ihren Ermittlungen auch in einer Sackgasse angekommen.

Die einzige Hoffnung, die Wahrheit über die Umstände von Giannottos Tod herauszufinden, lag nun in Tigrinus, dem Dieb.

Kurz bevor sie den Palazzo betrat, blieb sie plötzlich stehen und meinte, hinter sich in einem Hausgang Schritte zu hören. Sie drehte sich um, um nachzusehen, konnte jedoch nichts Ungewöhnliches erkennen. Nach den Aufregungen dieses Tages spielte ihr ihre Wahrnehmung wohl seltsame Streiche. Am besten ging sie schnell nach Hause und gönnte sich ein erholsames Bad.

Doch kaum hatte sie das Tor durchschritten, hörte Bianca laute Stimmen von Männern, die sich im Garten zu streiten schienen. Von Neugier getrieben durchquerte sie die Loggia und sah Angelo im lebhaften Gespräch mit zwei Herren in prächtigen Gewändern.

Den einen kannte sie – sie hatte ihn vor zwei Monaten schon einmal gesehen. Er war mit seinem olivfarbenen Teint und den grauen Locken von durchaus attraktivem Äußeren und gehörte der Zunft der Wechsler an. Teofilo Capponi. Der andere war blass und unwahrscheinlich dick und gestikulierte wichtigtuerisch.

»Oh, Cousin, ich bitte um Entschuldigung«, unterbrach Bianca gegen jede Regel der Höflichkeit ihre Unterhaltung. »Ich wusste nicht, dass du Gäste hast.«

»Es geht um Geschäfte«, erklärte Angelo und errötete bei ihrem Anblick.

Bianca ging auf ihn zu, ohne die beiden Fremden zu begrüßen. »Geschäfte erledigt man in der Bank.«

»Zieh dich in deine Gemächer zurück!«, herrschte er sie an. »Ich erkläre es dir später.«

»Du schickst mich weg, als wäre ich eine Dienerin?«

»Das verstehst du nicht, du …«

Bianca drehte ihm den Rücken zu und tat, als würde sie die beiden Besucher erst jetzt bemerken. »Vielleicht sind die beiden Herren zu zurückhaltend, um in Gegenwart einer Frau zu sprechen?«, fragte sie kokett.

»Im Gegenteil.« Capponi antwortete übermäßig freundlich, während er sie herausfordernd ansah.

Sie erwiderte seinen Blick. »Andererseits, wie könnte ich

Euch in Euren Geschäften behindern? Haltet Ihr uns Frauenzimmer nicht alle für dumm, eitel und bar jeden Verstands?«

»Ach, ich bitte Euch«, widersprach der dicke Mann.

»Nun gut, worüber spracht Ihr gerade?«, fragte Bianca dann.

»Ehrlich gesagt sind wir soeben fertig geworden«, ging Angelo dazwischen. »Die Herren wollten sich gerade verabschieden.«

Capponi baute sich vor Bianca auf wie ein Pfau, der eine zukünftige Gefährtin beeindrucken wollte. »*Ehrlich gesagt* gäbe es noch eine Menge zu besprechen.«

»Ein anderes Mal.« Angelo trat neben ihn. »Und dann vielleicht lieber in der Bank.«

»Messer Angelo hat recht«, stimmte der stämmige Mann zu, der Bianca misstrauisch beäugte. »Es bleibt noch genug Zeit vor der Übergabe.«

Capponi nickte, während er Bianca keinen Moment aus den Augen ließ.

»Nun denn, bis bald«, raunte er anzüglich. Dann verabschiedete er sich mit einer eleganten Verbeugung und verließ mit seinem Begleiter den Palazzo.

Bianca und Angelo flanierten zwischen den Lorbeerbüschen des vom warmen Sonnenlicht überfluteten Gartens umher. Die vielen Obstbäume dort stammten aus einer Zeit vor Giannottos Geburt, wie auch die hohen Mauern, die das Anwesen schützten. Bis auf das Erdgeschoss, das noch aus einer früheren Bauzeit stammte, war alles, was man hier sehen konnte, von den ersten Bruni errichtet worden, die sich vor etwa hundert Jahren nach der großen Pestepidemie in Florenz niedergelassen hatten.

Voller Bewunderung hatte Bianca erst von ihrem Vater und später auch von ihrem Onkel die Geschichte gehört, wie die aus den Apenninen kommende Familie niederer Herkunft sich in der erbarmungslosesten Stadt des Abendlandes durchgesetzt hatte. Mit jeder Generation schien deren Begabung für den Handel gewachsen zu sein, um dann fast wie durch Zauberhand beim letzten Nachfahren des Hauses zu verschwinden. »Ich bin nicht hier, um mich in deine Geschäfte einzumischen«, erklärte sie Angelo, doch ihrer Stimme war ein leichter Vorwurf anzuhören. »Ich will dich über die letzten Entwicklungen in Kenntnis setzen.«

»Hat dir dein Beichtvater etwas enthüllt?«, fragte Angelo, der immer noch etwas beleidigt wirkte, weil sie ihn vor seinen Geschäftspartnern so gedemütigt hatte.

Bianca schüttelte den Kopf. »Montano da Bagnone ist ein Lügner. Doch da andere Menschen uns geholfen haben, werden wir weiterkommen.«

»Wen meinst du?«

»Faleno.«

Angelo erbleichte. »Der Söldner?«

»Ja. Er hat mich in Santa Trìnita angesprochen, weil er mir eine interessante Neuigkeit mitteilen wollte.«

»Diese Bestie!«, rief Angelo. »Ich dachte, er hätte begriffen, dass er sich von uns fernhalten sollte.«

»Er war wesentlich zurückhaltender als dein Freund, wenn du es wissen willst.«

»Wie kannst du es wagen? Messer Capponi ist ein angesehener Geschäftsmann!«

Bianca lachte verächtlich. »Es hätte nicht viel gefehlt, und dein Geschäftsmann hätte mir in den Mund geschaut, um meine Zähne zu überprüfen, als wollte er eine Stute kaufen.«

»Er hat dich bewundert, na und?«, gab Angelo zu, aber die Art, wie er es sagte, behagte ihr gar nicht.

»Na und?«, wiederholte Bianca empört. Sie wusste nur zu gut, dass sie das Alter erreicht hatte, in dem sie sich verheiraten sollte, aber der Tod ihrer Eltern und ihr gutes Verhältnis zu ihrem Onkel hatten sie bis jetzt davor bewahrt, irgendeinen langweiligen Verehrer ehelichen zu müssen. Und obwohl der Gedanke, eine alte Jungfer zu bleiben, sie erschreckte, würde sie sich niemals zwingen lassen, das Ehebett mit so einem schmierigen Kerl wie Teofilo Capponi zu teilen.

Bianca fuhr zärtlich mit der Hand über die Rinde eines Maulbeerbaumes und lauschte auf das Vogelgezwitscher, das aus der Krone ertönte. Alles, was sie wünschte, war, so wie dieser Baum zu altern. In sich ruhend, stark und im eigenen Heim respektiert.

»Lassen wir das«, wiegelte sie ab, denn sie wollte wieder auf ihr eigentliches Thema zu sprechen kommen. Und mit dem nächsten Satz hatte sie ihre Entschlossenheit wiedergefunden. »Du kannst dir nicht vorstellen, wer nach Florenz zurückgekehrt ist …«

39

Tigrinus wartete die Nacht ab, ehe er in den Palazzo der Bruni eindrang.

Er konnte es selbst nicht fassen, dass er seinem Verlangen nachgegeben hatte und in dem vollen Bewusstsein, eine Dummheit zu begehen, über die hohe Gartenmauer geklettert war. In den vorangegangenen Stunden hatte er, nachdem er Bianca gefolgt war, das Anwesen umrundet, um die günstigste Stelle für einen Einbruch auszumachen. Danach hatte er das Weite gesucht, um einen Kerl von seiner Spur abzubringen, der ihm auf den Fersen zu sein schien. Vielleicht war es derselbe, den er, wenn auch nur flüchtig, in Begleitung Biancas auf dem Ponte Vecchio gesehen hatte.

Inzwischen war Tigrinus jedoch sicher, seinen Verfolger abgeschüttelt zu haben. Er schlug sich geduckt durch die Hecken und arbeitete sich so bis zur Loggia im Erdgeschoss vor, wo er durch einen Dienstboteneingang ins Haus schlüpfte. In solche Palazzi einzubrechen, war ein Kinderspiel für ihn verglichen mit den großen Klöstern oder den überaus streng bewachten Landhäusern. Allerdings hütete Tigrinus sich, den leichten Schlaf des Hauspersonals zu unterschätzen, das stets bereit sein musste, auf jede Laune der Herrschaft hin herbeizueilen.

Er ging durch einen Vorraum, durchquerte einen kurzen Flur und weitere Räume des Erdgeschosses und stieg dann eine vom Vestibül nach oben führende Treppe hinauf. Im Laufe der Jahre war er sehr geschickt darin geworden, sich im Dunkeln ohne Hilfe von Laternen oder Kerzen zu bewegen. Der Trick war, auf das zu achten, was aus den Schatten hervortrat, und das Übrige aufgrund von Erfahrung zu erahnen. Die herrschaftlichen Villen glichen einander alle, von der Einrichtung bis hin zu den Gerüchen. Man musste nur über ausreichend praktischen Sinn verfügen, um die Raumaufteilung, die Türen und Durchgänge und die blinden Winkel zu erfassen, und stets auf jedes Geräusch achten.

Elegant und lautlos wie eine Katze schlich Tigrinus weiter auf der Suche nach den Schlafgemächern. Das des Hausherrn beachtete er nicht weiter, sondern ging den Gang entlang bis zu einem weiter hinten gelegenen Gemach. Es war das einzige, neben dessen Tür eine Sitzbank stand, wahrscheinlich der Platz für eine Dienerin.

Als er im Begriff war, die Tür zu öffnen, nahm er einen zarten Rosenduft wahr.

Das Zimmer war von Mondlicht erfüllt, das durch ein Bogenfenster hereinfiel. Daneben zeichnete sich ein Lesepult ab. Tigrinus näherte sich vorsichtig der kaum zu erkennenden Silhouette eines Himmelbetts.

Bianca lächelte im Schlaf wie ein Kind. Ihre Hände lagen mit den Handflächen nach oben auf dem Kopfkissen, umgeben von einer Aureole aus Haaren dunkler als die Nacht. Ihre vollen Lippen waren ein wenig gekräuselt. Tigrinus bewunderte sie mit einer Scheu, als hätte er eine verbotene Frucht vor sich.

Lass sie in Ruhe, ermahnte er sich und dachte darüber nach, wie wenig schicklich es doch war, was er da tat. Ein Mann von Anstand hätte sich nie erdreistet, sich einer Frau auf so hinterlistige Weise zu nähern und sie zu betrachten, während sie in tiefem Schlummer lag. Ein solcher Mann hätte sie offen umworben, mit Erlaubnis der Familie und gemäß den Regeln der Ritterlichkeit.

Doch das Begehren scherte sich nun mal nicht um Regeln, sagte er sich, wie um sich vor den Augen des Herrn zu rechtfertigen.

Und überhaupt, was bedeutete schon ein Kuss?

Ein einziger Kuss, eine kaum spürbare Berührung.

Die sie nicht einmal bemerken würde.

Tigrinus beugte sich über Bianca.

In dem Moment bemerkte er die Maske.

Sie lag halb unter der Decke verborgen, über ihrem Herzen. Hauchdünn, von einem perlmutternen Schimmer überzogen. Unwillkürlich griff er danach und drehte sie aufmerksam zwischen den Fingern.

So etwas hatte er noch nie gesehen, etwas, das sich so leicht anfühlte und so schön gearbeitet war. Er wickelte die Maske schnell in ein Tuch, weil er die Vorstellung nicht ertragen konnte, sie nicht wenigstens einmal bei Licht betrachten zu können, und ließ sie in seinem Schultersack verschwinden.

Bianca wimmerte ein wenig im Schlaf. Fast wirkte es, als hätte sie den Diebstahl bemerkt.

Aus Furcht, dass sie aufwachen könnte, verließ Tigrinus schnell den Raum.

Er ging den Weg zurück, der ihn zu den Privaträumen des Palazzos geführt hatte, stieg die Treppe hinunter und stand kurz darauf wieder im Vestibül. Überall herrschte nächtliche Stille. Etwas in diesem Haus schien ihn geradezu aufzufordern, doch noch etwas zu verweilen.

Tigrinus, der kein unhöflicher Mensch war, beschloss, diese Einladung anzunehmen, gerade so lange, wie es dauern würde, das Erdgeschoss auszukundschaften. Immerhin befand er sich im Haus eines Bankiers, und falls nicht Giannotto Brunis Geist der Gruft entsteigen würde, um ihn daran zu hindern, bestand hier eine gute Aussicht, Beute zu machen.

Nachdem er zwei Gesellschaftsräume durchsucht hatte, kam er in ein Arbeitszimmer, das mit Bücherregalen und einem mit Papieren überhäuften Schreibtisch eingerichtet war. Tigrinus war gezwungen, einen Kerzenleuchter anzuzünden, um in der Dunkelheit Genaueres erkennen zu können. Er stöberte herum und stieß auf eine Schublade, in der einige Florin lagen. Schließlich nahm er sich den Schreibtisch vor, denn ihm war wohlbekannt, welch kostbare Stücke Geschäftsleute als Schreibbedarf verwendeten. Einmal hatte er das Haus eines Notars mit einem halben Dutzend silberner Stempel und einem mit Edelsteinen besetzten Brieföffner aus Messing verlassen. Heute hätte Tigrinus sich aber auch mit einem einfachen Siegelring oder einem Griffel aus Elfenbein zufriedengegeben – nur um sich darüber hinwegzutrösten, dass er Bianca nicht geküsst hatte.

Alles, was er fand, war jedoch ein dickes Buch, das bei einer Seite aufgeschlagen war, die eine geografische Darstellung zeigte. Der Notiz am unteren Seitenrand nach musste es sich bei der dargestellten Region um Asien handeln.

Fasziniert von der Kunstfertigkeit des Zeichners, dachte Tigrinus an seine Kindheit in der Obhut des Malermönchs Giovanni da Fiesole zurück und fragte sich, ob in dem Buch auch Darstellungen der Morea und des Berges Athos zu finden waren. Während er in dem Buch blätterte, fiel sein Blick auf ein Bündel Briefe.

Perlen.

Das Wort zuckte wie ein Blitzstrahl im Dunkeln auf.

Tigrinus' Interesse war plötzlich erweckt. Er beugte sich über die Schriftstücke und überflog eine Aufstellung, die das Inventar eines kleinen, aber äußerst kostbaren Schatzes aufzulisten schien. Saumperlen, Perlen von achtunddreißig Karat, Perlen jeder Größe … Unwillkürlich hob er den Leuchter an, um sich zu vergewissern, dass er nicht wie der letzte Dummkopf ein Schmuckkästchen in der Nähe übersehen hatte, dann las er weiter.

Nach der Lektüre des ersten Briefes war er nur noch neugieriger geworden und nahm ein zweites Schreiben zur Hand, verfasst von einem gewissen Generalminister des Trinitarierordens.

Und allmählich dämmerte Tigrinus, in welche Art von Ränkespiel er da hineingeraten war.

40

Nachdem er das Anwesen der Bruni verlassen hatte, war Tigrinus kein bisschen nach Schlafengehen zumute. Lieber streifte er noch in der Stadt umher, wobei er allerdings gebührenden Abstand zum Mercato Vecchio und dem Bordell in der Malacucina wahrte, um nicht irgendwelchen Nachtwachen oder einem finsteren Verfolger zu begegnen. Er ging auf die Via di Pinti zu, wo er unter der Laterne einer Pilgerherberge ausharrte, bis der Tag anbrach.

Um sich die Zeit zu vertreiben, untersuchte Tigrinus im Schein der Lampe die Maske, die er Bianca gestohlen hatte. Sie schien aus Elfenbein geschnitzt zu sein, obwohl sie auf ihn einen noch feineren und kostbareren Eindruck machte. Vielleicht aber hatte er auch eine übertriebene Vorstellung von ihrem Wert, weil er sie einer so schönen Frau entwendet hatte.

Der Gesang der Nonnen riss ihn aus seinen Gedanken und erinnerte ihn an den Grund seines Kommens. Er steckte die Maske wieder in seinen Reisesack, überquerte die Straße und klopfte an das Tor des Hospitals Santa Faustina. Eine junge Ordensschwester öffnete ihm.

»Ich muss mit Schwester Assunta sprechen«, sagte Tigrinus, ohne sich mit Förmlichkeiten aufzuhalten.

Die Nonne zögerte einen Augenblick, dann erkannte sie ihn. »Folgt mir«, murmelte sie in einem Ton, der nichts Gutes ahnen ließ.

Assunta ruhte auf einem Lager zwischen kahlen grauen Wänden, an denen nichts als ein Holzkreuz hing. Ihre Haut schien die matte Farbe des Raumes angenommen zu haben, ihr Gesicht wirkte eingefallen und erschöpft.

Als sie Tigrinus erblickte, versuchte sie, sich aufzurichten. »Mein Sohn …«, flüsterte sie.

Er eilte hin, um ihr zu helfen. Sie hatte ihn seit seiner Jugendzeit nicht mehr so genannt, und dass sie es jetzt tat, erschreckte ihn mehr als ihr Aussehen.

»Ich bin müde«, sagte Assunta, die sich von ihm die Kissen richten ließ wie ein Kind.

»Es wird Euch bald besser gehen«, versicherte Tigrinus ihr.

Assuntas Lachen wurde von einem Hustenanfall unterbrochen. »Willst du mir etwa weitere seltsame Mixturen verabreichen?«

Tigrinus wischte sich eine Träne aus dem Augenwinkel. »Und wenn alles Gold der Welt nötig wäre ...«

»Nein, ich flehe dich an! Mach mich nicht zur Komplizin deiner Schuld.«

»Von welcher Schuld redet Ihr?«, fragte Tigrinus empört. »Wenn Gott gerecht wäre und die Mächtigen redlich, wäre man nicht gezwungen zu stehlen, um das zu bekommen, was einem zusteht!«

Assunta presste eine Hand auf ihre Brust, um das Stechen der Krankheit zu mildern, die sie verzehrte. Trotz allem war ihr noch eine gewisse Kraft geblieben. »Und du willst selbst entscheiden, was dir zusteht?«, fragte sie mit leisem Vorwurf.

»Das sagt mir die Vernunft. Jeder Mensch sollte qua Geburtsrecht in gleichem Maße an den Reichtümern der Erde teilhaben.«

»Überlass das Spekulieren über Vernunft und Recht den Philosophen! Du handelst aus Wut darüber, dass man dich fortgegeben hat und du nicht weißt, wer du bist.«

»Und wenn es so wäre?«

»Der Zorn führt in die Hölle.«

»Ich bin ein Dieb«, erwiderte Tigrinus. »Ich komme sowieso dorthin.«

»Das ist nicht gesagt«, widersprach Assunta. »Der heilige Dismas, der gute Schächer, der die Vergebung Jesu erhielt ...« Keuchend musste sie sich unterbrechen.

»Das freut mich für den heiligen Dismas, aber mir liegt vor

allem am Herzen, dass Ihr bald wieder von diesem Lager aufstehen könnt«, sagte Tigrinus sanft.

»Ich liege im Sterben, mein Sohn, begreifst du das nicht? Mich quält nur noch der Kummer, dich auf krummen Wegen zu wissen.«

Diese Worte schmerzten Tigrinus mehr als das Gefühl der Machtlosigkeit, das ihm das Herz zerriss. »Ihr werdet nicht sterben, nicht so!«, rief er und wich mit geballten Fäusten zurück. »Das verspreche ich Euch.«

Mit diesen Worten floh er hinaus in den jungen Tag.

41

Tigrinus' erster Impuls war es, dem Apotheker, der ihn betrogen hatte, einen Besuch abzustatten. Beim Verlassen von Santa Faustina war für nichts anderes Raum in seinem Kopf, als in den Laden dieses Betrügers zu stürmen und ihm ordentlich Prügel zu verpassen. Bald jedoch rief er sich zur Vernunft. Einen Florentiner Kaufmann grün und blau zu schlagen, zählte zu den Fehlern, die ein Gesetzloser wie er unbedingt vermeiden musste. Außerdem hätte er Schwester Assunta damit nicht geholfen. Es galt, nach einer anderen Lösung zu suchen. Er musste einen kundigen Mann finden, der ihr Leiden zu heilen vermochte.

Tigrinus sah nur eine Möglichkeit, sosehr ihm diese auch zuwider war: sich an Cosimo de' Medici zu wenden oder vielmehr an dessen Leibarzt Diotifeci d'Agnolo. Schon in seiner Kindheit wurde ihm dieser als Muster an Intelligenz und Weisheit gepriesen. Wenn er sich das Interesse Cosimos an der Smaragdtafel zunutze machte, würde er im Gegenzug vielleicht die Dienste seines Arztes in Anspruch nehmen dürfen.

Doch im Moment gab es ein dringenderes Problem, um das er sich kümmern musste. Auf seinem Weg zu einem seiner sichersten Verstecke, das an der Grenze zum Gebiet von Cafaggio lag, hatte er bemerkt, dass er verfolgt wurde. Zuerst hatte er gedacht, es sei Biancas hünenhafter Begleiter, aber als er sich umdrehte, erkannte er die Harnische und die roten Hosen zweier Wachsoldaten des Viertels. Ihrer Zielgerichtetheit nach zu urteilen, mit der sie mit gesenkten Hellebarden auf ihn zuhielten, hatten sie ihn erkannt oder handelten zumindest auf einen begründeten Verdacht hin.

Tigrinus ging weiter, als wäre nichts, um dann bei der ersten Abzweigung die Beine in die Hand zu nehmen. Die Schreie der Soldaten bestätigten ihm sogleich seine Vermutung. Er wurde gesucht, möglicherweise sogar auf Befehl von Cosimo de' Medici. Wie der Blitz bog er in eine Gasse ein, die so eng war, dass seine Ellbogen die Hauswände streiften, und sprang dann auf halber Höhe, sich mit Händen und Füßen festkrallend, an einer Mauer hinauf. Ein paar gezielte Schwünge, und er konnte sich an einem Fenstersims festhalten, um sich dann am Außengebälk des Dachs hochzuziehen.

Oben angekommen, lief er über die von der Sonne gewärmten Dachziegel weiter, ließ jede Gefahr hinter sich.

Und fühlte sich für einen Augenblick leichter als eine Wolke.

42

Cafaggio, Kloster San Marco
Nacht des 28. April

Tigrinus durchquerte die einschiffige Kirche, die Hände gefaltet, vorbei an Dutzenden im Dunkeln liegender Nischen. Er trug zwar die schwarze Capa der Dominikaner, die er sich in seinem Versteck geholt hatte, war sich aber keineswegs sicher, ehrwürdig genug zu wirken, um eventuelle Beobachter täuschen zu können. Allerdings brauchte er die Verkleidung auch nur so lange, bis er den Klosterflügel mit den Wohnräumen erreicht hatte, danach würde er ohnehin auf andere Listen zurückgreifen müssen.

Es war nicht nötig gewesen, Cosimo de' Medici mitzuteilen, wo er ihn erwarten sollte. Cosimo fühlte sich diesem Ort so sehr verbunden, dass er eine der mit Fresken bemalten Zellen für sich hatte reservieren lassen, in die er sich zurückziehen konnte, wann immer er das Bedürfnis hatte, dem öffentlichen Leben den Rücken zu kehren. Tigrinus hatte sie sich als Junge in Begleitung von Fra Giovanni da Fiesole mehrfach angesehen und wusste noch genau, wie man dorthin kam.

Ebenso gut erinnerte Tigrinus sich an das auf dem Hauptaltar inmitten von flackernden Kerzen ausgestellte Altarbild. Darauf war eine Madonna von vollkommenen Proportionen zu sehen, die vor zwei knienden Heiligen thronte. Wenn er die Augen schloss, sah er immer noch den Pinsel in Fra Giovannis Hand vor sich, mit dem dieser mit zarten Strichen Farbschichten auftrug, und hörte, wie er beim Malen versonnen vor sich hinsang.

Die beiden Heiligen, die die Madonna anbeteten, waren nicht willkürlich gewählte Heilige, sondern Kosmas und Damian, die heilkundigen Zwillingsbrüder, die von der Familie

Medici sehr verehrt wurden. Das Gesicht des Ersteren, der als Einziger aus dem Bild herausblickte, trug Cosimos gleichmütige Züge. Es schien beinahe, als spiele das Bild auf ein unergründliches Geheimnis an.

Tigrinus sah einen Moment in diese in Temperafarbe verewigten Augen und eilte dann weiter, aus der Kirche hinaus und durch das Dormitorium, vorbei an lieb gewonnenen Orten seiner Kindheit.

Cosimo stand aufrecht an einem Lesepult, vertieft in einen mit Miniaturen verzierten Kodex, seinen hochgewachsenen, geradezu hageren Körper in einen dunklen Lucco gehüllt. Als er Tigrinus eintreten sah, zog er nur eine Augenbraue hoch.

Tigrinus schob die Kapuze seiner Capa zurück und sah sich um. Die Kammer war kaum geräumiger als eine Mönchszelle, aber offensichtlich nicht nach deren Ideal von Bescheidenheit gestaltet. Ein Fresko, das die Anbetung der Heiligen Drei Könige zeigte, die prunkvollen Einrichtungsgegenstände und eine ansehnliche Büchersammlung zeugten eher von der Heuchelei der Medici, die nach außen hin gern eine vorgebliche Bescheidenheit zur Schau trugen.

Nachdem Tigrinus sich vergewissert hatte, dass niemand außer ihnen beiden zugegen war, verriegelte er die Tür hinter sich. »Habt Ihr die Stadtknechte auf mich gehetzt?«

Cosimo klappte ungehalten das Buch zu. »Das wäre nicht nötig gewesen, wenn du dich an die Abmachung gehalten hättest!«

»Es hat Komplikationen gegeben«, erwiderte Tigrinus. »Außerdem habt Ihr doch meine Nachricht bekommen.«

»Es hätte eine Falle sein können. Hast du eine Vorstellung, wie viele Leute meinen Tod wollen?«, fragte Cosimo.

»Das könnt Ihr jemand anderem weismachen. Würdet Ihr tatsächlich einen Hinterhalt fürchten, hättet Ihr Euch wohl kaum hier der Gefahr ausgesetzt.«

Mit unergründlicher Miene legte Cosimo beide Hände auf

das Pult und löste so ein leises mechanisches Schnappen aus. »Wenn du dir dieses Möbelstück genau betrachtest, wirst du bemerken, dass es mit einem raffinierten Mechanismus ausgestattet ist«, sagte er.

Tigrinus näherte sich vorsichtig und sah erst jetzt, dass die Ablageplatte kaum geneigt und außerdem dicker als die der Pulte war, die gewöhnlich in Klöstern benutzt wurden. In der Mitte hatte sie ein kreisrundes Loch, aus dem eine auf die Tür gerichtete Metallspitze herausragte, die zu einem Bogenpfeil oder einer Armbrust zu gehören schien. »Ein perfektes Sinnbild Eurer Persönlichkeit«, bemerkte Tigrinus keineswegs erstaunt. »Und auch dessen, was mir im Wald von Marsciano passiert ist.«

»Apropos Marsciano …«, sagte Cosimo, der auf einmal Ungeduld erkennen ließ. Er kam hinter dem Lesepult hervor und baute sich direkt vor Tigrinus auf. »Hast du den Mönch nun gefunden oder nicht?«

»O doch, den Mönch habe ich gefunden.«

»Und das Buch?«

»Ich weiß, wo es sich befindet.«

Cosimo packte ihn am Kragen. »Soll das heißen, dass Lionardo da Pistoia es nicht bei sich hatte?«

Tigrinus umklammerte Cosimos Handgelenk fest, bis dieser einen unterdrückten Schmerzenslaut ausstieß, dann kehrte er ihm den Rücken zu und tat, als interessierte er sich für die Gegenstände, mit denen die Zelle ausgestattet war. »Pater Lionardo ist ein Köder, der speziell zu dem Zweck hierhergeschickt wurde, Euer Interesse auszuloten.«

»Ein Täuschungsmanöver von Kardinal Bessarion …«, murmelte Cosimo. »Aber zu welchem Zweck?«

Tigrinus nahm eine Karaffe vom Schreibtisch und schenkte sich einen Becher mit Wein ein. »Ich bezweifele, dass es Bessarion ist, der bei der Intrige die Fäden zieht.«

»Aber wer dann?«

Tigrinus trank einen Schluck, ehe er antwortete: »Derjenige, der die Smaragdtafel besitzt.«

Das genügte, um den Medici aus der Fassung zu bringen. »Dieser Bastard!«, rief er und reckte die langen Finger in die Höhe.

»Ihr kennt ihn also?«, fragte Tigrinus spöttisch.

Cosimo durchbohrte ihn mit seinem Blick. »Was hat dir Pater Lionardo sonst noch offenbart?«

»Wenn ich Euch das erzählte, würde meine Rolle in der Angelegenheit an Bedeutung verlieren.«

»Bildest du dir etwa ein, du könntest mit mir spielen?«, knurrte Cosimo. »Die Ränke, über die du alles herausgefunden zu haben meinst, wurden lange vor deiner Geburt geschmiedet.«

Mit einer wütenden Geste setzte Tigrinus den Becher ab. Er dachte an das, was Lionardo ihm über den schwarzen Abt enthüllt hatte. Über diesen rätselhaften Mann mit genau solchen Silbersträhnen im Haar, wie er selbst welche hatte. Zum ersten Mal in seinem Leben spürte er, dass er der Wahrheit über seine Herkunft dicht auf der Spur war, und er würde jetzt nicht aufgrund eines simplen Wutausbruchs klein beigeben. »Und in welcher Verbindung stehe ich zu diesen Ränken?«, fragte er ruhig.

»Ach.« Cosimo fand zu seiner sardonischen Gelassenheit zurück. »Jetzt sind wir wohl nicht mehr so selbstgewiss.«

»Nun, da Ihr so viel preisgegeben habt, könnt Ihr nicht mehr schweigen«, beharrte Tigrinus.

»Vergiss nicht, dass du es mit einem Kaufmann zu tun hast. Was bietest du mir im Gegenzug?«

»Die Smaragdtafel. Ich werde Sie für Euch finden.«

Cosimo lachte. »Dafür hast du schon die Freiheit bekommen, erinnerst du dich? Und bislang stehst du mit leeren Händen da.«

»Wollt Ihr mir etwa die Schuld daran geben, dass man Euch hinters Licht geführt hat?«, entgegnete Tigrinus. »Wenn Eure Spione aufmerksamer gewesen wären, hättet Ihr schon im Voraus entdeckt, dass Lionardo da Pistoia ohne irgendein Buch nach Frascati gereist ist. Ich habe meinen Part erfüllt, ich habe meinen Kopf riskiert, und jetzt biete ich Euch einen neuen Handel an.«

»Soll heißen, du willst noch ein zweites Mal bezahlt werden.«

»Findet Ihr das etwa unbillig?«

»Im Gegenteil. Aber bedenke, dass ich dir nur einen einzigen Gefallen gewähre, also überlege dir gut, was du verlangst.«

Tigrinus war schon drauf und dran, ihn über seine eigene Herkunft auszufragen, biss sich aber auf die Zunge. Nur einen einzigen Gefallen, machte er sich bewusst. Gewiss, er hätte zu seiner Cinquedea greifen können, um mehr aus Cosimo herauszubringen, aber in dem Fall hätte er das gefährdet, was ihm am meisten am Herzen lag. »Es gibt da jemanden, der mir viel bedeutet«, murmelte er mit gesenktem Blick. »Eine Nonne, die heilkundiger Behandlung bedarf.«

»Hältst du mich etwa für einen Arzt?«, spottete Cosimo.

»Euer Leibarzt genießt einen ausgezeichneten Ruf.«

Cosimo nickte. »Messer Diotifeci d'Agnolo, der Vater von Marsilio Ficino.«

»Wenn er diese Frau untersuchen könnte ...«

»Ich bin mir nicht sicher, ob ich dich recht verstanden habe. Soll das heißen, du verzichtest auf jede andere Art von Entschädigung?«

Tigrinus nickte.

Ein Anflug von Überraschung huschte über Cosimos Gesicht, bevor sogleich sein maskenhafter Gleichmut zurückkehrte. »Ich kann deiner Bitte nachkommen«, sagte er, während er auf eine Sitzbank in einer Ecke der Mönchszelle zuging. »Aber überlege dir gut, ob wirklich dies dein größter Wunsch ist.«

Tigrinus sah zu, wie Cosimo nach einer Laute mit kurzem Hals griff, die auf dem Boden lag. »Ich wünsche mir nichts weiter, als dass Ihr Euren Arzt zum Hospital Santa Faustina schickt, mit dem Auftrag, das Leben von Schwester Assunta zu retten«, bestätigte er.

»So soll es sein.« Cosimo nahm das Instrument auf den Schoß und begann, eine orientalisch anmutende Weise zu spielen. »Aber im Austausch will ich Lionardo da Pistoia.«

»Kommt nicht in Frage. Dieser Mönch steht unter meinem Schutz.«

»Fürchtet er denn, dass ich ihm etwas zuleide tue?«

»Er traut Euch nicht über den Weg.«

»In dem Maße, dass er die Gesellschaft eines Diebs vorzieht?«

»Er sieht in mir mehr als das.«

Cosimo lachte nervös auf. »Der schwarze Abt benutzt ihn, um sein Spiel mit dir zu treiben, merkst du das nicht?«

Tigrinus ging nicht auf die Provokation ein. »Es ist das erste Mal, dass Ihr diesen Namen erwähnt«, bemerkte er.

»Und das ist schon einmal zu viel.« Cosimo schien erneut kurz davor zu stehen, die Fassung zu verlieren. Nur dank seiner Laute und dem Zauber ihrer Saiten gelang es ihm offenbar, Ruhe zu bewahren. »Dieser ruchlose Mensch versteckt sich irgendwo auf der Morea, wenn auch niemand weiß, wo genau. Um den Türken zu entkommen und weiß Gott wem sonst noch, der seinen Kopf will, verstehst du? Dennoch hört er nicht auf, mich mit seinen verdammten Finten und Tücken zu bedrängen.«

Tigrinus machte einen Anflug von Wahnsinn, ja Mordlust in Cosimos Miene aus und konnte seine Neugier nicht bezähmen. »Darf man erfahren, welche Bedeutung dieser Mann für Euch hat?«

»Ich habe dir nur einen Wunsch gewährt, schon vergessen?«

»Das stimmt. Aber bis zu meiner Rückkehr werdet Ihr Pater Lionardo nicht bekommen.«

Cosimo sagte nichts mehr und zupfte mit zunehmender Hingabe die Saiten. Es war ungewöhnlich, solch schöne Töne von den Fingern eines Bankiers gespielt zu hören, und doch wurde die Melodie immer wohlklingender, bis sie in die schwungvollen Klänge einer Volksweise überging.

Als Cosimo wieder aufsah, wirkte er fast vergnügt. »In jedem Fall brauchst du ein Schiff.«

»Sobald ich genauere Informationen habe …« Tigrinus versuchte, Zeit zu gewinnen.

Cosimo schüttelte den Kopf. »Du stichst in drei Tagen von Livorno aus in See. Eine meiner Handelsgaleeren wird zur Morea fahren, und du wirst an Bord sein.« Er legte die Laute beiseite und erhob sich, dann schnürte er den Geldbeutel von seinem Gürtel ab und überprüfte den Inhalt. »Hier ist Geld für die Einschiffung«, sagte er und warf Tigrinus den Beutel anstelle einer Verabschiedung zu. »Für die Einschiffung und andere Ausgaben, die sich als nötig erweisen könnten.«

43

Als Tigrinus das Kloster San Marco verließ, fühlte er eher Unmut als Zufriedenheit. Gut, er hatte ein Abkommen mit Cosimo de' Medici getroffen und erreicht, dass Diotifeci d'Agnolo Schwester Assunta behandelte. Aber die Vorstellung, sich schon in drei Tagen einschiffen zu müssen, behagte ihm gar nicht. Nicht etwa, weil die Aussicht, zur Morea zu fahren, ihn erschreckte. Aber er hätte es vorgezogen, sich in aller Ruhe an den Gedanken zu gewöhnen und vor allem, die Reise nach seinem eigenen Geschmack zu planen. So blieb ihm gerade noch so viel Zeit, die Karte vom Berg Athos von Lionardo da Pistoia zu holen, sich rasch im Hospital Santa Faustina von Assunta zu verabschieden und noch schnell ein Pferd zu stehlen, mit dem er sich dann auf den Weg nach Livorno machen konnte.

Er hatte die Klosterkirche gerade hinter sich gelassen und wollte schon in einer der vielen engen Gassen verschwinden, die sich unter dem nächtlichen Sternenbaldachin dahinschlängelten, als er zwischen einer Baumreihe am Rand des Klostervorplatzes auf eine hünenhafte Gestalt in einem Mantel stieß.

Abrupt blieb Tigrinus stehen. Er trug zwar noch das Dominikanerhabit, darunter aber seinen Lederharnisch und, in seinem Gürtel, die Cinquedea. Er zog die Kapuze herunter und sah dem anderen frech ins Gesicht. »Geht mir aus dem Weg!«, befahl er. »Ich bin mit Messer Cosimo fertig.«

»Ich diene nicht Messer Cosimo«, erwiderte der Mann und kam auf ihn zu.

Tigrinus erkannte den Riesenkerl, den er in Biancas Gesellschaft gesehen hatte. »Was belästigt Ihr mich dann?«, rief er.

»Jemand will mit Euch sprechen.«

»Zu einem galanten Stelldichein mit Eurer Herrin sage ich nicht Nein. Aber sie muss schon zu mir kommen.« Er lachte bitter.

Faleno öffnete seinen Mantel ein Stück und ließ darunter ein Kurzschwert erkennen. »Fordert mich nicht heraus, Messere.«

Tigrinus blieb bei seiner spöttischen Haltung. »Ein einzelner Mann, sei er auch noch so groß, kann mich nicht aufhalten.«

»Da habe ich meine Zweifel«, entgegnete Faleno. »Und für den Fall, dass du mich zu leimen versuchst …«

Tigrinus fuhr herum und sah einen zweiten Mann aus der Dunkelheit heraustreten. Ohne zuerst zu prüfen, ob er bewaffnet war, streifte er mit einer flinken Bewegung seine Capa ab und warf sie ihm ins Gesicht. Dann wich er zur Seite aus, auf der Suche nach irgendeiner Möglichkeit, seine Verfolger abzuschütteln. Faleno aber verstellte ihm den Weg und zwang ihn, seine Cinquedea zu zücken.

Tigrinus führte einen Hieb aus und versuchte, seitlich zu den Säulen eines Bogengangs zu entkommen, der von einigen Fackeln erhellt war, doch Faleno verbaute ihm erneut den Fluchtweg. Er wich einem Ausfall seines Gegners aus, dessen quer geführter Schwerthieb durch die Luft zischte, dann ging er mit schnellen Stößen zum Angriff über, dass die aufeinanderklirrenden Klingen Funken sprühten. Es war nicht leicht, die Verteidigung dieses Berserkers Faleno zu durchbrechen, und bald verdoppelte sich das Problem noch, als der zweite Mann hinzukam. Dieser hielt einen Knüppel in der Hand und lauerte nur auf eine Attacke Falenos, um Tigrinus von hinten anzugreifen.

Tigrinus schlug sich so gut er konnte, bis er auf einmal merkte, dass er sich seine rechte Flanke freigekämpft hatte. Er senkte seine Cinquedea und stürzte mit einer halben Drehung auf einen engen Durchgang zu, in der Hoffnung, auch diesen Angreifern einfach davonzulaufen wie schon am Morgen den Stadtknechten. Dabei wusste er im Grunde, dass es hier nicht um Leben und Tod ging. Der Riesenkerl wollte ihn nur zu Bianca bringen, und bei genauerer Überlegung sollte er sich wohl besser fügen, als hier den Draufgänger zu spielen. Andererseits duldete Cosimos Auftrag keine Verzögerung.

Tigrinus eilte auf eine Mauer zu, die niedrig genug war, um sie überwinden zu können, nahm die Cinquedea zwischen die Zähne und machte einen Satz, um sich hinaufzuziehen. Doch ehe er dazu kam, schloss sich eine Hand groß wie eine Bärentatze um seine Wade und riss ihn wieder hinunter.

Tigrinus schlug auf den Boden auf und verletzte sich dabei mit seiner eigenen Klinge an der Lippe.

»Dreckskerle!«, schrie er und spuckte Blut.

Er wand sich wütend im Staub, schlug und trat mit aller Kraft um sich.

Bis der Knüppel krachend auf seine Schläfe niederging.

TEIL 3

Der Baum und die Schlinge

44

Kurz vor seinem Erwachen schienen seine Träume in der Brandung der Dunkelheit laut tosend an unsichtbaren Klippen zu zerschellen. Dann war da eine Flamme, eine goldene Schlange, an der er sich festklammerte, um nicht zu ertrinken ... Schließlich erlangte Tigrinus das Bewusstsein wieder. Er saß auf einem Holzstuhl, die Hände auf dem Rücken gefesselt. Der Schmerz an der rechten Schläfe hinderte ihn zwar daran, die Augen richtig zu öffnen, sein Verstand wurde davon jedoch nicht weiter beeinträchtigt. Gedanken an Cosimo de' Medici, Lionardo da Pistoia und den Berg Athos schwirrten durch seinen Kopf wie ein Schwarm Bienen.

Er befand sich in einem dunklen Raum, einem Lager für Fässer, deren Umrisse man rings an den Wänden dunkel erkennen konnte. Der einzige Lichtschein kam von einer Kerze in der Hand des Riesen Faleno. Tigrinus nickte ihm übertrieben höflich zu und verdrehte den Hals, um sich umzusehen. Dabei bemerkte er in der Dunkelheit noch zwei andere Personen, die darauf zu warten schienen, dass er wieder zu Bewusstsein kam. Einen Mann und eine Frau. »Ach, die Angehörigen von Giannotto Bruni, nehme ich an«, sagte er gegen die Taubheit seines Mundes ankämpfend. Er stellte fest, dass er nicht richtig atmen konnte, weil ein Seil, das um seine Taille gelegt war, ihm die Luft abschnürte.

Die Frau machte Anstalten, sich auf ihn zu stürzen, aber der Mann an ihrer Seite hielt sie zurück. Tigrinus erkannte Angelo Bruni, als dieser aus dem Schatten heraustrat. Anders als bei ihrer vorherigen Begegnung musste dieser sich nun auf einem Stock mit einem Metallgriff abstützen. Er wirkte immer noch unbeholfen, aber weniger zerstreut, und vor allem fast um zwanzig Jahre gealtert, wie er sich so leicht gebückt vorwärtsbewegte.

»Zurück, Faleno!«, befahl Angelo, um Mut zu beweisen,

doch seine vorgetäuschte Entschlossenheit wirkte bloß grotesk. »Er ist gefesselt und kann uns daher nichts tun.«

»Das habe ich sowieso nicht vor«, sagte Tigrinus.

Faleno zog sich zurück, und Angelo baute sich vor ihm auf. »Habt Ihr das Gleiche zu meinem Vater gesagt?«

»Beim letzten Mal wart Ihr mir gegenüber nachsichtiger«, erwiderte Tigrinus, der sich noch gut erinnerte, wie er Angelo Bruni mit dem, was er über das Verbrechen in der Krypta erzählt hatte, beeindruckt hatte. Im Grunde war es eher die Erwähnung der Goldflorin gewesen, und wenn er den Inhalt der Schreiben bedachte, die er in Angelos Schreibtisch gefunden hatte, müsste es ihm nun eigentlich ein Leichtes sein, diesen auf seine Seite zu ziehen. »Meint Ihr wirklich, ich sei für den Tod Eures Vaters verantwortlich?«

»Wenn es sich so verhielte, wärt Ihr schon längst mausetot!«, rief Bianca und stellte sich neben ihren Cousin.

»Madonna, meine Verehrung«, begrüßte Tigrinus sie. »Ich habe Eure sanftmütige Art schon vermisst.«

Sie reckte das Kinn, sodass ihr hübsches Gesicht in dem Schattenspiel der flackernden Flamme verschwand. »Na, dann könnt Ihr Euch heute Nacht ja daran ergötzen.«

Dass sie nicht feindselig klang, ließ Tigrinus neue Hoffnung schöpfen. Andererseits könnte die ungeheure Anziehungskraft dieser Frau ihn eventuell über die Gefahr hinwegtäuschen, die von ihr ausging. Was ihn jedoch nur noch mehr anstachelte, sie herauszufordern und ihr den Hof zu machen. »Wenn Ihr nicht auf Rache aus seid, warum bin ich dann hier?«, fragte er und sah sie anzüglich an.

Bianca verbarg sich weiterhin im Halbschatten. »Um uns über die Ereignisse aufzuklären, das ist doch offensichtlich.«

»Da gibt es nicht viel zu klären«, sagte Tigrinus, doch es klang so, als meinte er genau das Gegenteil. »Der Mörder Eures Onkels wollte seine Perlen zurück, das ist alles.«

»Woher wisst Ihr …?«, fuhr sie auf.

»Die Perlen oder zumindest die Summe, die nur einem geringen Teil ihres Wertes entspricht.« Auch wenn er an den Stuhl gefesselt war und keine Aussicht auf Flucht bestand, hatte Tigrinus gerade die Bestätigung erhalten, dass es sich für ihn als Vorteil erweisen würde, wenn er das Gespräch in diese Richtung lenkte. Bianca und Angelo waren tatsächlich einen Schritt vorgetreten, fast als wären sie noch ungeduldiger, ihre Neugier zu befriedigen, als er es war, seine Freiheit zurückzuerlangen. »Vor Kurzem bin ich in Euren Palazzo eingedrungen und konnte bei dieser Gelegenheit einige Briefe auf Eurem Schreibtisch einsehen …«, erklärte Tigrinus nun mit neuem Selbstvertrauen.

Er konnte den Satz nicht beenden, weil Bianca ihm eine heftige Ohrfeige versetzte. Und als Tigrinus weitersprechen wollte, schlug sie ihn ein zweites Mal ins Gesicht. »Schuft!«, schrie sie ihn an. »Also wart Ihr derjenige, der uns vorletzte Nacht berauben wollte.«

»Ein unschuldiger kleiner Ausflug«, wiegelte Tigrinus ab, ohne es jedoch zu leugnen. In seinen Augen war es keine Sünde, Dinge aus den Häusern anderer mitzunehmen. Vor allem nicht, wenn es sich um reiche Leute handelte, die das geraubte Gut schneller wieder ersetzen konnten, als man Amen sagen konnte. Doch die Schläge Biancas ließen ihn seine offenen Worte bereuen.

»Ihr mieser Verbrecher!«, rief Bianca mit drohend erhobener Hand. »Gebt mir sofort meinen Schmuck zurück und auch die Maske, oder bei Gott …«

»Welche Maske?«, unterbrach Angelo sie verblüfft.

»Werter Herr«, spottete Tigrinus. »Müsst Ihr denn jedes Mal beweisen, dass Ihr von nichts eine Ahnung habt?«

Angelo hob seinen Stock und schlug mit all seiner Kraft auf ihn ein. »Du wagst es, mich zu beleidigen?«, schrie er und wollte ihm schon einen weiteren Hieb auf den Kopf verpassen.

Faleno kam näher, um ihn davon abzuhalten, aber Bianca war schneller. Unbekümmert, dass sie dadurch eventuell den

Zorn ihres Cousins auf sich ziehen würde, legte sie ihm eine Hand auf den Arm und die andere auf die Stirn, als wollte sie ein Kind trösten. »Beruhige dich bitte«, flehte sie ihn an, während sie sich bemühte, die eigene Erregung zu beherrschen. »Keiner ist hier, um dir zu schaden oder um sich über dich lustig zu machen.«

»Aber er, er …« Angelos Nasenflügel bebten. »Er hat es gewagt …«

»Ich wollte niemanden beleidigen«, verteidigte sich Tigrinus, der bis dahin nicht gewusst hatte, dass er sich in der Gewalt eines Irren befand. Daher beschloss er, den eigenen Zorn zu unterdrücken und das Gespräch zurück auf das wesentlich verlockendere Thema zu bringen. »Wenn Euch immer noch daran liegt, wäre es nun am besten, die Sache mit den Perlen zu besprechen.«

Wie vermutet beruhigte sich Angelo sofort. »Einverstanden, ungehobelter Kerl«, knurrte er. »Dann zier dich nicht und sag endlich, was du weißt.«

»Allzu viel weiß ich in der Angelegenheit nicht«, antwortete Tigrinus. »Es läuft vielmehr darauf hinaus, meine Vermutungen mit den Euren in Einklang zu bringen.«

»Was sollte das Eurer Meinung nach sein?«

»Dass der ehemalige Trinitariermönch, eben jener Balduccio, dieser Verbrecher, von dem in den Briefen auf Eurem Schreibtisch die Rede war, die Perlen an sich gebracht hat.«

»Dafür gibt es keine Beweise«, sagte Bianca und seufzte enttäuscht.

Diese schnelle Antwort ließ vermuten, dass sie bereits ähnliche Überlegungen angestellt hatte, aber anders als ihr Cousin schien sie nicht am Schatz interessiert. Tigrinus folgerte daraus, dass es ihr einzig darum ging, ihren Onkel zu rächen.

»Allerdings war Balduccio Landini unseres Wissens der Letzte, der diese Perlen gesehen hatte«, erklärte Bianca, wie um Tigrinus Vermutung zu bestätigen.

Tigrinus nickte. »Er sah sie, errechnete ihren Wert, und

vielleicht riet er auch ihrem Besitzer, welchem Kapitän er sie anvertrauen sollte.«

»Wie hätte er sie dann dem rechtmäßigen Besitzer stehlen können, wenn dieser selbst mit den Perlen an Bord ging?«, fragte Angelo.

»Das ist ja nicht gesagt«, widersprach Tigrinus.

»Er hat recht«, sagte Bianca. »Die Perlen könnten genauso gut durch einen Mittelsmann, einen Agenten oder vielleicht einen Händler aus Famagusta für jemanden erworben worden sein, der Florenz möglicherweise niemals verlassen hat.«

Tigrinus schüttelte den Kopf. »Giannotto Brunis Mörder stammt nicht aus Florenz. Wie er sprach, wie er sich verhielt, alles deutete auf einen Fremden hin, der erst kürzlich hierhergekommen ist.« Noch ehe er seinen Satz beendet hatte, spürte er das Misstrauen der beiden anderen und konnte es ihnen nicht verdenken. Florenz war schließlich ein Kosmos der unterschiedlichsten Kulturen, der Tag für Tag Leute aller Art anzog. Neben jenen, die hier seit ihrer Geburt lebten oder aus dem Umland stammten, konnte man hier Menschen aus fremden Ländern begegnen, freigelassenen Sklaven, Mauren in exotischen Gewändern oder Besuchern aus dem hohen Norden. Und jemandem wie ihm, der für gewöhnlich jedermann auf der Straße taxierte, ob er neben einer gut gefüllten Börse auch einen Dolch im Gewand verbarg, fielen bestimmte Details sofort ins Auge. Daher war er sicher, dass er sich nicht geirrt hatte.

Angelo ging es jedoch um etwas anderes. »Könnt Ihr deshalb mit Sicherheit sagen, dass der Besitzer dieser Perlen und der Mörder meines Onkels ein und dieselbe Person sind?«

»Wer sonst hätte ein Interesse daran gehabt, ihm einen Dolch in den Leib zu rammen?«

Angelo strich sich übers Kinn. Er schien immer verwirrter, wirkte feindselig, über ein gewisses Misstrauen hinaus, und man merkte, dass noch etwas in ihm brodelte. »Je länger ich Euch zuhöre, desto klarer wird mir, dass Ihr uns nur manipulieren wollt«, sagte er. »Vor allem, wenn man bedenkt, dass Balduccio Landini meinen Vater bis zu diesem Tag niemals hintergangen hat.«

»Wisst Ihr das wirklich genau?«, fragte Tigrinus.

»Das ist doch nur ein weiterer Versuch, uns zu verwirren!« Angelo hob erneut drohend den Stock.

Bianca versuchte, ihn zu beruhigen. »Mein Cousin. Du bist wütend und hast dazu allen Grund, aber wenn du einen Moment nachdenkst ...«

Angelo warf Bianca einen empörten Blick zu. »Du willst mir doch nicht sagen, dass du diesem Verbrecher zustimmst!«

»Du hast ihm doch als Erster geglaubt. Im Gefängnis und dann im Arbeitszimmer vor dem Buch von Ptolemäus, hast du das etwa schon vergessen? Du hast mich doch erst darauf gebracht, selbst die unwahrscheinlichste Vermutung in Erwägung zu ziehen. Willst du das jetzt vielleicht zurücknehmen?«

»Es ist eine Sache anzunehmen, dass zwischen dem Tod meines Vaters und einem verschwundenen Schatz eine Verbindung besteht. Aber sich blind den Phantastereien eines schändlichen Diebes anzuvertrauen, ist doch etwas ganz anderes!«

»Also, ich würde schon sagen, dass die betont mehrdeutigen Äußerungen Pater Montanos über Messer Balduccios Beteiligung an der Sache doch zumindest verdächtig sind«, gab Bianca zu überlegen.

»Pater Montano ist mir im Moment gleich«, knurrte Angelo und warf Tigrinus einen bösen Blick zu.

»Mich braucht Ihr nicht zu fragen«, wandte Tigrinus ein. »Ich kenne diesen Pater Montano nicht einmal.«

»Jetzt blickt nicht so siegesgewiss drein!« Bianca umrundete Tigrinus und packte ihn dann von hinten an den Haaren. »Ihr könntet in allem recht haben, aber das schließt doch nicht aus, dass Ihr mit dem Mörder unter einer Decke steckt.«

Tigrinus ging darauf nicht ein, sondern wandte sich an Faleno, der als Einziger nichts gesagt hatte. »Anscheinend bin ich hier der Einzige, der vernünftig argumentiert«, sagte er zu ihm, während er versuchte, es sich etwas bequemer zu machen. »Was meinst du, mein Freund? Wäre es zu viel verlangt, diese Fesseln ein wenig zu lockern?«

Inzwischen hatte Angelo sich wieder beruhigt. »Wenn Balduccio Landini uns wirklich hintergangen hat, dann würde es genügen, ihn zu finden, um an die Perlen heranzukommen«, überlegte er laut.

»Und an den Mörder deines Vaters«, fügte Bianca hinzu.

»Zwanzigtausend Goldflorin …«, sagte Angelo nachdenklich.

»Und die gerechte Rache …«

Tigrinus mischte sich wieder ein: »Falls es sich tatsächlich so zugetragen hat, wie wir vermuten, dann ist der gute Balduccio der Schatulle voll Perlen übers Meer gefolgt, wahrscheinlich sogar auf demselben Schiff.«

Angelo nickte. »Das würde erklären, warum dieser Verbrecher nicht mehr in Famagusta aufzutreiben ist.«

»Und sobald er erst einmal in Venedig an Land gegangen war …«, fuhr Tigrinus fort.

»Hätte er die Perlen aus der Ladung nehmen können unter dem Vorwand, sie dem rechtmäßigen Besitzer zu übergeben«, beendete Bianca seinen Gedanken. »Da der Agent des Unternehmens als vertrauenswürdig galt, hätte ihn niemand aufgehalten.«

Angelo lief aufgeregt im Zimmer auf und ab, sein Stock gab in dumpfem Ton den Takt an. »Die Argumentation klingt schlüssig«, gab er zu. »Und zwar in solchem Maße, dass wir sie überprüfen sollten.«

»Das sollten wir, doch dafür müssten wir den Namen des Schiffes kennen«, wandte Bianca ein. »In dem Fall könnte man die Frachtlisten konsultieren, die im Hafen von Venedig aufbewahrt werden. Dann würden wir nicht nur erfahren, ob die Perlen wirklich entladen wurden, sondern auch den Namen der Person, der sie ausgehändigt wurden. Doch ohne diesen Namen ist die Aufgabe nicht zu bewältigen. Hast du eine Vorstellung davon, wie viele Schiffe aus dem Orient jeden Monat in Venedig eintreffen?«

Tigrinus, der inzwischen seine Arme und Beine nicht mehr spürte, von den Schmerzen in den abgeschnürten Handgelenken ganz zu schweigen, beobachtete, wie Angelo und Bianca einander traurig ansahen. Daraufhin brach er das Schweigen und versuchte, sich möglichst gleichmütig zu geben. »Also, wenn es nur daran scheitern sollte: Ich kenne diesen Namen.«

»Du Schuft, und das sagst du erst jetzt?«, schrie Angelo ihn an. »Damit hättest du bereits in deiner Zelle in Le Stinche herausrücken können.«

»Damit der da dann den Rest der Arbeit erledigt?«, entgegnete Tigrinus und wies mit dem Kopf auf Faleno. »Vielleicht haben die Herrschaften noch nicht die möglichen Schlüsse aus unserem Gespräch gezogen, ich hingegen schon. Ihr handelt außerhalb des Gesetzes, und noch dazu wollt Ihr einen Schatz finden, an dem viele interessiert sind.« Als er fortfuhr, verschwieg er, dass auch er selbst zu diesen Leuten zählte, vor allem jetzt, da er wusste, wo er suchen musste. »Falls wir nicht zu einer Einigung gelangen, wäre es daher zumindest naiv, mein Leben zu verschonen.«

»Madonna, dieser Dummkopf hat recht!«, rief Faleno auf einmal aus, der bis zu diesem Zeitpunkt keinen Laut von sich gegeben hatte, selbst dann nicht, als ihm das Wachs der Kerze über die Finger getropft war. »Von Vitellis Spionen mal ganz zu schweigen …«

Tigrinus riss überrascht die Augen auf. »Vitellis Spione?« Er überlegte fieberhaft, wie er diese Information zu seinem Vorteil nutzen konnte.

»Nun ja, ich denke, das verdanken wir Euch. Anscheinend hat der Hauptmann der Stadtknechte beschlossen, mich verfolgen zu lassen, seit ich ihm Fragen gestellt habe, wer Eure Freilassung bewirkt hat«, erklärte Bianca.

»Ihr habt Euch damit in größere Gefahr gebracht, als Ihr denkt, Madonna.«

»Und Ihr werdet uns sicher nicht den Grund dafür nennen.«

»Also, ich will offen sein«, sagte Tigrinus. »Es gibt eine Sache, wegen der Ihr Euch sorgen solltet: Falls Niccolò Vitelli herausfindet, dass Ihr versucht habt, mir ein Leid zuzufügen, dann werdet Ihr es mit einem der mächtigsten Männer von Florenz zu tun bekommen. Daher rate ich Euch um Euretwillen, mich sofort gehen zu lassen.«

»Ihr werdet nirgendwohin gehen.« Als Bianca von dieser neuen Bedrohung erfuhr, fand sie wieder zu ihrer kämpferischen Härte zurück. »Es geht schließlich darum, meinen geliebten Onkel zu rächen. Ich hoffe daher, dass Ihr nicht gelogen oder einige Tatsachen verdreht habt, denn Ihr seid verpflichtet, dieser Angelegenheit auf den Grund zu gehen.«

Wütend bäumte Tigrinus sich in seinen Fesseln auf. Er würde nur dann freigelassen werden, wenn er den Namen des Schiffes nannte, den er in der Krypta von Santa Trìnita gehört hatte – »Saturnia« –, aber damit müsste er jede Hoffnung aufgeben, die Sache unbeschadet zu überstehen. Wenn er sein Geheimnis jedoch für sich behielt, könnte er den Auftrag, zum Berg Athos zu fahren, nicht zu Ende bringen, und das würde den Zorn Cosimo de' Medicis erregen. »Wollt Ihr mich etwa zwingen und dazu irgendwelche Kniffe anwenden?«, rief er verzweifelt.

»Einen ganz einfachen Kniff«, erwiderte Bianca. »Da wir einander nicht über den Weg trauen, werdet Ihr Euch nach Venedig begeben, um der Sache persönlich auf den Grund zu gehen.«

Tigrinus grinste. »Ich werde bei der ersten Gelegenheit fliehen.«

Bianca schüttelte den Kopf. »Ihr werdet ja auch nicht als freier Mann reisen, sondern gefesselt und unter Falenos Aufsicht. Unser Mann wird Euch auf Schritt und Tritt bewachen und uns über jeden Fortschritt unterrichten. Wenn Ihr Euch weigert oder bei der Suche versagt, werdet Ihr das mit Eurem Leben bezahlen.«

Tigrinus wollte schon etwas entgegnen, aber da Angelos Stock drohend auf seine Kehle gerichtet war, hielt er lieber den Mund.

»Wie du siehst, kleiner Strauchdieb, ist es in deinem Interesse, mit uns zusammenzuarbeiten«, setzte Angelo mit boshaftem Grinsen nach.

45

Wenige Stunden später stieg Tigrinus begleitet von Faleno, der ihm wie einem Hund einen Strick um den Hals gelegt hatte, in die Burella hinab. Tigrinus hatte darauf bestanden, dass er vor der Abreise aus Florenz jemanden treffen müsse, der sich dort unten versteckte, ohne erklären zu müssen, wer das sei. Als er Bianca um diesen Gefallen gebeten hatte, war er beinahe davon ausgegangen, dass sie ihm diesen verweigern würde – von den beiden Bruni war sie diejenige, die die Entscheidungen traf. Als sie ihm das Treffen wider Erwarten jedoch erlaubte, deutete er es als ein kleines Zeichen von Vertrauen. So wie ihm bei ihrer Unterhaltung einige Male aufgefallen war, dass sie ihn neugierig, ja beinahe wohlwollend gemustert hatte.

Du machst dir etwas vor, sagte er sich, während er zum wiederholten Mal ins Straucheln geriet. Faleno lief eilig voran, ohne ihm Zeit zu lassen, Löchern oder den Abfällen auszuweichen, die überall im Labyrinth der unterirdischen Gewölbe ihren Weg pflasterten. Tigrinus zerrte am Strick, doch dadurch zog sich ihm die Schlinge nur noch enger um den Hals. »Wie viel bezahlt dir deine Herrin?«

»Sie ist nicht meine Herrin«, knurrte Faleno.

Wieder einmal nahm Tigrinus bei ihm eine Mischung aus Bewunderung und Respekt wahr. Er fragte sich, ob der Söldner eine Schwäche für Bianca entwickelt hatte oder ob er nach all den Jahren voller Schändlichkeiten einfach nur das Bedürfnis verspürte, einer mutigen Person treu zu dienen. »Aber du befolgst ihre Befehle«, provozierte er ihn.

Faleno überhörte die letzte Bemerkung und sah sich ungeduldig um. »Wen zum Henker suchst du hier unten?«

»Das geht dich nichts an«, gab Tigrinus zurück. »Als Gegenleistung für die Rückgabe ihrer Maske hat mir Madonna Bianca versprochen, dass ich mein Geheimnis wahren dürfte.«

»Und wenn sie dir den Mond versprochen hätte – wenn du glaubst, dass ich dich jetzt allein gehen lasse …«

Auf einmal hallte höhnisches Gekicher durch die nachtschwarzen Gänge, und wie aus dem Nichts sprang ihnen ein kleiner gelockter Teufel in den Weg.

»Sind wir jetzt nur für diese Missgeburt hierhergekommen?«, fragte Faleno verärgert.

Caco zückte ein kurzes, spitzes Stilett. »Pass auf, was du sagst, du Fleischkoloss!«

»Halte dich zurück, mein Retter«, begrüßte Tigrinus ihn ironisch. »Und bringe mich zu dem frommen Mann.«

Caco sah ihn bestürzt an. »Kommt dein Begleiter etwa mit?«

»Wie du sehen kannst, sind wir ein Herz und eine Seele«, sagte Tigrinus und zeigte resigniert auf den Strick.

»Ich könnte glatt eifersüchtig werden.«

»Jetzt beeil dich schon. Unser Goliath hier ist weiß Gott nicht die Geduld in Person.«

Es war nicht gerade einfach, Caco die Lage zu erklären und ihm begreiflich zu machen, wie gefährlich sie war. Während dieser die beiden tiefer in den Bauch von Florenz führte, machte er Tigrinus den ganzen Weg über Vorwürfe, er wolle ihn durch Faleno ersetzen. Noch schlechter nahm er es auf, dass dieser bei dem Gespräch mit Lionardo da Pistoia zugegen sein sollte, während er selbst davon ausgeschlossen wurde.

»Du bist ein mieser Schuft!«, rief er beleidigt aus.

»Verstehst du das denn nicht?«, fragte Tigrinus ernst. »Jetzt verschwinde schon von hier, ehe mein Kumpan, wie du ihn ständig nennst, dir noch die Kehle aufschlitzt.«

Caco spuckt auf den Boden und starrte ihn wütend an, als wollte er es auf eine Auseinandersetzung ankommen lassen, zog sich aber schließlich grollend in einen dunklen Gang zurück.

Tigrinus wartete ab, bis er Cacos Schritte nicht mehr hören konnte, dann begrüßte er den Mönch und versuchte, die bedrückende Anwesenheit von Faleno zu ignorieren.

Ehe er den Gruß erwiderte, betrachtete Lionardo da Pistoia Faleno und den Strick um Tigrinus' Hals. »Hast du mit unserem gemeinsamen Freund geredet?«, fragte er und drückte sich ganz bewusst in Andeutungen aus.

Tigrinus nickte. »Er hat eingewilligt zu warten, wenn er das bekommt, was ihn interessiert. Ihr werdet in der Zwischenzeit beschützt sein.«

»Anscheinend sind ein paar Hindernisse aufgetaucht«, sagte Lionardo mit Blick auf Faleno.

»Nichts, was sich nicht überwinden ließe«, entgegnete Tigrinus achselzuckend. »Sobald ich diese unangenehme Aufgabe erledigt habe, werde ich den Plan weiterverfolgen.«

»Das hört sich nach einer langen Wartezeit für mich an.«

»Sorgt Euch nicht. Mein Freund wird Euch eine bequemere Unterkunft verschaffen, wie ich es Euch versprochen habe.«

»Euer Freund ist verrückt!« Lionardo sah sich verzweifelt um. »Er spricht die ganze Zeit nur mit sich selbst und macht Jagd auf Ratten. Ich glaube sogar, dass er mir ein paar davon als angeblichen Taubenbraten vorgesetzt hat.«

Tigrinus tat überrascht. »Seid Ihr sicher? Ihr wirkt auf mich gesund, wie das blühende Leben.«

Faleno schnaufte ungeduldig. »Also, kommt Ihr nun allmählich zum Ende?« Er hatte die ganze Zeit mit verschränkten Armen so unbeweglich dagestanden, dass die beiden anderen seine Anwesenheit beinahe vergessen hatten.

Lionardo beruhigte ihn mit einem Handzeichen und überreichte Tigrinus eine Pergamentrolle. »Die Karte der Halbinsel«, erklärte er knapp. »Damit Ihr den Weg findet.«

Tigrinus steckte die Rolle in seinen Gürtel und überreichte Lionardo ein Drittel des Geldes, das Cosimo de' Medici ihm für die Reise mitgegeben hatte. »Damit Ihr keine Ratten mehr essen müsst«, sagte er dazu. »Aber Ihr solltet Caco nur kleine Beträge davon geben. Sonst verplempert dieser genusssüchtige Affe alles bei den Huren und lässt Euch verhungern!«

46

Palazzo Bruni
2. Mai

Bianca saß an dem kleinen Lesepult in ihrem Zimmer und blickte durch das Fenster hinaus auf den Arno. Das Morgenlicht zeichnete eine goldene Aura um ihr Haar, hob jedoch auch die Falten zwischen ihren Brauen hervor, die sich bei der anstrengenden Lektüre gebildet hatten. Schließlich hatte sie keine unterhaltsame Novelle vor sich. Von Kindesbeinen an interessierte sie sich für Rechenbücher und Geschäftsunterlagen. Durch sie hatte sie gemeinsam mit ihrem Onkel die weite Welt erforscht, ohne jemals an Bord eines Schiffes gegangen zu sein. Und nun blätterte sie in einem Kodex mit dem Titel »Wie man auf der Insel Zypern Handelsware bezahlt« und versuchte zu begreifen, welchen Kniff Balduccio Landini angewandt hatte, um in Famagusta eine Fracht Perlen, die jemand anderem gehörten, verschiffen zu lassen und in Venedig als eigene Ware in Empfang zu nehmen.

Sicher, das war nur eine Vermutung.

Trotz all seiner Redekunst hatte Tigrinus nicht beweisen können, dass Balduccio wirklich einen solchen Betrug begangen hatte. Außerdem hatte er nicht erklärt, aus welchem Grund er in das Haus der Bruni eingedrungen war und sich mit der Angelegenheit beschäftigt hatte, wodurch er unnötige Verwicklungen riskiert hatte.

Ein merkwürdiges Verhalten für einen gewöhnlichen Dieb, dachte Bianca, obwohl sie in derlei Hinsicht wenig Erfahrung hatte. Sie bemerkte bei Tigrinus eine merkwürdige Freundlichkeit, die sie ebenso abstieß wie anzog. Am meisten hatte sie allerdings sein fast schon übertriebener Freiheitsdrang beeindruckt, der sein ganzes Handeln bestimmte, als müsse er gegen alles und jeden ankämpfen. Bianca spürte, dass sie irgendwann ihre Gefühle ihm gegenüber hinterfragen musste, aber im Moment wollte sie diese lieber nicht weiter ergründen.

Sie sah wieder vom Pult auf. Auf dem eisengrauen Fluss wimmelte es nur so von Booten und Schiffen, die sich längs der Ufer verteilten und es dabei auf wundersame Weise zu verhindern wussten, dass Segel und Masten sich verhedderten. Wenn sie tief einatmete, konnte sie fast die Gewürze riechen, die dort in den Frachträumen lagerten, den strengen Geruch von Trockenfisch und der Kalfaterung, zu dem sich ein melancholischer Abglanz von Meeresluft gesellte.

Das Fernweh nagte gewaltig an ihr. Ihr Magen schnürte sich zusammen bei dem reuevollen Gedanken an ihre Feigheit oder vielmehr ihre Trägheit, die sie von Geburt an die Annehmlichkeiten eines häuslichen Lebens als Frau gewöhnt hatte.

Besser gesagt, an das Leben einer alten Jungfer, berichtigte sie sich mit einem bitteren Lächeln.

Bianca wandte sich wieder den Schiffsunterlagen zu, in der Hoffnung, sich damit von der plötzlich aufkommenden Wehmut abzulenken. Bis sie begriff, dass genau diese es waren, die sie traurig stimmten. Denn sie erinnerten sie an Onkel Giannotto, wie er mit den Händen auf dem Rücken am Ufer entlangspaziert war. »Komm, meine Kleine«, hatte er immer zu ihr gesagt und ihr zugezwinkert. »Komm und sieh, was uns das Meer gebracht hat.«

Bianca wandte sich vom Fenster ab, um ihren Schmerz zu unterdrücken, doch dann übermannte sie plötzlich ein Gefühl von Wut. Die Mutter im Kindbett gestorben, der Vater in Frankreich umgekommen und nun dieses unerträgliche Verbrechen …

Ein Geräusch hinter ihr ließ sie herumfahren, ihr Gesicht war tränenüberströmt.

Ihre Dienerin, die gerade den Raum betreten wollte, wich bestürzt zurück. »Madonna. Verzeiht mir«, sagte sie leise.

»Was willst du?«, fragte Bianca harsch.

Der Dienerin schien es vor Schreck die Sprache verschlagen zu haben. »Man verlangt nach Euch«, brachte sie schließlich heraus. »Es ist Messer Vitelli.«

47

Niccolò Vitelli stand aufrecht im Eingangsportal. Leicht breitbeinig, die Arme vor der Brust verschränkt, konnte seine imponierende Erscheinung so manchen Übeltäter zur sofortigen Unterwerfung bringen. Bianca aber hatte nur Augen für den Molosser, der neben ihm hockte. Sobald sie ihn bemerkt hatte, verlangsamte sie ihre Schritte und merkte leider zu spät, dass sie auf diese Weise erst sein Interesse erregte.

Vitelli grinste. »Ruhig, Malacoda.«

Bianca hatte den Eindruck, dass der Befehl dazu gedacht war, das genaue Gegenteil zu bewirken, da der Hund sich nun aufrichtete und drohend knurrte. Mit gewisser Erleichterung sah sie, dass sein Herr das andere Ende seiner Leine unnachgiebig festhielt.

»Was verschafft uns die Ehre, Messere?«, fragte sie, um ihre Angst zu überspielen. Erst jetzt bemerkte sie Angelos Anwesenheit.

Im Gegensatz zu ihr wirkte Angelo vollkommen gelassen. Beide Hände auf seinen Gehstock gestützt stand er da, das Körpergewicht weit nach vorn verlagert, was ein wenig komisch wirkte. Er beschränkte sich darauf, ihr zum Gruß kurz zuzunicken.

»Beunruhigende Ereignisse«, antwortete Vitelli.

Bianca versuchte, seiner selbstgefälligen Miene einen Hinweis zu entnehmen. »Unsere Familie betreffend?«

Vitelli schüttelte den Kopf. »Pater Montano da Bagnone.«

»Was ist mit ihm?«

»Messer Bruni hat mir gerade berichtet, dass er Euer Beichtvater war«, spannte Vitelli sie weiter auf die Folter.

»Ja«, bestätigte sie. »Und?«

»Nun, man hat ihn heute Morgen tot aufgefunden.« Vitelli trat mit seinem Hund unaufgefordert ein, als wollte er das Haus in Besitz nehmen. »Nicht weit außerhalb von Florenz. An der Straße, die zum Kloster San Salvi führt«, erklärte er. »Man hat mir erzählt, dass er sich ab und zu in seiner Eigenschaft als Almosensammler dorthin begab.«

Bianca wich einen Schritt zurück, eine Hand auf die Brust gelegt. Asket und Lügner, Heiliger und Frevler … Augenblicklich stellte sich bei ihr ein Dutzend Erinnerungen ein, die mit diesem Mönch verbunden waren, und zugleich bereute sie, dass sie ihn ohne handfesten Beweis für den Tod ihres Onkels verantwortlich gemacht hatte. Sie schüttelte Angelos Hand ab, der herangetreten war, um sie zu trösten, und näherte sich ungläubig dem Unglücksboten. »War es ein Unfall?«

Vitelli machte eine vage Geste. »Jemand hat ihn an einem Baum aufgehängt.«

»Ich verstehe nicht …« Bianca rang um Beherrschung. Sie fühlte sich plötzlich schutzlos in eine geradezu absurde Situation verwickelt. Erneut wandte sie sich an Vitelli, diesmal ohne Furcht vor dem Hund. »Aus welchem Grund überbringt gerade Ihr uns diese Nachricht?«

Er musterte sie mit wachsender Befriedigung. »Mir ist zu Ohren gekommen, dass Ihr ihn kürzlich getroffen habt, in der Abtei Santa Trìnita.«

»Durch Eure Spione, nehme ich an«, flüsterte Bianca, die allmählich begriff, was der Mann hier wollte.

Vitelli tat erstaunt. »Man braucht doch keine Spione, um zu erfahren, was in einer Kirche geschieht.«

»Und was wisst Ihr sonst noch?«, hakte sie nach.

»Dass Ihr Euch mit dem Mönch gestritten habt.«

»Da hat man Euch falsch unterrichtet.« Bianca war klar, dass sie jetzt nicht die Wahrheit sagen konnte. »Ich habe mich an Pater Montano gewandt, weil mich die Trauer um meinen Onkel niederdrückte, und er hat mir Trost gespendet.«

Vitelli machte ein undurchdringliches Gesicht. »Und der andere Mann, mit dem man Euch gesehen hat, war der auch da, um Euch zu trösten?«

»Welcher Mann?«

»Der große Kerl, der Euch draußen vorm Kloster erwartet hat. Ein wenig vertrauenerweckender Zeitgenosse, wenn ich eine Meinung äußern darf. Er heißt Faleno und genießt den Ruf eines Mörders und Zuhälters. In welcher Eigenschaft ist er an Euch interessiert?«

»Wie könnt Ihr es wagen?«, schrie Bianca erbost und machte Anstalten, auf ihn loszugehen.

Vitelli verbarg mit dem linken Arm schützend sein Gesicht, während er mit der rechten Malacoda festhielt. Als er sah, dass Bianca sich nicht vom Fleck gerührt hatte, konnte er einen Ausdruck von Enttäuschung nicht verbergen. »Ich habe Euch eine Frage gestellt«, bohrte er nach.

»Wir haben Faleno zu unserem persönlichen Schutz beordert, nachdem mein Cousin von Strauchdieben überfallen wurde«, antwortete Bianca verächtlich.

»Davon habe ich gehört.« Vitelli nickte und sah sich um. »Aber wo ist er jetzt?«

»Er steht seit ein paar Tagen nicht mehr in unserem Dienst«, sagte Angelo und gab Bianca heimlich ein Zeichen.

Vitelli nickte erneut, stumm, aber man merkte ihm an, dass er immer noch misstrauisch war.

Bianca konnte sich nicht mehr zurückhalten. »Wenn Ihr glaubt, ich hätte Faleno gedungen, um Pater Montano etwas anzutun …«

»Ist das etwa ein Geständnis?«, fragte Vitelli triumphierend.

»Ihr seid nicht nur ungehobelt, sondern obendrein beschränkt!«, rief Bianca.

»Aber nicht so sehr, dass ich keinen Zusammenhang zwischen dem Tod Eures Onkels und dem Eures Beichtvaters vermute. Haltet mich ruhig für schwer von Begriff, aber ich erinnere mich noch gut an den Tag, an dem Ihr zu mir kamt, um Gerechtigkeit zu fordern, und auch an Euren unbändigen Zorn. Einen Zorn, der sich, wenn ich Euch so sehe, inzwischen kaum gelegt hat. Warum sollte ich also nicht vermuten, dass

Ihr in blinder Rachgier eine unbedachte, um nicht zu sagen verbrecherische Tat begangen oder auch einfach nur eine Kette von Ereignissen in Gang gesetzt habt, die zum Tod des armen Pater Montano führte?«

Bianca ließ sich Zeit mit der Antwort. Sie musterte kurz Angelo, der beleidigt zu sein schien, weil er von Vitelli nicht einmal hypothetisch als Bedrohung in Betracht gezogen worden war, und setzte dann unerwartet ein Lächeln auf. »Also gut, Messere, wollt Ihr wirklich herausfinden, ob und inwiefern ich mit der Angelegenheit zu tun habe?«, sagte sie.

Vitelli kratzte sich das Stoppelkinn. »Nun ja, ich denke schon … ja«, brummte er.

»Dann nehmt mich mit«, sagte sie und ging auf die Treppe zu. »Ich ziehe mich nur rasch um, dann bin ich bereit. Ich wünsche, den Ort des Verbrechens mit eigenen Augen zu sehen und, falls er noch nicht seiner letzten Ruhestätte übergeben wurde, auch den Leichnam des ehrwürdigen Pater Montano.«

48

Montano da Bagnones Leiche war nach Santa Trìnita gebracht worden. Bis zum Begräbnis lag sie im kühlsten Teil des klösterlichen Kellergeschosses, damit die spätnachmittägliche Hitze den Verwesungsprozess nicht vorantrieb. Bianca ging auf den Tisch zu, auf dem man den Toten aufgebahrt hatte, und dankte dem Himmel dafür, dass er noch in die Kutte der Vallombrosaner gehüllt war.

Es war schon der zweite Leichnam, den sie innerhalb weniger Monate sah, und sie wunderte sich darüber, wie wenig sie das beeindruckte. Sie betrachtete die im Schoß gefalteten Hände und die von zahlreichen Falten gefurchte Stirn, die noch vor nicht allzu langer Zeit solch tiefe Bewunderung in ihr hervorgerufen hatten. Für einen Augenblick wünschte sie sich, sie sei in der Lage, durch die Schichten aus Haut und Knochen hindurchzublicken, um die Geheimnisse lesen zu können, die in diesem Kopf eingeschlossenen waren, dem der Tod nun Frieden verlieh.

»Ihr könnt noch die Spuren des Strangs erkennen«, sagte Vitelli, der hinter ihr stand. Diesmal hatte er Malacoda draußen auf der Straße zurückgelassen und wirkte ohne den Hund beinahe harmlos.

Bianca schob den Saum der Kapuze unter dem Kinn des Paters sanft beiseite und erkannte dort einen breiten schwarzen Streifen am Hals. Für einen Moment fragte sie sich, ob er sich selbst das Leben genommen hatte wie Judas, um sich von den quälenden Gewissensbissen zu befreien. »Seid Ihr sicher, dass es Mord gewesen ist?«

»Der Strick, an dem er erhängt wurde, war nicht am Baum befestigt«, sagte Vitelli. »Der Mörder hatte ihn über einen starken Ast geworfen, um sein Opfer daran hochzuziehen und nach vollendeter Tat herunterfallen zu lassen. Nach der Dicke des

Striemens zu urteilen, muss er die Prozedur mehrmals wiederholt haben.«

Sie drehte sich zu ihm um und sah ihn bestürzt an. »Das … verstehe ich nicht.«

Vitelli zuckte die Achseln. »Der Pater wurde immer wieder herabgelassen, damit er die Füße auf den Boden bekam und Luft holen konnte.«

»Zu Tode gequält«, sagte Bianca schaudernd.

»Oder einem Verhör unterzogen.«

Als sie sich wieder dem Leichnam zuwandte, bemerkte Bianca die Perlen eines Rosenkranzes, die zwischen Montanos Fingern hervorlugten. »Glaubt Ihr, dass der Mörder Pater Montano gefoltert hat, um ihm ein Geheimnis zu entreißen?«

»Das scheint mir die plausibelste Erklärung«, sagte Vitelli, der nun wieder einen Verhörton anschlug. »Und was das angeht, so bin ich der Meinung, dass Ihr mir die richtigen Hinweise geben könnt.«

Bianca schob den Rosenkranz zurecht, sodass das kleine Kreuz daran ordentlich zwischen den Händen des Paters lag. »Warum sollte ich mich Euch anvertrauen?«, erwiderte sie. »Als ich Euch um Hilfe bat, habt Ihr mich mit Herablassung behandelt.«

»Ihr habt es immer noch nicht begriffen«, schnaubte Vitelli. »Dass dieser Mönch krepiert ist, kümmert mich einen feuchten Dreck! Aber sein Tod könnte den Verdacht auf gewisse Dinge lenken, über die besser nichts bekannt werden sollte.«

»Ach, kommt! Pater Montano hatte gewiss seine Geheimnisse, aber zu denken, er wäre in Vorfälle von solcher Brisanz verwickelt gewesen, dass sie vertuscht werden müssten …«

»Er muss nicht notwendigerweise darin verwickelt gewesen sein«, unterbrach Vitelli sie. »Schon das zufällige Zusammentreffen bestimmter Umstände, das Kloster, dem er angehörte …«

»Meint Ihr Santa Trìnita?«, rief Bianca, von einer Vorahnung getroffen. »Den Mord an meinem Onkel?«

»Euer Onkel? Um Himmels willen, nein. Er hat nichts damit zu tun.«

»Dann also der Dieb!«

»Welcher Dieb?«

»Tigrinus. Den Ihr freigelassen habt, ohne mir eine Erklärung dafür zu geben. Was ihn betrifft, habt Ihr Euch von Anfang an sehr ausweichend verhalten.«

Vitelli schritt angriffslustig auf sie zu. »Was wollt Ihr damit andeuten?«

Bianca ging um den Tisch herum, auf dem der Leichnam lag, um den Hauptmann auf Abstand zu halten. »Die Rolle dieses Tigrinus bei dem Verbrechen in Santa Trìnita und jetzt der Tod eines Mönchs derselben Abtei … Ist dies das zufällige Zusammentreffen von Umständen, auf das Ihr angespielt habt? Habe ich das richtig verstanden?«

»Das geht Euch nichts an«, sagte Vitelli schroff. »Und ehrlich gesagt habe ich langsam genug von Eurem sinnlosen Geschwätz!«

Doch Bianca, die sich hinter dem Tisch sicher fühlte, ließ sich nicht einschüchtern. »Warum habt Ihr solche Angst, über Tigrinus zu sprechen? Was wollt ihr verheimlichen?«

»Das betrifft Euch nicht, Madonna.«

»Vielleicht nicht direkt. Aber ich habe den Verdacht, dass Pater Montano irgendwie am Tod meines Onkels Giannotto beteiligt war, und folglich …«

»Also wirklich! Das ist doch eine fixe Idee von Euch«, rief Vitelli.

»Und Ihr wollt auf nichts von dem eingehen, was ich Euch erzähle«, erwiderte Bianca. »Ihr könnt nicht weiter als bis zu Eurer eigenen Nasenspitze blicken, wollt aber andere grundlos zum Schweigen bringen.«

»Ein Frauenzimmer wie Ihr ist mir noch nie untergekommen!«, rief Vitelli und wandte sich zum Gehen.

»Was habt Ihr vor?«, schrie Bianca, schon bereit zu einem neuen Wortgefecht.

Vitelli bedeutete ihr, ihm zu folgen. »Wolltet Ihr nicht dorthin, wo der Mord geschehen ist?«

Sie erreichten den Platz zu Pferd, während die Sonne begann, in einem goldenen Bogen gen Westen zu ziehen. Bianca stieg aus dem Sattel und folgte Vitelli zu Fuß zu einem verdorrten Baum, der an einen riesigen Hühnerfuß erinnerte. Die Erde um seine Wurzeln herum war ausgedörrt.

Bianca sah sich um und blickte über das Grün der Hügel in ihrem Rücken, um die Stadtmauer auszumachen. Die Porta alla Croce, das letzte Tor, durch das Montano in seinem Leben gegangen war.

Dann wandte sie sich wieder dem Baum zu. Viele der Äste wirkten kräftig genug, um das Gewicht eines Mannes zu tragen, aber man erkannte sehr leicht den einen, an dem Montano aufgehängt worden war. Es war der dickste, der sich beinahe u-förmig nach oben bog. Am vorderen Teil fehlten Stücke der Rinde, als hätte etwas daran geschabt. Der Strick, vermutete Bianca. Als sie näher heranging, bemerkte sie, dass zu ihren Füßen, direkt unter der Astbiegung, das niedrige Gestrüpp vom Gewicht des Opfers zerdrückt worden war.

»Wie kommt's, dass Euer Cousin sich nicht erboten hat, Euch zu begleiten?«, fragte Vitelli, während er sich am Stamm anlehnte.

»Angelo ist zartbesaitet. Und das noch mehr, seit ihn Diebe überfallen haben.«

»Aber Ihr kennt keine Furcht?«

»Wovor?«, spottete Bianca. »Vor einem Häscher oder einer Leiche?«

Vitelli ließ sich nicht aus der Ruhe bringen. »Davor, in etwas verwickelt zu werden, das zu groß für Euch ist.«

Bianca sah sich weiterhin um. Sie hatte gehofft, vor Ort auf einen Hinweis oder vielleicht sogar einen Zeugen zu stoßen, doch das hier war die reinste Einöde. Die nächsten Häuser zeichneten sich in der Ferne als aschgraue Silhouetten am Horizont ab, und von Wachtürmen war nichts zu sehen. »Etwas, das Ihr um jeden Preis verschleiern wollt«, entgegnete sie.

»Habt Ihr je im Trüben gefischt, Madonna? Nun, ich versichere Euch, dort sind nur verfaulte Fische zu finden.«

»Also soll der Mörder von Pater Montano ungestraft davonkommen!«, sagte Bianca empört. »Genau wie der meines Onkels.«

Vitelli machte eine hilflose Geste. »Wo sollte ich denn suchen? Sagt Ihr es mir. Hier gibt es nichts als einen verdammten Baum. Die Leute, die den Toten gefunden haben, haben niemanden gesehen und sind auf ihrem Weg in die Stadt auch niemand Verdächtigem begegnet.«

Bianca wusste nichts darauf zu erwidern, was sie nur noch wütender machte. Wieder einmal sah sie sich gezwungen, von vorn anzufangen, ohne den Schleier, der die Wahrheit verbarg, auch nur im Geringsten gelüftet zu haben. Sie begann erneut, den Bereich um den Baum herum abzusuchen, um auf Distanz zu Vitelli zu bleiben, wobei sie plötzlich bemerkte, dass es bereits anfing zu dämmern.

Es war unvorsichtig gewesen, sich in Begleitung eines zweifelhaften Individuums wie Vitelli auf die abgelegene Straße ins Hügelland zu wagen, warf sie sich vor. Je mehr sie darüber nachdachte, desto mehr drängte es sie, wieder in den Sattel zu steigen und im Galopp nach Florenz zurückzureiten. Doch bevor sie diese Absicht in die Tat umsetzen konnte, entdeckte sie etwas zwischen den Grasbüscheln abseits des Wegs, nicht weit von der Stelle entfernt, wo Montano aufgehängt worden war. Möglichst unauffällig näherte sie sich und stellte einen Fuß darauf.

»Lauft Ihr vor mir davon?«, fragte Vitelli, der ihr mit lüsternem Grinsen folgte. »Ich habe Euch unter einer bestimmten Bedingung hierhergeführt, erinnert Ihr Euch?«

»Habt Ihr immer noch nicht begriffen, dass ich nichts weiß?«, beharrte Bianca. »Warum sollte ich Euch sonst um die Erlaubnis gebeten haben, mich hier umzusehen?«

»Sagt Ihr es mir.« Er baute sich so dicht vor ihr auf, dass er sie beinahe berührte.

Bianca wich nicht zurück, sondern zog einen kleinen Dolch aus einer der Taschen ihres Kleids und hielt ihm die Spitze an die Kehle. »Ich habe Euch wirklich nichts zu sagen, Messere.«

Vitelli verzog höhnisch das Gesicht. »Ich empfehle Euch dagegen, Eure Zunge zu lösen.« Unversehens packte er ihren Arm und entwaffnete sie im Handumdrehen, dann zog er sie schamlos zu sich heran. »Denn sonst werde ich etwas anderes als Gegenleistung verlangen.«

Bianca wehrte sich, doch er drückte sie noch fester an seinen Körper. »Aufhören!«, schrie sie, als sie spürte, wie seine andere Hand sich einen Weg zwischen die Falten ihres Gewands bahnte. »Hört auf!«

»Wo bleibt jetzt dein Stolz?«, stichelte er, und sie spürte seinen heißen Atem an ihrem Hals. »Willst du mich nicht mehr herausfordern oder einen Dummkopf nennen? Mach schon, schöne Signora, beleidige mich!«

»Also gut, also gut!«, rief Bianca, um wieder zu Atem zu kommen. Sie wich ein paar Schritte zurück und bedeutete ihm, sich von ihr fernzuhalten. »Wenn Ihr mich gleich zurück in die Stadt bringt, erzähle ich Euch von den Perlen.«

»Was für Perlen?«, fragte Vitelli verblüfft.

»Perlen aus Malabar, eine ganze Schatulle voll.«

»Was für eine Schatulle?«

»Steigt auf«, befahl sie ihm wieder selbstbewusst. »Ich erzähle Euch unterwegs davon.«

Bianca wartete ab, bis Vitelli sich umgedreht hatte, um zu den Pferden zurückzugehen, bückte sich und hob den im Gras liegenden Gegenstand auf.

Es war ein Schlüssel.

Ein großer Schlüssel mit einem Kreuz in der Mitte des Griffs.

49

Florenz, Palazzo Medici

Cosimo de' Medici saß im Halbdunkel eines geheimen Zimmers im Palazzo. Er saß an einem mit Papieren, Gefäßen und Destillierkolben übersäten Tisch und schüttete ein gelbliches Pulver in einen Mörser, den er vorsichtig auf dem Schoß hielt. Vor ihm bewunderte ein schwarz gekleideter Mann mit Adlernase ein goldenes *Astrolabium*, das auf dem Sims einer Fensternische stand. Abgesehen von den Altersfalten und den weißen Haaren, die halb unter einem Barett verborgen waren, hatte er sich die gleichen Züge wie sein Sohn Marsilio Ficino bewahrt.

»Ich bitte Euch nicht um viel«, sagte Cosimo, ohne von dem Mörser aufzusehen. Die Gewandtheit seiner Bewegungen verriet eine im Laufe vieler Jahre erworbene Meisterschaft, erworben hinter dem Rücken seines Vaters Giovanni di Bicci, der sich stets gefragt hatte, warum sein Nachfolger sich immer wieder aus rätselhaften Gründen zurückzog. Cosimo, ein frommer Christ und den Heiligen treu ergeben, hatte nie den Mut gefunden, ihm zu gestehen, dass ihn schon seit seiner frühesten Jugend Strömungen aus dem Orient angezogen hatten. Dieselben Strömungen von Philosophie und Mystizismus, denen auch sein zwielichtiger Zwillingsbruder Damiano erlegen war.

Cosimo stellte den Mörser auf dem Tisch ab und prüfte den Inhalt im Schein der Kerzen. »Nicht um viel«, wiederholte er.

Diotifeci d'Agnolo nickte verhalten. »Ihr befehlt mir also, eine arme Nonne zu bespitzeln, unter dem Vorwand, sie von ihrem Leiden heilen zu wollen.«

»Bespitzeln ist ein hartes Wort. Mir würde es schon genügen herauszufinden, wo sich dieser Dummkopf versteckt hält, dem ihre Gesundheit so am Herzen liegt.«

»Der Dieb?«

»Der Dieb, genau.« Cosimo gab das Pulver in ein Glasbehältnis, fügte Wasser hinzu und schüttelte es. »Vor einigen Tagen habe ich ihm befohlen, sich in Livorno einzuschiffen, auf eine bestimmte Galeere, aber meinen Informanten zufolge ist er nie an Bord gegangen.«

D'Agnolo gab sich verärgert. »Wer besitzt die Dreistigkeit, Euch nicht zu gehorchen?«

»Ein Teufel mit weiß gesträhntem Haar«, antwortete Cosimo versonnen, als wäre dessen Gesicht in der gelben Flüssigkeit des Gefäßes aufgetaucht. »Ein Teufel, hinter dem bereits jeder Soldat der Stadt her ist, außerhalb und innerhalb ihrer Mauern, auch wenn ich fürchte, dass dies zu nichts führen wird. Deshalb ist es mir so wichtig, die Äbtissin von Santa Faustina überwachen zu lassen.«

Ehe d'Agnolo noch etwas hinzufügen konnte, öffnete sich eine kleine, hinter einem Wandteppich verborgene Verbindungstür, und eine dritte Person betrat das Zimmer.

»Mastro Vitelli!«, fuhr Cosimo ihn an, dessen Miene sich verfinsterte. »Mir scheint, ich hätte Euch verboten, diesen Ort zu betreten.«

»Ich bitte Euch um Vergebung, aber ich fürchte, die Angelegenheit erfordert absolute Diskretion«, sagte Vitelli.

»Welche Angelegenheit?«, fragte Cosimo, während er d'Agnolo mit einer Geste verabschiedete.

Vitelli wartete, bis der Arzt sich eilig entfernt hatte. »Hat Euer Gnaden schon von dem Mönch gehört, der an einem Baum erhängt wurde?«

50

Palazzo Bruni
5. Mai

Unentschlossen drehte Bianca den Schlüssel zwischen ihren Fingern hin und her. Sie saß auf einem Weidenstuhl unter den Bögen der Loggia und blickte auf den Garten. Seit zwei Tagen kreisten ihre Gedanken nur um diesen Gegenstand. Sie vernachlässigte darüber die Bücher und das Essen, ja sie unterließ es sogar, mit Angelo zu streiten. Nur auf eines hätte sie niemals verzichtet: die Begräbnisfeier für Pater Montano. Sie hatte diese von einer der hintersten Bänke von Santa Trìnita aus verfolgt, und ihre Gedanken kreisten währenddessen nur um den gewaltsamen Tod ihres Beichtvaters, sodass die Trauer um ihn in den Hintergrund rückte. Die Erinnerungen an die Perlen von Malabar, die beiden Morde, die in Zusammenhang mit dem Kloster der Vallombrosaner standen, und Niccolò Vitelli, der etwas verschwieg, hatten sich zu einer Art Netz verwoben, in dem sich jeder ihrer Gedanken verfing, sodass sie über nichts anderes nachdenken konnte.

Besessenheit, so hatte Angelo es genannt. Eine dieser Launen, die die Frauen von Zeit zu Zeit aufgrund der Natur ihrer Körpersäfte befiel, schließlich reagierten sie empfindsam auf den Mondzyklus und den Wechsel der Jahreszeiten.

Dabei erging es Angelo nicht anders. Die Sache mit den Perlen hatte sich bei ihm inzwischen zu einem regelrechten Wahn ausgewachsen, der ihn sogar bis in den Schlaf verfolgte. Früher hatte Bianca ihn nie wie jetzt mitten in der Nacht durch den Palazzo wandern hören, mit schweren Schritten, die sich rastlos mal hierhin, mal dorthin schleppten und meist im Arbeitszimmer seines Vaters endeten. Bianca stellte sich vor, wie er sich dann am Schreibtisch über die Landkarten des Ptolemäus beugte, die Routen in den Portolanen studierte und die Reiseberichte der Wagemutigen verschlang, die die Küsten Indiens besucht hatten.

Und es war nicht nur die Gier nach Reichtum, die ihren Cousin umtrieb. Bianca hatte diese unbestimmte Sehnsucht bereits als Kind in den Erzählungen ihres Onkels Giannotto wie auch in der Rastlosigkeit ihres eigenen Vaters Teodoro bemerkt. Es war, als ob das Meer, sobald es sich einmal im Kopf eines Mannes festgesetzt hatte, auf immer nach ihm riefe und mit seinen Gezeiten die Phantasie und Sehnsüchte anregte und auf diese Weise einen unersättlichen Drang weckte zu erfahren, was jenseits des Horizonts lag.

Und nun, da dieser Lockruf des Meeres auch Angelo erfasst hatte, fühlte Bianca sich unglaublich einsam. Vor allem, nachdem sie Niccolò Vitelli von den Perlen aus Malabar erzählt hatte. Sie hatte zwar nur eine kurze Andeutung gemacht, um ihn durch die Aussicht auf Reichtum von seiner Begierde abzulenken. Doch dass sie nun durch dieses Geheimnis mit diesem Mann verbunden war, behagte ihr gar nicht.

Sie betrachtete wieder den Schlüssel und hielt den Griff gegen das Licht – einen Ring, in den ein Kreuz mit vier gleich langen Armen eingearbeitet war. Niemand konnte sagen, ob der Schlüssel wirklich Montano da Bagnone gehört hatte oder seinem Mörder, ebenso gut konnte er auch schon lange vor dem Mord dort im Gras gelegen haben. Im Grunde war er kein richtiger Anhaltspunkt. Sie konnte nur vermuten, dass das Kreuz im Schlüsselgriff auf einen heiligen Ort hindeutete, wahrscheinlich eine Kirche.

Vielleicht Santa Trìnita?

Auch dafür gab es keinen Beweis, dennoch war Bianca überzeugt, dass Montano ein Geheimnis hütete, das mit den sich überschlagenden Ereignissen der letzten Zeit zusammenhing. Ganz so, wie es dieser heimtückische Vitelli nicht eben taktvoll angedeutet hatte. Warum sonst war Montano eines so grausamen Todes gestorben?

Stimmen aus dem Inneren des Hauses rissen sie jäh aus ihren Gedanken.

Bianca stand auf und ging zum Eingang, wo ein Diener mit jemandem sprach. Es handelte sich um Teofilo Capponi, der Gewänder von solcher Eleganz trug, dass sich selbst jemand, der die Luxusgesetze eher großzügig auslegte, darüber empört hätte.

»Mein Cousin ist nicht zu Hause«, sagte Bianca sogleich und unterließ es absichtsvoll, ihn zu begrüßen. »Ihr findet ihn in der Bank im Viertel Santa Croce.«

»Ich bin nicht wegen Eures Cousins gekommen«, sagte Capponi lächelnd. »Obwohl ich seine Erlaubnis eingeholt habe.«

Mit kaum verhohlenem Widerwillen beobachtete sie, wie er näher kam. »Welche Erlaubnis?«

»Euch meine Verehrung zu erweisen«, erwiderte Capponi. Er zog einen Zipfel seines prächtigen Umhangs beiseite, sodass man in seiner rechten Hand eine Schatulle sah.

»Was bedeutet das?«, fragte Bianca und wich zurück.

»Ein Geschenk.«

Bianca wusste nicht, was sie mehr anwiderte, sein aufdringliches Lächeln oder der Klang seiner Stimme. »Ich danke Euch, aber ich lehne ab.«

Capponi trat noch einen Schritt vor. »Seid Ihr denn nicht ein wenig neugierig?«

»Neugierig macht mich etwas ganz anderes.«

Capponi öffnete dennoch die Schatulle und holte eine goldene Kette mit blutrot schimmernden Rubinen hervor. Bianca kam sie wie ein Pfeil vor, mit dem man nach ihr zielen wollte.

»Was erlaubt Ihr Euch, Messere!«

»Madonna, Ihr wirkt verwirrt«, spöttelte Capponi und gab sich freundlich. Sanft legte er ihr den Schmuck in die Hand. »Zeigt Ihr mir nicht wenigstens ein wenig Dankbarkeit?«

»Dankbarkeit? Wofür?«, gab sie zurück. »Für dieses elegante Zaumzeug?«

Capponi erstarrte, sein Lächeln wich einer wütenden Grimasse. »Ihr habt kein Recht, mich so zu behandeln.«

»O nein, Ihr seid es, der hier keine Rechte hat. Ihr befindet Euch in meinem Haus, und dennoch wagt Ihr es, mich wie ein törichtes Weib zu behandeln.«

»Dies hier ist nicht Euer Haus«, stellte er fest. Seine Stimme klang plötzlich eiskalt. »Ihr seid hier nur Gast, geduldet zunächst von Giannotto Bruni und nun von seinem einzigen Nachkommen. Ihr seid eine Waise, eine junge, unverheiratete Frau, von der man sich erzählt, sie habe eine krankhafte Beziehung zu ihrem Cousin. Nun sagt, soll ich solchen Unterstellungen Glauben schenken oder nicht lieber annehmen, dass Ihr mir Eure Gunst schenkt?«

Anstatt sich von seinem Verhalten einschüchtern zu lassen, konterte Bianca noch bissiger: »Falls Ihr so dumm sein solltet anzunehmen, Ihr könntet mich mit ein paar Gerüchten in die Knie zwingen …«

»Versteht mich nicht falsch.« Capponi umschmeichelte sie nun wieder, falsch wie eine Schlange. »Ich bin ein Opfer Eurer Schönheit und bin als Sklave meiner Gefühle gekommen, um Euch einen Antrag zu machen, so wie es sich gehört.«

»Den Ihr mit meinem Cousin abgesprochen habt, nehme ich an.«

»Schickt es sich denn nicht so?«

»Vielleicht, um ein Komplott zu schmieden«, gab Bianca bissig zurück. Sie schäumte vor Wut, tiefer saß jedoch ihre Enttäuschung über Angelo. Sie konnte es nicht fassen, dass ihr Cousin ihr derart in den Rücken gefallen war und sie an den Höchstbietenden verhökert hatte, ohne ihr gegenüber je auch nur eine Andeutung gemacht zu haben. Wie der typische Feigling eben, der er war. Allein bei dem Gedanken daran bebte sie vor Wut und dem Drang, ihm eine schallende Ohrfeige zu versetzen.

»Meint Ihr etwa, Ihr hättet in dieser Angelegenheit etwas mitzureden?«, fragte Capponi wütend. »Ich hätte Euch einfach nehmen können, ohne Euch groß zu umwerben. Stattdessen mache ich mich gerade vor Euch lächerlich, vor einer Frau, die sich so undankbar der Ehre gegenüber zeigt, die ihr zuteilwird.«

Das war der Tropfen, der das Fass zum Überlaufen brachte. Außer sich vor Zorn lief Bianca zu einem Kamin und griff sich einen Schürhaken. »Vielleicht wäre es besser gewesen, Ihr hättet Euch von Eurer brutalen Seite gezeigt«, fauchte sie und richtete den Haken drohend gegen ihn. »Dann hätte ich mich wenigstens mit allen Kräften gegen Euch wehren können.«

Sie rief einen Diener heran. »Messer Capponi möchte gehen.«

Wütend über ihre Worte stieß Capponi den Mann zu Boden, der ihn zum Ausgang geleiten sollte. »Ihr werdet mein werden!«, rief er zornesentbrannt. »So oder so werdet Ihr mir gehören!«

51

Eine Straße in den Apenninen

Tigrinus hatte Florenz auf der Ladefläche eines Pferdekarrens verlassen, gefesselt, geknebelt und unter einer dichten Schicht Stroh verborgen. Anfangs hatte er sich gehorsam Falenos Anweisungen gefügt, weil er davon überzeugt gewesen war, sich bei der erstbesten Gelegenheit befreien zu können. Aber nachdem er dies drei Tage lang vergeblich versucht hatte, musste er sich damit abfinden, dass der Söldner sein Handwerk beherrschte. Er war nicht nur ein Meister im Knüpfen von Knoten, sondern auch beim Täuschen der Grenzkontrollen.

Die Reise war ohne Zwischenfälle durch den Mugello bis zum Pass verlaufen, der sie hinunter ins Santerno-Tal bringen sollte. Da Tigrinus nur selten Gelegenheit hatte, nach draußen zu spähen, wusste er nicht genau, welchen Weg sie nahmen. Faleno erlaubte ihm erst nach Sonnenuntergang, aus seinem Strohversteck herauszukommen, um sich zu stärken und die Glieder zu strecken. »Es tut mir leid«, sagte er stets. »Aber es muss sein.«

Tigrinus hatte daran keine Zweifel. Faleno wirkte auf ihn wie ein Soldat vom alten Schlag, ein Mann, der hartnäckig an einem Rest Ehrgefühl festhielt, den er sich aus seinem Söldnerleben erhalten hatte. Sich loyal zu verhalten, gehörte für ihn nicht einfach nur zum guten Ton des allgemeinen Umgangs miteinander, sondern stellte für ihn die Versicherung dar, dass er sich einen Funken Würde bewahrt hatte, selbst dann, wenn er sich von verachtenswerten Menschen anheuern ließ, um Leben auszulöschen. Wie viel mochte es ihm daher bedeuten, jetzt im Dienst einer wohlanständigen Dame wie Bianca zu stehen? Wie ein Paladin, der treu seiner Herrin dient, hatte Faleno sich von ihr ein Paar Tauben erbeten, um sie im Falle von Widrigkeiten oder Planänderungen benachrichtigen zu können.

Tigrinus war beinahe neidisch auf diese zwei Vögel, die die ganze Zeit in ihren Käfigen vorn auf dem Kutschbock mitreisten. Faleno kümmerte sich so liebevoll um sie, als wären sie seine Kinder, und sorgte immer dafür, dass sie ausreichend zu fressen hatten und vor Zugluft geschützt waren.

»Was hast du vor?«, fragte Tigrinus ihn eines Abends, als sie sich am Lagerfeuer gegenübersaßen. »Mästest du sie, damit du sie irgendwann am Spieß braten kannst?«

»Da wäre es wohl besser, ich würde dich verschlingen«, knurrte Faleno und schob sich eine Scheibe Trockenfleisch in den Mund.

»Deine Treue dieser Frau gegenüber ist, gelinde gesagt, öde«, sagte Tigrinus. »Hast du wenigstens mal darüber nachgedacht, dass wir uns die Perlen teilen könnten?« Inzwischen hatte er es aufgegeben, bei Gelegenheiten wie diesen einen Fluchtversuch zu unternehmen. Faleno hatte ihm nicht nur sein Geld und die Cinquedea abgenommen, sondern behielt immer seinen Dolch in Griffweite.

Faleno zuckte mit den Schultern. »Sie gehören uns nicht.«

»Na ja, im Grunde genommen gehören sie deinen Herrschaften auch nicht. Die wollen sie ihrem rechtmäßigen Besitzer stehlen.«

»Also dem Mörder«, stieß Faleno verächtlich hervor.

Tigrinus zwinkerte ihm zu. »Dann bist du doch nicht auf den Kopf gefallen und hast zugehört.«

»Jedes einzelne Wort, da kannst du sicher sein. Und ich habe beschlossen, dass ein Mörder nichts verdient hat.«

»Soll ich daraus schließen, dass du dich für deine Dienste nicht entlohnen lässt?«

»In meinem Fall ist es anders. Ich biete mein Können gegen Entgelt an.«

»Du bist sehr gut darin, dein Gewissen zu beruhigen.«

»Genau wie du.«

Tigrinus wurde unvermittelt ernst. Er sah Faleno auf der anderen Seite des Feuers an, diesen hünenhaften Kerl, als wollte er dessen Gedanken erraten, bis er endlich zu dem Schluss kam, dass er unbestechlich war. Hart und unbeweglich wie ein Fels. Er hätte sich eher töten lassen, als Madonna Bianca zu verraten. »Mach mich los, ich werde schon nicht fliehen«, sagte Tigrinus. »Ich bin es übrigens leid, unter dem Stroh zu reisen. Dort ist es stickig und heiß und voller Flöhe.«

Faleno schüttelte den Kopf.

»Du könntest mich doch auch am Bock festbinden«, versuchte es Tigrinus weiter. »Neben den Tauben.«

»Das geht im Moment leider nicht«, erwiderte Faleno mit einem Seufzen und kaute weiter auf seinem Trockenfleisch.

»Warum nicht?«

Faleno antwortete nicht gleich. Er warf sich das letzte Stückchen Fleisch in den Mund und spülte den Bissen mit einem Schluck aus der Korbflasche herunter, dann stand er auf und holte einen Strick. Wie jede Nacht band er Tigrinus nun an einem der Räder fest. »Während du sanft unter dem Stroh geschlummert hast, habe ich verdächtige Personen bemerkt«, sagte er düster. »Auf den ersten Blick sahen sie wie normale berittene Händler aus, aber sie hatten keine Reisesäcke oder mit Waren beladene Maultiere dabei. Als ich ihre Schwerter bemerkt habe, war mir alles klar: Das waren Stadtknechte aus Florenz.«

Tigrinus fühlte, wie es ihm den Magen zuschnürte. »Und das heißt?«

»Das heißt, mein Freund, dass wohl jemand nach dir sucht.«

52

Florenz, Hospital Santa Faustina

Assunta zwang sich, ruhig zu bleiben, während der Arzt sich über sie beugte und ein Ohr auf ihre Brust presste, um die Geräusche im Inneren ihres Körpers abzuhorchen. Eine solche Art von intimem Kontakt zuzulassen, vor allem durch einen Mann, fiel ihr nicht leicht, aber die fortschreitende Krankheit nahm ihr die Kraft, sich zu wehren. Sie saß auf dem Rand ihres Bettes in ihrem schlichten Baumwollhemd und versuchte, die Wärme und die Berührung des Fremden zu ignorieren, der sich allerdings äußerst rücksichtsvoll benahm.

Kurz schien Diotifeci d'Agnolo eins mit ihr zu sein, ein Wesen, das gierig ihren Atem verfolgte. Mit ein paar Handbewegungen forderte er sie auf einzuatmen, etwas zu sagen und dann zu husten, wobei er bei jeder ihrer Handlungen verstehend nickte, aber sich nicht weiter dazu äußerte.

»*Asthma sicca*«, sagte er schließlich und erhob sich.

Sie bedeckte sich sofort die Schultern mit einem wollenen Schal.

»*Orthopnoea*«, fuhr der Arzt fort, als redete er zu sich selbst.

»Ich kenne diese Ausdrücke nicht«, sagte Assunta, während er in einer Ledertasche wühlte, die er am Fuß des Bettes abgestellt hatte.

D'Agnolo holte ein Glasfläschchen hervor und gab daraus ein paar bernsteinfarbene Tropfen auf einen Holzlöffel. »Veilchensirup«, erklärte er ihr. »Das wird die Krämpfe lindern.«

»Ich ... Ich habe kein Geld, um Euch zu bezahlen.«

»Schluckt es einfach«, forderte er sie auf. »Die Person, die mich schickt, hat bereits alle Kosten beglichen.«

»Dieser Sturkopf ...«, murmelte Assunta und nahm die Tropfen ein.

»Warum schimpft Ihr?«, fragte d'Agnolo mit einem milden Lächeln. »Dass sich jemand um den Nächsten sorgt, ist in diesen Zeiten so selten geworden, dass Ihr Euch geschmeichelt fühlen solltet.«

»Das bin ich auch …« Assunta musste sich räuspern. »Ich wünschte mir bloß, dass dieser Junge mehr … Ach, wie soll ich sagen …

D'Agnolo nickte verständnisvoll. »Er wirkte auf mich sehr unstet«, sagte er und ließ erkennen, dass er gern weiter über ihn sprechen würde.

Doch wie jedes Mal, wenn es um Tigrinus ging, wechselte Assunta mit einem stoischen Seufzer das Thema. Sie zeigte auf das Fläschchen. »Glaubt Ihr … dass dieser Sirup genügen wird?«

»Leider nein«, erwiderte Diotifeci d'Agnolo ausweichend. »Ihr leidet an *Spiritus angustiae,* also einer Verengung des Brustkorbs, die durch andauernde Atemnot erschwert wird.«

»Orthopnoea.« Assunta wiederholte das vor Kurzem gehörte Wort, als wollte sie das Übel austreiben, indem sie den Namen aussprach.

»So ist es.«

»Und nun?«

»Gemäß den Anweisungen von Giovanni Plateario und Roger Frugardi solltet Ihr einen Balsam aus Lorbeer auf die Brust auftragen.«

Assunta schüttelte den Kopf. »Ich kann es mir nicht leisten …«

»Ich werde ihn Euch besorgen. Zusammen mit einem Präparat aus Kreuzkümmel, Steinquendel und Poleiminze, das Ihr, in Wein gekocht, einmal einnehmen solltet.«

»So viel Gewese um eine alte Frau …«, brummte Assunta. Nun wollte sie eigentlich bloß noch ihre Ruhe und machte Anstalten, sich in ihre Decken zu wickeln und hinzulegen.

D'Agnolo reagierte überraschend heftig auf ihre Worte, fast als hätte sie ihn persönlich beleidigt. »Meint Ihr etwa, dass

Gottvater Euch leiden sehen will?«, schimpfte er. »Dass er Freude an Eurer Krankheit empfindet?«

»Messere, ich wollte doch nicht …«

»Ich weiß, dass einige arme Dummköpfe Krankheiten annehmen, als wären sie ein Geschenk des Herrn, und dabei ganz vergessen, dass *er* uns gesund und vollkommen geschaffen hat. Es ist unsere Pflicht, uns so lange wie möglich in diesem Zustand zu erhalten und uns vor dem Verfall des Körpers und des Geistes zu schützen.«

»Mit dem Gebet«, erklärte Assunta.

»Mit der *Ars medicinae*«, widersprach d'Agnolo.

Assunta wollte gerade gegen den Hochmut des menschlichen Verstandes wettern, doch ein Hustenanfall zwang sie, zu schweigen und sich am Kopfende des Bettes zusammenzukrümmen.

D'Agnolo legte diese Reaktion als Beweis seiner Worte aus. Er verneigte sich zum Abschied. »Noch ein Letztes«, fügte er an.

Da sie immer noch kein Wort herausbringen konnte, begnügte sich Assunta damit, ihre Augen zu schließen, in die der Husten Tränen getrieben hatte.

»Ich muss mit Eurem Tigrinus sprechen«, erklärte d'Agnolo vorsichtig. »Man hat mich für diesen Dienst übermäßig bezahlt, und ich würde ihm gern das Geld zurückerstatten, das er mir zu viel gegeben hat. Doch er scheint verschwunden zu sein. Wisst Ihr, wo ich ihn finden könnte?«

»Ich kann Euch darauf keine Antwort geben«, keuchte Assunta, die endlich wieder Luft bekam. Sie streckte sich auf ihrem Lager aus und legte den Kopf auf ihr Kissen. »Vielleicht könntet Ihr seinen Freund, den Zwerg, fragen«, sagte sie schließlich. »Ich habe Tigrinus mehr als einmal in seiner Gesellschaft gesehen, aber ich weiß nicht, wo er wohnt.«

53

»Bist du von Sinnen?« Wütend rieb sich Angelo die rote Wange.

»Du Unmensch!«, schrie Bianca und holte zur nächsten Ohrfeige aus. »Du hast mich deinem Kumpan im Tausch gegen einen geschäftlichen Vorteil versprochen?«

Angelo wich zurück. In den letzten Tagen hatte er stark zugenommen, sodass seine aufgedunsenen Wangen die dunklen Augenringe noch betonten. »Du sprichst davon, als wäre das ein Verbrechen.«

»Ist es das etwa nicht?«

»Ich habe etwas dafür getan, dir eine Zukunft zu sichern, das ist alles.«

»Überlass es mir, mich um meine Zukunft zu kümmern.«

»Wie denn! Du besitzt nichts und bist jetzt in dem Alter, in dem eine Frau sich entweder verheiratet oder ins Kloster geht.«

Bianca war fassungslos. Da lebte sie seit Jahren Seite an Seite mit diesem Mann, und auf einmal meinte sie, einen Fremden vor sich zu haben. Der brutale Überfall hatte ihn wohl stärker verändert, als sie dachte, aber das konnte nicht alles sein. Angelos Verwandlung musste noch andere Ursachen haben. »Du sprichst voller Groll«, erwiderte sie. »Habe ich dir vielleicht ein Unrecht getan?«

»Du verstehst das nicht«, sagte er ausweichend.

»Ach, aber du verstehst alles! Hast du es am Ende satt, eine Frau um dich zu haben, die dich an deine Pflichten erinnert?«

Angelo zog sich weiter zurück, den Rücken gebeugt, und wich ihrem Blick aus. »Ich … Lass mich in Ruhe.«

»Nein, du wirst mir jetzt eine Erklärung geben«, beharrte Bianca. »Das bist du mir schuldig.«

»Heute kommt Messer Capponi noch einmal«, sagte Angelo nur. »Und du wirst dich bei ihm entschuldigen.«

»Zum Teufel mit Messer Capponi«, zischte Bianca. »*Du* wirst dich bei ihm entschuldigen, und zwar dafür, dass du ihm solche Flausen in den Kopf gesetzt hast!«

Angelo fand endlich die Kraft, ihr ins Gesicht zu sehen. »Unsere Familie hat diesem Mann viel zu verdanken. Durch ihn habe ich Zugang zu Geschäften von einer Größenordnung gefunden, wie sie sich mein Vater nie hätte träumen lassen. Bald werde ich ausreichende Mittel haben, um unser Vermögen wieder aufzufüllen, und dann …«

Sie unterbrach ihn mit einem höhnischen Lachen. »Wenn es stimmt, was du sagst, warum bist du dann so von diesen verschwundenen Perlen besessen?«

»Ich dachte, das weißt du«, erwiderte Angelo beleidigt.

»Das kannst du jemand anderem weismachen. Dir geht es überhaupt nicht darum, Giannotto zu rächen. Du hast andere Interessen, und ich vermute, sie hängen mit den Geschäften zusammen, die du erwähnt hast.«

»Das lässt sich nicht so leicht erklären. Und das eine schließt das andere ja nicht aus.«

Es war weniger seine heuchlerische Antwort, die Bianca aufbrachte, als die plötzliche Erkenntnis, dass ihr Cousin Teofilo Capponi nachahmte. Er stand auf genau die gleiche Weise da, einen Fuß vorgeschoben und eine Hand in die Hüfte gestemmt. »Du hast Schulden gemacht, habe ich recht?«, warf sie ihm vor, woraufhin Angelo zusammenzuckte. »Schakale vom Schlage Capponis würden dich nie ohne irgendeine Form von Sicherheiten in ihre Gemeinschaft aufnehmen. Und da du derzeit nicht über ausreichend Bargeld verfügst, hast du dich an sie verkauft.«

Angelo erholte sich rasch von dem Schlag und reckte entschlossen das Kinn vor. »Du hast leicht reden, du hast ja nichts zu verlieren.«

»Du bist ein Dummkopf«, wetterte Bianca. »Was hast du ihm angeboten? Den Palazzo? Die Nutznießung der Bank?«

»Unsere Ländereien!«, schrie Angelo sie an und wedelte mit

der Hand, als wollte er ein lästiges Insekt verjagen. »Die Güter in Pisa und im Val d'Elsa!«

Endlich entdeckte Bianca Reue in seinem Gesicht. Sie beobachtete, wie er hin und her ging, begleitet von dem unangenehmen Klopfen seines Stocks auf dem Holzboden. Sie kannte diese Landgüter, ihr Onkel hatte sie dahin mitgenommen und ihr erzählt, dass dort der Aufstieg der Bruni begonnen habe. Die Legende einer Familie, die mit nichts angefangen hat. Erbittert verschränkte sie die Arme vor der Brust. »Die bekommst du nie mehr zurück.«

»Sie dienen doch nur als Sicherheiten«, wiegelte Angelo ab. »Es ist nur eine Frage der Zeit, bis ich sie auslösen kann. Und wenn wir unterdessen die Perlen aus Malabar finden …«

Das war der Tropfen, der das Fass zum Überlaufen brachte. »Du klammerst dich an eine Chimäre!«, schrie sie ihm ins Gesicht. »Mit dieser Suche willst du dich in die Riege von Marco Polo und anderen großen Entdeckern einreihen, dabei bist du nichts als ein Feigling, der sich hinter seinen Träumereien versteckt!«

»Schweig!«, unterbrach Angelo sie und hob drohend den Stock.

Unerschrocken baute sie sich dicht vor ihm auf. »Nur zu, schlag mich doch!«, forderte sie ihn heraus. »Ist es das, was du willst? Willst du auf diese Weise deinen Mut unter Beweis stellen?«

Angelo stand reglos da, den Bauch vorgereckt, die Arme zum Schlag erhoben. Ein Schatten von Begierde huschte über sein Gesicht, als wäre seine Reaktion nicht einfach nur von Wut diktiert, sondern von einem anderen, krankhafteren Trieb. Er zögerte lange, vielleicht um sich noch länger an dieser Illusion von Macht zu weiden, dann fasste er sich wieder.

»Ich bin kein Feigling, aber ich habe Verpflichtungen gegenüber Teofilo Capponi, und ob es dir passt oder nicht, ich werde ihnen nachkommen. Und zwar allen.«

Niccolò Vitelli suchte seinen Weg durch die Menschenmenge auf dem Mercato Vecchio und zwang sich, nicht an die Malabar-Perlen zu denken. Dieses launische Weibsstück hatte genau darauf geachtet, ihm nur das Nötigste zu enthüllen, um ihn auf ihre Seite zu ziehen. Aber er hatte genug Erfahrung, um sich den Rest denken zu können. Perlen, die mit einem Verbrechen oder vielleicht sogar zwei verbunden waren, eine Fracht im Bauch eines verschwundenen Schiffes. Bianca hatte ihm einen Teil der Perlen versprochen, sobald sie gefunden wurden, jedoch nur unter der Bedingung, dass der Tod ihres Onkels Giannotto gerächt würde. Doch Vitelli dachte nicht daran, so lange zu warten. Warum auch? Er glaubte, den fehlenden Teil der Geschichte nun zu kennen.

Tigrinus musste irgendwas damit zu tun haben.

Seine Anwesenheit in der Krypta von Santa Trìnita, als Giannotto Bruni ermordet wurde, besagte schon einiges, ganz zu schweigen von dem Interesse Madonna Biancas an dem Dieb und dem grässlichen Ende, das Montano da Bagnone gefunden hatte.

Dann war da noch die Sache mit diesem Söldner. Warum sollte eine Frau von Madonna Biancas Stand jemanden wie Faleno als Begleitschutz gewählt haben?

Je länger Vitelli darüber nachdachte, desto mehr kam er zu der Überzeugung, dass er nur durch Tigrinus die Wahrheit herausfinden würde. Und vielleicht sogar das Versteck der Perlen. Hätte er doch früher nur mehr Zeit gehabt, ihn zu verhören, als er ihn in seiner Gewalt hatte! Wenn er nur da schon etwas von der Existenz eines Schatzes oder geheimer Reichtümer geahnt hätte …!

Was soll's, sagte er sich. Das Schicksal wollte es, dass seine Interessen sich mit denen von Cosimo de' Medici deckten, wenn sie auch unterschiedliche Ziele verfolgten. Daher war es ihm recht, den Wünschen des Herrschers von Florenz zu entsprechen.

Er sah sich um und beobachtete ein paar Kinder beim Fangenspielen mitten in der Menge. Malacoda neben ihm gab ein kurzes Winseln von sich. Es würde schwierig sein, in diesem Durcheinander aus Menschen und Marktständen jemand Bestimmten zu finden.

Umso mehr, wenn diese Person wieselflink war und nur so groß wie ein Kind.

Doch Diotifeci d'Agnolo hatte sich unmissverständlich ausgedrückt. Vitelli hatte mitbekommen, wie er dem Medici gesagt hatte, dass man nach einem Zwerg suchen sollte.

Einem Zwerg namens Caco.

54

»Seid Ihr sicher, dass er nicht zu diesem Kloster gehört?«, fragte Bianca.

Der Mönch untersuchte den Schlüssel zum wiederholten Mal und gab ihn ihr zurück. »Ja, Madonna, solche haben wir hier nicht. Ich erkenne das vor allem an dem mit diesem Kreuz verzierten Kopf, seht Ihr? Wenn es solche bei uns gäbe, wüsste ich es.«

Bianca stand mit dem Schlüssel in der Hand da und blickte angestrengt zum Himmel, auf der Suche nach einer Eingebung. Sie stand vor dem Haupteingang von Santa Trìnita, und der Mönch, mit dem sie sprach, war nicht irgendein Vallombrosaner, sondern der Bruder Pförtner. Was Schlösser und Schlüssel betraf, war sein Wort wie das Evangelium. »Aber … betrifft das, was Ihr sagt, auch Möbelstücke wie Schränke oder Truhen?«, fragte sie zögernd.

Der Mönch schüttelte den Kopf. »Dieser Schüssel ist fraglos dazu gedacht, eine Tür zu öffnen. Nach dem Bart und den Einschnitten zu urteilen, muss es sich um eine Tür mit einem recht bedeutenden Schloss handeln.«

»Könnt Ihr das etwas genauer erklären?«

»Nein«, sagte er schmunzelnd. »Das könnte nicht mal der heilige Petrus.«

Bianca war nicht nach Scherzen zumute. Ihr kochte immer noch das Blut wegen der Auseinandersetzung mit Angelo, und die einzige Möglichkeit, Ärger und Kummer zu vertreiben, bestand darin, unnachgiebig mit ihren Nachforschungen fortzufahren. »Ihr stimmt mir doch sicher zu, dass er zu einem Klostergebäude gehört?«, hakte sie nach.

»Das Kreuz scheint darauf hinzudeuten, aber ein Beweis dafür ist es nicht. Wenn Ihr mir sagt, wo Ihr ihn gefunden habt, vielleicht …«

»Das würde nichts nützen«, sagte sie schnell.

»Es ist jedenfalls ein sehr alter Schlüssel«, fuhr der Pater fort, offenbar mit dem ehrlichen Wunsch, ihr behilflich zu sein. »Derart große sieht man heutzutage selten. Dieser ist allerdings bis vor Kurzem benutzt worden.«

»Woran erkennt Ihr das?«

»Der Rost hat nur den Halm angegriffen. Der Bart, der Teil, der in das Schlüsselloch eingeführt wird, ist dagegen glatt und glänzend geblieben wie eine Münze, die über Jahrzehnte von Hand zu Hand gegangen ist. Das Gleiche gilt für den Griff oder Kopf.«

»Nun, das ist immerhin etwas, nehme ich an«, sagte Bianca seufzend.

Der Bruder Pförtner machte Anstalten, sich zurückzuziehen. »Dann kann ich Euch nur viel Glück wünschen.«

Bianca wollte sich gerade verabschieden, da fiel ihr noch etwas ein. »Eine letzte Frage, wenn Ihr erlaubt.«

»Immer noch zu dem Schlüssel?«, fragte der Mönch ein wenig verärgert.

»Nein, zu einem Eurer Mitbrüder, Pater Montano da Bagnone.«

Der Mönch senkte den Kopf und bekreuzigte sich. »Gott lasse ihn eingehen in seine Herrlichkeit.«

Bianca tat es ihm nach. »Ich habe mich gefragt, was ihn am Tag seines unglückseligen Ablebens aus der Abtei geführt hat«, fuhr sie sogleich fort.

»Das ist kein Geheimnis. Er war zum Kloster von San Salvi unterwegs, um die Almosen einzusammeln. Vielleicht haben ihn Straßenräuber überfallen, in dem Irrglauben, irgendwelche Reichtümer bei ihm zu finden.«

Diese Antwort stimmte mit dem überein, was Niccolò Vitelli berichtet hatte, doch Bianca weigerte sich zu glauben, dass es sich nur um einen banalen, wenn auch brutalen Überfall gehandelt hatte. Pater Montano hatte Geheimnisse gehabt, und in seinen letzten Lebenstagen hatte er dies kaum verbergen können. Bianca erinnerte sich gut daran, wie er sich vorsichtig umgesehen hatte, als er sie bei ihrer letzten Begegnung verabschiedete. Als fürchtete er, belauscht zu werden. »Und ist er allein gegangen?«, fragte sie nach.

»Er wollte das so«, erklärte der Bruder Pförtner knapp und runzelte die Stirn. »Aber was interessiert Ihr Euch für diese Angelegenheit?«

»Verzeiht, aber der ehrwürdige Pater Montano war mein Beichtvater, und … und ich kann mich nicht mit seinem Tod abfinden und auch nicht mit der brutalen Gewalt, mit der dieser herbeigeführt wurde.«

»Keiner unserer Mitbrüder kann das, meine Tochter.« Die Stimme des Mönchs klang wieder sanfter. »Uns bleibt nichts übrig, als den Willen des Herrn anzunehmen.«

Und die niederträchtigen Schurken zu jagen, die Blut auf diese Erde vergießen, dachte Bianca und verabschiedete sich mit einer raschen Geste.

Sie ging ein Gässchen an der Abtei entlang, bis sie zu einem Brunnen kam, der von Orangenbäumen umgeben war. Dort in deren Schatten wartete ihre Dienerin auf sie, und Bianca überredete sie, sie zum Platz des Viehmarkts am östlichen Stadtrand zu begleiten. Den Grund hierfür behielt sie für sich und schlug mit schnellen Schritten den kürzesten Weg ein, ohne sich um die zwielichtigen Gestalten zu kümmern, denen sie begegneten. Sie hatte im Moment ganz anderes im Kopf, zum Beispiel Teofilo Capponis unverhohlenes Interesse an ihr, auf das sie sich keinen Reim machen konnte. Sie war gewiss keine vermögende Erbin, die eine fürstliche Mitgift zu erwarten hatte, und auch keine Frau von hoher Geburt. Die einzige Erklärung war, dass Angelo diesem Mann mit einer seiner übertriebenen Versprechungen den Mund wässerig gemacht hatte, vielleicht in der Hoffnung, ihre Geschäftsbeziehungen zu festigen.

Daher baute sie darauf, die Glut ihres widerlichen Galans mit ernüchternden Argumenten löschen zu können. Eine Frau ohne jedes Vermögen, eine Waise, deren Vater erst kürzlich in Frankreich ums Leben gekommen war, wäre keine passende Gemahlin für ein Mitglied der Zunft der Geldwechsler und Bankiers, überhaupt für einen Mann, der es in der Geschäftswelt zu etwas bringen wollte. In Wahrheit eine betrübliche, ja fast dramatische Tatsache, aber in diesem Fall die einzige Möglichkeit, sich vor Capponis Antrag zu retten.

Ein stechender Stallgeruch signalisierte ihr, dass sie ihr Ziel erreicht hatte.

Die Luft flirrte gelblich unter der spätmorgendlichen Sonne, ein dichter Schleier aus Staub und Spreu lag in der Luft. Am Rand eines freien Platzes, der an die Stadtmauer angrenzte, stand eine große Zahl an Rindern, Maultieren und Pferden auf eingezäunten Koppeln, die unruhig mit den Hufen stampften. Mehr Lärm jedoch verursachten die Händler und Viehzüchter, die sich in Gruppen zusammenfanden und wie die Irren schrien, um ihre Tiere an den Meistbietenden zu verkaufen.

Bianca sah sich rasch um, um nicht von einem dieser Verrückten ins Visier genommen zu werden, und ging auf ein Grüppchen von Fuhrleuten zu, die mit ihren Wagen vor dem hiesigen Stadttor, der Porta alla Croce, warteten. Sie bedeutete ihrer Dienerin, sie solle zurückbleiben, und sprach einen der Männer an, um mit ihm den Preis für eine kurze Fahrt aus der Stadt hinaus auszuhandeln.

Der Fuhrmann, ein grobschlächtiger Kerl mit krausen Haaren, der nach Pferdemist stank, beugte sich verdutzt zu ihr vor, damit sie das Fahrtziel wiederholte.

»Zum Kloster San Salvi«, sagte Bianca, während sie voller Zuversicht an ihren geheimnisvollen Schlüssel dachte.

55

Angelo war inzwischen daran gewöhnt, allein zu essen. Er schlang seine Mahlzeit herunter, während er ins Leere starrte, verroht und ohne jeden Anstand. Daran war nur seine Cousine schuld, die sich immer weniger an die Tischzeiten hielt, obwohl ihm das, um der Wahrheit die Ehre zu geben, keineswegs missfiel. Das Alleinsein weckte in ihm ein ähnliches Gefühl, wie wenn er sich in seine Lektüre vertiefte, obschon sein Verstand dann dazu neigte, sich in dunkleren Abgründen zu verlieren. Und ihm kamen Gedanken, die von einem Fremden zu stammen schienen.

Von klein auf hatte er sich nichts sehnlicher gewünscht, als ein anderer zu sein. Zuerst wegen seines Aussehens und dann, als er heranwuchs, weil er in sich den Schwächling erkannt hatte. Die Abenteuer des Grafen Orlando, Alexanders des Großen und des Odysseus hatten ihm geholfen, diese Ängste zu unterdrücken, die manchmal, vor allem in Gegenwart des Vaters, quälende Ausmaße annahmen.

Die jüngsten Ereignisse jedoch hatten sein seelisches Gleichgewicht gestört und es ihm unmöglich gemacht, Zuflucht in einer Novelle oder einer *Chanson de geste* zu suchen. Er hatte nun neue Vorbilder. Teofilo Capponi und sein Freundeskreis hatten ihm eine faszinierende Welt eröffnet, bevölkert von Geschäftsmännern, die selbstsicher waren und einander unterstützten. Männern, die weit entfernt waren, mit Giannottos Verbissenheit und Argwohn zu agieren, sodass Angelo schon Zweifel gekommen waren, ob der finanzielle Niedergang der Bruni nicht zu einem beträchtlichen Teil der übertrieben abweisenden Haltung seines Vaters gegenüber diesen Leuten geschuldet war.

Als Angelo seine Mahlzeit beendet hatte, erhob er sich von der Tafel und schlenderte ins Arbeitszimmer. Ein großer Teil seiner Phantasiewelt lebte dort in den Bücherschränken und auf dem Tisch voller Landkarten fort. Er ignorierte einen Stapel Papiere, die die Bankgeschäfte betrafen – zu lästig, um sich während des Verdauungsprozesses damit zu befassen –, und begann, in seinem geliebten Ptolemäus zu blättern.

Diese Meere aus Papier, die Inseln aus Tinte – eine Reise, auf der man sicher sein konnte, sich nicht zu verirren.

»Dort findest du sie gewiss nicht, deine Perlen.«

Bianca stand aufrecht an der Tür, mit verschränkten Armen, stolz wie eine antike Göttin. Angelo musste gegen ein Gefühl ankämpfen, in dem sich Anziehung und Unbehagen mischten und das er als puren Ausdruck seiner Schwäche deutete. Er war ihr geradezu hörig geworden. Schon sie anzusehen, machte ihn befangen und ließ Wellen der Scham in ihm aufsteigen. Es schien unendlich lange her zu sein, seit er sie wie eine kleine Schwester behandelt und mit ihr in seligster Unschuld schwatzend die Zeit vertändelt hatte. Heute war ihm ihre Gegenwart genauso unangenehm wie früher die seines Vaters, vielleicht wegen ihrer Schönheit sogar noch etwas mehr.

»Ich habe gehört, dass Messer Capponi dich heute Vormittag aufsuchen wollte, aber du warst nicht da«, sagte Angelo.

»Besser für uns beide, meinst du nicht auch?«

»Unsere letzte Unterhaltung hat also nicht gefruchtet.«

»Warum denkst du nicht selbst daran, dich zu verheiraten, statt mich damit zu quälen?«

»Eine bessere Partie als ihn wirst du nicht finden.«

»Er ist widerlich.«

»Er ist unglaublich reich. Sagt dir das denn gar nicht zu?«

Bianca ging an den Regalen entlang und strich mit den Fingerspitzen über die Buchrücken. Angelo wusste genau, wie empfänglich sie für gewisse Argumente war. Geld und Annehmlichkeiten übten von jeher eine große Anziehungskraft auf sie aus, und Teofilo Capponi zu ehelichen, würde ihr beides verschaffen. Beides würde ihr einfach in den Schoß fallen.

Doch als sie wieder das Wort an ihn richtete, zeigte sich,

dass ihr etwas ganz anderes durch den Kopf ging. »Weißt du, wo ich heute gewesen bin?«, fragte Bianca.

»Danach zu urteilen, wie du gekleidet bist, mit dem dunklen Schleier und dem Medaillon mit dem Bild der Heiligen Jungfrau um den Hals, würde ich sagen, in der Kirche.«

»Zuerst in Santa Trìnita, danach im Kloster San Salvi.«

»So weit weg?«, rief Angelo. »Bist du von Sinnen?«

»Ich hatte meine Dienerin dabei. Außerdem habe ich mich den größten Teil des Wegs von einem Fuhrmann bringen lassen.«

»Was wolltest du in San Salvi?« Auf Angelos Stirn bildeten sich immer tiefere Falten.

»Ich war auf der Suche nach einem Türschloss, das sich hiermit öffnen lässt«, antwortete sie und zeigte ihm den alten Schlüssel. »Und da ich in Santa Trìnita kein Glück hatte, hielt ich es für eine gute Idee, nach San Salvi hinauszufahren.«

Angelo betrachtete nachdenklich ihre undurchdringliche Miene, dann den Gegenstand in ihrer Hand. »Den Schlüssel habe ich noch nie zuvor gesehen.«

»Ich habe ihn außerhalb der Stadtmauern entdeckt, an der Stelle, an der Pater Montanos Leiche aufgefunden wurde.«

»Weiß Mastro Vitelli davon?«

Bianca schüttelte den Kopf.

»Und?«, hakte Angelo nach.

»Und meine Ahnung war richtig«, sagte sie mit der gleichen Befriedigung, die sich auf dem Gesicht seines Vaters abzuzeichnen pflegte, wenn er ein gutes Geschäft abgeschlossen hatte. »Dieser Schlüssel dient dazu, die Tür einer bestimmten Kammer im abgelegensten Flügel des Klosters San Salvi zu öffnen. Eines Klosters, das Pater Montano regelmäßig in seiner Eigenschaft als Almosensammler besuchte. Nachdem man mir nach langem Drängen und der Übergabe einer ansehnlichen Spende Zutritt gewährt hatte, habe ich herausgefunden, dass er im Kloster sehr geschätzt wurde. Und dass der Mann, der in besagter Kammer gewohnt hat, ein Freund von ihm war. Tatsächlich hatte Pater Montano selbst die Mönche des Klosters darum gebeten, ihn bei sich zu beherbergen.«

»Ich verstehe nicht, worauf du hinauswillst«, brummte Angelo.

Bianca stützte sich mit beiden Händen auf den Schreibtisch. »Darauf, dass Pater Montano dort jemanden versteckt hat«, antwortete sie knapp. »Dieselbe Person, die ihn später höchstwahrscheinlich umgebracht hat.«

»Und wenn es so wäre? Was kümmert es dich?«

»Verstehst du denn nicht? Hier reden wir über den Mörder deines Vaters! Ich habe Grund zu der Annahme, dass es Pater Montano selbst war, der diesen an dem Tag, an dem Onkel Giannotto erstochen wurde, in die Krypta hinein- und später wieder hinausgelassen hat. Und ihn anschließend versteckt und beschützt hat. Den Grund dafür kenne ich im Moment zwar noch nicht, aber … aber warum sonst sollte der Pater eine solch abwehrende Haltung eingenommen haben? Warum hat er mir nicht ernsthaft geholfen, die Wahrheit herauszufinden? Meine Vermutung ist, dass er von Reue gepeinigt wurde oder, schlimmer noch, von Angst.«

Angelo hörte ihr mich wachsender Bewunderung zu. Weniger wegen der Entdeckungen selbst als wegen der Leidenschaft, mit der Bianca sie vorbrachte. Wieder einmal sagte er sich, dass sie eigentlich die rechtmäßige Erbin der Familie Bruni hätte sein sollen, doch diesen Gedanken bereute er sofort. »Dir fehlen die Beweise«, erwiderte er, nur um sie zu entmutigen.

Bianca stand ihm noch immer in stolzer Haltung gegenüber. »Ich habe nur einen einzigen Beweis, doch der genügt: den Mord an Pater Montano. Aus Gründen, die ich noch nicht durchschaue, besteht ein Zusammenhang zwischen seinem schrecklichen Tod und der Tatsache, dass er jemanden in San Salvi versteckt hat.«

Angelo beugte sich mit einem selbstgefälligen Lächeln zu ihr vor. »Schlägst du etwa vor, diese geheimnisvolle Person zu finden und zu verhören, wie wir es mit Tigrinus gemacht haben?«

»Wenn es doch nur so einfach wäre«, sagte Bianca seufzend. »Als ich in San Salvi ankam, war die Kammer dieses Mannes bereits leer geräumt, und keiner der Mönche des Klosters konnte mir seinen Namen sagen.«

»Ein Geist«, schlussfolgerte Angelo.

»Ein Geist, der uns jetzt vielleicht heimsuchen wird.«

TEIL 4

Der Lockruf des Meeres

56

Pass über die Apenninen
29. Mai

Die weißen Hänge der Berge schienen so nah, als könnte man sie berühren. Tigrinus versuchte vergebens, sich von dem Anblick nicht beeindrucken zu lassen, während ihm der kalte Wind in die Kleider fuhr. Beinahe sehnte er sich in sein Versteck im Strohhaufen hinten auf dem Karren zurück, aber nach drei Fluchtversuchen und einer Auseinandersetzung, die in Handgreiflichkeiten geendet hatte, war Faleno dazu übergegangen, ihn mit gefesselten Händen neben sich zu platzieren, um ihn besser im Auge zu behalten. Die Verfolger von Messer Cosimo – falls diese wirklich von ihm ausgesandt worden waren – hatten sich nicht mehr blicken lassen, und die Reise war aufs Angenehmste verlaufen, unterbrochen nur von einigen Begegnungen mit umherziehenden Händlern und Mönchen. Dennoch wollte Tigrinus sich immer weniger seinem Schicksal fügen. Er war es weder gewohnt, jemandem zu gehorchen, noch, lange Zeit ruhig dazusitzen, und die Vorstellung, einen weiteren Monat oder sogar noch länger an der Seite des wortkargen Söldners zu verbringen, erschien ihm fast ebenso schrecklich wie die Aussicht, ins Gefängnis zurückkehren zu müssen. Dazu kam, dass mit wachsender Entfernung zu Bianca das verschwörerische Gefühl von Vertrautheit abnahm, das ihn auf unerklärliche Weise mit dieser Frau verbunden hatte. Er begehrte sie zwar immer noch, aber vor allem meldete sich sein Freiheitsdrang.

Faleno hatte mehrfach bewiesen, dass er Tigrinus in Bezug auf Schläue das Wasser reichen konnte. Von ihnen beiden war er zweifelsohne der Stärkere, ganz zu schweigen davon, dass nur er eine Waffe hatte. Darüber hinaus verfügte er über die nicht zu unterschätzende Eigenschaft, dass er auch bei Nacht stets wachsam war. Noch so ein Relikt seiner Soldatenjahre, vermutete Tigrinus. Im Krieg lernte man, immer mit einem offenen Auge zu schlafen, um nicht von einem Angriff überrascht zu werden. Faleno verlor kein einziges Wort zu viel über sich und trug auch keine erkennbaren Erinnerungsstücke an seine kriegerische Vergangenheit.

Da Tigrinus nun also Zeit im Übermaß zum Nachdenken hatte, dachte er darüber nach, ob seine offensichtlich unangenehme Situation nicht auch einige Vorteile barg. Zunächst einmal: Er war der Kontrolle Cosimo de' Medicis entkommen. Auf dem Schiff, das er in Livorno hätte besteigen sollen, wäre ihm mit Sicherheit ein Spion gefolgt, der ihm später vielleicht in die Quere gekommen wäre und ihn daran gehindert hätte, seine Neugier in Bezug auf den schwarzen Abt zu befriedigen. Da er nun den Weg über die Apenninen nahm, konnte er sich fast in Sicherheit wiegen. Niemand wusste, dass er zwischen diesen unwegsamen Bergen unterwegs war, und hatte er erst einmal Venedig erreicht, würde er Faleno bestimmt irgendwie abschütteln und sich allein nach der Morea einschiffen können.

In ihrer dritten Reisewoche hatten sie nun die dem Orient zugewandte Gebirgsseite erreicht und lagerten in der Nähe eines Steilhangs, der zum Tal hin in steinigem Gelände auslief. Über ihnen erhob sich ein Felskamm, hinter dem noch ein letzter Abglanz des Tageslichts zu erkennen war. Sie sicherten den Karren am Wegrand, schlugen dahinter ihr Lager auf, um vor dem Wind geschützt zu sein, und machten ein Lagerfeuer.

Seit sie unterwegs waren, hatte Faleno sich geweigert, Herbergen für Pilger oder Gästehäuser von Klöstern aufzusuchen, um unangenehmen Fragen zu seinem Gefangenen aus dem Weg zu gehen. Was leider den Nachteil hatte, dass sie immer der Nachtkälte ausgeliefert waren und darüber hinaus ihr Essen gut einteilen mussten, sodass sie viel mehr Entbehrungen auf sich nehmen mussten als gewöhnliche Reisende. Beide hatten inzwischen eingefallene Gesichter, die unter dichten, kratzigen Bärten verschwanden. Untereinander verständigten sie sich überwiegend mit Gesten. Jeder Tag wurde mit dem stets gleichen Ritual aus Feuermachen und einem kärglichen Mahl aus altbackenem Brot und Käse beschlossen, das sie sich teilten.

Nachdem sie sich notdürftig gestärkt hatten, lehnte Tigrinus sich an einen Baumstamm an, die Hände gefesselt, und studierte die Karte des Berges Athos, die ihm Lionardo da Pistoia gegeben hatte. Dies war die einzige Habe, die ihm Faleno, der sich inzwischen um die Tauben kümmerte, nicht abgenommen hatte.

Tigrinus bewunderte jedes Mal erneut, wie viele Details Lionardo auf so einem kleinen Stück Pergament hatte unterbringen können, und er bemühte sich jeden Abend, sich im schwachen Lichtschein des Lagerfeuers eine weitere Einzelheit einzuprägen. Die lang gestreckte Halbinsel wirkte abweisend, über die ganze Länge zog sich ein Bergrücken, der auf der südöstlichen Seite steil abzufallen schien. Lionardo hatte die Erhebungen mit lauter kleinen, nach unten offenen Dreiecken gezeichnet, was den felsigen Charakter der Küsten – an denen es oft keine Ankerplätze gab – betonte. Eine wahre Einöde für Asketen auf der Suche nach der *Fuga mundi*. Klöster gab es mehr oder weniger über die gesamte Halbinsel verteilt. Tigrinus hatte sich die wichtigsten gemerkt, darunter das Kloster Megisti Lavra, das vor über fünfhundert Jahren der heilige Athanasios gegründet hatte, aber diese vielen überwiegend östlichen Namen hörten sich für ihn alle gleich an, und er brachte sie durcheinander.

Er hatte jedoch ohne Schwierigkeiten den Ort ausgemacht, an dem der schwarze Abt lebte. Dieser lag im Süden und glich eher einer Festung als einer heiligen Zuflucht, denn er hatte die Form eines Hufeisens, in dessen Mitte sich ein Turm erhob, und Tigrinus konnte sich gut vorstellen, wie von dessen Spitze aus Bogenschützen mit ihren Pfeilen mögliche Feinde ins Visier nahmen.

»Jetzt wirst du sie mir geben«, sagte Faleno da auf einmal und nahm ihm das Pergament aus der Hand.

»He, das ist Diebstahl!« Tigrinus richtete sich drohend auf. »Bis jetzt hast du sie mir doch auch gelassen, ohne Fragen zu stellen. Was hat sich geändert?«

»Hältst du mich etwa für einen Dummkopf?«, gab Faleno zurück. »Ich habe dich die ganze Zeit beobachtet, und da wir bald in Venedig sind, ist für mich jetzt der Moment gekommen, die Wahrheit über einige Dinge zu erfahren. Zum Beispiel über diese Karte. Ist sie der Grund, weshalb du immer wieder versuchst zu fliehen?«

Tigrinus versuchte, wieder in den Besitz der Karte zu gelangen. »Du musst bloß wissen, dass sie nichts mit den Perlen zu tun hat.«

»Du solltest lieber etwas redseliger werden.« Faleno hielt das Pergament in die Höhe, damit Tigrinus es nicht erreichen konnte.

Doch seine Hand erstarrte in der Luft, weil ein Pfeil knapp an seiner Nase vorbeipfiff, ihm die Karte aus der Hand riss und diese an einer Seitenwand des Karrens festpinnte.

Beide wandten sich schlagartig in die Richtung, aus der der Pfeil gekommen war, und bemerkten drei Gestalten, die über den Steilhang auf sie zukamen. In der nächtlichen Dunkelheit konnten sie nur die Zipfel ihrer Kapuzen und zwei glänzende Schwertklingen erkennen. Der Soldat, der ihnen am nächsten war, hielt dagegen eine schussbereite Armbrust im Anschlag.

»Die angeblichen Wanderer«, murmelte Faleno.

Als wollte er ihm zustimmen, zog einer der Angreifer seine Klinge über die Felsen, sodass die Funken sprühten. »Wir suchen einen Verbrecher namens Tigrinus«, rief er. »Ein Verbrecher, der aus Florenz geflohen ist!«

»Hier gibt es keinen Tigrinus!«

Der Mann mit der Armbrust näherte sich dem Feuer, zog einen Ast heraus und hob ihn hoch, um Tigrinus' Gesicht zu beleuchten. Faleno nutzte die Gelegenheit und stürmte vor, um ihn zu entwaffnen.

Die anderen beiden Angreifer reagierten sogleich. Rasch rutschten sie das letzte Stück des Abhangs herunter und rannten dann mit einem Kampfschrei und erhobenen Schwertern auf die beiden zu. Faleno hatte inzwischen den ersten Soldaten mit einem Schlag vors Brustbein bewegungsunfähig gemacht und hochgehoben, um ihn den steinigen Hang hinabzuwerfen, doch dann musste er sich umdrehen, damit ihn der nächste Angreifer nicht von hinten durchbohrte, dabei nutzte er den Armbrustschützen als Deckung. Der Angreifer musste zurückweichen, um seinen eigenen Gefährten nicht zu treffen.

Tigrinus schlug sich mit seinen gefesselten Händen so gut er konnte. Sein Gegner schien ihn nicht töten zu wollen, denn er zielte nur auf seine Beine, um ihn ins Straucheln zu bringen. So hüpfte und sprang Tigrinus herum wie bei einem absurden Tanz, bis er schließlich doch das Gleichgewicht verlor und zwischen Felsen und vertrockneten Dornbüschen auf den Knien landete.

»Ergib dich!«, befahl der Soldat. »Cosimo de' Medici verlangt nach dir!«

Tigrinus tat so, als wollte er um sein Leben flehen, aber dann packte er ein Bein seines Gegners und schickte ihn rücklings zu Boden. Rasch warf er sich auf ihn und versetzte ihm einen Schlag mit dem Ellenbogen, worauf der andere das Bewusstsein verlor. Während Tigrinus sich mit dessen Schwert seine Fesseln durchschnitt, sah er sich um, ob sich nun eine Fluchtmöglichkeit ergab.

Ein paar Schritte neben ihm kämpfte Faleno immer noch um sein Leben. Er hatte den reglosen Armbrustschützen auf den Boden geworfen und war nun in einen Nahkampf mit dem zweiten Soldaten verwickelt. Doch es sah ganz danach aus, als würde er gleich die Oberhand gewinnen.

Tigrinus drehte sich um und betrachtete das Lagerfeuer, die Tauben in ihren Käfigen und den Karren. Er lief hin, riss die Landkarte vom Pfeil ab und sprang auf den Bock.

»Wo willst du hin, verfluchter Mistkerl?«, schrie Faleno und lockerte kurz seinen Griff. Sofort wurde er mit einem Schlag in die rechte Seite bestraft.

Tigrinus trieb die Pferde mit der Peitsche an und konnte gerade noch hören, wie Falenos Schrei sich in der Dunkelheit über den Bergen verlor.

57

Florenz, Burella

»In dieser stinkigen Kloake halte ich es nicht länger aus!«

»Dann bezahlt mir mehr!«

»Ich habe dir bereits zu viel Geld in den Rachen geworfen, du komischer Affe!«

Caco schürzte als Antwort bloß die Lippen und gab obszöne Laute von sich. Er vermutete zwar, dass Lionardo noch mehr Geld versteckte, konnte sich aber nicht vorstellen wo. Die Kapuze und die Taschen der Kutte schloss er aus – dort hatte er schon gesucht, als der Mönch schlief –, daher konnte es nur irgendwo in dem Verlies verborgen sein, wo dieser angekettet war, in einem Spalt in den Wänden oder einem Loch im Boden. Denn immer wieder kam der Pater wie aus dem Nichts mit Geld an, um sich damit von ihm den einen oder anderen Gefallen zu erkaufen. Vor allem etwas zu essen, dazu eine Öllampe, eine Schüssel, um sich zu waschen, und Schreibzeug. So ganz allmählich verwandelte sich sein unterirdisches Gefängnis in eine Klosterzelle. Und das behagte Caco gar nicht. Er fühlte sich von allen hintergangen, nicht nur von Lionardo da Pistoia, sondern zuerst von Tigrinus. Dieser Verräter hatte ihn überredet, den Mönch zu bewachen, um dann selbst in Begleitung eines Unbekannten zu verschwinden. Gedulde dich, hatte er dabei bloß gesagt, du musst nur ein wenig Geduld haben, dann wirst du schon alles erfahren.

Zum Teufel mit der Geduld, dachte Caco. Inzwischen faulte ihm schon alles ab, weil er so viel Zeit dort unten in den Katakomben verbrachte. Aber auch wenn er selbst darunter zu leiden hatte, er würde Lionardo kein besseres Quartier verschaffen. Das war seine Art, sich zu rächen, eine andere Möglichkeit dafür blieb ihm ja nicht. Er würde den Alten so lange quälen, bis er den Spaß daran verlor, dann würde er ihn dort unten einfach sich selbst überlassen.

Warum sollte er sich auch weitere Mühe machen? Wenn Tigrinus zurückkam, würde er ihm eben erzählen, dass den Mönch ein plötzliches Fieber dahingerafft hatte, gegen das kein Kraut gewachsen war. Ein weiteres Opfer der schädlichen Ausdünstungen dieser unterirdischen Gewölbe.

Ehe er sich jedoch verdünnisierte, wollte Caco sichergehen, dass er aus Lionardo noch die letzte Münze herausgepresst hatte. Er hätte es niemals ertragen, wenn der Mönch ihn möglicherweise überlistet hätte. Und so harrte er weiter aus und piesackte ihn zu seinem Vergnügen.

»Wünscht Ihr eine weitere Ratte, ehrwürdiger Vater?«, sagte Caco und zeigte auf den kleinen Fleischklumpen, den er an einem Spieß briet.

Der Mönch, der sich in seine Nische zurückgezogen hatte, griff sich angeekelt an die Kehle. »Ich habe dir meiner Meinung nach genügend Geld in den Rachen geworfen, um Essen zu erhalten, das diesen Namen verdient.«

»Das Geld habe ich gestern ausgegeben, um auf Eure Gesundheit anzustoßen«, spottete Caco.

»Verfluchter Mistkerl! Soll das heißen, du bist gar nicht auf den Markt gegangen?«

»Aber ja doch! Ich gehe jeden Tag dorthin auf meinem Weg zum Bor...«

Ein plötzliches Geräusch ließ ihn verstummen.

Caco dachte zuerst an den dumpfen Knall einer Falltür, aber er war nicht sicher. Plötzlich waren all seine Sinne geschärft. Er löschte das Feuer und zischte dem Mönch zu, er solle keinen Laut von sich geben. Schritte hallten durch die Gänge. In welcher Entfernung, war schwer auszumachen. Caco schlich in die Richtung, aus der er das Geräusch vermutete, dann hörte er auch Stimmen. Männer, vielleicht zwei an der Zahl. Keiner klang wie Tigrinus.

Er zog das Stilett aus dem Gürtel und wartete im Dunkel

verborgen ab. Es kam ihm ziemlich ungewöhnlich vor, dass Strolche und Wegelagerer sich bis in diesen Bereich der Burella verirrt haben sollten. Hier waren die Gänge am verschlungensten und die Luft am schlechtesten. Wer auch immer es war, er suchte nach jemandem.

Angespannt, aber auch neugierig, wartete Caco, bis er schließlich einen flackernden Lichtschein ausmachte. Dann sah er ihre Schatten an der Wand. Vier, vielleicht sogar fünf Männer, etwa zwanzig Schritt von ihm entfernt. Sein Bauchgefühl sagte ihm, dass es Soldaten waren. Doch etwas anderes erschreckte ihn dermaßen, dass ihm das Blut in den Adern gefror. Hundegebell.

Caco machte kehrt und schlich zu seinem Gefangenen. »Schnell«, flüsterte er und löste mit zitternden Fingern Lionardos Fesseln. »Schnell, oder sie schnappen uns.«

»Weißt du, wer das ist?«, fragte Lionardo.

»Nein. Es sind viele, und … sie haben einen Hund dabei.«

Caco hasste Hunde. Wilde Tiere, so groß wie er, die ihm mir nichts, dir nichts das Gesicht zerfleischen konnten. Einmal, das war noch bevor er Tigrinus kennengelernt hatte, hatten ungehobelte Kerle ihn eingefangen und in einen Schweinestall geworfen, damit er dort zu ihrer Belustigung gegen Schweißhunde kämpfte. Wie durch ein Wunder hatte er überlebt, ja nicht einmal größere Verletzungen davongetragen, aber immer noch drehte sich ihm der Magen um, wenn er an das Knurren dachte und daran, wie die Tiere ihre Zähne in sein Fleisch geschlagen hatten.

»Schnell, schnell …«, wiederholte er.

Doch nach so langer Zeit ohne Bewegung versagten Lionardos Beine ihm den Dienst. Caco musste ihm aufhelfen und ihn am Arm hinter sich herziehen, doch dann fragte er sich, wieso er eine solche Last mit sich schleppte. Die Schritte kamen immer näher. Dazu hörte er das Tapsen von Pfoten, die eindeutig zu einem großen Tier gehörten.

Dessen Hecheln er direkt hinter sich zu hören glaubte …

In einem Anfall von Panik überließ Caco Lionardo sich selbst und rannte in einen Gang hinein, der aus dem Gewölbe hinausführte. Doch seine Beine waren kurz, und ihr merkwürdiger Gang reizte die Instinkte des Hundes. Er rannte so schnell wie möglich weiter, Tränen strömten ihm über das Gesicht.

Die Stimmen hatten sich zu lauten Rufen erhoben, deren Echo durch die Burella hallte. Wer auch immer in dieses Höllenloch herabgestiegen war, hatte den Mönch gefunden, und vielleicht würde derjenige nun nicht weitersuchen. Doch dieser verfluchte Köter gab nicht auf! Jetzt konnte Caco sogar schon dessen Atem in seinem Nacken wahrnehmen. Heiß und widerlich süßlich. Gleich würde er sich auf ihn stürzen.

Caco zwang sich, sich nicht umzudrehen. Wie durch ein Wunder gelang es ihm, nicht in einer Lache auszurutschen, um dann hinter einer Ecke einen Ausweg zu finden. Vor ihm lag eine Nische, vielleicht ein ehemaliger Abfluss, in der sich ein kleiner Winzling wie er verkriechen konnte. Er zwängte sich hinein und konnte gerade noch rechtzeitig die Füße einziehen, bevor der Hund sie erwischen konnte.

Erst da erkannte Caco, dass er sich in einer Sackgasse befand. Diese Nische führte nirgendwohin, sie war nur so weit in die Wand getrieben, dass er gerade so hineinpasste. Sofort zückte er sein Stilett, doch selbst der tapferste Kämpfer wäre vor dem Anblick zurückgeschreckt, der sich ihm bot.

Der Kopf, der sich in die Nischenöffnung gedrängt hatte, war so riesig wie ein Löwenhaupt und hatte riesige Fangzähne. Der Eingang zur Höhle wurde durch diesen Kopf komplett versperrt. Wie bei einer Sonnenfinsternis war es schlagartig dunkel geworden. Der Schreckensschrei aus Cacos Mund ging in einem Knurren unter, das die Luft erbeben ließ. Dann ein plötzliches Winseln und ein grauer Blitz.

Das Stilett hatte sich fast von allein bewegt. Ungläubig umklammerte Caco die Waffe, aber ihm blieb keine Zeit zum Nachdenken, denn der Hund steckte erneut seinen Kopf in die Öffnung und schnappte nach ihm.

Caco presste sich gegen die Wand und stieß wahllos auf Augen und Nase des Tieres ein. Wütend vor Schmerz, wich der Hund nicht zurück, sondern drängte immer näher an ihn heran. Caco nahm all seinen Mut zusammen und stieß ihm sein Stilett ins Maul in dem Versuch, den Gaumen zu durchbohren. Doch die Zähne schlossen sich über seiner Hand, bohrten sich ins Fleisch und waren drauf und dran, den Arm zu durchtrennen.

Caco empfand dies beinahe wie eine Befreiung. Der Schmerz war heftig, aber wie durch einen Zauber wich dadurch seine Angst. Nun war da nur noch Schmerz, und bald würde alles vorbei sein. Nie mehr kämpfen und Angst haben, verhöhnt, gedemütigt oder zerquetscht zu werden. Noch ein grausamer Moment, dann würde Ruhe einkehren. Oder besser gesagt, ewiges Dunkel.

Plötzlich jedoch fiel grelles Licht in die Öffnung, gefolgt von einer riesigen Pranke, die ihn bei den Haaren packte und aus seinem Versteck zog.

»Sag mir, Malacoda, was hast du in diesem Loch aufgespürt?«, rief eine brutale Stimme.

58

Piazza della Signoria
1. Juni

Angelo bog um die Ecke der Kirche Santa Cecilia und eilte mit großen Schritten zur Loggia dei Pisani. Es war ein sonniger Tag, und dass die Sonnenstrahlen das Gebäude am Rand der großen Piazza so herrlich umspielten, nahm er als gutes Omen. Einen kurzen Moment wirkte das Bauwerk auf ihn sogar größer als der Palazzo Vecchio, der hinter der Menschenmenge auf der anderen Seite des Platzes aufragte.

An diesem Morgen war Angelo Bruni in angenehmer Erwartung. Teofilo Capponi hatte ihn dringend in den Sitz der Geldwechslerzunft gebeten, um ihn über einige Entwicklungen zu unterrichten, die seine Geldanlage betrafen, was Angelo in einen Zustand unbändiger Freude versetzt hatte. Worum mochte es wohl gehen? Die Schiffe waren vor etwa zwei Wochen in See gestochen, und vielleicht konnte man schon erste Schätzungen darüber abgeben, was die Waren, die sie transportierten, auf den Märkten von Mallorca wert waren. Wenn er sich recht erinnerte, hatten sie zehntausend Ballen Seide geladen, die sich bald mittels eines geschickten Warenaustauschs in etwas weniger Sperriges, dafür umso Wertvolleres verwandeln sollten. Angelo hoffte auf Edelsteine und Elfenbeintruhen, denn diese Art von Waren liebten die Florentiner Wechsler, doch eigentlich hatte er keine klaren Vorstellungen außer der, unglaublich reich zu werden.

Er holte mit dem Gehstock forsch aus und schob seinen Bauch stolz durch die Menge bis zum Eingang der Loggia, während er sich freute, seine frühere Heiterkeit und Selbstsicherheit zurückgewonnen zu haben. Die Leute wichen vor ihm zurück, als würden sie seine Siegerlaune spüren, was seine Stimmung nur weiter hob.

Teofilo Capponi erwartete ihn draußen vor dem Gebäude in Gesellschaft seiner beiden Geschäftspartner. Er hatte sich mit einem schwarzen Lucco und einem gleichfarbigen Filzbarett weniger auffällig gekleidet als sonst. Nach einer knappen Verbeugung forderte er Angelo auf, ihn mit den anderen in eine Seitengasse der Piazza zu begleiten, die von einer Pergola überdacht war.

»Gehen wir nicht hinein?« Angelo deutete verwundert auf die Loggia dei Pisani.

»Wir sollten unsere Schwierigkeiten lieber für uns behalten«, erwiderte Capponi ernst.

Jetzt erst bemerkte Angelo die angespannten Mienen der drei. »Was ist geschehen?«

Capponi zögerte. »Unsere Galeeren, Messere. Sie hatten Mallorca noch nicht erreicht, als ein Sturm sie überraschte.«

»Die Galeeren mit der Seide?«

»Habt Ihr etwa noch andere auf der Reise?«, lachte einer der Geldwechsler, ein spindeldürrer Mann, bitter.

Obwohl Angelo auf einmal eine eisige Kälte durch die Eingeweide fuhr, stand ihm der Schweiß auf der Stirn. »Verzeiht mir, Messeri, aber ich begreife nicht ganz …«, stammelte er. »Sind die Schiffe gesunken?«

Capponi schüttelte den Kopf. »Sie sind am Zielort angekommen, und mit Erleichterung haben wir vernommen, dass die Mannschaft heil und gesund ist. Auch die Schiffe sind unbeschadet, weder Rumpf noch Segel oder Masten wurden in Mitleidenschaft gezogen. Was jedoch unsere Seide anbetrifft, ist Meerwasser in die Laderäume eingedrungen und hat sie unwiderruflich verdorben.«

»Konnte man rein gar nichts retten?«

»Nicht einen einzigen Ballen, wie es aussieht. Das Salz hat Farbe und Gewebe ruiniert.«

Angelo stützte sich an der Wand ab. Die Knie trugen ihn nur noch so eben, als wollten sie ihm gleich den Dienst versagen. Er konnte nicht glauben, dass wirklich ihm das zustieß. Doch nicht ihm, der sich jeden einzelnen Moment seiner neuen Geschäftskarriere genau ausgemalt hatte. Mit der er sich seinem Vater gegenüber beweisen wollte, der nie an ihn geglaubt hatte. Und so lebendig seine Träume gewesen waren, so brennend war nun das Gefühl seines Versagens. Was mache ich nun?, fragte er sich, als ihm bewusst wurde, wie wenig Möglichkeiten ihm blieben.

»Es tut mir leid.« Capponi war sofort an seiner Seite.

Angelo keuchte. »Welche Form von Entschädigung … können wir geltend machen?«, fragte er und klammerte sich an die plötzliche Hoffnung, wenigstens einen Teil des Geldes zurückzubekommen. »Unser Versicherungsvertrag … meine ich.«

Capponi wich verlegen zurück, als müsste er nach Worten suchen. »Die Route war so kurz und die Erfolgsaussichten so groß, dass unsere Reeder sich verleiten ließen, auf unnötige Kosten zu verzichten.«

»Unnötige Kosten?« Angelo erschrak. »Wollt Ihr damit etwa sagen, dass wir über keinerlei Deckung verfügen?«

»Ganz genau.«

»Das ist doch die Höhe!«, rief Angelo, der allmählich seine Fassung wiedergewann. »Warum habt Ihr Euch nicht an mich gewandt? Das ist doch mein Metier …«

Der dürre Wechsler musterte ihn spöttisch, dann wandte er sich an seine Begleiter. »Sein Metier, sagt er …«

Angelo packte ihn an einer Schulter und zwang ihn, ihm in die Augen zu sehen. »Habt Ihr etwas einzuwenden?«

»Ja, dagegen, dass Ihr in Angelegenheiten mitreden wollt, von denen Ihr nichts versteht«, erwiderte der Wechsler hochmütig. »Ist Euch klar, was wir von Euch halten? Nur auf Vermittlung von Messer Capponi wurde Euch das Privileg zugestanden, mit uns, den mächtigsten Händlern von Florenz, Geschäfte zu machen, und bei der ersten Schwierigkeit jammert ihr gleich wie ein Kleinkind!«

»Vielleicht handelt es sich für Euch ja um einen geringen

Verlust, aber ich riskiere mit diesem Geschäft meine Lebensgrundlage.«

»Ach, Ihr habt Euch übernommen, und jetzt gebt Ihr uns dafür die Schuld?«

»Nun ja, nein«, ruderte Angelo zurück, immer noch voller Wut. »Ich wünsche vielmehr, mit einer zweiten Fracht meinen Verlust wettzumachen.«

Der hagere Mann lächelte höhnisch. »Eine zweite Fracht wird es mit Sicherheit geben, keine Sorge. Verfügt Ihr denn über Mittel, mit denen Ihr sie finanzieren könnt?«

Angelo starrte ihn ungläubig an. »Ihr habt doch meine Ländereien als Sicherheit, genügen sie etwa nicht?«

»Die haben gerade ausgereicht, um die erste Reise zu finanzieren. Wir werden einige Jahre brauchen, bis wir den Verlust damit ausgeglichen haben.«

»Wollt Ihr damit etwa sagen ...«

»... dass sie Euch nicht mehr gehören, Messere.«

Diese Nachricht war ein weit größerer Schock als die erste. Angelo verlor die Beherrschung. »Das ist absurd«, protestierte er. »Einfach so? Ohne dass ich etwas dagegen tun kann?«

»Ihr könntet sie mit Geld auslösen«, verhöhnte ihn der andere Wechsler. »Aber wenn Ihr Euch von dem Wenigen trennt, das Euch bleibt, dann sagt Lebewohl zu Eurer Bank.«

»Vielleicht möchtet Ihr ja eine Filiale an uns abtreten«, sagte der dürre Wechsler. »Natürlich nur, wenn sie über eine gesunde Basis verfügt.«

»Was noch?« Angelo keuchte so laut, dass er damit die Aufmerksamkeit der Umstehenden auf sich zog. »Möchtet Ihr vielleicht auch noch mein Blut?«

»Mein Freund, jetzt beruhigt Euch doch.« Capponi trat wieder an ihn heran. »Es wird sich eine Lösung finden, habt nur Vertrauen.« Er machte Anstalten, ihn weiter in die Gasse hineinzuziehen, damit man sie von der Piazza aus nicht mehr sehen konnte.

Überwältigt von Wut und Verzweiflung sank Angelo in die

Knie. »Messer Teofilo …«, stieß er mit Tränen in den Augen hervor. »Wie konnte das geschehen? Ich habe Euch vertraut, ich hatte Euer Wort …«

Capponi beugte sich über ihn und nahm seine Hände. »Die Unbill des Lebens macht uns stark. Nun kommt, stützt Euch auf mich.«

»Ich danke Euch«, sagte Angelo und hob seinen Stock auf.

Capponi wartete, bis Angelo sich wieder erhoben hatte, dann deutete er auf seine Begleiter. »Diese Herrschaften hatten nicht vor, Euch zu beleidigen«, sagte er betroffen. »Ihr müsst verstehen, mein Freund, sie sind ebenso bestürzt wie Ihr. Keiner verliert gern Geld.«

»Ihr habt recht«, gab Angelo zu. »Aber ich habe heute viel mehr als das verloren.«

59

Städtisches Gefängnis Le Stinche

»Gesteh, du ekelhafte Missgeburt!«

»Ich habe Euch schon gesagt, dass ich nichts weiß.«

Vitelli packte Caco bei den Haaren und schob ihn an der Wand hoch, bis er ihm direkt in die Augen sehen konnte. Der schmächtige Körper war eine einzige Ansammlung von Blutergüssen und Wunden, die schlimmste davon hatte ihm Malacoda an der rechten Hand zugefügt. Sie war nur noch ein blutiger Klumpen, aus dem die verkrümmten Finger hervorsahen.

Vitelli ließ seine seltsame Jagdbeute hin- und herschwingen und ergötzte sich an Cacos schmerzverzerrter Miene. »Das heißt, du hast dich aus purem Vergnügen mit dem Mönch dort in die Burella zurückgezogen?«

»Ich ...«, stammelte Caco leise. »Ich ... weiß nicht, warum ich das getan habe.«

»Noch so ein Unsinn, und ich hetze meinen Hund wieder auf dich, damit er dir noch ein Bein zerfleischt.«

»Nein ... nicht den Hund!«

»Dann mach das Maul auf!«, schrie Vitelli wütend und ließ ihn brutal auf einen Tisch fallen. »Ich weiß, dass Tigrinus dahintersteckt. Er hat den Mönch vor einigen Wochen in den Wäldern bei Marsciano überfallen und entführt, der Mann heißt Lionardo da Pistoia und war bis heute wie vom Erdboden verschluckt.«

»Nun, wenn Ihr schon alles wisst, wozu braucht Ihr mich dann?«

Vitelli stützte sich mit einem Unterarm auf Cacos Brust und erdrückte ihn schier mit seinem Gewicht. »Tatsächlich frage ich mich das langsam auch«, sagte er und setzte eine nachdenkliche Miene auf.

Cacos Gesicht wurde tiefrot, während er nach Luft schnappte. »Das heißt …?«, stieß er keuchend hervor.

Vitelli machte keine Anstalten, den Arm fortzunehmen. »Das heißt, wenn du mir nichts Neues zu erzählen hast, lasse ich dich hier drinnen schmoren, bis du krepierst.«

Gefangen in diesem menschlichen Schraubstock, trat Caco vor Anstrengung Schaum aus dem Mund. »Aber ich … habe doch nichts getan …«

»Glaubst du etwa, einen Mann in den Burella anzuketten und dort gefangen zu halten, sei nichts?«

»Tigrinus … hat mir nicht gesagt … warum ich das tun soll.«

Als er das hörte, richtete sich Vitelli ruckartig auf und befreite Caco von seinem Gewicht. »Aber irgendetwas wird er dir doch gesagt haben!«

Von einem Hustenanfall gekrümmt, rollte sich Caco zur Seite. Blut und Schleim landeten auf dem Tisch, sein Brustkorb kam ihm vor wie ein zerquetschter Weidenkorb. »Nur sehr wenig … das könnt Ihr mir glauben.«

»Dann noch mal ganz von vorn, nur zur Sicherheit! Hat er dir erzählt, wohin er will?«

»Nein, nein … Wie oft muss ich das noch wiederholen?«

»Bist du sicher, dass er nicht von einer Intrige gesprochen hat?«

»Wiederum nein, Messere …«

Vitelli packte ihn, drehte ihn wieder brutal auf den Rücken und rammte ihm seine Faust in den Bauch, sodass Caco sich mit einem unterdrückten Klagelaut wieder zusammenkrümmte. »Und was ist mit den Perlen?«, zischte Vitelli ihn drohend an. »Hat er dir sogar die Perlen verschwiegen?«

Überraschung blitzte in Cacos schmerzverzerrtem Gesicht auf. »Perlen? … Was für Perlen?«

60

Cafaggio, Kloster San Marco

Cosimo de' Medici bat Lionardo da Pistoia in seine persönliche Zelle und schickte die Wache fort, die ihn begleitet hatte. Er schloss die Tür hinter ihm, verschränkte die Hände hinter dem Rücken und betrachtete seinen Gast mit einem zuvorkommenden Lächeln. »Ich hoffe, diese Räumlichkeiten sind Euch angenehmer als die, in denen man Euch entdeckt hat.«

»Sicherlich ist es angenehm hier«, gab Lionardo da Pistoia zurück. »Wäre da nicht Eure Anwesenheit.«

»Ach, kommt, flöße ich Euch solche Angst ein?«, sagte Cosimo spöttisch.

Lionardo schob einen Zipfel seiner zerrissenen Kutte beiseite und setzte sich auf einen Stuhl. »Ich fürchte Euch nicht, Messere. Aber ich kenne Euer Wesen, und ich verachte es.«

»Eine ganze Stadt wäre bereit, Euch zu widersprechen«, bemerkte Cosimo, ohne das Gesagte als Kränkung aufzufassen.

»Das gemeine Volk ist leicht zu beeinflussen. Und was die Philosophen und Künstler angeht, da heißt es, sie hängen an Eurem Geldhahn.«

»Ihr vergesst die Kaufleute, die Handwerker und die Geldwechsler.«

»Ihr seid ein Puppenspieler, der viele Fäden in der Hand hält«, sagte Lionardo durchaus bewundernd. »Und eigentlich glaube ich sogar, dass Ihr, indem Ihr Eure Macht vergrößert, wirklich Gutes für Florenz tut. Doch dies ändert nichts daran, dass Euer Handeln ziemlich undurchsichtig ist. Nein, sogar rätselhaft.«

Cosimo musterte Lionardo weiterhin mit undurchdringlicher Miene. »Sollte ich etwa all meine Angelegenheiten offenlegen?«

»Im Prinzip nur die, die Florenz betreffen, obwohl ich begreife, dass sie in Eurem Fall so eng mit Euren persönlichen Interessen verflochten sind, dass alles eins ist.«

Nun gab Cosimo seine starre Haltung auf, nahm einen Stuhl und setzte sich Lionardo gegenüber.

»Wäre mir bewusst gewesen, dass Ihr von so engstirniger Moral seid, hätte ich Euch dort gelassen, wo Ihr wart. Wollt Ihr mir etwa Vorwürfe machen, weil ich meine Umgebung so gestaltet habe, dass sie mir freundlich gesinnt ist?«

»Ich bin nicht gekommen, um mit dem Finger auf jemanden zu zeigen«, erklärte Lionardo steif. »Ich habe meine Pflicht erfüllt.«

»Ihr meint dem schwarzen Abt gegenüber?«

»Nein, ich meine Tigrinus gegenüber.«

Cosimo schnaubte verächtlich. »Ihr nennt seinen Namen so vorwurfsvoll, als hätte ich mich nicht an meinen Teil der Abmachung gehalten. Stattdessen hat *er* zum wiederholten Male zu Betrug und Täuschung gegriffen. *Er* hat mich hintergangen. Warum hat er Euch mit einer falschen Kopie des Buches hierhergeschickt? Und warum die Reise zu Bessarion? Ich sollte der Einzige sein, der davon weiß, so war es abgemacht.«

»Soweit ich weiß, lautete die Abmachung, dass Ihr Tigrinus vor Gefahren beschützen sollt, und dazu gehört sicher nicht, ihm den Auftrag zu erteilen, er solle wie ein Räuber einen Wagen überfallen. Und weiterhin lautete sie, dass Ihr den Jungen so aufziehen lasst, dass Florenz ihm eine gute Stiefmutter und keine Feindin ist.«

»Ich sehe, Ihr wisst genau Bescheid. Oder zumindest glaubt Ihr es zu wissen.«

»Der schwarze Abt hat mir alles erzählt, bevor er mich als seinen Boten ausgesandt hat. Er hegte den Verdacht, dass Ihr Euch nicht an die Abmachung halten würdet, und deshalb hat er mit meiner Hilfe und der von Kardinal Bessarion beschlossen, mit dieser Inszenierung die Lage zu klären.«

»Der schwarze Abt weiß überhaupt nichts«, rief Cosimo

aufgeregt. »Tigrinus hat sich selbst zu einem Leben in Schimpf und Schande entschlossen, aber wie Ihr feststellen konntet, ist er zu einem gesunden und starken Mann herangewachsen.«

»Und ist voller Hass auf Euch«, fügte Lionardo hinzu.

Cosimo war nicht gewillt, sich in solchen Wortgefechten zu verlieren, und sprang verärgert auf. »Darf ich vielleicht erfahren, wo ich gefehlt habe?«, fragte er in aggressivem Ton.

»Der schwarze Abt hat Euch auf die Probe gestellt«, erklärte Lionardo und wirkte dabei keineswegs eingeschüchtert. »Ihr hättet Tigrinus nur mit einer Botschaft zu Kardinal Bessarion schicken müssen, dann wäre Euch die Smaragdtafel übergeben worden. Ihr dagegen habt auf die übelste Weise gehandelt.«

»Und ich habe geglaubt, ich würde von Euch wer weiß was für Geheimnisse erfahren«, sagte Cosimo höhnisch, dessen Gesicht sich immer mehr verfinsterte. »Dabei seid Ihr nur ein armseliger Köder.«

»Und Ihr habt angebissen.«

Cosimo tat, als hätte er dies nicht gehört, und lief aufgebracht in der Zelle auf und ab. Sein Blick schweifte über die Bücherregale und Fresken, doch sie bereiteten ihm kein Vergnügen. Schließlich wurde seine Aufmerksamkeit auf einen Stapel Pergamente gelenkt. »In Eurem unterirdischen Gefängnis wurden auch Schriftstücke gefunden«, erklärte er mit neu erwachter Entschlossenheit. »Ich nehme an, dass sie von Euch stammen. Sie lesen sich wie Reiseberichte.«

Lionardo nickte. »Ich habe einige Dinge aufgeschrieben, um mich vor der Langeweile zu bewahren … und vor diesem verfluchten Zwerg.«

»Sie beschreiben eine Reise bis nach Mazedonien, doch dann bricht der Bericht ab. Ohne irgendeinen Hinweis auf den schwarzen Abt.«

»Weil ich ihm erst danach begegnet bin«, erklärte Lionardo. »Er bot mir Unterschlupf bei sich an, und als er entdeckte, dass ich aus der Toskana stamme, bat er mich, Teil seines Plans zu werden.«

»Und wo geschah dies alles?«

»Bei ihm, wie ich Euch schon gesagt habe.«

»Treibt keinen Scherz mit mir. Ich will wissen, *wo* sich diese falsche Schlange verbirgt.«

Lionardo da Pistoia sah ihn mit gerunzelter Stirn an. »Um ihm Spione oder gar Mörder auf den Hals zu hetzen?«

»Um das zu bekommen, was mir zusteht«, berichtigte Cosimo ihn.

»Dann gebt Euch keine Mühe, Messere«, sagte Lionardo lachend. »Ich darf keiner Menschenseele den Ort verraten, wo sich der schwarze Abt verbirgt, und Ihr könnt sicher sein, dass ich meinen Schwur halte. Was nun die Smaragdtafel betrifft, so ist schon jemand auf der Suche nach ihr. Der Einzige, der wirklich ein Anrecht darauf hat.«

61

Tigrinus bedauerte, dass er Faleno seinem Schicksal überlassen musste, aber als er vor der Wahl stand, entweder wieder frei zu sein oder einen elenden Kerl zu retten, der ihn noch bis zum gestrigen Tag wie einen Hund an einem Strick geführt hatte, war die Entscheidung schnell getroffen. Außerdem hatte die Welt, der er selbst angehörte, strenge, beinahe atavistische Gesetze. Mochten die gesellschaftlichen Normen zu gutem Benehmen und Nächstenliebe auffordern, so konnte derjenige, der am Rand dieser Gesellschaft lebte, es sich nicht leisten, den barmherzigen Samariter zu spielen, wenn es ihm keinen Vorteil einbrachte. Und in Grunde seine Herzens war Tigrinus überzeugt, dass es hinter dem schönen Schein überall genauso zuging. Ob Mönch oder Bankier, jeder Mensch blieb doch ein Abkömmling Kains. Deshalb schlug man sich besser auf die Seite derer, die sich nicht verstellten und für die ein Dolchstoß in den Rücken kein Verrat war, sondern alte Gewohnheit, die sich auf gegenseitigem Misstrauen begründete.

Deshalb schlug Tigrinus ohne große Gewissensbisse den Weg ins Tal ein und lenkte den Karren zwei Tage und zwei Nächte hindurch, ohne zu schlafen, um einen möglichst großen Abstand zwischen sich und seine Verfolger zu bringen. Einer von ihnen hatte Cosimo erwähnt, daher wusste er genau, warum sie ihn verfolgten. Sie wollten ihn gefangen nehmen und zu ihm bringen, der ihn für seine angebliche Flucht bestrafen würde und ihn dann möglicherweise unter Zwang auf das nächste Schiff, das in den Orient fuhr, einschiffen ließ. Doch er hatte genug davon, sich den Befehlen von irgendwelchen Herren zu unterwerfen. Jetzt, wo er wieder frei war, würde er alles daransetzen, es auch zu bleiben.

Da ihm inzwischen ständig die Augen zufielen, folgte er dem Karrenweg einen letzten Hügel hinunter und überquerte eine grüne Ebene bis zu einer Kapelle mit eingestürztem Dach. Er versteckte Wagen und Pferde in dem, was vom Kirchenraum übrig geblieben war, und betrat vorsichtig die Sakristei.

Dort schien seit Jahrzehnten niemand mehr gewesen zu sein. Überall wuchs Unkraut, und alles Mobiliar war entfernt worden. Wahrscheinlich zierten die Bänke, Stühle und Schränke jetzt die Häuser einiger Bauern, wenn man sie nicht als Feuerholz verwendet hatte. Die Gegenstände aus Metall, Teppiche und Wandbehänge hatten wohl ein ähnliches Schicksal erlitten.

Tigrinus drang weiter durch diese gespensterhafte Umgebung vor auf der Suche nach einem Unterschlupf, in dem er mehrere Stunden schlafen konnte. Er durchquerte den Narthex, und als er das Kirchenschiff betrat, bemerkte er, dass die Kanzel und die Dachbalken einem Feuer zum Opfer gefallen waren. Der Boden war mit Asche und trockenen Blättern bedeckt, die der Wind ab und zu aufwirbelte.

Ein trauriger Anblick, dachte Tigrinus, während er auf das Portal zuschritt, dem die Türflügel fehlten. Weniger, weil die Kirche so heruntergekommen war, sondern wegen dieses Gefühls von Verlassenheit, das jeder Stein dort ausströmte und das ihm wie ein Klagelaut durch Mark und Bein fuhr. Genauso verlassen hatte er sich in diesem kaltherzigen Florenz gefühlt, das dennoch so verführerisch war, dass er nicht von der Stadt loskam – trotz dieses Traums vom Meer, der tief in seinen Kindheitserinnerungen verankert war. Ein Traum, der nun zum Greifen nah war.

Er würde nach Venedig fahren und sich dort nach dem Berg Athos einschiffen. Er würde den Mann aufsuchen, der Lionardo da Pistoia als eine Art Botschafter zu ihm gesandt hatte und der sehr viel über ihn zu wissen schien. Zu viel, als dass jemand ohne Vergangenheit seine Einladung missachten konnte.

Die Wünsche Cosimo de' Medicis und Biancas konnten warten.

Tigrinus machte es sich in einer Nische bequem, in der früher einmal eine Heiligenstatue gestanden haben musste, und deckte sich mit seinem Umhang zu. Die Müdigkeit, die ihm so tief in den Knochen steckte, dass es beinahe wehtat, machte es ihm schwer, Schlaf zu finden. Während er darauf wartete, endlich zur Ruhe zu kommen, folgte sein Blick einem Sonnenstrahl, der durch das löchrige Dach genau auf ein verblasstes Wandfresko in der Apsis fiel. Es stellte das Martyrium von Golgatha dar, Christus am Kreuz zwischen den beiden Schächern.

Tigrinus' Aufmerksamkeit wandte sich sogleich der rechten Seite des Gemäldes zu, wo der heilige Dismas abgebildet war. Ein Dieb, Räuber und Entführer, und dennoch war er unter die Seligen im Paradies aufgenommen worden. Einen Augenblick drängten sich Assuntas Worte in die Stille und waren wie Balsam für seine Seele. Seine Lider senkten sich herab, und sein Atem wurde langsamer.

Doch im Geiste betrachtete Tigrinus immer noch das Fresko, das die Kreuzigung zeigte. Bis sich vor die Figur des Heilands zwischen den beiden Schächern eine nur allzu vertraute Gestalt schob. Die thronende Madonna, zwischen den beiden Heiligen Kosmas und Damian. Obwohl das Bild in seinem Kopf nun unverkennbar Giovanni da Fiesoles Werk war, schienen die Figuren zu zittern, als wäre ihnen Leben eingehaucht worden.

Wie gewohnt sah einer der beiden Heiligen mit mahnendem Blick aus dem Bild heraus, und wieder fiel Tigrinus dessen Ähnlichkeit mit Cosimo de' Medici auf.

Doch die seltsamste Veränderung bemerkte er an der anderen Figur, dem heiligen Damian. Er stand nicht mehr mit dem Rücken zum Betrachter, sondern hatte sich so gedreht, dass man ihn jetzt im Profil sah. Und er legte verschwörerisch den Finger auf die Lippen, zum Zeichen des Schweigens.

62

Angelo hatte zwei Tage ununterbrochen über die Ereignisse nachgegrübelt, ohne Bianca etwas davon zu erzählen, bis er am frühen Morgen des dritten Tages zu dem Schluss gekommen war, dass man ihn hintergangen hatte. Das mit dem Sturm und der vom Meerwasser ruinierten Seide mochte ja noch stimmen, aber ihm erschien es vollkommen undenkbar, dass ein schlauer Fuchs wie Teofilo Capponi eine so wertvolle Fracht dem Meer anvertraut hatte, ohne sie zu versichern. Außerdem, und das erregte bei ihm den größten Verdacht, gab es nicht den kleinsten Beweis dafür, dass die Ladung Schaden davongetragen hatte. Und doch musste es eine Ladeliste geben, die erstellt worden war, als die Ware das Schiff verließ, oder zumindest einen Bericht der Kaufleute auf Mallorca, in dem der Zustand der Güter beschrieben wurde.

Er hingegen hatte nichts erhalten als Phrasen, Gerüchte und einige Sticheleien, die ihn mundtot machen sollten, damit man die Angelegenheit schnell zu Ende bringen konnte. Doch jetzt, da er seine Niedergeschlagenheit überwunden hatte, war ihm alles bis in jede Einzelheit klar. Und er würde seine Stimme erheben, um sich zu wehren.

Am Vormittag verließ er aufrecht das Haus und spürte, wie sich sein Zorn mit jedem Schritt noch steigerte. O ja, er würde es ihm schon zeigen, diesen falschen Freund Capponi würde er richtig bloßstellen! Der bekam Bianca nicht zur Frau, und er würde nicht mehr zu ihm als seinem Wohltäter aufblicken. Er würde ihm ins Gesicht sagen, was er verdiente, und ihn zwingen, die Besitztümer der Familie zurückzuerstatten und auf Knien um Verzeihung zu bitten!

Als Angelo die Piazza della Signoria erreicht hatte, betrat er die Loggia dei Pisani mit gesenktem Kopf wie ein kampfbereiter Stier.

Vor sich sah er eine Schar Geldwechsler, die mit Abakus und Waage den Wechselkurs von Edelsteinen, edlen Metallen und Münzen unterschiedlicher Währungen bestimmten. Doch er konnte kein bekanntes Gesicht unter ihnen entdecken, was ihn nur noch mehr aufbrachte.

»Ich suche Messer Capponi!«, schrie er so laut, dass die Männer, die ihm am nächsten waren, zusammenzuckten. Ein mit einer Toga bekleideter Mann kam geräuschlos auf ihn zu, sodass man meinen konnte, er glitte in Filzpantoffeln dahin. »Messere, mäßigt Euch bitte ein wenig.«

»Von Mäßigung kann erst dann die Rede sein, wenn ich meine Sache mit diesem Betrüger geklärt habe.«

»Sprecht bitte nicht so von ihm …«

»Dann bringt mich zu ihm, damit er die Angelegenheit angemessen regeln kann.«

Der Mann deutete auf den Ausgang. »Kommt, folgt mir, bevor Ihr hier noch Aufsehen erregt.«

Teofilo Capponi verließ gerade inmitten einer Schar Kaufleute ein Wirtshaus in der Nähe der Loggia del Grano. Als Angelo ihn erblickte, musterte er jeden in seiner Begleitung auf der Suche nach seinen sogenannten Geschäftspartnern. Tatsächlich fand er sie und lief auf sie zu, buchstäblich mit Schaum vor dem Mund. »Ihr schuldet mir Erklärungen, Messere!«, schrie er Capponi an und versperrte ihm den Weg.

Capponi grinste unverschämt. »So wie Ihr diesen Herren Geld«, sagte er.

»Von dem Geld wird zur rechten Zeit die Rede sein. Doch zuerst verlange ich Beweise von Euch, dass die Seide wirklich ruiniert ist, wie Ihr gestern behauptet habt.«

»Vertraut Ihr meinem Wort etwa nicht?«

»Zwischen Geschäftsleuten ist man üblicherweise genau. Wo sind die Frachtpapiere?«

»Bei irgendjemandem von uns, zwischen Aktenstapeln vermutlich«, erwiderte Capponi spöttisch und wich leicht zurück, bis er und die anderen einen Kreis um Angelo gebildet hatten.

Dann wechselte er mit einigen sprechende Blicke. »Habe ich sie vielleicht Euch gegeben, Messer Uguccione?«, fragte er den Kaufmann zu seiner Rechten.

»Nein, Messere«, bekam er zur Antwort.

»Und wie ist es mit Euch, Messer Placido?«

»Das könnte sein, aber ich erinnere mich nicht.«

Capponi zuckte mit den Schultern und spielte höchst theatralisch Bedauern vor. »Ich nehme an, irgendwo werden sie schon sein.«

»Hm, man müsste danach suchen«, sagte ein Dritter und löste damit noch heftigeres Gelächter aus.

Angelo umklammerte den Griff seines Stockes so fest, dass sein Handgelenk zitterte. »Glaubt Ihr, Ihr könnt Euch über mich lustig machen?«, rief er und drehte sich im Kreise, während er in die verhassten Gesichter blickte, die sich zu spöttisch grinsenden Grimassen verzogen. Er zeigte auf einen von ihnen und unterdrückte den Impuls, ihn zu packen. »Wagt Ihr etwa, über mich zu lachen?«, schrie er den Mann an.

Und dann einen anderen. »Haltet den Mund!«

Und einem Dritten drohte er: »Ich bringe Euch um!«

Weit mehr als das verlorene Geld und die Seide schmerzte ihn nun diese Demütigung. Wäre er ein Riese gewesen, hätte er all diese Bastarde gepackt, sie ohne Zögern zerquetscht und ihre Eingeweide in alle Winde zerstreut. Stattdessen musste er ertragen, wie sie ihn verhöhnten, denn er wusste sehr gut, dass er sich nur weitere Feinde machte, wenn er sich an die Justiz wandte. Denn niemand in Florenz war so unklug, sich gegen die Herren der Geldwechslerzunft aufzulehnen. Also machte er sich weiter vor den Passanten lächerlich, die ihn anstarrten wie einen Tanzbären, bis er endgültig rotsah. Mit einem unterdrückten Schrei stürzte er los. Die Anwesenden wichen zurück, sodass er auf dem Boden landete. Darauf erscholl nur noch lauteres Gelächter.

Mit dreckverschmiertem Gesicht wälzte Angelo sich auf die Seite. Er war so durcheinander, dass er nicht einmal das Gleichgewicht wiederfand. Er hob seinen Stock auf und schwang ihn auf allen vieren krabbelnd durch die Luft, während Capponis Freunde darin wetteiferten, seinen Hieben auszuweichen.

Als er schließlich erschöpft und tränenblind innehielt, packte ihn jemand am Kragen.

»Habt Ihr jetzt endlich genug?«, ermahnte Capponi ihn gebieterisch.

»Ich ...«, setzte Angelo an.

Daraufhin verpasste Capponi ihm eine Ohrfeige, die ihn wieder zu Boden schickte.

»Ihr seid ruiniert, findet Euch damit ab! Eure Bank steht kurz vor dem Zusammenbruch, und bald wird Euch nur noch der Palazzo bleiben, den Ihr bewohnt. Ihr habt nur eine Hoffnung zu überleben, und welche das ist, wisst Ihr selbst ganz genau. Seid Ihr einverstanden?«

Angelo kauerte auf dem Boden, seine Kleidung war verdreckt. Er presste wütend die Kiefer aufeinander. Am liebsten wäre er aufgesprungen und hätte sich geschlagen, aber mit einem Mal schien alle Kraft aus ihm gewichen. Und so konnte er gegen seinen Willen nur stumm nicken.

63

Sanft versenkte Bianca ihre Hände in einem Korb mit Mandeln. Die Berührung mit deren Schalen vermittelte ihr ein angenehmes Gefühl, Gedanken zum Symbolgehalt dieser Früchte kamen ihr in den Sinn. Erotik, Weiblichkeit, Glück in der Ehe … Ehe – dieses Wort und die damit einhergehende dunkle Vorahnung genügten, um sie in die Wirklichkeit und auf den Ponte Vecchio mit all den Menschen zurückzubringen, die so unbekümmert ihren Geschäften nachgingen, dass sie ein wenig neidisch wurde. Der Händler hinter der Theke zeigte mit ausladender Geste auf den Korb. »Mandeln aus Tunesien, Madonna!«

Bianca wandte den Blick ab und ging weiter. Sie hatte schon vergessen, was sie dazu bewogen hatte, dort stehen zu bleiben. Das letzte Mal hatte sie den Ponte Vecchio in Begleitung von Faleno überquert und sich dabei angenehm sicher und beschützt gefühlt. Jetzt dagegen war sie müde und verärgert. Ihr Ausflug zum Kloster San Salvi hatte sie keinen Schritt weitergebracht, außer dass sie nun wusste, dass Pater Montano ein bedeutendes Geheimnis mit ins Grab genommen hatte.

Ihre letzte Hoffnung, die Wahrheit herauszufinden, hing nun von Tigrinus und dem Ausgang seiner Mission ab, aber das würde dauern. Und Bianca war es leid zu warten. Sie wollte dieses Gefühl von Ohnmacht, das sich in den letzten Monaten in ihr aufgestaut hatte, auf irgendeine Art abreagieren. Jetzt wäre ihr selbst ein kleiner Streit mit Angelo gelegen gekommen.

Aber ihr Cousin war nicht mehr derselbe. Er schien insgeheim ein boshaftes, deformiertes Wesen entwickelt zu haben, das nur zu Selbstzerstörung führte.

Bianca blieb noch einmal stehen, denn gerade war ihr eingefallen, warum sie sich für die Mandeln interessiert hatte. Der Mann mit dem Turban und dem grauen Umhang beobachtete sie immer noch, halb verborgen von der Menge. Er war nicht sehr groß, vierschrötig und wirkte wie einer jener Fremden, die selbst dann, wenn sie schon lange Zeit in Florenz lebten, stets auffielen. Sie hatte ihn schon vor ein paar Tagen bemerkt, aber erst jetzt hatte sie wahrgenommen, dass er sie regelrecht verfolgte.

Kurz war sie versucht, auf ihn zuzugehen und ihn zu fragen, was er von ihr wollte, im gleichen Augenblick bemerkte sie jedoch, dass er nervös zurückwich. Erst erkannte sie den Grund dafür nicht, aber dann spürte sie, wie sie jemand am Arm packte.

»Madonna«, sprach eine einschmeichelnde Stimme sie von hinten an.

»Messer Capponi«, sagte sie erschrocken und wandte sich zu ihm um. »Ihr tut mir weh.«

Capponi lächelte. »Das wird nicht mehr vorkommen.« Er ließ sie los. »Habt Ihr über meinen Antrag nachgedacht?«

»Ich fühle mich geschmeichelt, aber ich kann ihn nicht annehmen«, erwiderte Bianca. Ihr behagte es gar nicht, sich an einem so belebten Ort mit diesem intriganten Menschen zu unterhalten, und sie dachte daran, welche Gerüchte darüber in der Stadt blitzschnell die Runde machen würden. Andererseits war dies eine Gelegenheit, um dem Eifer ihres Verehrers einen Dämpfer zu verpassen. »Und seien wir doch ehrlich«, fügte sie hinzu. »Wenn Ihr auch nur ein wenig länger über meine Lage nachdenkt, dann würdet Ihr erkennen, dass sie für einen Mann von Eurem Stand unpassend ist.«

»Was meine Augen erblicken, ist alles andere als unpassend«, widersprach Capponi. »Willigt ein, und ich werde aus Euch eine Königin machen.«

»Messere, nein.«

Doch Capponi blieb hartnäckig. Er schlug sich zwar mit Nachdruck den Kragen hoch, aber er hörte dabei nicht auf zu lächeln und wirkte fast so, als ob ihm Biancas Widerstand gefiele. Ich bin niemand, der ein Nein akzeptiert, ließ sein Blick erkennen. Ich nehme mir, was ich will, und Schluss, ob es Euch nun gefällt oder nicht. »Was werdet Ihr Eurem Cousin sagen?«, fragte er, als wäre er wirklich besorgt. »Dass Ihr seinen Ruin und den seines guten Rufes billigend in Kauf nehmt, obwohl Ihr wisst, dass Ihr dies durch eine Hochzeit mit mir abwenden könntet?«

Bianca starrte ihn ungläubig an. »Wovon sprecht Ihr?«

»Oh, dann wisst Ihr also noch nichts von seinem Unglück«, sagte er in schärferem Ton.

»Was habt Ihr Angelo angetan?«

»Ich? Überhaupt nichts, Madonna. Aber wie Euch sicher bekannt ist, kommt es, wenn das Unglück einmal zuschlägt, meist bloß noch schlimmer.«

»Ach, so schlimm wird es schon nicht sein.«

»Fragt Euren Cousin«, sagte Capponi mit einem Lächeln, das nichts Gutes verhieß. »Vorausgesetzt, der gute Angelo bringt den Mut auf, Euch die Wahrheit zu sagen.«

Bianca fand Angelo im dunkelsten Winkel des Palazzos, seine Kleidung war vollkommen verdreckt, und die Augen starrten ins Leere. Eine Hand umklammerte die Armlehne des Stuhls, auf dem er saß, in dem vergeblichen Bemühen, das Zittern zu unterdrücken, das immer wieder seinen ganzen Körper durchschüttelte. Sein Atem ging stoßweise, manchmal schien er nach Luft zu ringen.

»Angelo … Willst du mir erzählen, was passiert ist?«, fragte sie ihn sanft.

Er knurrte etwas, und als er den Mund öffnete, roch sie seinen unangenehmen Weinatem.

Bianca bemerkte eine leere Korbflasche auf dem Boden. Ganz vorsichtig kam sie näher. »Ich habe Messer Capponi getroffen.«

»Der Teuuufel«, heulte Angelo auf. Seine Zunge war schwer, und er wirkte benommen.

»Geht es um das Geschäft, das du mir gegenüber erwähnt

hast?«, fuhr Bianca fort. »Die Ländereien der Familie, die du als Sicherheit hinterlegt hast?«

»Es ist zu spät … ich bin ruiniert.«

»Du hast immer noch die Bank«, versuchte sie ihn zu trösten.

»Die Bank arbeitet seit Wochen nicht mehr.« Angelo versuchte, sich aufzurichten, aber als er erkannte, dass seine Beine ihn nicht tragen konnten, ließ er sich auf den Stuhl zurücksinken. »Die Konkurrenz … die Freunde der Medici arbeiten gegen die Bank.« Er schluchzte laut auf. »Wenn unsere Filialen das herausfinden … werden sie sich von uns trennen.«

Bianca stand jetzt vor ihm. Sie betrachtete sein schmutziges Gesicht, den trotzig verzogenen Mund eines Jungen, der niemals erwachsen geworden war. »Warum hast du mir das verschwiegen?«

»Weil *ich* das Oberhaupt der Familie bin!«, schrie er und sprang auf. Er wollte sie am Arm packen, doch dabei geriet er ins Taumeln und fiel nach hinten. Diesmal landete er auf dem Fußboden. Er wimmerte leise und zappelte hilflos am Boden. »Willst du mir jetzt auch noch … in den Rücken fallen?«

»Das war nie meine Absicht«, antwortete sie, hin- und hergerissen zwischen Verachtung und Mitleid.

»Du lügst«, fauchte er. »Ihr lügt doch *alle*! Und macht Euch über mich lustig!«

»Vielleicht gibt es noch eine Möglichkeit«, sagte Bianca mehr zu sich selbst als zu diesem menschlichen Wrack zu ihren Füßen. Der Alptraum, die Frau von Teofilo Capponi zu werden, war nichts im Vergleich zu der Aussicht zu verarmen. Was würde aus ihr ohne die Goldflorin der Familie Bruni? In welche Niederungen müsste sie hinabsteigen, nur um zu überleben? Sie vertrieb die Verzweiflung aus ihrem Kopf und zwang sich nachzudenken. »Wenn du mir gestatten würdest, dir zu helfen …«

»Mir helfen?«, jammerte er. »Jetzt ist nichts mehr zu machen. *Nichts!* Sogar der Traum von den Perlen hat sich in Rauch aufgelöst!«

»Wie meinst du das?«

Angelo zeigte auf ein Blatt, das auf dem Boden lag. »Der hier ist heute angekommen.«

Es war ein Brief.

Bianca hob ihn auf und las ihn von Anfang an durch. Er stammte aus Famagusta und war ebenfalls von Nikolaos verfasst worden. Dieser unterrichtete sie in knappen Worten darüber, dass der Leichnam von Balduccio Landini wenige Tage nach Ostern jenseits der Mauern des Hafenviertels aufgefunden worden war, mit eingeschlagenem Schädel, das Gesicht von Krebsen zerfressen. Einzig anhand des Rings mit dem Siegel des Unternehmens, für das er arbeitete, hatte man ihn identifizieren können. Wahrscheinlich hatte derjenige, der ihn getötet und beraubt hatte, es nicht gewagt, ihm diesen auch noch abzunehmen, aus Furcht, durch dessen Besitz mit dem Mord in Verbindung gebracht zu werden. Die Botschaft schloss mit einem Gebet an die Milde Gottes und des heiligen Michael.

Bianca ließ den Brief entsetzt fallen.

Wenn Balduccio die Insel Zypern niemals verlassen hatte, dann konnte er die Perlen aus Malabar nicht nach Venedig gebracht haben, wie sie vermutet hatten. Und somit wurde die ganze Angelegenheit zu einem unentwirrbaren Rätsel. Vielleicht waren die Perlen von einem anderen Empfänger unterschlagen worden oder von derselben Person, die Balduccio in Famagusta beraubt und getötet hatte. Wer konnte das sein? Ein Dieb? Ein Seemann auf der Suche nach Reichtümern? Ein Feind der Bruni?

Bianca geriet immer tiefer in dieses Labyrinth hinein. Sie musste ihren Gedanken eine kurze Ruhepause gönnen, in ihrem Kopf drehte sich alles. Doch sie konnte nicht aufhören zu denken. Wenn Balduccio auf einmal keine Rolle mehr in der Angelegenheit spielte, dann waren auch die Vermutungen zu einer Beteiligung Pater Montanos hinfällig geworden. Und vielleicht auch die, die sie dazu bewogen hatten, Tigrinus für weitere Nachforschungen nach Venedig zu schicken …

Bianca stützte sich an einer Wand ab, ihr Inneres war ein einziges Chaos der Gefühle. Wut, Ungläubigkeit und Angst tobten gleichermaßen darin. Sie sehnte sich nur noch nach ihrem Bett und danach, alles zu vergessen. Sie wollte nur noch Stille.

Doch Angelo war noch nicht fertig mit dem Überbringen von Unglücksnachrichten. Nachdem er sich unbeholfen am Stuhl hochgezogen hatte, blickte er sie grimmig an. »Das hätte ich fast vergessen, da ist noch eine Nachricht gekommen«, nuschelte er, während er sich am Stuhl festklammerte, um nicht wieder zu fallen. »Eine Taube von Faleno. Tigrinus ist geflohen.«

Bianca schwieg. Sie war wie gelähmt, unempfänglich für weitere Hiobsbotschaften.

Vielleicht, weil sie tief in ihrem Herzen schon das Schlimmste akzeptiert hatte.

Ihr blieb nur ein Ausweg, wenn sie ihren Untergang abwenden wollte.

Teofilo Capponi zu heiraten.

64

Hafen von Venedig
27. Juni

Tigrinus erreichte die Lagunenstadt bei Einbruch der Dunkelheit, nachdem er den Karren in Ferrara stehen gelassen und von dort den Weg über den nebelverhangenen Po gewählt hatte. Trotz der späten Stunde herrschte reger Betrieb auf den Kais, weil zu dieser Stunde viele Schiffe den Anker lichteten. Während er durch Dunstschleier lief, die die Dunkelheit nur verstärkten, betrachtete er die vor Anker liegenden Boote mit den Masten, die aussahen wie übermäßig große Piken, und Rammspornen schwärzer als Ebenholz – Brigantinen, Ruderboote, Fustas, Galeeren aller Art – und war schwer beeindruckt. Diese Planken hatten weit mehr gesehen, als er sich vorstellen konnte, vielleicht waren sie sogar auf die Seeungeheuer gestoßen, von denen man sich in fernen Landen erzählte.

Doch am meisten faszinierte Tigrinus das Gefühl von Freiheit, das in der Luft lag.

Er setzte sich auf eine Taurolle, die so groß wie ein Korb war, beobachtete das geschäftige Treiben der Arbeiter und versuchte zu erraten, welche Schiffe wohl nach der Morea reisen würden. Anfänglich versuchte er, sich an den Waren zu orientieren, die eingeladen wurden, aber da diese zumeist in geschlossenen Fässern und Kisten angeliefert wurden, war das keine große Hilfe. Deshalb konzentrierte er sich auf die Menschen. Ziemlich bald wurde ihm klar, dass nicht alle zu den Mannschaften gehörten. Es gab auch Leute, die als Passagiere mitfuhren.

Nachdem Tigrinus unter ihnen Dalmatiner, Slawonier und Tunesier ausgemacht hatte, bemerkte er eine Gruppe Griechen, die türkisch gekleidet waren, also Spitzbärte, Turbane und luftig-bauschige Kleidung trugen. Er folgte ihnen aus der Ferne, bis er sah, dass sie vor einem Schiff mit einem mächtigen Heckaufbau stehen blieben. Das Schiff war eindeutig kurz vor dem Auslaufen, was ihm auch ein Arbeiter des *Arsenals* bestätigte. Es handelte sich um ein Handelsschiff, das ins Ägäische Meer aufbrechen sollte, also genau das, wonach er gesucht hatte.

Jetzt musste er nur noch an Bord gelangen. Zu schade, dass das Geld, das ihm Cosimo de' Medici überlassen hatte, bei dem Überfall in den Bergen verloren gegangen war.

»Messere, Ihr seid doch aus Florenz …«, sagte eine Stimme hinter ihm.

Tigrinus fuhr herum und sah sich einem Mann gegenüber, der einen leeren Sack in den Händen hielt. Noch ehe er begriff, was vor sich ging, hatte ihn schon ein zweiter Mann von hinten an den Schultern ergriffen. Tigrinus erkannte, dass man ihm den Sack über den Kopf ziehen wollte, wehrte sich heftig und schaffte es, den Kerl vor sich mit Fußtritten zu Boden zu schicken.

»Zu Hi…«, versuchte er noch zu schreien, doch dann legte sich ihm eine Hand über den Mund.

Der Mann, der ihn von hinten festhielt, war äußerst kräftig. Er unterband Tigrinus' Versuch, sich gegen ihn zur Wehr zu setzen, und zerrte ihn rasch hinter ein großes Gebäude aus Holz, um vom lebhaften Treiben im Hafen wegzukommen, während sein Begleiter sich mühsam aufrappelte. Das waren wohl die zwei Stadtknechte, die Falenos Attacken überlebt hatten.

Tigrinus folgte zunächst gefügig dem Mann, der ihn immer noch fest umklammert hielt, um ihn im Glauben zu lassen, dass er es aufgegeben hatte, sich zu wehren. Aber als ihm die Gelegenheit günstig erschien, warf er den Kopf kräftig nach hinten und brach dem anderen die Nase. Schon war er frei und konnte in den großen Holzschuppen flüchten.

Dort sah er sich einem riesigen, menschenleeren Lager gegenüber, in dem ein Schiffsrumpf neben dem anderen stand. Unter seinen Füßen war keine festgestampfte Erde, sondern

Sand. Um ihn herum lauter Wände aus Rohrgeflecht, die mindestens fünf Klafter hoch waren. Tigrinus versteckte sich hinter einem Schiffsrumpf und wartete darauf, dass seine Verfolger auftauchten, was nicht lange dauerte. Sie kamen herein, ihre Kurzschwerter gezückt, und machten den Anschein, als würden sie wohl kaum zögern, ihn zu töten.

Tigrinus blieb reglos liegen, doch dann beobachtete er, wie die beiden Stadtknechte unter den Bootsrümpfen nachsahen. Vor ihm im Sand lag ein großer Nagel, und er hob ihn auf, um ihn notfalls als Stichwaffe einzusetzen. Leise schlich er zur Rückseite des Schuppens, wo zwischen zwei Wänden Masten aufrecht gelagert wurden, immer einer gegen den anderen gelehnt. Doch er fand nirgendwo eine Tür oder ein Fenster. Der einzige Ausweg bestand in einem offenen *Oculus*, der sich sehr weit oben befand, knapp unterhalb der Deckenbalken.

Bis hierhin hatte er es unbemerkt geschafft. Nun blieb ihm keine andere Wahl, als die Flucht nach oben zu versuchen und sich darauf zu verlassen, dass die Masten sein Gewicht tragen würden.

Tigrinus suchte sich den dicksten von ihnen heraus und begann, daran hochzuklettern. Er kam nur langsam voran, aber immerhin gab es über die ganze Länge Löcher im Holz, die ihm etwas Halt boten. Das Schwierigste war, sich so geräuschlos wie möglich fortzubewegen, und außerdem nicht zu schnell, damit niemand auf ihn aufmerksam wurde. Auf dem letzten Abschnitt geriet der Mast allmählich ins Wanken, daher beeilte Tigrinus sich etwas, bis er sich zu seiner Erleichterung auf einen Deckenbalken schwingen konnte.

In dem Moment bemerkten ihn die Stadtknechte.

»Halt!«, rief der eine, während der andere hinter ihm herkam.

Schnell lief Tigrinus unter der Decke auf dem Balken weiter, bis er das Rundfenster erreichte. Zum Glück war es groß genug, damit er hindurchpasste.

Draußen konnte er sich aufs Dach hochziehen. Endlich frei,

sagte er sich. Vor ihm lag unter einem klaren Sternenhimmel ein Schiff hinter dem anderen.

Doch da sah er, dass die Galeere nach der Morea gerade ablegte.

Verzweifelt rutschte er am Dach nach unten und sprang ins Leere. Zum Glück landete er auf einem Haufen Jutesäcke, sodass er nur ein paar Prellungen davontrug. Er stand auf, ohne sich darum zu kümmern, ob er vielleicht die Aufmerksamkeit von irgendwelchen Arbeitern erregt hatte, und rannte zum Meer. Dann holte er tief Luft und sprang.

Kurz darauf war er in den schwarzen Fluten versunken. Doch schließlich tauchte er wieder auf und schwamm mit kräftigen Zügen dem Schiff entgegen.

65

Florenz, Kathedrale Santa Maria del Fiore
28. Juni

Bianca schaute nach oben zu den Rippen der von Brunelleschi geschaffenen Kuppel, die durch den hellen Lichtstreif der Laterne herrlich zur Geltung kamen. Dann ließ sie ihren Blick auf die vielen heiligen Gegenstände, die Fresken und Menschen um sie herum gleiten. Die feierliche Atmosphäre des Ortes trug ihr Übriges dazu bei, dass vor ihren Augen alles verschwamm und sie ganz benommen wurde. Und genau danach sehnte sie sich. Nach Vergessen oder wenigstens einer Betäubung, wie man sie Opfertieren zugestand.

Sie verbarg ihre tränenfeuchten Augen unter dem *Flammeum*, dem Brautschleier, und schritt zum Altar, ohne den Mann, der sie dort erwartete, eines Blickes zu würdigen. Sie konnte sich auch so sein spöttisches Lächeln lebhaft vorstellen.

Die traurigste Braut von Florenz.

Diese Worte hatte sie von einer ältlichen Verwandten gehört, als sie an ihr vorüberschritt. Ein weiterer Tropfen Galle in einem Meer der Verbitterung. Bianca ignorierte die Bemerkung und ließ sich einfach treiben, denn sie fühlte sich wie in einem Alptraum gefangen. Dieser Tag sollte einfach nur rasch zu Ende gehen.

Und sie wollte so wenige Erinnerungen wie möglich daran behalten.

66

Auf dem Meer

»Ein blinder Passagier, *Patron*«, rief der *Comito* und zerrte Tigrinus aufs Deck.

Der Kapitän, ein großer Mann mit blaugrünen Augen, betrachtete den Eindringling mehr neugierig als streng. »Wo hast du ihn gefunden?«, fragte er seinen Ersten Ruderer.

»Am Bug, hinter den Kranbalken zum Lichten des Ankers.«

»Dann ist es ja ein Glück, dass ihn die Wellen nicht mit sich gerissen haben.«

»Wäre das nicht besser gewesen?«

»Ein Wort …«, meldete sich Tigrinus. Ein Fausthieb des Ersten Ruderers raubte ihm die Luft.

»Warte«, befahl der Kapitän. »Hören wir erst mal, was er zu sagen hat.«

»Ich musste … unbedingt auf diesem Schiff mitfahren«, brachte Tigrinus unter Hustenanfällen hervor, während er sich kaum auf den Knien halten konnte. Er war vollkommen durchnässt und hatte immer noch den Salzgeschmack des Meeres im Mund. Der beständige Lärm der Ruder machte ihn fast taub. »Es geht … um Leben und Tod.«

»Du kommst aus Florenz«, stellte der Kapitän an seiner Aussprache fest. »Hast du ein Verbrechen auf dich geladen?«

»Nein«, antwortete Tigrinus. »Ich wurde von Räubern überrascht … Sie haben mir all meine Habe abgenommen, und hätte ich mich nicht in die Fluten gestürzt, dann hätten sie mich wohl auch noch umgebracht.«

Der Kapitän sah den Comito fragend an. »Räuber auf den Kais von Venedig?«

»Ich lüge nicht, Messere … Sie haben mich schon länger verfolgt.«

»Selbst wenn das stimmt, wirst du doch wohl nicht verlangen, dass wir deinetwegen umkehren.«

»Nein, das sicher nicht.«

»Kannst du denn die Überfahrt bezahlen? Der erste Hafen, den wir ansteuern, wird Durazzo sein.«

Tigrinus breitete mitleiderregend die Arme aus. »Ich besitze nichts außer den Lumpen, die ich am Leib trage.«

»Dann wirst du wohl wieder schwimmen müssen«, sagte der Seemann höhnisch und packte ihn am Kragen. »Oder vielleicht findest du ja einen großen Fisch, auf dem du reiten kannst.«

»Nicht so voreilig«, ging der Kapitän dazwischen. »Fehlt uns nicht ein Ruderer?«

»Der Türke hat sich das Handgelenk ausgerenkt und müsste eine Pause einlegen«, gestand der Comito ein. »Aber es ist eine verflucht schwere Arbeit für diese halbe Portion.«

Der Kapitän musterte Tigrinus misstrauisch. »Nun gut, wenn unser Florentiner hier an Bord bleiben möchte, dann sollte er sich besser an harte Arbeit gewöhnen.«

67

Als Tigrinus hörte, für welche Aufgabe er eingeteilt worden war, wusste er, dass er in der Hölle gelandet war. Er sollte als *Vogavante* eingesetzt werden, als einer der Männer an den äußersten Enden der Ruder zur Schiffsmitte hin. Hier musste die größte Anstrengung an den Ruderbänken aufgewendet werden, und die Arbeit wurde auch noch dadurch erschwert, dass an ihnen alle zwischen Bug und Heck vorbeiliefen und sie ständig von Leuten angerempelt wurden, die die *Corsia* benutzten.

Von über zweihundert Plätzen auf der Galeere hatte er auch noch einen unweit der Galeerentrommler erwischt, die den Takt und die Richtung vorgaben. Das bedeutete, wenn er auch nur einen Fehler machte, würde sich dieser bei allen anderen Ruderern fortsetzen, womit er sich Peitschenhiebe der Aufseher und die Verwünschungen der Besatzung zuzog.

Die ersten drei Tage waren unaussprechlich hart für ihn. Der Schmerz in Armen, Schultern und Rücken ließ Tigrinus öfter in eine Art Trancezustand verfallen, in dem er mit offenen Augen träumte, aber trotzdem die Anstrengung spürte. In diesen Augenblicken streifte sein Geist frei über die Dächer von Florenz oder wanderte auf der Suche nach dem geheimnisvollen schwarzen Abt an den Flanken des Berges Athos hinauf. Wenn er aus den Gedanken erwachte, fand er sich in diesem Alptraum aus Qualen und Schweiß wieder, unter einer gnadenlos brennenden Sonne.

Am vierten Tag begriff er, dass er dies nicht lange überleben würde. Es fehlte ihm zwar nicht an Kraft, jedoch an Erfahrung, sich diese einzuteilen und immer der Bewegung zu folgen, so wie es die anderen Ruderer machten. Er hatte gehört, man brauche mindestens sechs Monate, um ein guter Ruderer zu werden, bis Knochen und Glieder sich langsam an diese unmenschliche Arbeit gewöhnten. Er würde jedoch genau wie die angeketteten

Maurensklaven an den Rudern vor ihm keine Einweisungszeit bekommen, er war nur ein »Arbeitstier«, jemand, der für einen elendiglichen Lohn arbeitete, und entsprechend entbehrlich.

Hin und wieder, besonders am Morgen, geschah es, dass seine Blicke sich mit denen des Kapitäns kreuzten, doch da er ganz von der Anstrengung in Anspruch genommen war, begriff er nicht, was diese blaugrünen Augen von ihm wollten. Und abends war er dagegen so erschöpft, dass sein Kopf nur noch auf seine Knie sank, während die anderen Ruderer die nächtliche Kühle nutzten, um sich ein wenig auf *Sabir*, dem auf See üblichen Sprachengemisch aus den Ländern des Mittelmeeres, zu unterhalten, zu singen oder zu stricken. Anfangs hatte Tigrinus dieser weibische Zeitvertreib verblüfft, doch dann hatte er begriffen, dass die Seeleute, wenn sie aus der Wolle Mützen und Unterhosen strickten, sich auf diese Weise eine Tauschware schafften, die ihnen ermöglichte, sich damit Wein, Geld und besseres Essen als die ihnen zugeteilte Ration Schiffszwieback zu besorgen. Die Ware vertrieb für sie der Erste Ruderer. Noch vor Tagesanbruch konnte man beobachten, wie er zwischen den Ruderbänken hin- und herlief, verhandelte oder fertige Ware in Empfang nahm, die bestimmt im nächsten Hafen verkauft wurde.

Am fünften Tag hatte Tigrinus endlich begriffen, wie das Leben an Bord funktionierte. Obwohl er immer noch mit dem unglaublichen Gewicht des Ruders kämpfte, hatte er sich zumindest so daran gewöhnt, dass er auf andere Dinge achten konnte. Das Auf und Ab auf der Corsia enthüllte ihm mehr als alles andere die hierarchischen Strukturen unter den verschiedenen Mitgliedern der Mannschaft. Er stellte schließlich fest, dass einige Ruderer für besondere Aufgaben bestimmt waren, zum Beispiel jene, die in der Nähe eines mit einem großen Zeltdach bedeckten Bereiches saßen, unter dem der Erste Ruderer und die anderen Offiziere sich zum Essen versammelten. Wenn es so weit war, verließen die Männer ihre Ruder und warteten ihren Vorgesetzten bei Tisch auf wie richtige Diener. Für sie sprangen die Essensreste heraus und eine weniger harte Behandlung.

Mehr noch interessierte Tigrinus jedoch die Aufgabe des *Camerotto*. Dieser war der persönliche Diener des Kapitäns, ein Schreiber, dem ein Verschlag im Heckaufbau des Schiffes zugewiesen war, wo Waffen und Seekarten aufbewahrt wurden. Derzeit war dies ein dürrer Mann, der nur aus Haut und Knochen zu bestehen schien. Er verließ diesen Raum nur selten, und wenn er es einmal tat, zog er die Schmähungen und den Neid der Ruderer auf sich. Obwohl er ihresgleichen war, wurde er besser bezahlt und musste nicht so schwere Arbeit leisten.

Kaum hatte er von dieser Aufgabe erfahren, zerbrach Tigrinus sich den Kopf, wie er sich diesen Posten verschaffen konnte. Seiner Meinung nach war das die einzige Möglichkeit für ihn, nicht an Erschöpfung zu sterben und die Morea heil und gesund zu erreichen. Doch sosehr er sich auch das Hirn zermarterte, ihm wollte nichts einfallen, und so musste er sich damit begnügen, auf den richtigen Moment zu warten. Dieser kam am achten Tag, als sie in Durazzo angelegt hatten.

Der Erste Ruderer kam zu ihm und erklärte ihm, dass er seine Schulden abgearbeitet habe und ihn keiner daran hindern würde, an Land zu gehen. Zu dessen großer Überraschung lehnte Tigrinus das ab und bat ihn nur, dass man ihm die Ketten abnähme, solange die Galeere im Hafen lag.

»Wie du willst, du verrückter Florentiner«, sagte der Erste Ruderer lachend.

Bei Nacht ging Tigrinus von Bord, doch anstatt der Mannschaft zu folgen, die im Herzen dieser Stadt im venezianischen Teil Albaniens ihr Vergnügen suchte, versteckte er sich auf der Mole hinter den Überresten eines normannischen Turms. Der Mond schien hell genug, dass er in der Dunkelheit sehen konnte, und obwohl dessen bernsteinfarbene Sichel sich in einem christlichen Meer spiegelte, haftete ihr doch etwas Orientalisches an. Vielleicht lag das aber auch an den Gesprächen und der Musik, die vom Hafenviertel her zu Tigrinus herüberhallte, oder an dem für ihn vollkommen neuen Gefühl, sich am Rand von Gewässern zu befinden, die von türkischen Piraten heimgesucht wurden.

Als Tigrinus eine Bewegung auf der Galeere bemerkte, von der aus er an Land gegangen war, löste er sich aus seinen Gedanken. Der Kapitän, der Erste Ruderer und die anderen Offiziere verließen erst jetzt das Schiff, vermutlich hatten sie noch Waffen, Geld und Seekarten sicher untergebracht. Tigrinus sah ihnen nach, wie sie sich in ihre kurzen Umhänge gehüllt entfernten, und musterte dabei jeden Einzelnen prüfend. Wie er es geahnt hatte, war der Camerotto nicht darunter. Der dürre Mann musste an Bord geblieben sein und sich wie immer in seinem Verschlag im Heckaufbau eingeschlossen haben.

Tigrinus wartete noch ein Weilchen ab, bis er sicher sein konnte, dass niemand ihn bemerkte, danach machte er sich auf zum Schiff. Er umging die Wachen, die sich vor dem mit dem Deck verbundenen Steg postiert hatten, indem er ins Wasser sprang und zum Heck schwamm. Von dort war es ein Leichtes, sich hochzuziehen und ins Innere des Schiffes zu gelangen.

Bis jetzt hatte er noch nie den Aufbau einer Galeere betreten. Sofort empfand er ein unangenehmes Gefühl von Enge und Eingesperrtsein. Die Räume dort waren klein, und der intensive Geruch nach Holz und Tauwerk schnürte einem die Luft ab.

Nachdem er eine Art Vorraum hinter sich gelassen hatte, versuchte er, sich schnell zu orientieren, ging an einem kleinen Schlafraum für die Offiziere vorbei und am Eingang zum Lager für Wein und Trockenfleisch. Schließlich erreichte er den Beratungsraum, von dem rechts eine kleine Tür abging.

Tigrinus näherte sich ihr leichtfüßig, horchte, ob er dort drinnen etwas hörte, und danach nahm er seinen Mut zusammen und klopfte.

»Wer verlangt nach etwas?«, fragte eine schrille Stimme.

»Ich bitte um Verzeihung«, antwortete Tigrinus. »Ich brauche Wolle.«

»Wolle?«, wiederholte der Mann hinter der Tür verständnislos.

»Ja, Wolle, um etwas fertig zu stricken«, fuhr Tigrinus fort. »Ein Auftrag des Ersten Ruderers.«

Man hörte das Klicken eines Schlosses, die Tür öffnete sich einen Spalt weit, und das eingefallene Gesicht des Camerotto erschien. »Ihr habt Euch geirrt, hier gibt es keine …«

Für Tigrinus hieß dies jetzt oder nie. Er legte dem Mann die Hand über den Mund, ehe er seinen Satz zu Ende bringen konnte, riss die Tür weit auf und betäubte ihn, indem er dessen Kopf gegen den Türrahmen schlug. Kurz darauf zerrte er den Unglücklichen ins Freie. Dann hievte er ihn über die Reling und ließ ihn ins Meer plumpsen. Er sprang ihm hinterher, um sich zu vergewissern, dass der Mann nicht ertrank, packte ihn an den Kleidern und schleppte ihn ans Ufer.

»Wohin … bringt … Ihr mich?«, stammelte der Camerotto und spuckte Salzwasser aus.

»An einen Ort, wo Ihr gefesselt und geknebelt bleiben werdet, bis das Schiff in See gestochen ist«, erwiderte Tigrinus und grinste selbstzufrieden. »Zu meiner Rettung.«

68

Florenz, Palazzo Medici
8. Juli

»Du wirkst nervös auf mich, Niccolò«, sagte Cosimo de' Medici, während er auf ein mit Staub bedecktes Fass zuging, um sich daraus ein Glas Weißwein aus dem Valdarno abzufüllen.

Vitelli wischte sich die Schweißperlen von der Stirn. Sie befanden sich in den Gewölbekellern des Palazzos in der Via Larga, die nie das Licht der Sonne sahen, doch Vitelli hatte noch die brennende Sonnenhitze von draußen am Leib. Er warf einen Blick auf Malacoda, der sich flach auf den Boden gelegt hatte, um der Schwüle zu entkommen, dann wandte er sich Cosimo zu. »Da ist die Sache mit dem Mönch, den man aufgehängt hat«, erklärte er kurz angebunden.

»Hast du nicht alles geheim gehalten?«

»Natürlich.«

Cosimo kostete von dem Wein und musterte Vitelli misstrauisch. »Vom Tod Montano da Bagnones ist es nur ein Schritt zu dem von Giannotto Bruni«, sagte er. »Wenn jemand erfahren würde, wie Tigrinus darin verwickelt ist oder dass er gleich darauf aus dem Gefängnis entlassen wurde, könnten unangenehme Fragen aufkommen.«

»Zum Beispiel, warum Ihr in die Angelegenheit eingegriffen habt«, bestätigte Vitelli. »Und Bianca de' Brancacci war da schon nahe dran.«

»Diese Frau ist kein Problem mehr. Sie hat meinen guten Freund Messer Capponi geehelicht, der ihr überschäumendes Temperament wohl zu zähmen weiß. Was ihren Cousin angeht, ist der in Ungnade gefallen und hat nun andere Sorgen.«

»Dennoch ist der Mörder noch auf freiem Fuß«, betonte Vitelli.

»Ein einziger Mörder bei den zwei Verbrechen?«, fragte Cosimo überrascht.

»Madonna Bianca behauptet, dass ihr Onkel und der ehrwürdige Mönch von der gleichen Person getötet wurden.«

Cosimo winkte ab. »Seit wann interessiert es dich, wenn ein Verbrecher frei herumläuft?«

»Ich sage das in Eurem Interesse, Exzellenz. Wer auch immer der Mörder ist: Er könnte seine Nase in Angelegenheiten gesteckt haben, die ihn nichts angehen. Eure Angelegenheiten, um genau zu sein.«

Cosimo lief nun im Keller auf und ab. Es wirkte beinahe, als wollte er einen Abstand zwischen sich und diese Worte bringen. Er schwieg einen Moment nachdenklich, das halb volle Weinglas fest umklammert, bis er zugab: »Solch ein Geistesblitz von dir kommt mir merkwürdig vor, aber du hast recht. Dieser Mann muss gefunden werden.«

»Das versuche ich schon seit Wochen«, schnaubte Vitelli. »Ohne Erfolg.«

»Daran bin ich bei dir schon gewöhnt. Tigrinus ist dir ebenfalls entwischt.«

Vitelli biss sich auf die Zunge. Er hatte gerade Nachricht von seinen Leuten bekommen, die Tigrinus bis nach Venedig gefolgt waren, und schämte sich, das Offensichtliche auch noch betont zu hören. »Hier handelt es sich nicht um einen Flüchtigen, sondern um ein kompliziertes Verbrechen«, führte er zu seiner Verteidigung an. »Ich verfüge weder über Zeugenaussagen noch über Denunziationen, versteht Ihr? Vielleicht gibt es nur einen, der darüber etwas weiß, und das ist Tigrinus ...«

»Was ist mit dem Zwerg?«

»Diese Missgeburt weiß nichts, dafür lege ich meine Hand ins Feuer.« Vitelli wich einem weiteren durchdringenden Blick Cosimos aus und befahl sich, nicht an die Perlen zu denken. Wie viele Florentiner hatte er das Gefühl, Cosimo de' Medici hätte einen so scharfen Verstand, dass er Gedanken lesen könne. Besonders wenn es um wertvolle Dinge ging. »Mein Instinkt sagt mir, dass ich in Santa Trìnita bei den Vallombrosanermönchen nachforschen sollte«, erklärte Vitelli, um sich aus seiner Verlegenheit zu befreien. »Aber ich verfüge nicht über die nötige Befehlsgewalt, um dort hineinzukommen.«

»Ganz zu schweigen davon, dass du mit der Befragung der Mönche in ein Wespennest stechen würdest. Hier geht man besser diskret vor.«

»Könnt Ihr mir auch raten, wie?«

Cosimo stellte das Glas auf einem Regal ab, der Wein war nun vergessen. »Ganz sicher nicht, indem du deine Stadtknechte auf jemanden loslässt. Geh ins Wirtshaus ›Al Passero‹ und frag dort nach Bilia.«

»Nach der Hure, die nur ein Auge hat?«, fragte Vitelli verblüfft.

»Sie gehört zu meinen Spionen. Sie wird dir helfen können.«

69

Die Galeere verließ den Hafen von Durazzo. Als Tigrinus freiwillig wieder an Bord erschien, stellte er fest, dass der Galeerensklave, den er vertreten hatte, wieder gesundet war, woraufhin man Tigrinus auf eine Ruderbank weiter vorn zum Bug hin verwies. Dort war die Arbeit nur noch halb so anstrengend, und er konnte beim Rudern dem Rhythmus derer folgen, die hinter ihm saßen. Fast tat ihm der arme Camerotto leid, den er zusammengeschnürt wie eine Salami am Strand abgelegt hatte. Doch nachdem er einige Stunden gerudert war, hatte er ihn schon vergessen.

Der frühe Morgen und der Vormittag vergingen, bis schließlich ein Hin und Her auf dem Mittelgang anzeigte, dass die Offiziere sich zum Essen versammeln würden. Doch anders als sonst blieb der Kapitän auf dem Vordeck stehen und befahl dem Comito, die Ruder hochnehmen zu lassen.«

»Wer von euch Kakerlaken kann lesen und schreiben?«, fragte er.

Tigrinus schwieg. Er wartete ab, dass die Ruderer einander fragende Blicke zuwarfen.

»Seid ihr taub?«, fragte der Kapitän ungeduldig.

Nun entschloss sich Tigrinus aufzusehen. »Ich, Messere!«, rief er laut.

Der Kapitän kratzte sich am Kinn und wechselte einige Worte mit dem Ersten Ruderer, der nachfragte: »Niemand sonst?« Keine Antwort. Daraufhin liefen beide auf den einzigen Mann zu, der sich gemeldet hatte.

»Schau an, schau an, der Florentiner«, sagte der Kapitän spöttisch.

»Ich kenne mich mit dem Alphabet und dem Abakus aus«, bestätigte Tigrinus, der die Arme anspannte, damit das Ruder oben blieb.

Diese Haltung kostete sehr viel Kraft, weshalb die Ruderer um ihn herum bereits unterdrückt fluchten.

Der Kapitän musterte Tigrinus verächtlich. »Ich will aber nichts mit jemandem zu tun haben, der gerade mal ein paar Worte Toskanisch kann.«

Tigrinus hielt seinem Blick stand. »Ich kann Latein, Patron.«

»Und wie das? Wolltest du etwa Mönch werden?«

»Ich habe es bei den Dominikanern des Klosters San Marco in Florenz gelernt.«

Obwohl dem Kapitän noch der Hochmut ins Gesicht geschrieben stand, war er doch beeindruckt. »Macht ihn los«, befahl er nach kurzem Zögern.

»Aber, Herr …«, wandte der Erste Ruderer ein. »Wir wissen doch nicht einmal …«

»Willst du etwa bei mir Camerotto werden?« Der Kapitän packte ihn am Ohr. »Obwohl du noch zu den Gebildetsten hier an Bord gehörst, könntest du nicht einmal ein O hinbekommen, wenn du um den Boden eines Bechers einen Kreis ziehen würdest!«

Der Erste Ruderer versuchte erst gar nicht, sich gegen diese Beleidigungen zur Wehr zu setzen, sondern schluckte sie mit einer verächtlichen Grimasse herunter. Er rief einen Soldaten zu sich, der einen Hammer mitbrachte, und zeigte auf die Kette, die Tigrinus' Knöchel an die Ruderbank fesselte. Einige gut gesetzte Schläge genügten, um sie zu öffnen.

Tigrinus, der sich immer noch nicht rührte, erhob sich erst auf den Befehl hin, die Ruderbank zu verlassen.

»Ist der wirklich ein gebildeter Mann?« Der Kapitän sprach über ihn mit einer Mischung von Herausforderung und Misstrauen. »Nun gut, das wird sich schnell herausstellen.«

Ganz damit beschäftigt, seine Begeisterung zu verbergen, unterdrückte Tigrinus den Drang, ihm entsprechend zu antworten, deshalb fragte er nur: »Wie meint Ihr das, Patron?«

»Du hast ja gehört, Florentiner, dass ich einen Camerotto benötige. Mein voriger hat sich an Land abgesetzt, und jetzt braucht es jemanden mit genug Verstand, um Register und Seekarten in Ordnung zu halten. Fühlst du dich dazu in der Lage?«

»Vollkommen.«

»Dann lass dir einen nassen Schwamm geben, reinige dich von Schweiß und Dreck, und dann kommst du zu mir. Nach dem Essen erfährst du alles über deine neuen Aufgaben und vor allem über die Strafen, die dich erwarten, wenn du einen Fehler machst oder uns verrätst.«

70

Tigrinus wurde in den engen Verschlag im Heck geführt, wo er nun schlafen, essen und seine Arbeit erledigen sollte. Neugierig sah er sich um, denn als er sich in der vergangenen Nacht Zutritt zu diesem Raum verschafft hatte, um seinen Vorgänger außer Gefecht zu setzen, war ihm dazu keine Gelegenheit geblieben. Jetzt konnte er sich mit jedem einzelnen Gegenstand beschäftigen, den man ihm zeigte, angefangen mit den Ladelisten über das Logbuch bis zu den Seekarten. Letztere waren wieder in zwei Ordner aufgeteilt. Der erste, der die wertvolleren Karten beinhaltete, war so groß, dass er nach dem Öffnen beinahe den gesamten Platz in dem kleinen Verschlag belegte. Der zweite, Portolan genannt, war hingegen wesentlich handlicher und mit vielen Notizen versehen. Der Kapitän übergab ihn Tigrinus, als sei er der größte seiner Schätze, dann reichte er ihm noch einen Schlüssel für einen Raum, der sich hinter dem Verschlag befand – das Waffenlager.

Er ließ Tigrinus allein, damit er sich mit seinen neuen Aufgaben vertraut machte. Eigentlich waren sie nicht so schwierig, doch auf ihm lastete eine enorme Verantwortung. Nicht nur, dass er wie ein Gefangener gehalten wurde. Dazu kam, dass man ihm, wenn er die Karten verdarb, Dokumente verschwinden ließ oder beim Ändern von Notizen Fehler machte, dafür Nase und Ohren abschneiden würde.

Nachdem er den ersten Arbeitstag hinter sich gebracht hatte, hatte er begriffen, dass die größte Gefahr vom Gebrauch der Öllampe ausging. In einem kleinen Raum voller brennbarer Stoffe konnte bei der geringsten Nachlässigkeit ein Feuer ausbrechen. Zum Glück hatte Tigrinus seine Kindheit, die er in der Werkstatt von Giovanni da Fiesole und im *Scriptorium* der Dominikaner verbracht hatte, daran gewöhnt, äußerst vorsichtig mit Kerzen und Schreibmaterial umzugehen.

Außerdem musste er mit dem Kapitän vertraut werden. Als sein persönlicher Diener würde er für die gesamte Dauer der Reise ständig mit ihm zu tun haben. Tigrinus fand heraus, dass dieser Alban hieß, aus Istrien stammte und früher einmal Soldat zur See gewesen war. Er blickte ihn stets misstrauisch an, die blauen Augen zu Schlitzen zusammengezogen, und Tigrinus musste größten Eifer an den Tag legen, um sein Vertrauen zu gewinnen.

Doch Alban war auch neugierig. Ab und zu, wenn er Tigrinus in der Abenddämmerung die Einträge für das Logbuch diktierte, stellte er ihm plötzlich Fragen, auf die Tigrinus stets eine Lüge zur Antwort bereithatte. Er erzählte dem Kapitän, er sei der Sohn eines Perlenhändlers und auf dem Weg in die Morea, um dort seinen Vater zu treffen, den er seit Jahren nicht gesehen hatte, und wiederholte auch die Geschichte des Überfalls im Hafen von Venedig, wobei er großzügig über die Details hinwegging.

»Wärt Ihr dann nicht besser in Durazzo an Land gegangen und hättet Eurem Vater geschrieben, er solle Euch Geld schicken, damit Ihr die Reise unter bequemeren Umständen fortsetzen könnt?«, fragte Alban, der sich inzwischen angewöhnt hatte, ihn mit »Ihr« anzusprechen.

»Er weiß nicht, dass ich komme«, antwortete Tigrinus, und da dies der Wahrheit entsprach, klang er betroffener, als er wollte.

Albans Blick durchbohrte ihn förmlich, doch dann lächelte er ihn freundschaftlich an. Das erste Zeichen von Kameradschaft, seit sie einander kennengelernt hatten. »Vergessen wir einmal die Lügen, die Ihr mir erzählt habt«, sagte er schließlich. »Ich möchte Euch vor den Gefahren in dem Gebiet warnen, das Ihr Euch zu betreten anschickt, Florentiner.«

»Es liegt mir fern, dort Streit mit den Ungläubigen zu suchen«, versicherte Tigrinus ihm, der den Sinn der Warnung begriffen hatte.

»Oh, aber sie werden Streit mit Euch suchen«, erklärte Alban.

»Nach dem Konzil von Mantua hat sich eine Welle der Feindseligkeit ausgebreitet, und seitdem einige darauf drängen, einen neuen Kreuzzug zu beginnen, hat jeder Türke auf dem Meer der gesamten Christenheit Krieg geschworen.«

Tigrinus nickte. Diese Gerüchte hatte auch er schon in Florenz gehört, aber damals war ihm diese Welt so fern und fremd gewesen, dass sie keinerlei Angst in ihm ausgelöst hatte. »Zum Glück werde ich bald wieder auf dem Festland sein.«

»So könnt Ihr vielleicht die Gegend um Paris oder die deutschen Lande bezeichnen«, erwiderte Alban verächtlich. »Aber rechnet damit, dass jede Bucht, Insel oder Halbinsel ein Spielball derer ist, die die Wasser befahren, die sie umgeben.«

71

Florenz, am Arnoufer
22. Juli

Bilia stand unter einem Baum, einen Schritt vom Ponte Novo entfernt, über den ein Wagen nach dem anderen ratterte. Der karminrote Abglanz des Himmels auf ihrem Gesicht verwandelte es im Zusammenspiel mit den immer länger werdenden Schatten in eine Fratze, aus der ihr einziges Auge hell hervorleuchtete. »Ich habe nichts über den Mörder von Pater Montano da Bagnone erfahren können, aber über diesen Mönch könnte ich Euch einiges erzählen, dass Euch die Augen übergehen«, wisperte sie.

»Was hast du herausgefunden?«, fragte Vitelli, der mit dem Rücken an dem Baum lehnte, sodass er die Straße im Blick hatte.

»Er war derjenige, der Giannotto Bruni in die Krypta geleitete, in der dieser ermordet wurde.«

»Bist du dir sicher?«

Bilia nickte. »Auch Mönche haben so ihre Schwächen«, sagte sie anzüglich. »Bei den richtigen Verlockungen kommen sie schnell ins Reden. Solange er lebte, hat Pater Montano seine Mitbrüder beschworen, über seine Beteiligung an der Sache zu schweigen.«

»Warum das?«

»Keine Ahnung, warum. Aber Messer Giannotto war nicht der Einzige, den der Mönch an dem Tag in die unterirdischen Gewölbe einließ. Der Bankier wurde von jemandem begleitet, einem Mann mit einem grauen Turban. Niemand kennt seinen Namen.«

»Das Ganze kommt mir ziemlich merkwürdig vor«, sagte Vitelli. »Wenn das wirklich stimmt, warum haben die wachhabenden Mönche von Santa Trìnita nur Tigrinus ergriffen?«

»Das ist schnell gesagt: Pater Montano half dem Fremden, die Krypta unbemerkt zu verlassen, gleich nachdem Bruni erstochen wurde.«

»Bist du dir dessen auch sicher?«

»Dieses Detail kennen nur wenige, aber ich habe keine Veranlassung, an der Glaubwürdigkeit meiner Quelle zu zweifeln«, antwortete Bilia stolz.

Vitelli konnte ihre auftrumpfende Art kaum ertragen, mit der sie ihm mehr oder weniger unterstellte, nichts geleistet zu haben. Andererseits berichtete sie ihm gerade von einer Intrige, die er sich so nicht im Traum hätte vorstellen können. »Hat deine Quelle dir auch verraten, was Montano da Bagnone dazu gebracht hat, dies zu tun?«

Bilia wurde ausweichend. »Nun verlangt Ihr aber zu viel, Messere.«

»Dieser Mönch muss seine Gründe gehabt haben«, sagte Vitelli und fragte sich, ob es einen möglichen Zusammenhang zu der Geschichte mit den Perlen gab. Es kam ihm seltsam vor, einen Mann Gottes mit einem Verbrechen in Verbindung zu bringen, das wegen irdischer Reichtümer begangen worden war, aber je mehr er sich in die Angelegenheit vertiefte, desto eher musste er Bilias Vermutungen akzeptieren. Pater Montano hatte zweifellos mit dem Mörder unter einer Decke gesteckt und ihm zunächst zur Flucht verholfen, ehe er selbst dessen Opfer wurde.

»Vielleicht hat man ihn auch bedroht«, sagte Bilia.

Das konnte sein, da musste Vitelli ihr zustimmen. Doch er hütete sich, sie auch noch zu ermutigen. »Weißt du mehr?«

»Ist das nicht genug?«

»Du hast mir keine Spur geliefert, die ich weiterverfolgen könnte.«

»Das muss genügen. Ich habe Euch Einzelheiten geliefert, die Ihr niemals erfahren hättet«, sagte sie verärgert.

Am liebsten wäre Vitelli ihr an die Kehle gegangen, aber er hielt sich zurück. Denn er hatte gehört, dass Bilia stets eine vergiftete Klinge unter ihren Gewändern versteckte, mit der sie jederzeit zustoßen konnte. »Bilde dir nur nicht zu viel darauf ein«, sagte er höhnisch. »Denn trotz deiner Schläue musst du doch anderen als Werkzeug dienen.«

»Nur, solange es mir nützt«, erwiderte Bilia, ohne sich von seinen Worten provozieren zu lassen, und verabschiedete sich mit einem anmutigen Kopfnicken.

72

Bianca hätte niemals gedacht, dass sie sich so schnell an das Eheleben gewöhnen würde, doch aufgegeben hatte sie sich keineswegs. Teofilo Capponi konnte sie vielleicht zwischen den Laken des Ehebetts besitzen oder sich einbilden, sie mit Schmeicheleien und Gewalt zu unterwerfen, aber es war ihm auf keinen Fall gelungen, sie zu zähmen. Mit der von ihrem Onkel geerbten Schläue hatte sie schnell gelernt, ihm so weit entgegenzukommen, dass er ihr möglichst viele Freiheiten zugestand und sie sich auf langen Spaziergängen durch die Straßen der reichen Viertel von Florenz erholen konnte.

Hier fand sie ihren Frieden, fernab von ihrem Gemahl und seinem Heim, das sie erdrückte. Mochten die Leute sie noch so neiderfüllt ansehen. Nach allem, was sie durchgemacht hatte, empfand sie sogar Vergnügen dabei, ihre Missgunst zu erregen. Stets in die prächtigsten Gewänder gekleidet und mit Geschmeide geschmückt, die den Luxusgesetzen Hohn sprachen, versuchte sie jeden Tag, so lange wie möglich außer Haus zu bleiben, und schob dafür entweder einen Besuch in der Kirche oder auf dem Mercato Vecchio vor. Außerdem glaubte sie fest daran, dass dieser Zustand nur vorübergehend sein würde.

Sie würde sich dieses Mannes entledigen, und zwar schon bald. Wie, wusste sie zwar noch nicht, aber die Flamme der Hoffnung half ihr, die dunklen Seiten ihres Alltags zu überstehen, wenn Teofilo vor Gästen seinen Unmut an ihr ausließ oder sie in der Nacht mit Gewalt nahm. Ihn umzubringen, ging selbst ihr zu weit, aber ihr blieb noch die Möglichkeit, ihn zu ruinieren, dafür zu sorgen, dass er ins Gefängnis kam, oder ihn dazu zu bewegen, eine lange Reise zu unternehmen. Sie musste nur einen Überblick über seine Geschäfte bekommen, Einsicht in seine Bücher erlangen oder etwas über seine

Beziehungen zu den Kunden erfahren, dann würde sie schon einen Plan entwickeln.

Sie wusste aus Erfahrung, dass Männer von seinem Schlag immer Feinde hatten oder zumindest einen schwachen Punkt. Diesen musste sie finden, dann könnte sie ihn wie eine Marionette lenken und ihn für jede Demütigung büßen lassen, die er ihr angetan hatte.

Während sie zwischen den Ständen des Marktes von Porta Santa Maria flanierte, schwelgte Bianca gerade wieder in einer dieser Rachephantasien, als ihr ein kräftiger Mann mit einem riesigen Hund entgegenkam.

»Mastro Vitelli«, begrüßte sie ihn und erwartete ihrerseits einen ehrerbietigen Gruß. Dass man ihr mit Respekt begegnete, war einer der Vorteile, die ihr halfen, ihr neues Leben zu ertragen.

»Verzeiht mir meine Kühnheit, Madonna«, sagte Niccolò Vitelli deutlich höflicher als bei ihrer letzten Begegnung. »Ich bräuchte Euren Rat.«

»Habt Ihr vor, mir noch weitere Leichen zu zeigen?«, fragte Bianca von oben herab.

»Um Himmels willen, nein.«

»Was wollt Ihr dann?«

»Vor allem möchte ich Euch über die Fortschritte unterrichten, die ich im Fall Eures Onkels gemacht habe.«

Bianca sah ihn gespannt an. »Ich höre.«

»Nicht hier.« Vitelli blickte sich vorsichtig nach allen Seiten um und zeigte dann auf eine einsame Stelle fernab vom emsigen Markttreiben. »Folgt mir.«

»Wartet. Wir wollen doch die Diener meines Mannes nicht unnötig beunruhigen.« Bianca drehte sich um, bedeutete den beiden Bediensteten, die sie mit einiger Entfernung begleiteten, dass alles in Ordnung war, und folgte dann Vitelli. »Nun?«, fragte sie, als sie vor neugierigen Blicken geschützt waren.

»Ihr hattet recht«, begann Vitelli. »Pater Montano war in die Angelegenheit verwickelt. Er hat Messer Giannotto in die

Krypta von Santa Trìnita eingelassen, zusammen mit einem anderen Mann, der ihn wahrscheinlich getötet hat.«

Das genügte, um Bianca wieder in die Frau zu verwandeln, die sie vor ihrer Hochzeit gewesen war. Ihr Hass auf Teofilo Capponi machte der Neugier Platz, Näheres darüber zu erfahren, was ihrem Onkel zugestoßen war. »Jetzt ergibt alles einen Sinn!«, rief sie aus.

Vitelli teilte ihre Begeisterung nicht. »Nur das Motiv bleibt weiter im Dunklen.«

»Das Motiv des Mörders ist doch klar!« Biancas Eifer war entfacht. »Er wollte die Orientperlen, wie Tigrinus gesagt hatte. Aber fahrt fort ... Habt Ihr noch etwas herausgefunden?«

»Leider nein. Die Identität des Mörders bleibt noch ein Rätsel.«

Bianca kommentierte das mit einem nicht sehr damenhaften Fluch, dann gewann sie ihre Fassung zurück und betrachtete Vitelli. In seinem Blick war nichts vom Wunsch nach Gerechtigkeit zu erkennen, ebenso wenig schien er gewillt, einer rachedürstenden Frau gefällig zu sein. Es war eine andere Form von Gier, die Bianca schnell erkannte, weil sie sie selbst entfacht hatte. Nicht den Mörder wollte er finden, sondern die Perlen. Einen Schatz aus Kostbarkeiten, bleich und schimmernd wie der Mond, der das Leben oder auch das Schicksal eines jeden verändern konnte, der ihn besaß. »Vielleicht kann ich Euch helfen«, sage sie. »Aber das entscheide ich erst, wenn ich von Euch eine Antwort auf folgende Frage erhalten habe: Seid Ihr wirklich der Meinung, dass Pater Montano von demselben Mann erhängt wurde, der meinen Onkel erstochen hat?«

»Das erscheint mir am wahrscheinlichsten«, sagte Vitelli. »Der Mönch muss seinen Komplizen verraten haben. Oder vielleicht plagten ihn Gewissensbisse, und er wollte seine Schuld jemandem eingestehen.«

»Das war ich«, seufzte Bianca. »Ich beschwor ihn seit Tagen, mir doch sein Geheimnis zu enthüllen.«

»Wahrscheinlich hat der Mörder dies bemerkt und dann das Problem an der Wurzel beseitigt.«

Bianca nickte. Nun hatte sie die Bestätigung, dass sie für den Tod von Pater Montano verantwortlich war, ihre Reue wich jedoch schnell einem Wunsch nach Rache. »Ich gebe Euch einen Hinweis, dem Ihr nachgehen könnt«, sagte sie zu Vitelli und zog den Schlüssel mit dem Kreuz in der Mitte des Griffs aus einer Tasche ihres Kleides. Diesen hatte sie die ganze Zeit mit sich geführt, wie ein Relikt aus ihrem früheren Leben. »Sucht in der Kirche, aus der er stammt. Ich hatte diesbezüglich kein Glück. Aber vielleicht könnt Ihr mehr ausrichten als ich.«

73

Einmal im Monat verließ der Vorsteher von San Salvi das Kloster, um die Weinberge zu inspizieren, die sich entlang der Grenzen der Ländereien seines Ordens erstreckten. Er ließ sich dafür von zwei Dienern in einer bequemen Sänfte durch die Reihen der Rebstöcke tragen und musterte die reifenden Trauben sowie den kräftigen Wuchs der Pflanzen, bevor er die Bauern zu den Ernteaussichten befragte. Stets wurde er dabei von zwei Mönchen begleitet, die Reisesäcke mit Silbermünzen mit sich führten. Der Klostervorsteher gefiel sich in der Rolle eines großzügigen Menschen und machte bei solchen Gelegenheiten den Familien in den Dörfern gern kleine Geschenke, um sich für ihre Treue zu bedanken.

An diesem Tag kehrte er jedoch mit schwerem Herzen zurück. Die andauernden Regenfälle des Winters und die plötzlich einsetzende Hitze schienen dem Wachstum der Weinstöcke geschadet zu haben. Die Bauern hatten sich darüber beschämt gezeigt, aber den Launen der Natur musste man sich ebenso unterwerfen wie dem Wunsch des Herrn. Und der Klostervorsteher konnte nichts anderes tun, als dazu Amen zu sagen.

Als das Geläut der Vesperglocken durch die Weinberge hallte, kam der Tross an einer Biegung des Weges abrupt zum Stehen. Der Vorsteher wurde auf seinem Sitz etwas durchgeschüttelt und spähte, nachdem er sein Gleichgewicht wiedergefunden hatte, nach draußen.

»Was ist los?«, fragte er. »Habt ihr keine Lust mehr?«

Doch er erhielt keine Antwort. Stattdessen baute sich ein bewaffneter Mann in einem schwarzen Umhang vor dem Vorsteher auf, die Kapuze seines Mantels tief ins Gesicht gezogen. »Meine Verehrung, ehrwürdiger Vater«, sagte er, packte ihn am Kragen und zog ihn aus der Sänfte hinaus auf den Boden.

Der Klostervorsteher spuckte ein wenig Erde aus und wischte sich das Gesicht ab, eher beleidigt als erschrocken. »Seid barmherzig!«, rief er, während er sich auf den Knien aufrichtete. Da bemerkte er noch vier weitere Soldaten, die seine Begleiter festhielten. »Wollt Ihr Geld?«

»Behaltet Euer Geld!«, rief der Mann, der ihn zu Boden geworfen hatte. »Ich benötige Informationen!«

»Informationen … worüber?«

»Über einen Mann, dem Ihr in Eurem Kloster Unterschlupf gewährt habt.«

»Nun ja, da gibt es viele Pilger …«

»Das war kein Pilger, sondern ein Verbrecher der übelsten Sorte«, fiel ihm der Mann ins Wort. »Er erhielt Euren Schutz auf Fürsprache von Pater Montano da Bagnone.«

»Habt Ihr dafür Beweise außer Eurem Wort?«

»Den hier.« Der Mann zeigte ihm einen Schlüssel, in dessen Griff ein Kreuz eingearbeitet war. »Erkennt Ihr ihn wieder?«

»In meinem Kloster gibt es Schlüssel dieser Art«, sagte der Klostervorsteher knapp.

»Dieser Schlüssel wurde neben der Leiche von Pater Montano gefunden.«

»Ich verstehe nicht, worauf Ihr hinauswollt.«

Der Mann ließ den Schlüssel unter seinem Umhang verschwinden und holte stattdessen einen Dolch hervor. »Erzählt mir alles über den Kerl, verflucht noch eins!«

Auf einmal lag der Klostervorsteher auf dem Rücken. Dass man ihn umgestoßen hatte, hatte er nicht einmal bemerkt. »Ich …«, stammelte er und bekam allmählich doch Angst. »Ich kann nicht!«

»Liegt Euch so wenig an Eurem Leben?«

»Ihr versteht das falsch, Messere … Ich kann nicht, weil ich seinen Namen nicht kenne!«

»Ihr habt also einem vollkommen Unbekannten Unterschlupf gewährt? In einem gottgeweihten Kloster?«

»So war es mit Montano da Bagnone vereinbart«, antwortete

der Vorsteher, ohne die Waffe aus den Augen zu lassen. »Aber wenn ich damals gewusst hätte …«

»Was gewusst hättet?«

»Dass mir dies so viel Ärger einbringen würde …«

Der Mann im Umhang beugte sich über den Mönch und fuhr ihm mit der Klinge über die Wange. »Wollt Ihr mich etwa glauben machen, dass Ihr nichts wisst?«

»Nichts, gar nichts«, wimmerte der Klostervorsteher. Nun war jeder Ausdruck von Hochmut aus seinem Gesicht gewichen. »Mich haben bereits andere Leute nach diesem Mann ausgefragt, nachdem er verschwunden war … und auch denen konnte ich keine andere Antwort geben.«

»Was für Leute?«

»Nun ja, die Letzte war eine Frau, eine Madonna Bianca aus Florenz, glaube ich … Ich konnte sie nicht selbst empfangen, weil sie eine Frau war, aber ich gestattete ihr, mit meinen Mönchen zu sprechen.«

»Und wer sonst?«, drängte der Mann, ließ die Klinge von der Wange zur Nase hochwandern und drohte, sie aufzuschlitzen.

»Ein Reisender, der von weither kam …«, stammelte der Klostervorsteher. »Ich erinnere mich an seine Kleidung und an den ungepflegten Bart …«

»Habt Ihr also selbst mit ihm gesprochen?«

»Jaja. Er sagte mir, dass er nach einem Freund suchte, der in meinem Kloster Unterschlupf erhalten hatte. Und dass Pater Montano ihn zu mir gesandt hätte, was mir etwas seltsam vorkam, weil dieser am folgenden Tag tot aufgefunden wurde.«

»Und warum habt Ihr Euch nicht an die Stadtknechte gewandt?«

Der Mönch starrte ihn verwundert an. »Woher wisst Ihr das? Seid Ihr etwa selbst einer?«

»Schweigt, verflucht noch eins!«, knurrte der Mann in dem Umhang. Er presste seine Waffe nun gegen die Kehle des Mönchs. »An was erinnert Ihr Euch noch?«

»An nichts, Messere … abgesehen von seinem Namen.«

Unter der schwarzen Kapuze, die sein Gesicht verbarg, gönnte sich Niccolò Vitelli ein zufriedenes Lächeln. »Los, dann nennt mir den!«, befahl er. »Und ich verspreche, dass Ihr heil und unversehrt in Euer Kloster zurückkehren werdet.«

74

Auf dem Ägäischen Meer

Tigrinus begriff erst zu spät, was Alban mit seiner Warnung gemeint hatte. Die Welt der Völker, die Griechisch sprachen, erwies sich als wesentlich weitläufiger, als er sich vorgestellt hatte. Sie erstreckte sich über das Meer wie ein Labyrinth von Inseln und Halbinseln, die untereinander durch unzählige Legenden verbunden waren. Sein größter Fehler allerdings war es gewesen anzunehmen, dass die Reise in der Morea zu Ende wäre.

In den letzten Julitagen ankerten sie mit der Galeere vor Modoni, jener Festung auf dem Peloponnes, die man »Venetiarum ocellae« nannte, weil hier die »Augen Venedigs« auf jene Gewässer gerichtet waren, die von Piraten aus aller Herren Länder heimgesucht wurden. Im Hafen wimmelte es von Schiffen aus dem Morgenland, und auf den Märkten, die sich vom Ufer bis hinter die Stadtmauern zogen, sah man zahlreiche Pilger.

Nach der langen Zeit auf See konnte es Tigrinus kaum erwarten, diese berühmte Hafenstadt zu besuchen. Doch ehe er von Bord ging, musste er dem Kapitän wie gewohnt helfen, den Kurs für die nächsten Tage zu bestimmen. Und erst da bemerkte er, dass er einem Irrtum aufgesessen war: Aus den Seekarten wurde ersichtlich, dass die Landzunge, die zum Berg Athos führte, nicht auf der Morea lag, wie er es in Florenz geglaubt hatte, sondern weiter östlich am äußersten Ende der Halbinsel Chalkidiki.

Nachdem er seine Aufgaben erledigt hatte, blieb Tigrinus noch etwas in seinem Verschlag, unter dem Vorwand, er wolle dort Ordnung schaffen, und verglich mit wachsender Besorgnis die Karte von Lionardo mit den Portolankarten an Bord des Schiffes. Eine davon war ihm besonders nützlich, da sie die

Küsten zwischen Thessaloniki und Byzanz abbildete. Tigrinus versuchte erst gar nicht, die Karte auswendig zu lernen, weil sie so kompliziert war. Er berechnete die Entfernung, die ihn von seinem Ziel trennte, und legte den Portolan dann beiseite, in der Absicht, ihn zu gegebener Zeit zu stehlen.

Am nächsten Morgen nahmen sie ihre Reise mit Kurs Nordost wieder auf, fuhren an Lakonien und der Insel Kythira vorbei, dann durch Archipele mit grün bewaldeten Küsten bis nach Chios vor der Küste Kleinasiens. Hier musste Alban sich von Tigrinus verabschieden, was er nur sehr ungern tat, weil zwischen ihnen ein Gefühl der Verbundenheit entstanden war. »Meine Galeere fährt weiter nach Rhodos, während Ihr, wenn ich das recht verstanden habe, in die entgegengesetzte Richtung reisen müsst«, sagte er.

Tigrinus war schon gespannt, aber gleichzeitig hatte er Angst, weil er nicht wusste, was ihn erwartete. »Ich bin Euch für alles dankbar, Patron«, antwortete er.

Alban lächelte. »Auf Chios habe ich einige Freunde, ich werde Euch sagen, an wen Ihr Euch wegen einer sicheren Überfahrt wenden könnt.« Er reichte ihm einen Dolch. »Wo wir gerade von Sicherheit sprechen, es bleibt immer noch ein Wagnis.«

Noch am selben Tag ging Tigrinus auf einer unbekannten Insel an Land. Er trug einen Umhang aus groben Stoff, den die venezianischen Ruderer für ihn genäht hatten, und einen Reisesack, in dem er ein paar Münzen, den Dolch des Kapitäns und die gestohlene Portolankarte versteckt hatte. Nach den langen Wochen, die er in dem engen Heckverschlag verbracht hatte, tat es ihm gut, an der frischen Luft zu sein. Das lenkte ihn davon ab, dass er in einem fremden Land war, wo kein Schiff auf ihn wartete. Er lief über die steinigen Hafenstraßen und beobachtete das rege Hin und Her von Karren, Mönchsprozessionen mit den Insignien des heiligen Isidoros und jungen Frauen mit dattelfarbener Haut, bis er es müde war und wieder in den Hafen zurückkehrte.

Die Erfahrungen, die er an Bord der Galeere gesammelt hatte, halfen ihm, sich schnell auf den Kais von Chios zurechtzufinden, wo es ihm mit seinen paar Brocken Sabir gelang, den Freund ausfindig zu machen, den Alban ihm genannt hatte: Es war ein bulgarischer Schmuggler mit Namen Bulaq. Ein hagerer Mann, der fast jede Sprache sprach und um den Hals zahlreiche Ketten und Anhänger mit den Symbolen aller Religionen trug. Um ihn davon zu überzeugen, ihm einen Platz auf seiner Fusta zuzusichern, musste Tigrinus Albans Namen mehrfach wiederholen.

Nachdem Bulaq noch weitere Passagiere zweifelhaften Rufs an Bord genommen hatte, stachen sie in See. Ihr Schiff folgte der Küste Kleinasiens und legte zunächst in Mytilini und dann auf Limnos an, wo Tigrinus sich unter Deck verstecken musste, um nicht von den Türken entdeckt zu werden, die nun die neuen Herren der Insel waren. Die Angst, gefangen genommen und als Sklave verkauft zu werden, verließ Tigrinus erst, als das Schiff sich wieder in Richtung Westen aufmachte und all die Leuchttürme und Buchten voll mit *Kadirgen* unter der Flagge des Halbmonds hinter sich ließ.

Auch Bulaq schien sich endlich zu entspannen. Zum ersten Mal, seit sie aufgebrochen waren, gönnte er sich etwas Wein und unterhielt sich mit Tigrinus in endlosen klaren Sternennächten, während er das Steuer führte. Er enthüllte ihm, dass er Alban schon aus Zeiten kannte, als sie noch Soldaten gewesen waren, und erzählte von Gewalt, Raubzügen und Verstecken auf geheimen Inseln. Drei Tage später drehte er ohne Vorwarnung nach Steuerbord ab und bog in eine Bucht mit hohen Steilklippen ein, die aus dem blauen Meer aufragten. Zwischen der dichten *Macchia*, deren Spitzen im Wind schwankten, erhoben sich die Türme eines Klosters.

Bulaq segelte an der Küste dieses irdischen Paradieses entlang, bis er in der Nähe eines Hafenortes, der unvermittelt zwischen den weißen Felsen aufgetaucht war, einen Ankerplatz fand. »Uranopolis«, sagte er bloß.

Tigrinus brauchte keine weiteren Erklärungen.

Er hatte diesen Namen auf der Karte von Lionardo gelesen. Es war das Dorf, das dem heiligen Berg am nächsten lag.

Der Berg, auf dem, wie die Legende es besagte, die Sonne niemals unterging.

75

Livorno, Taverne zum Leuchtturm »Al Fanale«
4. August

Als Niccòlo Vitelli die Tür öffnete, schwappte mit ihm ein Hauch salziger Meeresluft herein. In dem Lokal hatten zahlreiche Abenteurer Schutz vor der schwülen Sommerhitze gesucht und vertrieben sich hier in der Abenddämmerung die Zeit mit Würfelspiel und Wein. Vitelli war einer von wenigen, deren Kleidung nicht von einem Leben zeugte, das überwiegend auf dem Meer verbracht worden war. Immerhin war er aber so schlau gewesen, das Obergewand der Stadtknechte in Florenz zu lassen, wie überhaupt alles – bis auf sein Schwert –, das seine Identität verraten könnte. Auf die anderen wirkte er mit seinem Wams und dem zusammengerollten, unter den Arm geklemmten Umhang wie ein gewöhnlicher Reisender.

Unauffällig musterte er die Gesichter in seiner Umgebung, bis er in einer Ecke des Raumes zwei Männer ausmachte. Der kräftigere von beiden trug eine graue Kutte und einen Turban in der gleichen Farbe, so wie alle Pilger aus dem Morgenland. Der andere, der ziemlich elegant gekleidet war und wie ein Mann der Kirche aussah, hatte einen Regenumhang um die Schultern geworfen.

Ohne Umschweife zog Vitelli einen Hocker bis zu ihrem Tisch und setzte sich.

»Wir suchen keine Gesellschaft«, sagte der Geistliche und löffelte weiter aus einer Schüssel, die mit in Soße getränkten Brotbrocken gefüllt war.

Der Mann mit dem Turban blickte düster. »Der da sucht auch keine Gesellschaft, sondern einen Hals für den Galgen«, knurrte er.

»Du kennst ihn?«, fragte der andere ungerührt zurück.

»Ich habe ihn in Florenz gesehen. Er ermittelt bei Verbrechen.«

Vitelli hatte die Ellenbogen auf den Tisch gestützt und wartete darauf, dass die beiden zu einem Ende kamen. Nach all der Mühe wollte er sich um nichts auf der Welt diesen Moment entgehen lassen. Endlich hatte er sie vor sich – Arm und Hirn, das doppelte Antlitz des Mörders, den er gejagt hatte.

Nach einer Weile richtete der Geistliche wieder das Wort an ihn: »Wie habt Ihr uns gefunden?«

»Ganz gleich, wie gut ein armer Teufel darin ist, sich zu verstecken, früher oder später stößt er immer auf einen, der sich an ihn erinnert und der ihn erkannt oder kürzlich gesehen hat. Man muss dafür nur Geduld haben und seinen Namen kennen.«

Der Geistliche wirkte amüsiert. »Ich wusste nicht, dass ich so berühmt bin.«

»Dankt der Vergangenheit, die Ihr hinter Euch gelassen habt. Ich kann Euch sagen, dass ich auf meiner Jagd nach Euch mit vielen Menschen gesprochen habe, die Euch immer noch hassen, obwohl sie Euch seit Jahren nicht mehr gesehen haben. Besonders hier in dieser Gegend.«

»In Florenz wäre es noch schlimmer gewesen«, seufzte der Geistliche.

»Jetzt begreife ich, warum Ihr einen Handlanger gebraucht habt.«

»Ich bin kein Handlanger, ich bin sein Diener«, sagte der Mann mit dem Turban empört und ließ eine Hand unter den Tisch gleiten.

»Bezähmt Euren Zorn«, beruhigte Vitelli ihn, da er erkannt hatte, dass der Mann zu seiner Waffe greifen wollte. »Ich bin nicht hier, um irgendjemanden festzunehmen.«

»Das wusste ich, Messere«, sagte der Geistliche und fuhr mit dem Finger über den Rand der Schüssel. »Ich nehme an, Ihr seid auf die Perlen aus.«

»Die Perlen aus Malabar«, bestätigte Vitelli. »Sie waren die ganze Zeit in Eurem Besitz, nicht wahr? Von Anfang an …«

Der Geistliche nickte scheinheilig. »Auch Giannotto Bruni muss das sofort erkannt haben. Tja … *Mea culpa*. Dieser alte Fuchs hatte schon zu viele derartige Fälle erlebt, um uns die Geschichte vom Schiffbruch abzukaufen.«

Vitelli konnte kaum glauben, dass der Mann so offen mit ihm darüber sprach. Als er die Taverne betreten hatte, hatte er damit gerechnet, dass er es mit Leuten zu tun bekäme, die alles abstreiten würden, stattdessen sah er sich nun einer Überraschung ausgesetzt: der Wahrheit. Der Mann ihm gegenüber kannte keine Angst und musste sich nicht verstellen.

Vitelli blickte in die Runde, um sicherzugehen, dass sie keine Aufmerksamkeit erregt hatten. »Im Grunde wolltet Ihr die Versicherungssumme für eine Ware einstreichen, die gar nicht verloren gegangen war, sondern ihr Ziel sehr wohl erreicht hatte.«

»Wenn Ihr das so sagt, klingt die Angelegenheit überaus schäbig«, sagte der Geistliche grimmig. »Ihr müsst wissen, da waren noch andere Dinge im Spiel. Eine persönliche Rache, von der ich schon lange geträumt hatte. Messer Bruni war alles andere als ein Heiliger.«

»Nun ja, jetzt ist er tot, und Ihr seid quitt.«

»Möge der Heuchler in der Hölle schmoren. Ich wollte schlauer sein als er, ihn zum Ausgleich für all das, was er mir angetan hat, betrügen. Denn wie Ihr wisst, würden sich manche Menschen lieber selbst das Blut aus den Adern saugen, als sich Geld aus der Tasche ziehen zu lassen.«

»Also habt Ihr ihn in die Krypta mit der vollen Absicht gelockt, ihn zu täuschen.«

Der Geistliche nickte. »Wäre ich persönlich erschienen, hätte Bruni mich sofort erkannt. Daher schickte ich meinen Diener. Ich erklärte ihm, wie er sich als der rechtmäßige Besitzer der Perlen ausgeben konnte und was die Lüge glaubwürdig erscheinen ließ.«

»Zu schade, dass der Alte keinen Soldo rausrücken wollte«, spottete Vitelli.

»Ach, wäre es nur das gewesen ...«, schnaubte der Diener. »Dieser alte Knauser hat die Beherrschung verloren und mich quasi gezwungen ... Na ja, den Rest kennt Ihr.«

»Und der Mönch?«, fragte Vitelli. »Welche Rolle spielte Pater Montano da Bagnone in diesem Spiel?«

Der Geistliche bekreuzigte sich, obwohl ihm immer noch ein zynisches Grinsen auf den Lippen lag. »Oft genug sind es die Engelsgesichter, die ihren Nächsten am besten betrügen können.«

Vitelli begriff, dass er keine weiteren Antworten erhalten würde. Die Unterhaltung fing an, ihn zu verwirren. Er redete hier immerhin mit zwei Mördern. Am besten brachte er das Ganze zu Ende und verschwand von hier. »Behaltet Eure Geheimnisse ruhig für Euch«, sagte er schließlich. »Aber wenn ich nicht weiter in diesem Schmutz herumwühlen soll, dann hat das seinen Preis.«

»Endlich kommen wir zum Geschäft.« Der Geistliche klang erfreut. »Sagt an, was wäre denn Euer Preis?«

»Nicht weniger als ein Drittel.«

»Ein Drittel der Perlen«, präzisierte der Geistliche.

Vitelli nickte.

»Das erscheint mir vernünftig«, sagte der Mann. »Momentan befinden sich die Perlen weit weg an einem geheimen Ort. Wo sie seit dem Moment warten, an dem ich meinen Fuß auf festen Boden gesetzt habe, und den sie erst verlassen, wenn ich sicher bin, dass ich von niemandem mehr verfolgt werde. Ihr müsst das verstehen ... Messere. Die Probleme, die mir seit dem Tod von Giannotto Bruni entstanden sind, müssen erst gelöst werden. Von daher benötige ich mehr von Euch als Euer Schweigen.«

»Ich bin ein Stadtknecht von Florenz«, wehrte Vitelli ab. »Ich denke, ich habe mich schon zu weit aus dem Fenster gelehnt und Euch bereits zu viele Zugeständnisse gemacht.«

»Ich verlange von Euch nichts Schlimmes«, beruhigte ihn der Geistliche. »Sondern nur, dass Ihr die Sünde der Trägheit begeht.«

»Werdet etwas deutlicher.«

»Ihr müsst im richtigen Moment wegsehen.«

Vitelli umklammerte die Tischkante. »Noch ein Verbrechen?«

»Das letzte.«

Vitelli schwieg. »Ihr wisst schon, dass meine Antwort sehr von dem gewählten Opfer abhängt«, sagte er schließlich.

Niemand Besonderes, schien der Geistliche mit einem Achselzucken sagen zu wollen. »Es handelt sich um eine Frau, die zu tief gegraben hat.«

»Die Nichte von Giannotto Bruni«, sagte der Diener.

Vitelli verzog den Mund. Es tat ihm um Bianca leid, aber trotz ihres hübschen Gesichts musste er eingestehen, dass ihr Verschwinden auch ihm zupasskäme. Besonders jetzt, wo er sich mit den Mördern des Bankiers einig geworden war. »Das wird nicht leicht werden«, sagte er. »Sie hat einen mächtigen Mann geheiratet, ein Mitglied der Geldwechslerzunft, einen Freund von Cosimo de' Medici.«

»Ach, wir haben keine Eile«, sagte der Geistliche lachend. »Dann warten wir eben ab, bis dieses neugierige Frauenzimmer aus der Deckung kommt. Also … brauchen wir nur noch den richtigen Vorwand, um ihre Aufmerksamkeit zu wecken.«

TEIL 5

Secretum

76

Nachdem er ein Maultier und etwas Reiseproviant gestohlen hatte, verließ Tigrinus den kleinen Hafenort und ritt in einen Pinienwald. Die Landschaft unterschied sich deutlich von den Hainen der Toskana, die er kannte. Das lag einerseits an ihrer Schroffheit, aber auch an dieser Sonne, die Pflanzen und Felsen so kräftige, geradezu grelle Farben verlieh. Dass er nun kurz davorstand, sein Ziel zu erreichen, steigerte seine Aufregung dermaßen, dass er keine anderen Details aufnehmen konnte. Zum ersten Mal, seit er Florenz verlassen hatte, waren alle Gedanken an Cosimo de' Medici und an Bianca vergessen. Er hatte nur noch ein Ziel im Kopf: herauszufinden, wer der schwarze Abt war und worin dessen Verbindung zu ihm bestand.

Dank Lionardos Karte fand er seinen Weg ohne Probleme, hinauf über sich schlängelnde, beinahe verlassene Pfade, wo er höchstens ein paar Ziegen oder Federvieh begegnete. Die einzigen Anzeichen menschlichen Lebens waren die monumentalen Klöster, die zwischen Bäumen oder auf Felsen prangten. Doch von ihnen ging eine solche Reglosigkeit und Stille aus, dass Tigrinus mehr als einmal glaubte, er würde nur ein Trugbild vor sich sehen oder die Überreste einer seit Jahrhunderten ausgestorbenen Mönchsgemeinschaft.

Endlich, nachdem er eine tiefe, enge Felsenschlucht hinter sich gelassen hatte, stieß er auf ein Gebäude, das sich stark von jenen Klöstern unterschied, die er bisher gesehen hatte. Es hatte überhaupt nichts mit einer Einsiedelei gemein, sondern präsentierte sich mit einer von Zinnen gekrönten Fassade. Ringsum war es von steilen Felswänden umgeben, die jeglichen Zugang von den Seiten unmöglich machten. Tigrinus blieb stehen, um diese Festung zu bewundern, dann konsultierte er seine Karte. Nein, er hatte keinen Fehler gemacht: Nun war er wirklich an seinem Ziel angelangt.

Er zerrte das Maultier ein Stück weiter, doch gleich darauf blieb er wieder stehen. Hatte da nicht zwischen den Zinnen im Sonnenlicht ein Helm aufgeblinkt? Vielleicht hatte er sich ja geirrt, aber dennoch war Vorsicht angebracht. Tigrinus war noch etwa zwanzig Schritte vom Zugang zum Gebäude entfernt, und wenn dort oben wirklich ein Bogenschütze stand, sollte er ihm besser keinen Grund geben, feindselig zu werden.

Er hob die Hände, einerseits zum Gruß, doch gleichzeitig zum Zeichen, dass er friedliche Absichten hatte. »Ich komme aus Florenz!«, rief er herauf. »Auf Einladung des ehrwürdigen Lionardo da Pistoia!«

Wer auch immer sich dort oben zwischen den Zinnen befand, war bestimmt nicht der lateinischen Sprache mächtig. Tigrinus' einzige Hoffnung bestand darin, dass auch ein ungebildeter Soldat wenigstens den Namen der Stadt kannte, in der die reichsten Kaufleute und Bankiers der ganzen Ökumene lebten.

Tigrinus blieb abwartend stehen, bereit, beim kleinsten Anzeichen von Gefahr die Flucht zu ergreifen, bis er wieder den Helm aufblitzen sah. Von der Sonne geblendet hielt er die Hand schützend über die Augen, um besser sehen zu können. Dann begriff er endlich, was geschah.

Der Mann hoch oben auf dem Bauwerk winkte ihn hinein.

77

Ein Mönch in weißer Ordenstracht nahm Tigrinus in Empfang und geleitete ihn bis zu einem von Säulen umgebenen Kreuzgang. Dort ließ er ihn allein und bedeutete ihm, er solle warten. Durch die quadratische Öffnung, die der Rundgang bildete, fiel helles Tageslicht, das ein großes, leuchtendes Viereck auf den Boden zeichnete. Tigrinus fiel auf, dass in dem Teil des Klosters, den er bisher gesehen hatte, weder heilige Ikonen noch andere für die Ostkirche typische Elemente zu finden waren. Hier war nichts außer Steinen und Ziegeln, was ihm das beunruhigende Gefühl vermittelte, er befände sich in einer Art Festung.

Er lief in diesem von der Sonne vergoldeten Quadrat ruhelos hin und her, wie ein Tier im Käfig, und starrte auf die ihn umgebenden Schatten. Dass er im Reisesack einen Dolch bei sich trug, reichte ihm nicht, um sich beschützt zu fühlen. Außerdem war er aufgeregt, er wollte endlich mehr erfahren. Nach dieser langen Reise stand er kurz davor herauszufinden, wer der Mann war, der ihn bis hierhin geführt und ihn angeregt hatte, die Grenzen seiner eigenen kleinen Welt hinter sich zu lassen. Und er begann sich zu fragen, ob er vielleicht zu naiv oder auch zu tollkühn gewesen war.

Plötzlich bemerkte er, dass sich etwas zwischen den Säulen bewegte, und kurz darauf sah er drei Gestalten aus dem Halbdunkel heraustreten. Der Mittlere war ein hochgewachsener Mann, der eine dunkle Kutte trug. Sein Gesicht wurde vollständig von einer langen Kapuze verdeckt, die ihm bis über das Kinn fiel und die lediglich zwei Löcher für die Augen frei ließ. Sie erinnerte Tigrinus an die Tracht der Flagellanten, die sich auf den öffentlichen Plätzen der Städte selbst auspeitschten. Doch dieser Mann wirkte keineswegs wie ein reuiger Sünder. In stolzer, beinahe königlicher Haltung schritt er zwischen den anderen zweien vorwärts, die vermutlich seine Anhänger waren. Seine Begleiter waren wie die Kriegermönche gekleidet, mit denen Tigrinus in den Wäldern bei Marsciano gekämpft hatte, und er war sogleich auf der Hut.

Als der Mann in Schwarz dies bemerkte, bedeutete er den beiden, sie sollten umkehren, bevor er sich mit verschränkten Armen in der Mitte des Innenhofs aufbaute. »Ich hatte schon jede Hoffnung aufgegeben, Euch je wiederzusehen«, sagte er. Er sprach ihn in Sabir an, mit dem rauen Einschlag der Seefahrer der Ägäis. Doch seine Stimme wirkte gelassen, ja beinahe beruhigend.

»Ihr sprecht, als würdet Ihr mich bereits kennen«, erwiderte Tigrinus misstrauisch.

»Ja, ich kenne Euch«, erklärte der schwarze Abt. »Aus der Zeit vor Florenz. Bevor das Meer uns trennte.«

Tigrinus legte eine Hand auf seinen Reisesack und musterte die beiden bewaffneten Mönche, die am Rand des Innenhofs stehen geblieben waren. »Wenn Ihr glaubt, Ihr hättet es mit einem unwissenden Jungen zu tun …«

Der Abt schüttelte den Kopf. »Ganz im Gegenteil.« Er umrundete Tigrinus und musterte ihn eindringlich. »Ich nehme an, dass Ihr im Auftrag von Cosimo de' Medici gekommen seid.«

»Nicht zwangsläufig«, antwortete Tigrinus. »Da Messer Cosimo nicht weiß, wo dieser Ort hier sich befindet.«

Der Körper unter der schwarzen Kutte erbebte ein wenig. »Ist es Euch wirklich gelungen, ihn hinters Licht zu führen?«

Tigrinus nickte. »Mit der Hilfe von Lionardo da Pistoia. Er hat mir von Euch erzählt. Der Medici interessiert sich hingegen nur für die Smaragdtafel.«

Der Abt nahm diese Worte gesenkten Hauptes auf, als wollte er prüfen, wie ehrlich sie gemeint waren, und hielt kurz inne. »So war er schon immer«, erklärte er dann und fuhr kurz darauf fort: »Für das Versprechen, ihm dieses Buch zu überlassen, hat er sich verpflichtet, Euch zu beschützen und unerkannt, fern von jeder Gefahr aufzuziehen.«

Tigrinus kam es vor, als würde er in einem Traum versinken. Er sehnte sich schon zu lange danach, die Wahrheit zu erfahren, um gleichgültig zu bleiben. Und doch hätte er nie vermutet, dass man sie ihm so direkt, ja geradezu brutal an den Kopf warf. Dennoch machte der Abt einen zwiegespaltenen Eindruck. Einerseits schien er Mühe gehabt zu haben, diese Worte auszusprechen, aber andererseits wirkte er, als hätte er sich damit von einer riesigen Last befreit. Tigrinus hielt seine Gefühle zurück und gab sich misstrauisch. »Ich mag es nicht, wenn jemand, der mit mir spricht, sein Gesicht verbirgt.«

»Zu passender Zeit werde ich es Euch enthüllen.« Der schwarze Abt strich über den Saum seiner Kapuze. »Doch zunächst offenbart mir, wie Ihr hierhergelangt seid. Hat Euch Pater Lionardo begleitet? Oder kamt Ihr mit einer Galeere von Kardinal Bessarion?«

»Es tut mir leid, Euch enttäuschen zu müssen, aber ich kam allein, angekettet an das Ruder einer Galeere.«

»Ihr habt doch gerade erklärt, dass Euch jemand geholfen hat.«

»Mit Worten, meinte ich, und zwar nur der ehrwürdige Lionardo. Was Kardinal Bessarion anbetrifft, so weiß ich nicht einmal, wie er aussieht.«

Die Haltung des schwarzen Abts drückte sein Erstaunen aus. »Bessarion ist der einzige Mann im Abendland, dem ich traue«, erklärte er mit einer gewissen Empörung. »Er ist ein Flüchtling, genau wie ich. Und er hatte mir versprochen, dass er gemeinsam mit Pater Lionardo Cosimo überzeugen würde, Euch zu mir zu schicken.«

»Doch so ist es nicht gekommen«, erklärte Tigrinus. »Da er es nicht erwarten konnte, in den Besitz der Smaragdtafel zu gelangen, hat Cosimo mir befohlen, Pater Lionardo zu entführen, bevor er den Kardinal, Euren Freund, erreichte. Und so wurde ich in die Angelegenheit verwickelt.«

»Cosimo hat es gewagt, Euch einer solchen Gefahr auszusetzen?«, zischte der schwarze Abt wütend.

Tigrinus wich erschrocken zurück, den Blick auf die bewaffneten Mönche gerichtet. »Ich weiß nicht, wen Ihr glaubt vor Euch zu haben, aber ich bin sicher kein zartes Pflänzchen. So wie Ihr kein Abt seid.«

»Das bin ich tatsächlich nicht.« Nachdem der Mann sich beruhigt hatte, löste er das Band, das die Kapuze am Hals hielt. »Ich wurde in Florenz geboren, doch schon als kleines Kind hat man mich aus meiner Heimat weggebracht, um mich im Orient unter falschem Namen aufzuziehen.«

Tigrinus verfolgte die Bewegungen des Mannes mit Spannung. »Ich weiß nicht, was dies mit meiner Vergangenheit zu tun hat.«

»Das *ist* Eure Vergangenheit. Oder genauer gesagt, die Geschichte Eurer Herkunft.« Mit diesen Worten ließ der schwarze Abt die Kapuze mit einem Ruck nach hinten gleiten und enthüllte ein Gesicht mit vornehmen Zügen, das von Haaren umrahmt wurde, die locker zu einem Pferdeschwanz zusammengehalten waren. Diese Haare waren eisengrau, doch zogen sich Strähnen durch sie, weißer als Schnee. »Ich heiße Damiano. Ich bin der Sohn von Giovanni di Bicci de' Medici und Piccarda Bueri, Zwillingsbruder von Cosimo de' Medici. Noch als Wickelkind entging ich nur knapp einem Anschlag durch Feinde meiner Familie. Deshalb hat man mich in aller Heimlichkeit aus Florenz weggebracht, damit, falls sich die Feinseligkeiten verstärkten, wenigstens ein Nachkomme der Medici in Sicherheit aufwachsen könnte. Später gewann mein Vater die Oberhand über seine Widersacher, doch da war es schon zu spät, um mich nach Florenz zurückzuholen. Man hatte mich als Griechen aufgezogen, und ich fühlte mich inzwischen in Konstantinopel zu Hause. Nach jahrelangem Studium erwarb ich mir den Ruf eines weisen Mannes und wurde schließlich Ratgeber von Kaiser Johannes Palaiologos und später der seines Nachfolgers Konstantin. Dort erlangte ich Macht, Reichtum und Anerkennung ...« Sein Gesicht verfinsterte sich. »Bis die Türken kamen.«

Tigrinus bemerkte den Abscheu auf diesem Gesicht, das

dem Cosimos so sehr glich. Er brauchte noch, um zu realisieren, dass nicht Cosimo vor ihm stand, sondern sein Zwilling. Außerdem waren da die weiß gesträhnten Haare, die seinen eigenen so ähnlich waren, die viele Fragen in ihm aufwarfen. Und aus all den Bildern und Gedanken, die in seinem Kopf herumwirbelten, tauchte auf einmal das Bild der beiden Heiligen auf, die Giovanni da Fiesole in der Kirche San Marco gemalt hatte – Kosmas und Damian. Damit hatte sein früher Lehrmeister unwissentlich ein bestürzendes Geheimnis auf Leinwand gebannt. Die Schutzpatrone der Familie Medici! Die Zwillinge, von denen nur einer sein Gesicht zeigte! Tigrinus verwarf die Idee zunächst als irrwitzig, doch vielleicht lag der Schlüssel zu dieser Geschichte, die sich zwischen Morgen- und Abendland abspielte, wirklich in dem Werk seines geliebten Mentors. Hatte Cosimo ihm vielleicht davon erzählt? »Byzanz fiel«, sagte Tigrinus, weil er wollte, dass Damiano in seiner Erzählung fortfuhr.

»Ja, das ist etwa sechs Jahre her«, bestätigte dieser traurig. »Doch ich hatte dieses Unglück schon lange vorhergesehen, und sobald sich eine Möglichkeit bot, unternahm ich etwas, um meine Nachkommenschaft zu beschützen. Den Sohn meiner einzigen Tochter.«

Tigrinus zog es den Magen zusammen. »Wollt Ihr etwa sagen, dass …?«

Damiano nickte. Nun stiegen Tränen des Schmerzes in seine Augen. »Ihr wart alles, was ich noch hatte, mein Enkel«, sagte er und legte Tigrinus die Hand auf die Schulter. »Unter dem Vorwand, ich wolle am Ökumenischen Konzil von Florenz teilnehmen, schiffte ich mich mit Euch auf die erste Galeere ein, die in Richtung Abendland aufbrach, und übergab Euch meinem Bruder mit der Bitte, er solle Euch beschützen.«

So war es also, dachte Tigrinus. Deshalb also all diese Präzeptoren, in deren Obhut er seine Kindheit verbracht hatte. Deshalb hatte Cosimo ihn ab und zu aufgesucht, und daher rührte auch diese Aura von Unberührbarkeit, die ihn auch dann noch umgeben hatte, als er als Erwachsener beschlossen hatte, das Gesetz herauszufordern und ein unstetes Leben zu führen. »Was ist mit meiner Mutter?«, fuhr er plötzlich auf. »Und wer war mein Vater?«

Auf Damianos Gesicht zeigten sich Bestürzung und Besorgnis. »Elena, Eure Mutter, war ein Juwel, die Krönung meines Lebens. Doch dieses Juwel schwand kurz nach Eurer Geburt dahin. Sie starb an einer unheilbaren Krankheit. Euer Vater jedoch ist der Grund dafür, dass ich mich an diesem einsamen Ort verberge.«

»Dann … lebt er also noch!«

»Den Teufel kann man nicht zur Hölle schicken«, sagte Damiano mit einer Spur bitterer Ironie. »Euer Vater ist weder Christ, noch stammt er aus dem Abendland. Er ist einer der grausamsten türkischen Piraten und kontrolliert die Gewässer westlich des Bosporus. Einer der mörderischen Eroberer von Konstantinopel … Sosehr ich versucht habe, meine geliebte Elena vor diesem Verbrecher zu beschützen, konnte ich doch nichts gegen ihre Gefühle für ihn ausrichten.«

»Mich kümmert rein gar nicht, ob Ihr diesen Mann mögt oder nicht«, erklärte Tigrinus. »Nennt mir seinen Namen.«

»Den werdet Ihr nie erfahren, mein teurer Enkel«, erwiderte Damiano und wischte sich die Tränen von den Wangen. »Jedenfalls nicht von mir. Er will Euch für sich, er sucht nach Euch, aber keineswegs aus väterlichen Gefühlen, sondern weil er weiß, was Euer Blut wert ist. Schließlich seid Ihr ein Medici, begreift Ihr? Der Erbe eines Imperiums von unermesslichem Reichtum.«

»Ach was! Das Gold der Medici interessiert mich nicht.«

»Euer Vater denkt ganz anders darüber. Dieser Teufel verfolgt mich schon seit Jahren, er will, dass ich ihm verrate, wo Ihr steckt. Versteht Ihr nun? Aus diesem Grund habe ich mich auf den Berg Athos zurückgezogen, nachdem Konstantinopel gefallen war, und verberge mich hinter der Maske des schwarzen Abts.«

Tigrinus konnte im Aufruhr seiner Gefühle nichts anderes tun, als ihn anzustarren. Was Damiano ihm erzählt hatte, klang unglaublich, und doch verband es sich wie die Wurzeln eines Baumes, der zum Leben erwacht, mit den Erinnerungsfetzen aus seiner frühesten Kindheit: das Meer, die fremden Sprachen, der Duft nach Gewürzen … Er wich einen Schritt zurück. Es gelang ihm nicht, sein Misstrauen diesem Mann gegenüber zu unterdrücken, der genauso aussah wie Messer Cosimo. »Und als Beweis für Eure Geschichte habt Ihr nichts für mich als Worte?«

Damiano nahm ihm dies nicht übel. »Ich werde Euch von einem geheimen Ort erzählen, an dem die Wahrheit aufbewahrt wird. Dort werdet Ihr schwarz auf weiß den Beweis für das finden, was ich Euch gesagt habe. Doch um zu ihm zu gelangen, müsst Ihr Euch noch einmal auf eine beschwerliche Seereise begeben und dorthin zurückkehren, woher Ihr gekommen seid.«

Tigrinus verbarg sein Erstaunen hinter einem spöttischen Grinsen. »Habt Ihr etwa geglaubt, ich würde für immer hier bei Euch in diesem Kloster bleiben?«

»Ich würde nie wagen, Euch hier zurückzuhalten«, versicherte Damiano ihm. »Ihr habt gerade erst herausgefunden, wer Ihr seid. Jetzt ist es nur gerecht, dass Ihr Euren Platz in der Welt findet.«

»Und was ist mit der Smaragdtafel?«, fragte Tigrinus. »Wenn ich je wieder einen Fuß nach Florenz setzen will, könnte ich niemals ohne sie zurückkehren. Cosimo de' Medici will sie haben, wir haben eine Abmachung getroffen.«

»Die Tafel gehört Euch, aber unter einer Bedingung«, erwiderte Damiano und schickte die bewaffneten Mönche mit einer gebieterischen Geste fort. Er wartete ab, bis sie sich entfernt hatten, bevor er sich wieder an seinen Enkel wandte. »Setzt sie ein, wie ich es in all den Jahren getan habe. Das bedeutet, um von Cosimo das zu erhalten, was Ihr Euch am meisten wünscht. Aber übergebt sie ihm niemals, außer Euch bliebe keine andere Wahl.«

»Verzeiht mein Misstrauen«, sagte Tigrinus, »aber ich kann mir einfach nicht vorstellen, dass ein Buch so wertvoll sein könnte.«

»Irgendein beliebiges Buch sicher nicht«, antwortete Damiano lächelnd. »Doch dieses wurde von einem Gott verfasst, der zum Menschen wurde. Ein heidnischer Gott, der von den alten Ägyptern und Griechen schon verehrt wurde, bevor die Alchimisten in ihm den Erzengel Michael erkannten. Ich meine Toth, den Schreiber der Götter, auch bekannt als Hermes oder Merkur. Der Einzige, dem es gestattet war, ins Jenseits zu reisen und die tiefsten Geheimnisse der Schöpfung zu ergründen.«

»Und dafür interessiert Cosimo sich?«

Damiano wartete ab, bis die Mönche zurückgekehrt waren und ihm ein Buch mit einem goldverzierten Ledereinband brachten. »Mehr als Ihr Euch vorstellen könnt«, sagte er dann.

Tigrinus betrachtete den Band und wollte mehr über die göttliche Weisheit erfahren, von der Damiano gesprochen hatte. Und darüber, warum Cosimo dieses Buch unbedingt in seinen Besitz bringen wollte.

Damiano ahnte, was ihn umtrieb, doch als einzige Antwort darauf las er ihm vor: »Gott, o Thot, füllte mit Geist einen großen Krater und schickte ihn zu uns herab und sandte dazu einen Boten, der den Menschen Folgendes verkündigen sollte: ›Du, der du es kannst, tauche tief in diesen Krater ein, du, der du glaubst, dass du zu ihm aufsteigen wirst, den der Schöpfer auf die Erde geschickt hat, du, der du erkennst, zu welchem Ziel du geboren wurdest.‹« Damiano lächelte geheimnisvoll. »Danach verlangt es Cosimo, begreift Ihr nun? Es geht um den Nous, die Taufe des Intellekts, durch die man das erreicht, was die Eingeweihten Gnosis nennen, also das allumfassende Wissen. Cosimo verzehrt sich seit vielen Jahren danach, seit er entdeckt hat, dass Reichtum und Geschäftssinn nicht genügen, um wahre Größe zu erlangen. Und selbst wenn er Kirchen bauen lässt, Philosophen bei sich empfängt, Alchimisten und Wahrsager konsultiert, weiß er doch, dass die höchste Wahrheit – das Geheimnis, das das Eine mit dem Ganzen verbindet – nur auf den geheiligten Seiten der Smaragdtafel zu finden ist.«

»Die Gnosis …«, sagte Tigrinus nachdenklich. »Demnach wärt Ihr ein Eingeweihter? Ein Hüter dieser Geheimnisse?«

»Ja, zu einem solchen wurde ich. In Byzanz, damals war ich noch ein junger Mann, und durch jahrelanges Forschen erreichte ich immer höheres Wissen.«

»Ein Wissen, das sicher nicht nur Eurem Geist genützt hat, nehme ich an?«

»Dadurch gelang es mir, Ratgeber des Basileus zu werden.«

»Jetzt begreife ich es«, sagte Tigrinus. »Ja, ich begreife so genau, Messere, dass ich nun glauben muss, Ihr habt Cosimo diese Versessenheit auf das Buch des Hermes Trismegistos erst eingegeben. Um ihn unter Kontrolle zu haben oder vielleicht auch aus Rache dafür, dass Ihr ausgeschlossen wart von seinem Leben im Schoß der Familie, in einem Florenz, das ihm jetzt ganz allein gehörte … Aber ich begreife noch nicht, warum Ihr mich bis hierher geführt habt. Warum solltet Ihr mir einen solchen Gefallen tun?«

Damiano reichte ihm das Buch. »Das habe ich Euch schon gesagt. Weil Ihr mein Enkel seid. Mein einziger Enkel.«

»Dann werde ich Euren Rat befolgen.« Tigrinus nahm das Buch entgegen. Er hatte noch tausend Fragen an Damiano, doch die wichtigste quälte ihn schon zu lange, als dass er sie jetzt zurückhalten konnte. »Nun jedoch, wenn es Euch nicht zu viel Kummer bereitet, erzählt mir bitte von meiner Mutter …«

78

Florenz, Via dei Neri
4. November

Bianca hatte den Bargello, die Residenz des Hauptmanns der Stadtknechte, hinter sich gelassen und lief nun durch die Via dei Neri, ohne einen Gedanken daran zu verschwenden, dass diese Straße für gewöhnlich die zum Tode Verurteilten auf dem Weg zu ihrer Hinrichtung durchquerten. Gedanken düsterer als der herbstliche Himmel gingen ihr durch den Kopf, mehr noch beschäftigte sie aber die Erwartung, endlich Gerechtigkeit zu erhalten, zumindest für den verstorbenen Onkel.

Nach dem Bankrott des Unternehmens hatte Angelo sich in den dunklen Palazzo Bruni zurückgezogen, von allem Unglück niedergedrückt und von einer unauslöschlichen Wut zerfressen. Sie selbst führte ein Leben des schönen Scheins, in dem ein Mann das Sagen hatte, der schrecklich selbstverliebt war, was zumindest den einen Vorteil hatte, dass er ihr immer weniger Aufmerksamkeit schenkte. Sie konnte es selbst kaum fassen, was aus ihr innerhalb von wenigen Monaten geworden war, um wie viel älter, wie müde und verbittert sie sich fühlte. Und vor allem jetzt, als sie in ihrem kostbaren Brokatmantel durch die Stadt lief, fürchtete sie, dass sie sich im Laufe des Winters noch weiter verändern würde, bis sie nur noch eine leere Hülle ohne jedes leidenschaftliche Gefühl wäre.

Die Botschaft von Niccolò Vitelli hatte jedoch in ihr eine neue Glut entfacht. Aus seinem Billett ging hervor, dass er endlich den Mörder von Giannotto ausfindig gemacht hatte, und er schlug ihr ein Treffen vor, um ihr den Namen zu enthüllen. Die Begegnung, so schrieb er, müsse wegen der Identität des Verbrechers unbedingt an einem abgeschiedenen Ort stattfinden, denn anscheinend handelte es sich um eine in Florenz recht angesehene Persönlichkeit.

Bianca hielt nichts davon, so in aller Stille vorzugehen. Und wenn es der Heilige Vater oder Cosimo de' Medici persönlich wäre, sie würde schon einen Weg finden, dass er seine Taten so teuer wie möglich bezahlte.

Sie folgte Vitellis Anweisungen, bis sie vor einem Hausflur stand, der zu einem verrosteten Tor führte, das nur angelehnt war. Sie stieß es auf und ging mit wachsender Aufregung weiter. Ihr Gemahl hätte sie wie eine Dienerin verprügelt, falls er von ihrem Vorgehen erfahren hätte. Doch ein glücklicher Zufall hatte es gewollt, dass die Botschaft von Vitelli eintraf, als Capponi wegen Geschäftsangelegenheiten nach Rom gereist war.

Hinter dem Tor führte ein schmaler, überdachter Gang in einen von Mauern umfassten kleinen Innenhof. Obwohl es noch früher Nachmittag war, legten sich bereits dunkle Schatten auf den kleinen Platz. Bianca sah sich zwischen den kahlen Bäumen nach der kräftigen Gestalt Vitellis um, erkannte dann aber, dass sie allein war.

»So ein Schuft!«, fluchte sie leise vor sich hin. Was erlaubte er sich eigentlich, sie warten zu lassen?

Das Quietschen der Torangeln ließ sie zusammenfahren. Einer bösen Vorahnung folgend, drehte sie sich zu dem Tor um, durch das sie gekommen war, und bemerkte, wie zwei Männer auf sie zuliefen.

Der erste war in eine Capa gekleidet und sah aus wie ein Geistlicher.

Der andere, ein vierschrötiger Kerl, trug einen Turban und einen grauen Umhang.

»Wer seid Ihr?«, fragte Bianca.

Das Gesicht des Geistlichen verzog sich zu einem sardonischen Grinsen. »Könnt Ihr Euch das wirklich nicht denken?«

»Schickt Euch Mastro Vitelli?«

»Stellt Euch nicht dumm.«

Bianca betrachtete den Mann mit dem Turban und zuckte zusammen. »Ich … ich habe Euch schon gesehen!«

Der Mann wandte sich an seinen Begleiter. »Ich habe Euch gesagt, dass sie ein scharfes Auge hat.«

»Sogar zu scharf«, sagte der andere.

Inzwischen waren sie wenige Schritte von ihr entfernt stehen geblieben. Beide Männer hatten die Arme in die Seiten gestützt, eigentlich wirkten sie gar nicht bedrohlich. Und doch hatte Bianca inzwischen nur wenig Hoffnung, dieses Treffen zu überleben.

»Lasst mich gehen«, sagte sie, ohne zu erkennen zu geben, wie groß die Angst war, die sie empfand.

»Auf keinen Fall«, sagte der Geistliche. »Ihr habt zu viel entdeckt, und nun wartet ein Grab auf Euch.«

Bianca begriff zunächst den Sinn seiner Worte nicht, doch dann fing sie an zu zittern. Schrei, ermahnte sie sich innerlich. Schrei, vielleicht hört dich ja jemand. Aber da war noch eine andere Stimme in ihrem Inneren. Und die befahl ihr, das Risiko einzugehen und der Wahrheit ins Auge zu blicken, selbst wenn sie grausam war. Und wenn dies vielleicht das Letzte auf Erden war, was sie tun würde. »Dann … seid Ihr der Schuft, den ich suche!«, stieß sie bebend hervor.

»Ich fürchte, ja«, erwiderte der Geistliche und gab dem Mann mit dem Turban ein Zeichen. Daraufhin trat dieser vor und wollte sie an den Armen packen.

»Wartet!«, rief Bianca und wich zurück, bis sie mit dem Rücken gegen einen Baumstamm stieß. Hier stand sie nun Aug in Aug mit dem Tod, doch plötzlich bedauerte sie nur eines, nämlich, dass sie nicht stark genug war, um wenigstens einen der Verbrecher zu töten. »Nennt mir Euren Nam…« Eiserne Finger legten sich um ihren Hals, dass sie würgen musste. Noch etwas mehr, dachte sie, und sie würde das Knacken vernehmen, mit dem ihr Hals brach.

Doch nach einem kurzen Zögern berührte der Geistliche seinen Handlanger an der Schulter, sodass dieser von ihr abließ.

»Meinen Namen kennt Ihr bereits«, erwiderte er, als wollte er seinem Opfer einen Gefallen erweisen. »Balduccio Landini.«

Bianca sank auf die Knie und rang nach Atem. Ihre Brust fühlte sich an, als sei sie mit ätzender Säure angefüllt. »Das ist völlig unmöglich …«, keuchte sie, als sie wieder sprechen konnte. »Balduccio Landini ist … tot.«

»Sprecht Ihr von dem Leichnam, der in Famagusta gefunden wurde?«, fragte Balduccio grinsend und baute sich vor ihr auf. »Das war hervorragend inszeniert, meint Ihr nicht auch? Es reichte, ihm den Ring meiner Gesellschaft an den Finger zu stecken, um jeden Zweifel an seiner Identität zu zerstreuen. Und natürlich musste ich sein Gesicht entstellen, damit man dies nicht mehr erkennen konnte.«

»Und warum habt Ihr Euren Tod vorgetäuscht?«

»Ich war gezwungen, mir etwas einfallen zu lassen. Der Mann, den ich in Zypern tötete, war ein deutscher Kaufmann, der gerade eine beträchtliche Menge Perlen erworben hatte. Und Fortuna wollte es, dass er sich ausgerechnet an mich gewandt hatte, um die Verschiffung nach Florenz zu versichern. Was soll ich sagen … angesichts eines solchen Schatzes konnte ich der Versuchung nicht widerstehen.«

Bianca kam wieder auf die Beine. »Also habt Ihr diesen armen Mann beraubt, ihn umgebracht und seinen Platz auf einem Schiff gen Westen eingenommen.«

»Ja, auf der ›Saturnia‹. Die Gelegenheit war zu verlockend, um sie mir entgehen zu lassen. Ihr könnt das vielleicht nicht verstehen, Madonna, aber ich war es leid, mich noch länger in Famagusta aufzuhalten und Eurem Onkel zu dienen. So wie ich es leid war, ständig unschätzbare Waren an mir vorbeiziehen zu sehen, die ich gegen ein nur allzu mageres Entgelt versicherte.«

»War Euch also Euer voriges Leben als Trinitariermönch lieber, als Ihr mit den Türken Sklavenhandel betriebt?«, fauchte Bianca.

»Ach, das habt Ihr also herausgefunden?«, fragte Balduccio

spöttisch. »Dabei hat dieser starrsinnige Pater Montano behauptet, er hätte Euch nichts erzählt … und das bis zu seinem Tod. Ein wirklich zäher Bursche, das muss ich zugeben.«

»Ich wusste es!«, rief Bianca aus. »Ich wusste, dass es ein und derselbe Mörder war! Mein Onkel, mein Beichtvater … Das wart Ihr.«

Balduccio schüttelte den Kopf. »Ich war bloß das Gehirn«, erklärte er und wies auf seinen Begleiter. »Und er der Arm.«

Bianca konnte ihre Verachtung nicht länger zurückhalten. »Hattet Ihr etwa Angst, Euch die Hände mit dem Blut eines Unschuldigen zu besudeln?«

»Ihr habt Euch hinters Licht führen lassen«, sagte Balduccio lachend. »Pater Montano war kein so heiliger Mann, wie alle annahmen. Wenn er meinem Diener half, ungesehen aus der Krypta von Santa Trìnita zu entkommen, dann tat er es nur für einen entsprechenden Preis.«

»Ihr lügt! Pater Montano war an weltlichen Reichtümern nicht interessiert.«

»Da habt Ihr recht. Das hat er mir selbst vor Jahren gestanden, zusammen mit einer schrecklichen Sünde, die er unbedingt geheim halten wollte, koste es, was es wolle. Hat er jene Euch gegenüber jemals erwähnt? Ich denke nicht, Madonna! Ich konnte ihn damals nur mit äußerster Mühe überreden, mir davon zu erzählen. Dabei geht es übrigens um den Grund, weshalb er von den Jesuiten von Montenero verstoßen worden war und sich den Vallombrosanern angeschlossen hatte. Er war außer sich vor Angst, dass seine neuen Mitbrüder davon erfahren könnten. Versteht Ihr jetzt? Ich musste nur damit drohen, dieses Geheimnis hinauszuposaunen, um ihn mir gefügig zu machen.«

»Vielleicht war Pater Montano ja keine reine Seele, das gebe ich zu, aber ich weigere mich zu glauben, dass er sich an einem Verbrechen beteiligt hat.«

»Er hatte keine Wahl«, rief Balduccio höhnisch lachend. »Sonst hätten alle in Florenz erfahren, dass sich hinter seiner ehrwürdigen Fassade ein Mann verbarg, der in der Vergangenheit der Sodomie bezichtigt worden war.«

Bianca konnte ihren Widerwillen nicht verbergen. Montano da Bagnone, der Mystiker, den Jahre voller Entbehrungen geprägt hatten ... ein Sodomit! Sie dachte an die langen Nachmittage zurück, die sie mit ihm bei der Beichte verbracht hatte, und an die männliche, stets zurückhaltende Freundlichkeit, mit der er ihr geholfen hatte, an Glauben und moralischer Stärke zu wachsen. Sie erinnerte sich auch an die Anziehung, die sie bei einigen Gelegenheiten zwischen ihnen gespürt, und an die Scham, die sie daraufhin empfunden hatte. Nun erschauderte sie bei der Vorstellung dieses Mönchs in den Armen eines anderen Mannes. »Das ... ist ... nicht wahr«, stammelte sie.

»Ich habe keinen Anlass, Euch anzulügen«, erwiderte Balduccio. »Um seinen Ruf als Asket nicht zu verlieren, stimmte Pater Montano zu, mir dabei zu helfen, Giannotto Bruni zu betrügen. Er hat dafür gesorgt, dass sich niemand in das Gespräch zwischen dem Bankier und meinem Diener einmischte. Also hat er den Zugang zur Krypta in diesem heiklen Moment bewacht.«

»Ihr sprecht von einem Betrug ... Aber wieder einmal habt Ihr gemordet!«

»Das war ein Unfall«, mischte der Mann mit dem Turban sich ein.

»Eigentlich hätte meine Rache an Giannotto darin bestehen sollen, ihn erst mit dieser Geschichte der Perlen zu hintergehen und ihm dann mitzuteilen, dass ich vor meinem Verschwinden aus Famagusta die Filiale dort in den Bankrott getrieben habe, um seinen wichtigsten Stützpunkt für Geschäfte im Orient für immer zu ruinieren«, bestätigte Balduccio. »Die Geschäftsberichte der letzten Jahre sind alle gefälscht, eigens so verfasst, dass er keinen Verdacht schöpfen würde. Und dieser Trottel von meinem ehemaligen Partner, Nikolaos, weiß davon rein gar nichts.«

Bianca bebte vor Empörung. »Wenn Ihr Euch doch nur mit dem begnügt hättet, was Ihr dem deutschen Händler geraubt habt.«

»Oh, das war mir zu wenig!«, widersprach Balduccio. »Eine Rache zu vollenden, ist von unendlichem Wert, und Ihr solltet das am besten wissen.«

»Ich habe jedes Recht dazu. Aber Ihr … Weshalb hegt Ihr einen solchen Hass gegenüber meinem Onkel?«

»Das ist ganz einfach, Madonna. Er erpresste mich. Jedes Mal, wenn ich versuchte, den Gewinn meiner Niederlassung beiseitezulegen, zwang er mich, diesen in seiner Bank in Florenz anzulegen, sodass ich niemals reich werden konnte. Andernfalls hätte er mich bei den kirchlichen Behörden angezeigt und meine belastende Vergangenheit enthüllt.«

»Ach, hätte er es doch getan!«, rief Bianca. Voller Zorn stürzte sie sich auf ihn.

Balduccio packte sie bei den Handgelenken und schleuderte sie unter lautem Hohngelächter zu Boden. »Jetzt reicht es«, sagte er zu seinem Handlanger. »Bring sie zum Schweigen.«

Doch da wich der Mann plötzlich zurück und riss die Hände zu seinem Hals. Während sich die Aufmerksamkeit ganz auf Bianca konzentriert hatte, hatte ihm jemand eine Schlinge um den Hals geworfen. Daran zerrte er den Handlanger nun zu einer der Mauern hin, die den Innenhof umgaben. Bianca war vor Schreck wie gelähmt, sie konnte nur nach oben blicken. Und sah dort rittlings auf der Mauer einen Mann sitzen, eine weinrote Capa um die Schultern und den Kopf unter einer Kapuze verborgen.

Der Fremde, dem es gleich zu sein schien, dass er nun entdeckt worden war, zog Balduccios Diener weiter zu sich heran, als wäre dieser ein Fisch an der Angel, bis der Diener nur noch mit den Zehenspitzen den Boden berührte. Dann band er das Seil an einem Mauervorsprung fest, damit der Mann in dieser Position verharren musste. Schließlich sprang er elegant wie eine Katze nach unten.

»Ihr?«, fragte Bianca erschrocken, als sie sein Gesicht erkannte.

Tigrinus verbeugte sich übertrieben höflich. »Ja, ich.«

Balduccio traute seinen Augen nicht. In seiner blinden Wut zog er ein Stilett aus dem Gürtel, um Bianca damit zu erstechen, doch Tigrinus war schneller und schleuderte seinen Dolch nach ihm, der seine Schulter durchbohrte.

Mit schmerzverzerrtem Gesicht fiel Balduccio zu Boden.

»Nein …«, stammelte Bianca. »Ich verstehe das nicht …«

»Ich erkläre Euch alles«, sagte Tigrinus und näherte sich ihr kühn. »Aber einer Sache seid gewiss – die Perlen aus Malabar behalte ich.«

79

Tigrinus betäubte den Mann mit dem Turban durch einen Schlag auf den Kopf und ließ ihn zu Boden gleiten, damit er sich nicht erhängte, dann zerrte er Balduccio Landini unter einen Baum. Der Dolch in der Schulter schien ihn außer Gefecht gesetzt zu haben, aber vorsichtshalber band Tigrinus ihm die Hände hinter dem Baumstamm zusammen und zog die Waffe aus der Wunde. Dann wandte er sich Bianca zu, die sich, nachdem sie ihre Bestürzung überwunden hatte, auf eine Holzbank am Rande des Gartens gesetzt hatte.

»Nachdem ich Eurem Falcno entkommen war, fuhr ich übers Meer, um in einem fernen Land ein persönliches Anliegen zu verfolgen«, erzählte Tigrinus. »Nachdem ich den Sommer dort verbracht hatte, kehrte ich nach Venedig zurück. Da erinnerte ich mich wieder an die Perlen. Nennt es Instinkt, Abenteuerlust oder Schändlichkeit, aber die Vorstellung, einen Schatz zu bergen, der nicht mir gehörte und irgendwo versteckt war, reizte mich zu sehr. Ich drang daher in die Hafenarchive der Serenissima ein und verbrachte dort eine ganze Nacht über Listen, Registern und Ladelisten.« Da ihm nun das Interesse Biancas sicher war, setzte er sich neben sie.

»Wie ich Euch bei unserer ersten Begegnung gesagt hatte, kannte ich den Namen des Schiffes, auf den man den Schatz geladen hatte, von dem Euer Cousin so sehr träumte. Es hieß ›Saturnia‹, der Name war mir bekannt, weil der Mörder Eures Onkels ihn erwähnt hatte, und ich hatte ihn nie mehr vergessen«, fuhr Tigrinus fort. »Dieser Name stellte den einzigen Beweis meiner Unschuld dar, und ich hoffte, ihn einsetzen zu können, um mich zu entlasten oder um den wahren Täter der Lüge zu überführen, sollte ich noch einmal des Mordes an Giannotto bezichtigt werden. Kommen wir nun zu den Perlen. Nachdem ich mir in den dunklen Archiven fast die Augen verdorben hatte, entdeckte ich das, was ich gesucht hatte. Die ›Saturnia‹ war weder gesunken noch Piraten in die Hände gefallen, sondern ganz regulär im Jahre des Herrn 1459, also im laufenden, vor Venedig vor Anker gegangen, genauer gesagt, am Abend des 28. Januars. Das Wichtigste war jedoch, dass sich gemäß den Papieren des Archivs ein kleiner Teil der Ladung noch in einem Lager in der Nähe des Arsenals befand und dort auf ihren Besitzer wartete.« Ernst betrachtete er Bianca. »Könnt Ihr Euch denken, wer das war?«

»Balduccio Landini«, sagte sie, ohne ihn aus den Augen zu lassen.

Tigrinus widerstand der Versuchung, ihr zärtlich übers Haar zu streichen. Obwohl sie gerade erst dem Tod ins Auge geblickt hatte, wirkte sie nun ruhig und hörte ganz gebannt seinem Bericht zu. »Das war der Name«, sagte er. »Denn zwei Dinge begriff ich sofort: dass ich die Perlen gefunden hatte und dass Ihr in Gefahr wart.«

»Dann seid Ihr ins Lager eingebrochen? Und habt die Perlen gestohlen?«

»Natürlich. Ich bin nun einmal, wie ich bin, und schäme mich dessen nicht.«

»Doch niemand hat Euch gezwungen, nach Florenz zurückzukehren«, sagte Bianca voller Bewunderung. »Oder mich zu retten.«

Tigrinus grinste sie frech an. »Auch ein Dieb hat ein Gewissen, Madonna.«

»Ihr habt mir nicht alles erzählt«, protestierte sie fast ein wenig gekränkt.

»Das wenige, was ich Euch enthüllt habe, entspricht aber der Wahrheit«, erwiderte Tigrinus. »Daher gebt Euch damit zufrieden.« Und dann beugte er sich über sie und küsste sie.

Anfangs wehrte Bianca sich noch. Dieser Kuss war eine Beleidigung. Sie trommelte mit ihren Fäusten gegen seine Brust, bis sie bemerkte, dass ihm das gefiel. Um der Wahrheit die Ehre zu geben, waren diese Schläge weiß Gott kein Versuch, sich ihm zu widersetzen. Sie schienen ihn vielmehr zu reizen und seinen rebellischen Geist anzustacheln, zu dem Bianca sich seit dem ersten Moment hingezogen fühlte. Derselbe Geist, der auch in ihr wohnte, unter all den Masken der Verstellung, die sie im Laufe der Jahre angenommen hatte, um ein Wesen zu verbergen, das sich nicht an die Regeln der Welt halten wollte.

Und so erwiderte sie den Kuss.

»Nun, da Ihr die Perlen besitzt, was habt Ihr vor?«, flüsterte sie.

Er stand auf, und nachdem er sein Gesicht unter der Kapuze verborgen hatte, verbeugte er sich höflich zum Abschied. »Das Gleiche wie vorher«, antwortete er. »Auch wenn ich jetzt weiß, wer ich bin und wer meine Feinde sind.«

Er ging zu dem Seil, das immer noch an der Mauer hing, kletterte daran nach oben und verschwand in der Dunkelheit.

Bianca blieb noch lange dort sitzen, atmete den Duft der Nacht ein, in einem Taumel verbotener Gefühle, die sie sich nach so vielen Monaten endlich wieder lebendig fühlen ließen. Sie dachte an die Maske, die ihr Onkel Giannotto ihr geschenkt hatte, als sie ein kleines Mädchen war, an die tausend Ängste, die sie dahinter hatte verbergen wollen. Dann stand sie auf, den Geschmack von Tigrinus' Kuss immer noch auf den Lippen, nahm den Dolch, den dieser auf den Boden geworfen hatte, und ging zu dem bewusstlosen Balduccio Landini.

»Für meinen Onkel, Messere.«

Dann stieß sie ihm den Dolch ins Herz.

Epilog

Tigrinus betrat die Krypta der vor Langem entweihten Kirche. Während er sich im Schein einer Fackel vorwärtsbewegte, orientierte er sich an einem ihm vertrauten Weg. Es handelte sich um einen Ort, der noch gefürchteter war als die Burella oder jeder andere abgründige Raum in Florenz, weil man sich erzählte, dass in seinen Mauern ein alter Fluch herrschte. Tigrinus hatte diesen Ort jedoch aus einem anderen Grund als Versteck für die Beute aus seinen jahrelangen Raubzügen gewählt: wegen eines Geheimgangs, den er schon als Junge entdeckt hatte.

Er ging ohne Eile darauf zu, ließ die Finger über die Wand aus Tuffstein gleiten, bis er die Stelle gefunden hatte, die, wenn man sie drückte, einen Mechanismus betätigte, mit dem man sich Zugang zu einem unterirdischen Gewölbe verschaffte. Erst hörte man ein dumpfes Knacken, dann löste sich ein Teil aus der Wand, und ein daumenbreiter Spalt tat sich auf. Tigrinus lehnte sich mit der Schulter gegen die Wand, um den Durchgang vollends frei zu machen.

Er betrat einen Raum, der, wie er vermutete, das Grab eines Königs aus längst vergangener Zeit sein musste. Einer heidnischen Epoche, wie Giovanni da Fiesole ihm gegenüber angedeutet hatte, die seiner Meinung nach für die Auflösung der Moral in der Religion verantwortlich war. Weil die Menschen, genau wie die Götter, nicht um Vergebung baten, wenn sie das Gut oder das Weib eines anderen begehrten. Tigrinus teilte diese Verachtung nicht, ganz im Gegenteil – er zog die Sitten der Antike der Heuchelei seiner eigenen Zeit bei Weitem vor, in der man das Volk gängelte, indem man ihm mit der Hölle drohte.

Er lief durch einen kurzen Gang, bevor er vor einem Steinaltar stand, der mit Münzen, Goldschmuck und Geschmeide unterschiedlicher Größe bedeckt war.

Zufrieden bewunderte er jedes einzelne Stück – dies waren die Früchte seiner einsamen Raubzüge. Dann schob er sie beiseite, sodass die Mitte des Altars frei wurde, und stellte eine kleine Holzschatulle hinein.

Der Intarsienschrein war nichts Besonderes, die schlichte Arbeit eines Handwerkers. Doch sobald er den Deckel hob, wurde Tigrinus magisch angezogen von dem hellen Schimmer, der im Schein seiner Fackel aufleuchtete.

Ein Schimmer, der den tiefsten Tiefen des Meeres nur von den verrücktesten und mutigsten Männern entrissen werden konnte. Ein Schimmer, so rein, dass selbst das Genie eines Alchimisten nie darauf hoffen konnte, so etwas zu erzeugen.

Tigrinus schloss die Schatulle wieder und legte das Buch, das er vom Berg Athos mitgebracht hatte, ebenfalls auf den Altar. Die Smaragdtafel. Während seiner Rückreise hatte er einige Male versucht, den Text zu entziffern, doch da er in Griechisch verfasst war, hatte er aufgeben und sich mit dem begnügen müssen, was ihm der schwarze Abt erzählt hatte.

Der schwarze Abt. Sein Großvater.

Damiano de' Medici.

Er flüsterte diesen Namen prüfend, steckte die Fackel in eine Öffnung in der Wand und setzte sich auf eine kleine Bank, die er vor einigen Jahren aus dem Haus eines Diakons gestohlen hatte. Die letzten Monate waren wie im Fluge vergangen und hatten ihn erschöpft, jedoch auch zufrieden zurückgelassen. An seine Zeit auf dem Berg Athos erinnerte er sich wie an einen flüchtigen Traum. Gleichzeitig wünschte er sich, noch einmal über das Meer zurückzufahren und sich den Gefahren dort zu stellen. Um mehr über das Blut herauszufinden, das in seinen Adern floss.

Schließlich war dies genauso seine Welt, wie Florenz es war.

Nachdenklich strich er sich über die Stirn und erinnerte sich drei Wochen zurück. Kaum in Venedig an Land gegangen, war er Damianos Rat gefolgt und war zur Insel San Giorgio Maggiore übergesetzt. Ihm zufolge sollt er dort in einem Kloster, dessen Bibliothek Cosimo de' Medici während der Zeit seines Exils hatte aufbauen lassen, Antworten auf seine Fragen finden. Ein angenehmer Ort für wissbegierige Köpfe, den der Herrscher über Florenz jenen gestiftet hatte, die ihn aufgenommen hatten, als er gezwungen war zu fliehen und fern von Heimat und Freunden zu leben.

Tigrinus war im Schutze der Dunkelheit dort eingedrungen, hatte in übervollen Bücherregalen in einem Raum von der Größe einer Basilika gesucht, allein mit Damianos Hinweisen in der Hand, auf die er sich verlassen musste. So hatte er schließlich in einem Versteck hinter einer Ikone, die die Heiligen Kosmas und Damian abbildete, ein siebzig Jahre altes Dokument entdeckt.

Die Geburtsurkunde von Zwillingen.

Der Söhne von Giovanni di Bicci de' Medici.

Cosimo und Damiano.

Das Knistern der Fackel brachte ihn in die Wirklichkeit zurück und rückte den üblen Beigeschmack einer Herkunft in den Hintergrund, die er für ein paar Scudi verschachert hätte. Vor seinen Augen lag ein Schatz, der des Königs in diesem Grab würdig gewesen wäre, und Tigrinus wusste nichts damit anzufangen. Die Perlen, der Schmuck und die Goldflorin verwandelten sich unter seinem Blick in die Herausforderungen, denen er sich gestellt hatte, aus der Lust heraus, das Leben in sich zu spüren. Um sich selbst davon zu überzeugen, dass er jenseits der Regeln lebte, die jeden armen Teufel unter das Joch des Gesetzes zwangen. Und um gegen die Lüge anzukämpfen, die er Bianca erzählt hatte.

Sogar jetzt wusste er nicht, wer er war.

Er hatte keine Vorstellung, wer dieser Mann Tigrinus wirklich war.

Er wusste nur, dass er noch, bevor der Morgen anbrach, nach Sant'Eufemia gehen musste, um seine teure Schwester Assunta zu besuchen. Und danach nach Le Stinche, um einen Zwerg zu befreien, der dort im Gefängnis gelandet war.

Dann konnte er wieder durch die dunklen Gassen von Florenz ziehen. In dem zufriedenen Gefühl, Cosimo de' Medici geleimt zu haben. Und darauf warten, dass er wie ein fahrender Ritter auch die nächste Herausforderung bestehen würde.

Anmerkung des Autors

Dass Cosimo der Alte einen Zwillingsbruder hat, bezeugt ein Antiquar von Anfang des 19. Jahrhunderts, Conte Pompeo Litta Biumi (1781–1852). Auf der achten Tafel in seiner »Famiglie celebri d'Italia« (»Berühmte Familien Italiens«) – einer Reihe, in der ab 1819 die berühmtesten Adelshäuser Italiens vorgestellt wurden und die nach seinem Tod von verschiedenen Herausgebern fortgeführt wurde – findet man unter dem Stichwort »Giovanni di Bicci de' Medici« einen Stammbaum, in dem neben dem Namen von Cosimo auch ein gewisser Damiano vermerkt ist, mit einem Geburtsdatum vom selben Tag und einem Todestag ein Jahr später, also 1390. Die Legende (oder Tatsache) von den Zwillingen wurde schon seit Jahrhunderten überliefert, gerade auch weil die Familie Medici die Heiligen Kosmas und Damian besonders verehrte. Darin sahen viele ebenso einen Hinweis auf Zwillinge wie in Cosimos Gewohnheit, seinen Geburtstag nicht am 10. April zu feiern, dem Tag, an dem er tatsächlich das Licht der Welt erblickte, sondern am 27. September, dem damaligen kirchlichen Gedenktag der beiden Heiligen. Leider sind die Quellen, die Litta zur Verfügung standen, heute nicht mehr auffindbar.

Cosimos Interesse an Geheimwissenschaften wird schon vom venezianischen Botschafter Andrea Gussoni erwähnt, der beschrieb, wie dieser »mit Glaskolben hantierte und darin allerlei Wässer und Sublimate herstellte, geeignet, viele Krankheiten zu heilen«. Bedeutsamer ist allerdings die Leidenschaft des Medici für die »Mysteria platonica«, die sich mit der Unsterblichkeit der Seele beschäftigen, und für die gnostisch-esoterische Überlieferung.

Diese bestand hauptsächlich aus dem »Corpus hermeticum«, einer Sammlung von Traktaten, die Hermes Trismegistos zugeschrieben werden. Es ist belegt, dass Cosimo selbst ein Exemplar des griechischen Textes besaß und diesen von Marsilio Ficino übersetzen ließ.

Stoff für einen Abenteuerroman findet sich hier also in Hülle und Fülle. So habe ich mich mit Freuden in das Florenz des 15. Jahrhunderts gestürzt, das oft (und zu Recht) in der Belletristik aus der Sicht von Künstlern geschildert wird, selten aber unter dem Aspekt einer besonderen Welt – nämlich der der Notare, Bankleute und Händler –, welche die Geschichte Europas und der Welt prägte. Neben vielen wichtigen Monografien – vor allem »Cosimo de' Medici il Vecchio« von Curt Gutkind (Giunti Martello ed., Florenz 1982, Original: »Cosimo de' Medici. Pater patriae«, Oxford 1938) und der Aufsatzsammlung »Un'altra Firenze. L'epoca di Cosimo il Vecchio« (Vallecchi ed., Florenz 1971) – war die Lektüre der »Pratica della mercature« von Francesco Balducci Pegoletti äußerst hilfreich, einem Handelsagenten der Florentiner Familie Bardi zwischen circa 1310 bis 1340 (auf Deutsch bekannt unter dem Titel »Handelspraktik« oder auch »Händlerhandbuch«). Vor allem dieses Buch hat es mir ermöglicht, mich inmitten von Gewichtseinheiten, Handelslisten, doppelter Buchführung und Schiffsrouten in einem Netzwerk von Interessen zurechtzufinden, das sich von Mallorca bis nach Asien und in zur damaligen Zeit noch unerforschte Länder erstreckte, wenn man einmal von den erstaunlichen Reiseberichten Marco Polos absieht.

Eine andere Art von Reise führte mich in die verschiedenen Viertel des damaligen Florenz, in dem Cosimo de' Medici seine Macht ausübte: Kirchen, Brücken über den Arno, Gefängnisse und Bordelle, von denen Antonio Panormita in seinem »Hermaphroditus« spricht (einer Sammlung erotischer Epigramme aus dem Jahr 1425) beziehungsweise, aus unserer Zeit, Jacques Rossiaud in »Amori Venali. La prostituzione nell'Europa medievale« (Laterza ed., Bari 2013, Original: »La prostitution médiévale«, Paris 1992). Mit dem Namen Burella (wahrscheinlich abgeleitet vom Vulgärlateinischen »burium«, »dunkel«) bezeichnete man bereits zu Dantes Zeiten unterirdische Gewölbe in der Gegend des römischen Amphitheaters, die 1298 genutzt wurden, um dort die Kriegsgefangenen aus Arezzo, die Verlierer der Schlacht von Campaldino, einzusperren. Danach wurde dieser Name für Kerker in dieser Gegend und auch für die Straße verwendet, in der sie lagen. Meiner Phantasie entspringen dagegen die »Taverna del Passero« und das Findelheim Hospital Santa Faustina.

Unumgänglich ist auch ein Hinweis auf die Bibliothek, die Cosimo de' Medici in dem venezianischen Kloster San Giorgio Maggiore aufbauen ließ und von der Giorgio Ravegnani in einem Aufsatz berichtet (»Le biblioteche del monastero di San Giorgio Maggiore«, Leo S. Olschki ed., Florenz 1976). Das Gebäude, das dem Architekten Michelozzo zugeschrieben wird, sollte das erste Beispiel in der Geschichte für eine Renaissance-Bibliothek sein und wurde, wenn man der Veröffentlichung »Die Lebensbeschreibungen der berühmtesten Maler, Bildhauer und Architekten« von Giorgio Vasari Glauben schenkt, während Cosimos Exil in Venedig zwischen 1433 und 1434 vollendet. Die Geschichtsschreiber von San Giorgio dagegen verlegen seine Errichtung vierzig Jahre weiter nach hinten und nennen Giovanni Lanfredini als Erbauer. Jedenfalls wurde mit dem Bau der Bibliothek aufgrund einer Geld- und Bücherspende Cosimos begonnen.

Zum Schluss noch eine Bemerkung zu den Figuren im Buch: Tigrinus, Angelo Bruni, Giannotto Bruni, Bianca de' Brancacci, Faleno, Caco, Bilia und Balduccio Landini hat es nie gegeben. Mit großem Vergnügen habe ich sie mir den gängigen Stereotypen und Konventionen der damaligen Zeit entsprechend ausgedacht und den historisch verbürgten Fra Giovanni da Fiesole, später bekannt als Beato Angelico oder Fra Angelico, eingebunden. Und natürlich alles an Gutem und Bösem, was über Diebe und Bankiers einer Epoche überliefert ist, die der Menschheit zu Größe verhalf.

Chronologie der historischen Ereignisse, die in diesem Roman angesprochen werden

1433–34 Cosimo de' Medici wird aus Florenz verbannt

1439 Ökumenisches Konzil in Florenz, Cosimo wird Gonfaloniere und damit Mitglied der Ratsversammlung

1453 Die Osmanen erobern Konstantinopel

1459 Papst Pius II. beruft das Konzil von Mantua ein, um einen Kriegszug gegen die Türken zu organisieren, Lionardo da Pistoia kehrt mit dem »Corpus hermeticum« aus dem Orient zurück

Glossar

Abakus: Rahmen mit Stäben, auf denen man für größere Berechnungen Kugeln hin- und herschiebt

Aquamanile: meist kunstvoll verziertes Gefäß für Wasser, um sich die Hände zu reinigen

Arsenal: Das Arsenal von Venedig war Schiffswerft, Munitionsdepot und Flottenbasis in einem, wo ab dem 12. Jahrhundert Galeeren innerhalb kürzester Zeit nach effizienten Produktionsmethoden hergestellt werden konnten.

Ars medicinae: lat. für »Kunst der Medizin«

Asthma sicca: lat. für »trockenes Asthma«

Astrolabium: scheibenförmiges astronomisches Instrument zur Abbildung des Himmels

Basileus: Titel des oströmischen Kaisers

Berberei: Küstenregion Nordafrikas, der heutige Maghreb

Bezanten: zypriotische Goldstücke; wenn diese einen hohen Silbergehalt aufwiesen, sprach man von weißen Bezanten

Burella: ehemals Kerker in Florenz, die in den unterirdischen Gängen eines römischen Amphitheaters angelegt wurden und als Einziges davon übrig geblieben sind

Camerotto: Schreiber und persönlicher Diener des Kapitäns einer Galeere

Capa: mittelalterliches Übergewand, Radmantel; wurde auch noch später gern getragen

Captivi: lat. für »Gefangene«

Chanson de geste: frz. für »Lied von Heldentaten«, Heldenepos

Chaperon: Kopfbedeckung mit Schal

Chiromant: Handleser

Cinquedea: Stichwaffe von einer Länge zwischen Schwert und Dolch mit besonders breiter Klinge, auch Ochsenzunge genannt

Comito: Erster Ruderer auf einer Galeere

Corpus hermeticum: Sammlung von griechischen Traktaten zu grundlegenden philosophischen Fragen, auf der die hermetische Offenbarungslehre basiert

Corsia: Mittelgang einer Galeere

Drachme: hier als Apothekergewicht; eine Drachme entspricht in etwa dreißig Gramm

Flammeum: lat. für »Brautschleier«

Foglietta: altes Flüssigkeitsmaß, etwa ein halber Liter

Fuga mundi: lat. für »Weltflucht«

Fusta: kleines Ruderboot mit Lateinersegel; wegen seiner Wendigkeit sehr beliebt bei Piraten

Gamurra: Kleid mit eng anliegendem Oberteil, rundem Ausschnitt und bauschigem Rock

Garnache: mittelalterliche Oberbekleidung, eine Mischung aus einer Tunika und einem Mantel

Generalminister: Ordensoberer der Trinitariermönche

Giornea: Obergewand für Männer und Frauen im Spätmittelalter und der Renaissance

Gonfaloniere: höchstes Amt in der Regierung von Florenz während des Mittelalters und der Renaissance

Herborist: Pflanzenkenner, Kräuterkundiger, Kräutermann

Kadirga: türkisch für »Galeere«

Kaik: wendiges Boot im östlichen Mittelmeerraum

Kopialbuch: Buch mit Abschriften von Urkunden

Last: historisches Schiffsmaß, nach dem die Ladung von Schiffen bestimmt wurde; eine Last entsprach zwei Tonnen

Laudes: lat. für »Lob«, Morgengebet als Teil des Stundengebets

Le Stinche: städtisches Gefängnis in Florenz bis 1833

Liber ignium: lat. für »Buch vom Feuer«, spanische Rezeptsammlung verschiedener Sprengstoffe wie Schwarzpulver aus dem 12. Jahrhundert, basierend auf arabischen Quellen

Lucco: typisches florentinisches Obergewand, eine Art hochgeschlossener Mantel mit Armschlitzen

Macchia: immergrüne dichte Strauchvegetation in der Mittelmeerregion

Madonna: ital. für »meine Dame«, höfliche Anrede ab dem Mittelalter

Maestà: ital. für »Erhabenheit«, ein Bildtypus für die thronende Madonna

Margarita: griech./lat. für »Perle«

Mastro: ital. *(maestro)* für »Meister«

Mea culpa: lat. für »meine Schuld«

Messere: ital. für »mein Herr«, Plural *Messeri*; höfliche Anrede ab dem Mittelalter

Morea: romanische Bezeichnung für die griechische Halbinsel Peloponnes

Narthex: Vorhalle oder Vorhof am Haupteingang einer Kirche

Nekromant: Magier, der Tote oder Dämonen heraufbeschwört

Oculus: Rundfenster

Orthopnoea: griech./lat. für »gerade Atemnot«, also eine Atemnot, bei der die Erkrankten nur noch in aufrechter Position atmen können

Panazee: Bezeichnung für ein Allheilmittel

Pater familias: lat. für »Familienoberhaupt«

Patron: frz./sabir für »Herr, Chef«

Pietraforte: feinkörniger bräunlicher Natursandstein, der wegen seiner Materialresistenz eben »kräftiger Stein« genannt wurde und in Florenz zum Bau vieler Gebäude, z.B. Palazzo Vecchio, Palazzo Pitti, verwendet wurde

Podestà: vertraglich bestellter Gouverneur einer Stadt oder Gemeinde

Portolan: Buch oder auch Karte mit speziellen Informationen zu besonderen nautischen Kennzeichen wie Strömungsverhältnisse, Leuchttürme etc.

Präzeptor: Lehrer, Hauslehrer

Ruffian: Kuppler, Zuhälter

Sabir: auch »Lingua franca«; eine Verkehrssprache, basierend auf dem Italienischen mit vielen arabischen Bestandteilen, die überwiegend im östlichen Mittelmeerraum gesprochen wurde

Samit: nach spezieller Technik gewirktes Gewebe, das bis ins 16. Jahrhundert für besonders aufwendige Kleidung verwendet wurde

Scriptorium: lat. für »Schreibstube«

Sinus gangeticus: lat. für »Golf von Bengalen«

Smaragdtafel: Text, der dem Hermes Trismegistos zugeschrieben wird, Basis der Hermetik

Solvitur ambulando: lat. für »es löst sich im Gehen«; dem heiligen Augustinus zugeordneter Ausspruch

Spiritus angustiae: lat. für »Geist der Enge«, also Atemnot, Kurzatmigkeit

Stercus diaboli: lat. für »Teufelsdreck«, als Umschreibung für Geld

Tigrinus: lat. für »der Getigerte«

Vallombrosaner: Ordensgemeinschaft auf Grundlage der Benediktinerregeln

Via dei Malcontenti: ital. »Straße der Unglücklichen«, durch die die zum Tode Verurteilten – häufig unter dem Spott der Bevölkerung – zum Galgen geführt wurden

Vogavante: Ruderer auf einer Galeere, der das äußerste Ende eines Riemens bedient

Danksagung

Ich bedanke mich bei meinem Freund, dem Autor Carlo A. Martigli, für einige Hinweise, die meinem Roman mehr Glaubwürdigkeit verliehen haben. Dann danke ich der gemeinnützigen Stiftung Giorgio Cini, dass sie mir für meine Recherchen über Venedig liebenswürdigerweise ein wertvolles Buch zur Verfügung gestellt hat. Weiter danke ich den ehrwürdigen Mönchen vom Kloster Santa Trìnita in Florenz dafür, dass sie mir in einigen Telefongesprächen Informationen gegeben haben, die in keinem Buch zu finden waren. Vielen Dank auch an meine Agentin Roberta Oliva, meiner Lektorin Alessandra Penna und meinem Verleger Raffaello Avanzini.

Unendlichen Dank schulde ich meiner Frau Giorgia, weil sie immer für mich da ist, auch in den schwierigsten Momenten. In denen es nicht genügt, gut schreiben zu können.

Weitere Erfolgstitel von Bestsellerautor Marcello Simoni:

Auch als eBook erhältlich

Die »Händler«-Trilogie:

Der Händler der verfluchten Bücher
ISBN 978-3-95451-193-8

Die verschwundene Bibliothek des Alchimisten
ISBN 978-3-95451-387-1

Das Labyrinth am Ende der Welt
ISBN 978-3-95451-674-2

Die »Abtei«-Trilogie:

Die Abtei der hundert Sünden
ISBN 978-3-95451-942-2

Die Abtei der hundert Verbrechen
ISBN 978-3-7408-0212-7

Die Abtei der hundert Täuschungen
ISBN 978-3-7408-0435-0

www.emons-verlag.de